Liane Moriarty

Nueve perfectos desconocidos

Traducción de Jesús de la Torre

Papel certificado por el Forest Stewardship Council®

Título original: *Nine Perfect Strangers*
Primera edición: abril de 2020

© 2018, LLM Creative Pty Ltd.
© 2020, Penguin Random House Grupo Editorial, S. A. U.
Travessera de Gràcia, 47-49. 08021 Barcelona
© 2020, Jesús de la Torre, por la traducción

Extracto de «The High Mark», reproducido con el permiso de Bruce Dawe, poeta distinguido
con el título de Oficial de la Orden de Australia.

Printed in Spain – Impreso en España

ISBN: 978-84-9129-446-7
Depósito legal: B-4159-2020

Compuesto en MT Color & Diseño, S. L.
Impreso en Rodesa, Villatuerta (Navarra)

SL94467

Penguin
Random House
Grupo Editorial

Para Kati
y para papá,
con muchísimo cariño

«Supones que tú eres el problema,
pero eres la cura.
Supones que tú eres la cerradura de la puerta,
pero eres la llave que la abre».
RUMI

«Justo cuando descubrí el sentido de la vida, lo cambiaron».
GEORGE CARLIN

1

Yao

*E*stoy bien —dijo la mujer—. No me pasa nada.

A Yao no le parecía que estuviese bien.

Era su primer día como enfermero de emergencias en prácticas. Su tercera visita a domicilio. Yao no estaba nervioso, pero se encontraba en un estado de alerta extrema porque no podía soportar cometer siquiera un error insignificante. De niño, los errores le hacían llorar sin consuelo y aún le provocaban calambres en el estómago.

Una única gota de sudor se deslizaba por el rostro de la mujer, dejando un rastro de baba de caracol por encima de su maquillaje. Yao se preguntó por qué las mujeres se pintaban de naranja la cara, pero eso no era relevante.

—Estoy bien. Quizá no sea más que un virus de veinticuatro horas —añadió ella con un leve acento de Europa del Este.

«Fíjate bien en tu paciente y en su entorno», le había dicho Finn, el supervisor de Yao. «Piensa que eres un agente secreto en busca de pistas para realizar un diagnóstico».

Yao veía una mujer de mediana edad y con sobrepeso, con pronunciadas manchas rosas bajo unos ojos de un peculiar verdemar y un pelo castaño y ralo recogido en un triste y menudo moño en la nuca. Estaba pálida y sudorosa y su respiración era irregular. Fumadora empedernida, a juzgar por su olor a cenicero. Estaba sentada en un sillón de piel y respaldo alto detrás de un gigantesco escritorio. Parecía una de las mandamases, si es que el tamaño de aquel lujoso despacho y sus ventanales con vistas al puerto eran indicativos de su estatus empresarial. Estaban en la planta diecisiete y las velas de la Casa de la Ópera quedaban tan cerca que podían verse los azulejos de color crema y blanco en forma de rombo.

La mujer tenía una mano en el ratón. Lo desplazaba por correos electrónicos en la enorme pantalla de su ordenador, como si los dos enfermeros que la examinaban no fuesen más que una molestia menor, unos técnicos que estuviesen allí para arreglarle un enchufe. Llevaba puesto un traje a medida azul marino que parecía un castigo, con la chaqueta incómodamente ajustada a la altura de los hombros.

Yao cogió la mano libre de la mujer y le puso un pulsioxímetro en el dedo. Vio una brillante y escamosa mancha rojiza en la piel del antebrazo. ¿Prediabetes?

—¿Estás tomando alguna medicación, Masha? —preguntó Finn. Se comportaba de forma familiar y campechana con los pacientes, como si estuviesen charlando de cualquier cosa en una barbacoa, cerveza en mano.

Yao había reparado en que Finn siempre llamaba a los pacientes por su nombre de pila y los trataba de tú, mientras que a él le daba vergüenza hablarles como si fuesen viejos amigos, pero, si eso servía para mejorar el estado de los pacientes, aprendería a superar su timidez.

—No tomo ninguna medicación —respondió Masha, con la mirada fija en el ordenador. Pulsó el ratón con contundencia sobre algo y, después, apartó la mirada de la pantalla y la levantó hacia Finn. Era como si alguna persona hermosa le hubiese prestado los ojos. Yao supuso que eran lentes de contacto de color—. Tengo buena salud. Os pido disculpas por haberos hecho perder el tiempo. Desde luego, yo no he pedido ninguna ambulancia.

—Yo he llamado a la ambulancia —dijo una mujer joven muy guapa de pelo oscuro con tacones altos y una ajustada falda de rombos entrelazados parecidos a los azulejos de la Casa de la Ópera. La falda le quedaba de maravilla, pero era evidente que eso no tenía ninguna relevancia en ese momento, aunque, siendo estrictos, ella formaba parte del entorno que se suponía que Yao tenía que observar. La chica se mordía la uña del dedo meñique—. Soy su asistente personal. Ella..., eh... —Bajó la voz como si estuviese a punto de contar algo vergonzoso—. La cara se le quedó completamente blanca y, después, se cayó de la silla.

—¡No me he caído de la silla! —protestó Masha.

—Se fue deslizando por ella, por así decir —rectificó la chica.

—He tenido un pequeño mareo momentáneo, nada más —le dijo Masha a Finn—. Y, después, he seguido trabajando. ¿Podemos ir abreviando? Estaré encantada de pagar, ya sabes, vuestro precio o vuestros honorarios, o lo que sea que cobréis por vuestros servicios. Pero la verdad es que ahora mismo no tengo tiempo para esto. —Volvió a dirigir de nuevo su atención a su asistente—. ¿No tengo una cita a las once con Ryan?

—La cancelaré.

—¿He oído mi nombre? —preguntó un hombre desde la puerta—. ¿Qué está pasando? —Un tipo con una camisa morada demasiado ajustada entró contoneándose con unas cuantas carpetas en la mano. Hablaba con engolado acento británico, como si perteneciese a la familia real.

—Nada —respondió Masha—. Siéntate.

—¡Es evidente que Masha no está disponible en este momento! —exclamó la pobre asistente personal.

Yao aprobó sus palabras. No le gustaba que se tomaran con ligereza los asuntos de la salud y pensaba que su profesión merecía más respeto. También sentía una fuerte aversión hacia los hombres con el pelo de punta y acento pijo que vestían camisas moradas de una talla más pequeña para presumir de unos pectorales demasiado desarrollados.

—¡No, no! Tú siéntate, Ryan. Esto no va a durar mucho. Estoy bien —dijo Masha haciéndole señas con impaciencia para que se acercara.

—¿Puedo comprobar tu presión arterial, por favor..., eh..., Masha? —preguntó Yao, mascullando valientemente su nombre mientras se disponía a ajustarle el manguito en el brazo.

—Vamos a quitarle antes la chaqueta. —Finn parecía estar divirtiéndose—. Eres una mujer ocupada, Masha.

—Lo cierto es que necesito realmente que firme estos documentos —le dijo el joven a la asistente personal en voz baja.

«Lo cierto es que necesito realmente comprobar las constantes vitales de tu jefa ahora mismo, cabrón», pensó Yao.

Finn ayudó a Masha a quitarse la chaqueta y la colocó sobre el respaldo de la silla con gesto cortés.

—A ver esos documentos, Ryan. —Masha se ajustó los botones de su camisa de seda de color crema.

—Solo necesito la firma en las dos páginas de arriba. —El hombre le extendió la carpeta.

—¿Te estás quedando conmigo? —La asistente personal levantó las manos con gesto de incredulidad.

—Colega, tendrás que volver en otro momento —dijo Finn con un claro tinte de firmeza en su tono de barbacoa.

El hombre dio un paso atrás, pero Masha le chasqueó los dedos para que le entregara la carpeta y él dio al instante un salto adelante para pasársela. Era evidente que sentía más miedo de Masha que de Finn, lo cual resultaba bastante significativo, pues Finn era un hombre grande y fuerte.

—Esto me llevará catorce segundos como mucho —le dijo ella a Finn. La voz se le volvió más pastosa en la palabra «mucho», que sonó como «musho».

Yao, con el manguito del tensiómetro aún en la mano, cruzó la mirada con Finn.

La cabeza de Masha cayó hacia un lado, como si acabara de quedarse dormida. La carpeta se le cayó de los dedos.

—¿Masha? —Finn habló con voz fuerte e imperiosa.

Ella se desplomó hacia delante, con los brazos en jarras, como una marioneta.

—¡Eso! —gritó la asistente personal con satisfacción—. ¡Exactamente eso es lo que le ha pasado antes!

—¡Dios mío! —El hombre de la camisa morada se apartó—. Dios. ¡Lo siento! Yo solo...

—Muy bien, Masha. Vamos a tumbarte en el suelo —dijo Finn.

Finn la levantó por las axilas y Yao la agarró de las piernas, soltando un gruñido por el esfuerzo. Yao se dio cuenta de que era una mujer muy alta; mucho más que él. Al menos de metro ochenta y un peso muerto. Juntos, él y Finn la tumbaron de lado sobre la alfombra gris. Finn dobló la chaqueta para ponérsela de almohada.

El brazo izquierdo de Masha se levantó rígido por encima de su cabeza, como si fuera un zombi. Cerró las manos con movimientos espasmódicos. Seguía respirando de forma entrecortada mientras el cuerpo se le movía.

Estaba sufriendo un ataque epiléptico.

Resultaba desasosegante ver esos ataques pero Yao sabía que había que esperar a que pasaran. No había nada alrededor del cuello de Masha que Yao pudiera desabrochar. Examinó el espacio que la rodeaba y no vio nada con lo que pudiera golpearse la cabeza.

—¿Es esto lo que le ha pasado antes? —Finn levantó la vista hacia la asistente.

—No. No, antes solo ha sido una especie de desmayo. —La asistente, con los ojos muy abiertos, miraba con horrorizada fascinación.

—¿Ha sufrido ataques así con anterioridad? —preguntó Finn.

—Creo que no. No lo sé. —Mientras hablaba, la asistente personal iba arrastrando los pies hacia la puerta del despacho, donde un grupo de otros miembros de la empresa se habían reunido ahora. Alguien levantó un teléfono móvil en el aire, grabando, como si el ataque de su jefa fuese un concierto de rock.

—Vamos a empezar con las compresiones. —La mirada de Finn era plana y tranquila, como si sus ojos fuesen piedras.

Hubo un momento —no más de un segundo, pero suficiente— en el que Yao no hizo nada mientras su cerebro trataba de asimilar qué era lo que acababa de ocurrir. Recordaría siempre ese momento de congelada incomprensión. Sabía que un paro cardiaco podía presentarse con síntomas parecidos a los de las convulsiones epilépticas y, aun así, lo había pasado por alto porque su cerebro había estado completa y equivocadamente convencido de una única realidad: «Esta paciente está sufriendo un ataque epiléptico». Si Finn no hubiese estado allí, Yao podría haberse quedado sentado en cuclillas mirando cómo una mujer sufría un paro cardiaco sin hacer nada, como un piloto de aerolíneas que estrella un avión porque confía ciegamente en sus defectuosos instrumentos. El mejor instrumento de Yao era su cerebro y ese día estaba defectuoso.

Le suministraron dos descargas, pero fueron incapaces de restablecer un ritmo cardiaco uniforme. Masha Dmitrichenko se encontraba en parada cardiaca total cuando la sacaron del despacho al que jamás regresaría.

2

Diez años después

Frances

*U*n día caluroso y despejado de enero, Frances Welty, quien fuera escritora de novelas románticas de gran éxito, conducía sola por un paraje de matorrales y maleza a seis horas al noroeste de su casa de Sídney.

La franja negra de la autopista se desplegaba hipnótica por delante de ella mientras los conductos del aire acondicionado rugían soltando un aire polar a toda potencia sobre su cara. El cielo era una cúpula gigante de color azul intenso que rodeaba su diminuto y solitario coche. Había demasiado cielo para su gusto.

Sonrió porque se recordó a uno de esos críticos malhumorados que escriben reseñas en TripAdvisor: «Llamé a recepción y pedí un cielo más bajo, con más nubes y más agradable. ¡Una mujer con marcado acento extranjero me dijo que no tenían más cielos disponibles! NUNCA MÁS. NO MALGASTES TU DINERO».

A Frances se le ocurrió que quizá estaba a punto de perder la cabeza.

No, no era verdad. Estaba bien. Perfectamente cuerda. Sin ninguna duda.

Tensó las manos alrededor del volante, parpadeó tras sus gafas de sol y bostezó con tanta fuerza que sintió un chasquido en la mandíbula.

—Ay —dijo, aunque no le había dolido.

Suspiró mientras miraba por la ventanilla en busca de algo que rompiera la monotonía del paisaje. Ahí fuera debía de hacer un calor implacable y severo. Podía imaginárselo: el zumbido de las moscardas, el triste graznido de los cuervos y toda esa deslumbrante y ardiente luz. Un paisaje realmente grande y marrón.

«Vamos. Dame una vaca, un campo de cultivo, un cobertizo. Veo, veo una cosita que empieza por la...».

N. De nada.

Se removió en el asiento y la parte inferior de la espalda le respondió con una sacudida de dolor tan fuerte y personal que hizo que se le saltaran las lágrimas.

—Por el amor de Dios —dijo con tono lastimoso.

El dolor de espalda le había empezado dos semanas antes, el día en que por fin aceptó que Paul Drabble había desaparecido. Estaba marcando el número de la policía mientras trataba de decidir cómo iba a referirse a Paul —¿su pareja, su novio, su amante, su «amigo especial»?— cuando sintió la primera punzada. Era el caso más obvio de dolor psicosomático de la historia, solo que el hecho de saber que era psicosomático no hizo que le doliera menos.

Resultaba extraño mirarse en el espejo cada noche y ver reflejada su zona lumbar tan blanda, blanca y ligeramente rechoncha como siempre. Esperaba ver algo espantoso, como una masa nudosa de raíces de árbol.

Comprobó la hora en el salpicadero: las 14:57. El desvío debía aparecer en cualquier momento. Había dicho a los de las reservas de Tranquillum House que estaría allí entre las tres y media y las cuatro de la tarde y no había hecho ninguna parada imprevista.

Tranquillum House era un «hotel boutique y spa». Su amiga Ellen se lo había sugerido.

—Tienes que curarte —le había dicho a Frances después de su tercer cóctel (un excelente Bellini de melocotón blanco) en un almuerzo la semana anterior—. Tienes un aspecto de mierda.

Ellen se había hecho una «purificación» en Tranquillum House tres años antes cuando ella, también, había estado «quemada», «agotada», «en baja forma» y...

—Sí, sí, ya te he entendido —la había interrumpido Frances.

—Ese sitio es bastante... atípico —le había explicado Ellen a Frances—. Su planteamiento es muy poco convencional. Te cambia la vida.

—¿Cómo te cambió la vida, exactamente? —le había preguntado Frances, lo cual era lógico, pero nunca recibió una clara respuesta a esa pregunta. Al final, todo parecía reducirse al blanco de los ojos de Ellen, que se había vuelto blanco de verdad. ¡De un blanco que asustaba! Además..., ¡había perdido tres kilos! Aunque Tranquillum House no se ocupaba de la pérdida de peso, cosa que Ellen se empeñaba en dejar clara. Se ocupaba del bienestar pero, ya se sabe, ¿qué mujer se va a quejar de haber perdido tres kilos? Ellen no, eso seguro. Ni tampoco Frances.

Esta había vuelto a casa y había consultado la página web. Nunca había sido muy dada a la abnegación, nunca había estado a dieta y rara vez decía que no si le apetecía decir que sí ni decía que sí cuando le apetecía decir que no. Según su madre, la primera palabra ávida de Frances había sido «más». Ella siempre quería más.

Pero las fotos de Tranquillum House la habían llenado de un deseo extraño e inesperado. Tenían un tono dorado, todas tomadas durante la puesta o la salida del sol o con un filtro que hacía que parecieran así. Gente agradable de mediana edad que hacía la postura del guerrero en un jardín de rosas blancas junto a una preciosa casa de campo. Una pareja estaba sentada en una de las «fuentes termales naturales» que rodeaban la finca. Tenían los ojos cerrados, las cabezas inclinadas hacia atrás y sonreían alborozados mientras el agua burbujeaba a su alrededor. Otra foto mostraba a una mujer disfrutando de un «masaje con piedras calientes» sobre una tumbona junto a una piscina de color aguamarina. Frances se había imaginado aquellas piedras calientes colocadas con una preciosa simetría a lo largo de su columna vertebral, con su mágico calor haciendo desaparecer su dolor.

Mientras soñaba con manantiales de aguas termales y agradable yoga, un mensaje apareció insistente en su pantalla: «¡Solo queda una plaza para el exclusivo Retiro de Diez Días para una Transformación Total de Cuerpo y Mente!». Aquello le había provocado una estúpida sensación de competitividad y pulsó sobre la pestaña de «Reservar ahora», aunque en realidad no creía que quedara solo una plaza. Aun así, introdujo los datos de su tarjeta de crédito con bastante rapidez, por si acaso.

Al parecer, en apenas diez días estaría «transformada» en aspectos que «nunca pensó que fueran posibles». Habría ayuno, meditación, yoga y «ejercicios creativos de liberación emocional». No habría alcohol, azúcar, cafeína, gluten ni lácteos, pero, como acababa de tomar el menú degustación del Four Seasons, se sentía llena de alcohol, azúcar, cafeína, gluten y lácteos y la idea de renunciar a ellos no le parecía mucho esfuerzo. Las comidas serían «personalizadas» atendiendo a sus «necesidades exclusivas».

Antes de que quedara «aceptada» su reserva, tuvo que responder a un cuestionario por internet muy largo y bastante invasivo sobre su situación sentimental, su dieta, su historial médico, su consumo de alcohol durante la semana anterior, etcétera. Ella fue mintiendo alegremente mientras lo rellenaba. Realmente lo que preguntaban no era de su incumbencia. Incluso tuvo que enviar una fotografía tomada durante las últimas dos semanas. Envió una que se había hecho durante su almuerzo con Ellen en el Four Seasons levantando un Bellini.

Había casillas para que eligiera lo que esperaba obtener durante sus diez días: desde «terapia intensiva de parejas» hasta «pérdida importante de peso». Frances marcó solamente las opciones que sonaban agradables, como «sustento espiritual».

Como tantas cosas de la vida, le había parecido una magnífica idea en aquel momento.

Las reseñas de TripAdvisor para Tranquillum House, que había consultado *después* de haber pagado su tarifa no reembolsable, eran considerablemente diversas. O era la mejor y más increíble experiencia que había tenido jamás la gente, deseaban darle más de cinco estrellas, eran fanáticos con respecto a la comida, los manantiales de agua caliente y el personal, o era la peor experiencia de sus vidas, y había menciones acerca de acciones legales, estrés postraumático, y funestas advertencias sobre «acudir asumiendo el peligro al que te expones».

Frances volvió a mirar el salpicadero con la esperanza de captar el instante en que el reloj marcara las tres.

«Basta ya. Concéntrate. La mirada sobre la carretera, Frances. Eres la que está al volante de este coche».

Notó un aleteo por el rabillo del ojo y se encogió, preparada para el enorme batacazo de un canguro golpeándose contra el parabrisas.

No era nada. Esas colisiones imaginarias de la fauna salvaje estaban solamente en su cabeza. Si tenía que pasar, que pasara. Probablemente no habría tiempo para reaccionar.

Recordó un viaje en coche tiempo atrás con un novio. Se habían cruzado con un emú moribundo al que había atropellado alguien en medio de una autopista. Frances se había quedado en el asiento del pasajero, como una princesa pasiva, mientras su novio salía para matar al pobre emú con una piedra. Un golpe fuerte en la cabeza. Cuando volvió al asiento del conductor, estaba sudoroso y eufórico, un chico de ciudad entusiasmado por su pragmatismo compasivo. Frances nunca le perdonó del todo aquella euforia sudorosa. Le había gustado matar al emú.

Frances no estaba segura de si podría matar a un animal moribundo, ni siquiera ahora, a sus cincuenta y dos años, con una situación económica segura y demasiado vieja para ser una princesa.

—Podrías matar al emú —dijo en voz alta—. Claro que podrías.

Dios mío. Acababa de recordar que aquel novio estaba muerto. Un momento, ¿lo estaba? Sí, definitivamente estaba muerto. Le habían venido con el rumor unos años atrás. Al parecer, una neumonía que se había complicado. Gary siempre sufría unos resfriados espantosos. Frances nunca se había mostrado especialmente compasiva.

En ese mismo momento, la nariz le goteó como un grifo. Qué oportuno. Agarró el volante con una mano y se limpió la nariz con el dorso de la otra mano. Qué desagradable. Probablemente era Gary que se vengaba haciendo que le goteara la nariz desde el otro mundo. Era de justicia. Hubo un tiempo en que habían hecho viajes por carretera y se habían declarado su amor y ahora ni siquiera se molestaba en recordar si estaba muerto.

Pidió disculpas a Gary aunque, en realidad, si él podía acceder a sus pensamientos, sabría que no se la podía culpar. Si hubiese conseguido llegar a su edad, sabría lo increíblemente confuso y olvidadizo que uno se volvía. No siempre. Solo a veces.

«A veces, soy más lista que el hambre, Gary».

Volvió a sorberse la nariz. Parecía que llevaba más tiempo con este espantoso resfriado que con el dolor de espalda. ¿No había estado moqueando el día que entregó su manuscrito? Hacía tres semanas. Su novela número diecinueve. Todavía estaba esperando a saber qué le había parecido a su editora. Hubo una vez, a finales de los noventa, cuando estaba en «pleno apogeo», en que su editora le habría enviado champán y flores a los dos días de la entrega junto con una nota escrita a mano: «¡Otra obra maestra!».

Entendía que ya no estaba en su apogeo, pero todavía era una escritora sólida de nivel medio. Un correo electrónico efusivo habría estado bien.

O simplemente cordial.

Incluso una nota rápida: «Lo siento, aún no me he puesto con él, pero estoy deseándolo». Eso habría sido lo correcto.

Un temor que se negaba a admitir intentaba abrirse camino desde su subconsciente. No. No. Para nada.

Apretó el volante con las manos y trató de calmar su respiración. Había estado tomando pastillas para el resfriado y la gripe para descongestionarse la nariz y la pseudoefedrina le estaba disparando el corazón, como si estuviese a punto de pasar algo maravilloso o terrible. Le recordaba a la sensación de caminar hacia el altar en sus dos bodas.

Probablemente fuera adicta a las pastillas para el resfriado y la gripe. Se volvía adicta con facilidad. A los hombres. A la comida. Al vino. De hecho, le apeteció una copa de vino en ese momento y el sol aún seguía muy alto en el cielo. Últimamente, había estado bebiendo quizá no de forma excesiva, pero desde luego sí con más entusiasmo de lo habitual. ¡Estaba en ese terreno resbaladizo que la hacía deslizarse hacia la adicción a las drogas y el alcohol! Resultaba emocionante saber que todavía podía cambiar en algunos aspectos significativos. En casa tenía una botella medio vacía de *pinot noir* descansando sin pudor sobre su escritorio ante la vista de cualquiera (solo la mujer de la limpieza). Era una maldita Ernest Hemingway. ¿No había sufrido él también de la espalda? Tenían muchas cosas en común.

Solo que Frances sentía debilidad por los adjetivos y los adverbios. Al parecer, los esparcía por sus novelas como quien lanza cojines sobre la cama. ¿Cuál era esa cita de Mark Twain que Sol solía murmurar con voz suficientemente alta como para que ella le oyera mientras leía sus manuscritos? «Cuando atrapes un adjetivo, mátalo».

Sol era un hombre de verdad al que no le gustaban los adjetivos ni los cojines. Frances recordaba a Sol, en la cama, encima de ella, maldiciendo de forma graciosa al tiempo que sacaba otro cojín de detrás de su cabeza para lanzarlo al lado contrario de la habitación mientras ella se reía. Agitó la cabeza como para quitarse de encima aquella imagen. Los recuerdos sexuales agradables eran como un punto a favor de su primer marido.

Cuando todo iba bien en la vida de Frances no deseaba para sus dos exmaridos otra cosa que felicidad y una excelente función eréctil. Ahora mismo, deseaba que una plaga de langostas les lloviera sobre sus cabezas canosas.

Se chupó el diminuto y despiadado corte que se había hecho con un papel en la punta del pulgar derecho. De vez en cuando le palpitaba para recordarle que ese podría ser el menor de sus males, pero, aun así, arruinarle el día.

Su coche viró hacia el lateral irregular de la carretera y se sacó el pulgar de la boca para agarrar el volante.

—¡Uy, uy, uy!

Tenía unas piernas bastante cortas, así que debía acercar el asiento del conductor al volante. Henry solía decir que parecía como si estuviese conduciendo un coche de choque. Decía que le parecía adorable. Pero unos cinco años después había dejado de parecerle adorable y maldecía cada vez que se subía al coche y tenía que echar el asiento hacia atrás.

A ella también le había parecido encantador durante unos cinco años o así que hablara en sueños.

«¡Concéntrate!».

El campo pasaba volando. Por fin, un cartel: «Bienvenidos a la ciudad de Jarribong. Nos enorgullece ser una CIUDAD LIMPIA».

Redujo la velocidad hasta el límite de cincuenta, lo cual le parecía de una lentitud casi absurda.

Su cabeza se movía de un lado a otro mientras observaba la ciudad. Un restaurante chino con un dragón desdibujado de color rojo y dorado en la puerta. Una estación de servicio que parecía cerrada. Un edificio de correos de ladrillo rojo. Una tienda de licores que parecía abierta. Una comisaría de policía que parecía del todo innecesaria. Ni una sola persona a la vista. Podría ser limpia, pero parecía posapocalíptica.

Pensó en su último manuscrito. Se desarrollaba en una ciudad pequeña. ¡Esta era la cruda y triste realidad de las ciudades pequeñas! No el pueblo encantador que ella había inventado, situado en las montañas, con una cálida y bulliciosa cafetería que olía a canela y, lo más fantástico de todo, una librería que supuestamente hacía dinero. Los críticos tendrían razón al decir que era «cursi», aunque probablemente no tendría ninguna crítica y, de todos modos, ella nunca las leía.

Y ahí terminaba la pobre y vieja ciudad de Jarribong. Adiós, triste y limpio pueblo.

Puso el pie sobre el acelerador y vio cómo la velocidad subía de nuevo hasta cien. En la página web decía que el desvío quedaba a veinte minutos de Jarribong.

Había una señal más adelante. Entrecerró los ojos y se echó sobre el volante para leerla: «Tranquillum House siguiente salida a la izquierda».

Los ánimos se le levantaron. Lo había conseguido. Había conducido seis horas sin apenas volverse loca. Después, se vino abajo, porque ahora iba a tener que pasar por toda esa historia.

—Gire a la izquierda en un kilómetro —le ordenó el GPS.

—No quiero girar a la izquierda en un kilómetro —respondió Frances con tristeza.

Ni siquiera se suponía que debía estar ahí, en esa estación ni en ese hemisferio. Se suponía que debía estar con su «amigo especial» en Santa Bárbara, con el cálido sol del invierno californiano sobre sus caras mientras visitaban viñedos, restaurantes y museos. Se suponía que debía estar pasando largas y lentas tardes conociendo a Ari, el hijo de doce años de Paul, oyendo sus risitas mientras él le enseñaba a jugar a algún juego violento de la PlayStation que le gustara. Los amigos de Frances que tenían hijos se habían reído y burlado de eso, pero ella estaba deseando aprender a jugar. Las tramas le parecían divertidas y complejas.

Se le apareció la imagen del rostro serio y joven de aquel inspector de policía. Tenía pecas que le habían quedado desde niño y escribía todo lo que ella decía con una letra laboriosa sirviéndose de un bolígrafo azul rasposo. Su ortografía era espantosa. Había escrito «ayer» con «ll». No podía mirarla a los ojos.

Una repentina oleada de calor intenso le envolvió el cuerpo al recordarlo.

¿Humillación?

Probablemente.

La cabeza le daba vueltas. Se estremeció y tembló. Las manos se le volvieron al instante resbaladizas sobre el volante. «Para el coche», se dijo. «Tienes que parar ahora mismo». Puso el intermitente, aunque no venía nadie detrás de ella, y se detuvo en el arcén de la carretera. Tuvo la sensatez de encender las luces de emergencia. El sudor le caía por la cara. En pocos segundos la camisa se le empapó. Tiró de la tela y se apartó los pelos húmedos de la frente. Un escalofrío le hizo temblar.

Estornudó y el propio estornudo le provocó una contractura en la espalda. El dolor fue de proporciones tan bíblicas que empezó a reírse mientras las lágrimas le recorrían la cara. Sí, estaba perdiendo la cabeza. Desde luego que sí.

La invadió una gran oleada de una enorme rabia contra nada en especial. Golpeó el puño contra el claxon una y otra vez, cerró los ojos, echó la cabeza hacia atrás y gritó a la vez que sonaba el claxon, porque tenía ese resfriado y ese dolor de espalda y ese maldito corazón roto y…

—¡Eh!

Abrió los ojos y dio un salto en su asiento.

Un hombre se agachó junto a la ventanilla de su coche mientras daba toques fuertes sobre el cristal. Ella vio lo que debía de ser su coche detenido al otro lado de la carretera, con las luces de emergencia también encendidas.

—¿Está bien? —gritó el hombre—. ¿Necesita ayuda?

Por el amor de Dios. Se suponía que ese debía ser un momento íntimo de desesperación. Qué bochorno. Apretó el botón para bajar la ventanilla.

Un hombre grande, desagradable, de aspecto descuidado y sin afeitar se asomó para mirarla. Llevaba una camiseta con el emblema descolorido de algún antiguo grupo de música por encima de una orgullosa y fuerte barriga cervecera y unos vaqueros azules caídos. Probablemente sería uno de esos asesinos en serie del desierto. Aunque, en teoría, aquello no era el desierto. Probablemente hubiese venido de vacaciones desde el desierto.

—¿Algún problema con el coche? —preguntó.

—No —respondió Frances. Se incorporó en el asiento y trató de sonreír. Se pasó una mano por el pelo mojado—. Gracias. Estoy bien. El coche está bien. Todo está bien.

—¿Está enferma? —preguntó el hombre. Pareció sentir cierto desagrado.

—No —contestó Frances—. La verdad es que no. Solo un mal resfriado.

—Quizá tenga la gripe. Parece estar muy enferma —señaló el hombre. Frunció el ceño y su mirada se dirigió a la parte trasera de su coche—. Y estaba gritando y tocando el claxon como si... tuviese algún problema.

—Sí —dijo Frances—. Bueno. Pensaba que estaba sola en mitad de la nada. Solo... he tenido un mal momento. —Trató de disimular el resquemor al hablar. Era un buen ciudadano que había hecho lo correcto. Había hecho lo que haría cualquiera—. Gracias por parar, pero estoy bien —añadió con tono agradable y con una sonrisa de lo más dulce y apaciguadora. Se debe apaciguar a los hombres grandes y desconocidos que aparecen en mitad de la nada.

—Vale. —El hombre se incorporó con un gruñido por el esfuerzo y las manos sobre los muslos para guardar el equilibrio pero, a continuación, golpeó el techo del coche con los nudillos y volvió a inclinarse con una repentina actitud decidida. «Soy un hombre, sé lo que hay que hacer»—. Oiga, ¿está bien para conducir? Porque si no puede conducir bien, si es un peligro para otros conductores que haya por la carretera, sinceramente no puedo dejar que...

Frances enderezó la espalda. Por Dios santo.

—Solo he tenido una sofocación —le interrumpió con brusquedad.

El hombre se puso pálido.

—Ah. —Se quedó mirándola. Hizo una pausa—. Creía que se decía sofoco.

—Creo que se puede decir de las dos formas —repuso Frances. Este era el tercero. Había leído mucho, había hablado con todas las mujeres que conocía con más de cuarenta y cinco años y había tenido una doble cita con su médico de cabecera donde le había gritado: «¡Pero nadie me había dicho que sería así!». Por ahora lo tenía bajo control. Estaba tomando suplementos, reduciendo el alcohol y las comidas muy especiadas. Ja, ja.

—Entonces, está bien —dijo el hombre. Miró a un lado y otro de la autopista como si buscara ayuda.

—Estoy perfectamente bien, de verdad —contestó Frances. Sintió en la espalda un pequeño espasmo y trató de no encogerse.

—No sabía que los sofocos... o sofocaciones... fueran tan...

—¿Exagerados? Bueno, no son así en todas las mujeres. Solo para algunas afortunadas.

—¿No hay..., cómo se llaman..., terapias hormonales sustitutivas?

Dios mío.

—¿Puede recetarme algo usted? —preguntó Frances con tono divertido.

El hombre se apartó un poco del coche y levantó las manos a modo de rendición.

—Lo siento. Es que creo que era eso lo que mi mujer... En fin, no es asunto mío. Si no hay ningún problema, seguiré mi camino.

—Estupendo —contestó Frances—. Gracias por parar.

—No hay de qué.

El hombre levantó una mano, hizo amago de decir algo más, claramente cambió de opinión y se volvió hacia su coche. Tenía manchas de sudor en la parte posterior de su camiseta. Un hombre enorme. Por suerte, había decidido que no merecía la pena matarla ni violarla. Probablemente prefería que sus víctimas estuvieran menos sudorosas.

Frances miró cómo ponía su coche en marcha y se incorporaba a la carretera. El hombre se dio un toque con un dedo en la frente antes de alejarse.

Ella esperó hasta que su coche fue un diminuto punto en su espejo retrovisor y, a continuación, extendió la mano hacia la ropa que tenía preparada en el asiento del pasajero para poder cambiarse en caso de que se diera exactamente esa situación.

—¿Menopausia? —había preguntado su madre de ochenta años por teléfono desde el otro lado del mundo donde ahora vivía felizmente, en el sur de Francia—. Creo que a mí no me dio muchas molestias, cariño. A mí se me pasó en un fin de semana, según recuerdo. Seguro que a ti te ocurrirá lo mismo. Yo nunca tuve sofocos de esos. Creo que no son más que un mito, si te soy sincera.

«Uf», pensó Frances mientras se pasaba una toalla para limpiarse el mítico sudor.

Pensó en enviar una foto de su cara roja como un tomate a su grupo de compañeras del colegio, a algunas de las cuales las conocía desde el parvulario. Ahora, cuando salían a cenar, hablaban de síntomas de la menopausia con el mismo espanto entusiasta con el que antes habían hablado de sus primeras reglas. Nadie más que Frances estaba sufriendo esos sofocos tan exagerados, así que ella se estaba sacrificando por las demás. Como todo en la vida, sus reacciones a la menopausia eran acordes con sus personalidades. Di decía que estaba en un estado permanente de rabia y, si su ginecólogo no decidía que se hiciera una histerectomía pronto, iba a coger a ese cabrón del cuello de la camisa y le iba a empujar contra la pared; Monica estaba disfrutando de la «hermosa intensidad» de sus emociones y Natalie se preguntaba ansiosa si eso estaba aumentando su ansiedad. Todas estaban de acuerdo en que era muy propio de su amiga Gillian que se hubiese muerto para poder librarse de la menopausia y, después, lloraron mientras bebían su prosecco.

No, no iba a enviar ninguna foto a sus amigas porque, de repente, había recordado que en la última cena había levantado los ojos de su menú y había sorprendido un intercambio de miradas que sin duda quería decir: «Pobre Frances». No soportaba que la compadecieran. Se suponía que ese grupo en particular de amigas con matrimonios sólidos la envidiaban o, al menos, fingían que la habían envidiado durante todos esos años, pero parecía que no ser madre y estar soltera a los treinta años era muy distinto a no ser madre y estar soltera a los cincuenta. Ya no resultaba glamuroso. Ahora era más bien una tragedia.

«Solo es una tragedia temporal», se decía a sí misma mientras se ponía una blusa limpia con mucho escote. Lanzó la camisa sudada al asiento de atrás, puso de nuevo el coche en marcha, miró por encima de su hombro y salió a la autopista. «Tragedia temporal». Podía ser el nombre de un grupo de música.

Había una señal. Entrecerró los ojos. «Tranquillum House», rezaba.

—Gire a la izquierda —dijo el GPS.

—Sí, ya lo sé. Lo he visto.

Se miró a los ojos en el espejo retrovisor y trató de poner un gesto irónico de «¡qué interesante es la vida!».

A Frances le había gustado siempre la idea de que hubiese universos paralelos en los que distintas versiones de sí misma llevaran vidas diferentes —una en la que era una directora ejecutiva en lugar de escritora; otra en la que era madre de dos, cuatro o seis hijos en lugar de no tener ninguno; otra en la que no se había divorciado de Sol y otra en la que no se había divorciado de Henry—, pero, en general, siempre se había sentido satisfecha o, al menos, conforme con el universo en el que se encontraba... excepto ahora mismo, porque ahora mismo sentía como si hubiese ocurrido una especie de catastrófico error administrativo de física cuántica. Había cambiado de universo. Se suponía que debía estar borracha de lujuria y amor en Estados Unidos, no dolorida y desconsolada en Australia. No podía ser. Era inaceptable.

Y, sin embargo, ahí estaba ella. No podía hacer nada más, ni había ningún otro sitio al que poder ir.

—Maldita sea —dijo, y giró a la izquierda.

3

Lars

*E*ste es el preferido de mi mujer. —El gerente del viñedo, un tipo fornido y alegre de más de sesenta años con un bigote de estilo retro, sostenía en la mano una botella de vino blanco—. Dice que le hace pensar en sábanas de seda. Tiene un refinamiento cremoso y aterciopelado que creo que le gustará.

Lars dio vueltas a la copa de la cata y aspiró el aroma: manzanas, luz del sol y humo de leña. Un recuerdo inmediato de un día de otoño. El consuelo de una mano grande y cálida que sujetaba la suya. Era como un recuerdo de infancia, pero quizá no lo fuese. Con mayor probabilidad, una imagen que habría tomado prestada de un libro o una película. Dio un sorbo al vino, dejó que girara en su boca y se vio transportado a un bar de la costa amalfitana. Hojas de parra por encima de las luces y el olor a ajo y a mar. Ese sí era un verdadero recuerdo feliz de la vida real con fotos que lo demostraban. Recordó los espaguetis. Solo perejil, aceite de oliva y almendras. Quizá hubiera incluso por algún sitio una foto del plato.

—¿Qué opina? —El gerente del viñedo sonreía. Era como si su bigote estuviese perfectamente conservado desde 1975.

—Es excelente. —Lars dio otro sorbo tratando de hacerse una imagen completa. El vino puede engañarle a uno: todo luz del sol, manzanas y espaguetis y, después, nada más que una amarga decepción y promesas vacías.

—También tengo un pinot gris que podría apetecerle...

Lars levantó la mano y se miró el reloj.

—Mejor será que lo deje aquí.

—¿Tiene que ir muy lejos hoy?

Cualquiera que parara ahí iría de camino a otro lugar. Lars casi había pasado por alto el cartel de «Degustación y cata de vinos». Había pisado el freno porque él era de ese tipo de hombres: espontáneo. Cuando se acordaba de serlo.

—Tengo que llegar a un balneario dentro de una hora. —Lars levantó la copa de vino hacia la luz y admiró el color dorado—. Así que se acabó el alcohol para mí durante los próximos diez días.

—Ah. Tranquillum House, ¿verdad? —dijo el gerente—. ¿Va a hacer el..., cómo lo llaman? ¿La purificación de los diez días o algo así?

—Por mis pecados —confirmó Lars.

—Normalmente recibimos huéspedes que paran aquí cuando van de camino a sus casas. Somos el primer viñedo por el que pasan en el camino de vuelta a Sídney.

—¿Y qué dicen de ese lugar? —preguntó Lars. Sacó la cartera. Iba a pedir vino para llevarlo como regalo de bienvenida.

—Algunos parecen un poco conmocionados, si le soy sincero. La mayoría solo necesitan una copa y unas patatas fritas para que el color vuelva a sus mejillas. —El gerente puso la mano alrededor del cuello de la botella, como si buscara algo de consuelo—. La verdad es que mi hermana acaba de conseguir un puesto para trabajar en el spa de allí. Dice que su nueva jefa es un poco... —Cerró los ojos con fuerza, como si tratara de ver la palabra que buscaba. Por fin, dijo—: Diferente.

—Yo ya vengo prevenido —repuso Lars. No estaba preocupado. Era un adicto a los balnearios. La gente que dirige ese tipo de sitios suele ser «diferente».

—Mi hermana dice que la casa es impresionante. Tiene una historia fascinante.

—La construyeron presidiarios, según creo. —Lars golpeteó su tarjeta dorada de American Express contra la barra.

—Sí. Pobres desgraciados. Ellos no disfrutaron de ningún tratamiento en el spa.

Apareció una mujer por una puerta por detrás de él, murmurando:

—El maldito internet no funciona otra vez. —Se detuvo al ver a Lars y lo miró con sorpresa. Él estaba acostumbrado. Llevaba toda la vida recibiendo miradas de sorpresa. Ella apartó la vista muy rápido, nerviosa.

—Esta es mi mujer —dijo el gerente del viñedo con orgullo—. Justo estábamos hablando de tu semillón preferido, cariño. El semillón de las sábanas de seda.

El rubor le fue subiendo por el cuello a la mujer.

—Ojalá no le contaras esas cosas a la gente.

Su marido la miró confuso.

—Siempre lo cuento.

—Voy a llevarme una caja —dijo Lars.

Vio cómo la mujer daba una palmada en la espalda de su marido cuando pasó por su lado.

—Que sean dos —añadió Lars, porque todos los días tenía que enfrentarse a los restos destrozados de matrimonios rotos y sintió debilidad al ver uno que iba bien.

Sonrió a la mujer. Ella se tocó el pelo con manos agitadas mientras su inocente marido sacaba un viejo y maltrecho libro de pedidos con un bolígrafo unido por una cuerda, se inclinaba pesadamente sobre el mostrador y miraba el formulario de un modo que sugería que aquello iba a requerir un poco de tiempo.

—¿Nombre?

—Lars Lee —contestó Lars, mientras su teléfono sonaba al recibir un mensaje de texto. Dio un toque a la pantalla.

«¿Puedes pensártelo, por lo menos? Bssss».

El corazón se le sacudió como si hubiese visto de repente una araña negra y peluda. Joder. Pensaba que ya habían terminado con eso. Mantuvo el pulgar sobre el mensaje mientras pensaba. La connotación pasivo-agresiva de ese «por lo menos». Lo empalagoso de esa pluralidad de besos. Además, no le gustaba que no hubiera escrito la palabra «Besos» sin más ni le gustaba el hecho de que no le gustara. Era casi como un TOC.

Escribió una respuesta burda y grosera: «NO. No me lo voy a pensar».

Pero, después, la borró y volvió a meterse el teléfono en el bolsillo de los vaqueros.

—Déjeme probar el pinot gris.

4

Frances

Frances condujo veinte minutos por un camino de tierra lleno de baches que hacía que el coche se sacudiera tanto que los huesos se le agitaban y la parte inferior de su espalda aullaba.

Por fin, se detuvo delante de lo que parecía una cancela de entrada con muchas cerraduras y un interfono. Era como llegar a una prisión de mínima seguridad. Una fea alambrada se extendía sin fin en ambas direcciones.

Se había imaginado conduciendo por un majestuoso camino bordeado de árboles hasta la casa «histórica» y alguien que salía a recibirla con un batido verde. Esto no parecía muy «sanador», sinceramente.

«Basta», se dijo. Si se dejaba llevar por esa actitud de «soy una cliente insatisfecha» todo empezaría a disgustarle y aún tenía que pasar allí diez días. Debía mostrarse abierta y flexible. Ir a un balneario era como viajar a un país nuevo. Hay que aceptar diferentes culturas y ser paciente con los pequeños inconvenientes.

Bajó la ventanilla del coche. Un aire denso y caliente le entró por la garganta como si fuese humo al inclinarse hacia fuera para pulsar el botón verde del interfono con el dedo pulgar. El botón quemaba por el sol y le hizo daño en el corte que se había hecho con el papel.

Se chupó el dedo y esperó a que una voz incorpórea le diera la bienvenida o a que la cancela de hierro forjado se abriera por arte de magia.

Nada.

Volvió a mirar el interfono y vio una nota escrita a mano pegada junto al botón. La letra era tan pequeña que solo pudo distinguir la importante palabra «instrucciones», pero nada más.

«Por todos los santos», pensó mientras buscaba en el bolso las gafas de leer. Seguramente una buena proporción de visitantes tendrían más de cuarenta años.

Encontró las gafas, se las puso, miró la nota y siguió sin poder leerla. Salió del coche chascando la lengua y murmurando. El calor la envolvió pesadamente y el cuero cabelludo se le impregnó de sudor.

Se agachó junto al interfono y leyó la nota, escrita con letras mayúsculas, ordenadas y diminutas, como si fuesen del Ratoncito Pérez.

NAMASTÉ Y BIENVENIDO A TRANQUILLUM HOUSE, DONDE TU NUEVO YO TE ESTÁ ESPERANDO. POR FAVOR, PULSA EL CÓDIGO DE SEGURIDAD 564-312 Y A CONTINUACIÓN EL BOTÓN VERDE.

Pulsó los números del código de seguridad, después el botón verde y esperó. El sudor le bajaba por la espalda. Iba a tener que cambiarse de ropa otra vez. Oyó el zumbido de un moscardón junto a su boca. La nariz le goteaba.

—¡Vamos! —exclamó al interfono con un repentino brote de rabia y se preguntó si su cara sudorosa y nerviosa se estaría viendo en alguna pantalla del interior mientras un experto analizaba sin emoción sus síntomas, sus chacras desalineados. «Esta va a requerir bastante trabajo. Mira cómo responde a uno de los estreses más sencillos de la vida: la espera».

¿Había introducido mal el maldito código?

De nuevo, pulsó con cuidado el código de seguridad mientras decía en voz alta cada número con un tono sarcástico, para que se enterara Dios sabía quién, y pulsó el botón verde y caliente con un toque lento y deliberado, manteniéndolo pulsado cinco segundos para estar segura.

«Venga. Ahora déjame entrar».

Se quitó las gafas de lectura y se las dejó colgando de la mano.

El calor abrasador parecía estar derritiéndole la cabeza como si fuese chocolate bajo el sol. De nuevo, silencio. Lanzó al interfono una mirada de rabia, como si con eso le fuera a responder avergonzado.

Al menos, tendría una anécdota divertida para Paul. Se preguntó si él habría estado alguna vez en un balneario. Pensó que probablemente se mostraría escéptico. Ella misma...

Sintió una presión en el pecho. No podría contarle ninguna buena anécdota a Paul. Paul ya no estaba. Qué humillante que se hubiese introducido en sus pensamientos de ese modo. Deseó sentir una oleada de rabia candente en lugar de esa tristeza tan absoluta, esa pena fingida por algo que, para empezar, nunca había sido real.

«Basta ya. No pienses en eso. Concéntrate en el problema que tienes delante».

La solución era evidente. ¡Llamaría por teléfono a Tranquillum House! Se avergonzarían al saber que el interfono no funcionaba y Frances se mostraría calmada y comprensiva y no daría importancia a sus disculpas. «Son cosas que pasan», diría. «Namasté».

Volvió a meterse en el coche, puso el aire acondicionado. Buscó la documentación con la información de su reserva y llamó al número que aparecía. Todas sus otras comunicaciones habían sido por correo electrónico, así que era la primera vez que oía el mensaje grabado que empezó a sonar de inmediato:

«Gracias por llamar al histórico Balneario Termal y Spa de Tranquillum House, donde tu nuevo yo te espera. Tu llamada es tan importante y especial para nosotros como tu salud y bienestar, pero estamos sufriendo un inusual volumen de llamadas en este momento. Sabemos que tu tiempo vale mucho así que, por favor, deja un mensaje después de las campanadas y te devolveremos la llamada tan pronto como podamos. Agradecemos enormemente tu paciencia. Namasté».

Frances se aclaró la garganta mientras repiqueteaba el molesto tintineo de unas campanas de viento.

—Sí, mi nombre es...

Las campanas de viento no paraban. Frances se interrumpió, esperó, hizo amago de volver a hablar y calló de nuevo. Se trataba de una auténtica sinfonía de campanas.

Por fin, se hizo el silencio.

—Hola, soy Frances Welty. —Se sorbió la nariz—. Disculpe. Un pequeño resfriado. En fin, como he dicho, soy Frances Welty. Soy una huésped.

¿Huésped? ¿Era esa la palabra correcta? ¿Paciente? ¿Interna?

—Estoy intentando entrar y estoy parada en la puerta sin poder pasar. Son..., eh..., las tres y veinte, las tres y veinticinco, y estoy... ¡aquí! Parece que el interfono no funciona pese a que he seguido todas las instrucciones. Las diminutas instrucciones. Les agradecería que me abrieran la puerta. ¿Me dejan entrar? —Su mensaje terminó con una nota elevada de histeria, cosa que lamentó. Dejó el teléfono en el asiento de al lado y se quedó mirando la cancela.

Nada. Les daría veinte minutos y, después, tiraría la toalla.

Sonó su teléfono y lo cogió sin mirar la pantalla.

—¡Hola! —dijo con voz alegre, para demostrar lo comprensiva y paciente que era en realidad y para compensar el comentario sarcástico de las «diminutas instrucciones».

—¿Frances? —Era Alain, su agente literario—. No parece tu voz.

Frances soltó un suspiro.

—Esperaba que fuera otra persona. He venido a ese balneario del que te hablé, pero ni siquiera puedo entrar. El interfono de la puerta no funciona.

—¡Cuánta incompetencia! ¡Es inaceptable! —Alain se enervaba con facilidad y frecuencia por un mal servicio—. Deberías darte la vuelta y volver a casa. No será un sitio de medicina alternativa, ¿verdad? ¿Te acuerdas de esas pobres personas que murieron en la sauna? Todos creían que estaban siendo iluminados cuando, en realidad, los estaban cociendo.

—Este sitio es bastante convencional. Manantiales de aguas termales, masajes y terapia creativa. Quizá un poco de ayuno.

—Un poco de ayuno —contestó Alain con indignación—. Come cuando tengas hambre. Es un privilegio, ¿sabes? Comer cuando se tiene hambre, cuando hay gente muriendo de hambre en el mundo.

—Bueno, esa es la cuestión. En esta parte del mundo no nos morimos de hambre —dijo Frances. Miró el envoltorio de KitKat de la guantera de su coche—. Comemos demasiada comida procesada. Así que, por eso, los que somos privilegiados necesitamos desintoxicarnos...

—Dios mío, se lo ha tragado. ¡Se lo ha creído todo! La desintoxicación es un mito, querida. ¡Ha sido desacreditada! Tu hígado ya lo hace por ti. O puede que sean los riñones. Vamos, que está todo controlado.

—En fin —dijo Frances. Tenía la sensación de que Alain estaba posponiendo otra cuestión.

—En fin —repitió Alain—. Suenas como si estuvieses resfriada, Frances. —Parecía bastante preocupado por su resfriado.

—Sí que estoy teniendo un catarro fuerte, persistente, posiblemente permanente. —Tosió para demostrarlo—. Estarías orgulloso de mí. He estado tomando un montón de medicamentos muy potentes. El corazón me va a un millón de kilómetros por hora.

—Así debe ser —contestó Alain.

Hubo una pausa.

—¿Alain? —le instó ella, aunque lo sabía, ya sabía exactamente lo que le iba a decir.

—Me temo que no traigo buenas noticias —anunció Alain.

—Entiendo.

Metió hacia dentro el estómago, preparada para afrontarlo como un hombre o, al menos, como una autora de novelas románticas capaz de leer sus propias declaraciones de derechos de autor.

—Bueno, como ya sabes, querida... —empezó a decir Alain.

Pero Frances no podía soportar oírle dando vueltas, tratando de suavizar el golpe con cumplidos.

—No quieren el libro nuevo, ¿no? —atajó.

—No quieren el libro nuevo —confirmó Alain con tristeza—. Lo siento mucho. Creo que es un libro precioso, de verdad. Es solo por la situación actual, las novelas románticas se han llevado la peor parte. No va a durar eternamente, el romanticismo siempre vuelve. Es algo pasajero, pero...

—Entonces, véndeselo a otro —le interrumpió Frances—. Véndeselo a Timmy.

Hubo otra pausa.

—La cuestión es que... —repuso Alain—, no te lo había dicho, pero le pasé el manuscrito a Timmy hace unas semanas, porque tenía la pequeña sospecha de que pudiera pasar esto y, evidentemente, una oferta de Timmy antes de que tuviéramos nada sobre la mesa me habría dado cierta ventaja, así que...

—¿Timmy ha dicho que no? —Frances no podía creerlo. Colgado en su armario estaba el vestido de diseño exclusivo que jamás podría volver a ponerse por la mancha de una piña colada que Timmy le había derramado encima cuando la había acorralado en una sala en el Festival de Escritores de Melbourne, con su voz apresurada y excitada en el oído de ella, mirando hacia atrás como un espía mientras le decía lo mucho que deseaba publicarla, que estaba destinado a publicarla, que nadie más en la industria editorial sabía publicarla como él, que la lealtad de ella hacia Jo era admirable pero equivocada, porque Jo creía saber lo que era la literatura romántica pero no, solo Timmy lo sabía y solo Timmy podría llevar y llevaría a Frances a «un nivel superior» y así sin parar hasta que Jo apareció y la rescató: «Eh, deja en paz a mi autora».

¿Cuánto tiempo había pasado desde aquello? No tanto, desde luego. Quizá hiciera nueve o diez años. Una década. El tiempo pasaba muy rápido últimamente. Algo no iba bien en la velocidad con que la tierra daba vueltas. Las décadas pasaban con la misma rapidez con la que antes se sucedían los años.

—A Timmy le ha encantado el libro —continuó Alain—. Lo adora. Casi se echa a llorar. Pero no ha pasado el filtro del departamento de contrataciones. Allí están todos temblando de miedo. Ha sido un año infernal. La orden de arriba es que se centren en las novelas de suspense psicológico.

—Yo no sé escribir una novela de suspense —repuso Frances. Nunca le gustaba matar a los personajes. A veces, permitía que se rompieran una pierna, pero se sentía bastante mal por ello.

—¡Claro que no! —exclamó Alain con demasiada rapidez y Frances se sintió ligeramente ofendida—. Mira, tengo que admitir que me preocupé cuando Jo se fue y te quedaste sin contrato —prosiguió él—. Pero Ashlee parecía ser una verdadera admiradora tuya.

La concentración de Frances empezó a vagar sin rumbo mientras Alain continuaba hablando. Vio la cancela cerrada y apretó los nudillos de la mano izquierda contra la parte inferior de su espalda.

¿Qué diría Jo cuando se enterara de que habían rechazado a Frances? ¿O es que ella habría tenido que hacer lo mismo? Frances había dado siempre por sentado que Jo sería su editora toda la vida. Le había gustado imaginarse juntas terminando su vida profesional a la vez, quizá con un fastuoso almuerzo conjunto para celebrar su retiro, pero a finales del año anterior Jo había anunciado su decisión de jubilarse. ¡Jubilarse! ¡Como si fuese una especie de anciana abuelita! Jo era en realidad abuela pero, por el amor de Dios, ese no era motivo para parar. Frances sentía como si acabara de acostumbrarse a ese ritmo de vida y, de repente, la gente de su círculo estuviera haciendo cosas de viejos: tener nietos, jubilarse, reducir su estatura, morirse..., no en accidentes de coche o de avión, no, morirse tranquilamente mientras dormían. Nunca se lo perdonaría a Gillian, Gillian siempre se iba de las fiestas sin despedirse.

No debería haber supuesto ninguna sorpresa que la sustituta de Jo fuera una niña, porque los niños estaban tomando el control del mundo. Allá a donde Frances mirara había niños:

niños sentados con actitud seria en las mesas de los periódicos, controlando el tráfico, gestionando sus impuestos y ajustándole los sujetadores. Cuando Frances conoció a Ashlee había pensado que estaba allí como trabajadora en prácticas. Había estado a punto de decirle: «¿Puedes traerme un capuchino, querida?», cuando la niña pasó al otro lado de la antigua mesa de Jo.

«Frances», —había exclamado—, «¡este es para mí un gran momento como admiradora! ¡Leía tus libros cuando tenía como once años! Se los quitaba a mi madre del bolso. Le decía cosas como: "Mamá, tienes que dejarme leer *El beso de Nathaniel*", y ella me respondía: "¡Ni hablar, Ashlee, tiene mucho sexo!"».

Luego Ashlee había pasado a decirle a Frances que su siguiente libro debía tener más sexo, mucho más sexo, pero... ¡sabía que Frances podría hacerlo! Ashlee estaba segura de que Frances ya estaba al tanto de que el mercado estaba cambiando y «si miras esta gráfica de aquí, Frances..., no, esta; eso es..., verás que tus ventas han ido teniendo una especie de..., en fin, lamento decirlo, pero se puede afirmar que esto es una tendencia a la baja y necesitamos darle la vuelta en plan superrápido. Ah, y otra cosa más...». Ashlee había parecido incómoda, como si fuese a sacar a colación un embarazoso problema médico. «Tu presencia en las redes sociales. Me han dicho que no eres muy aficionada a ellas. ¡Tampoco lo es mi madre! Pero es casi esencial en el mercado actual. Tus seguidoras tienen verdadera necesidad de verte en Twitter, Instagram y Facebook. Ese es el mínimo indispensable. Además, nos encantaría que pusieras en marcha un blog y un boletín y quizá algún videoblog con cierta asiduidad. ¡Eso sería de lo más divertido! ¡Son como pequeñas películas!».

«Tengo una página web», había contestado Frances.

«Sí», había replicado Ashlee con tono amable. «Sí que la tienes, Frances. Pero a nadie le importan las páginas web».

Y, a continuación, había girado la pantalla de su ordenador hacia Frances para poder mostrarle algunos ejemplos de otros autores más disciplinados con presencia «activa» en las redes sociales y Frances había dejado de escuchar y había esperado a que aquello terminara, como si fuese una cita con el dentista. (De todos modos, no habría podido ver la pantalla. No había llevado las gafas). Pero no se había preocupado porque se estaba enamorando de Paul Drabble en esa época y, cuando se enamoraba, siempre escribía sus mejores libros. Además, tenía las lectoras más adorables y leales del mundo. Sus ventas podrían caer, pero siempre la publicarían.

—Buscaré la editorial adecuada para este libro —dijo Alain—. Solo que puede que tarde un poco. ¡La novela romántica no ha muerto!

—¿No? —preguntó Frances.

—Ni mucho menos —contestó Alain.

Frances cogió el envoltorio vacío del KitKat y lo lamió, esperando encontrar algún resto de chocolate. ¿Cómo iba a superar ese revés sin azúcar?

—¿Frances?

—Me duele muchísimo la espalda —dijo Frances. Se sonó la nariz con fuerza—. Además, tuve que parar el coche en medio de la carretera porque tenía un sofoco.

—Eso suena de lo más desagradable —repuso Alain compasivo—. No me lo puedo ni imaginar.

—No, no puedes. Un hombre se paró para ver si estaba bien porque estaba gritando.

—¿Estabas gritando?

—Me apetecía gritar —dijo Frances.

—Claro, claro —se apresuró a responder Alain—. Te entiendo. A mí me apetece gritar a menudo.

Había tocado fondo. Acababa de lamer el envoltorio de un KitKat.

—Ay, Frances, siento mucho todo esto, y más después de lo que pasó con ese hombre horrible. ¿Ha dicho algo la policía?

—No —contestó Frances—. Ninguna noticia.

—Querida, me estoy dejando la piel por ti.

—Eso no es necesario —dijo Frances sorbiéndose la nariz.

—Has pasado una mala racha últimamente, cariño. Por cierto, quiero que sepas que esa reseña no ha tenido ningún impacto en la decisión que han tomado.

—¿Qué reseña?

Hubo un silencio. Sabía que Alain se estaba dando golpes en la frente.

—¿Alain?

—Ay, Dios —dijo él—. Ay, Dios. Ay, Dios. Ay, Dios.

—No he leído ninguna reseña desde 1998 —continuó Frances—. Ni una sola reseña. Lo sabes.

—Desde luego que lo sé —repuso Alain—. Soy idiota. Soy un estúpido.

—¿Por qué iba a aparecer una reseña si no he sacado ningún libro nuevo? —Frances se incorporó en su asiento. La espalda le dolía tanto que creía que se iba a marear.

—Una zorra compró un ejemplar de *Lo que el corazón desea* en el aeropuerto y escribió un artículo de opinión sobre…, eh…, tus libros en general, una diatriba muy loca. Lo llegó a vincular con el movimiento MeToo, lo cual lo hizo más jugoso para que se propagara más rápido. ¡Como si las novelas románticas fueran las culpables de la existencia de depredadores sexuales!

—¿Qué?

—Nadie leyó siquiera la reseña. No sé por qué lo he mencionado. Debo de estar empezando a sufrir una demencia precoz.

—¡Has dicho que se propagó rápidamente!

Todo el mundo había leído la reseña. Todo el mundo.

—Envíame el enlace —ordenó Frances.

—No es tan mala —dijo Alain—. Es solo ese prejuicio contra tu género…

—¡Envíamelo!

—No —contestó Alain—. No voy a hacerlo. Has pasado todos estos años sin leer reseñas. ¡No caigas ahora!

—En este mismo instante —insistió Frances con su tono peligroso. Rara vez lo usaba. Cuando se estaba divorciando, por ejemplo.

—Te lo enviaré —respondió Alain con voz sumisa—. Lo siento mucho, Frances. Lamento mucho toda esta conversación telefónica.

Colgó y Frances fue a mirar inmediatamente su correo electrónico. No había mucho tiempo. En cuanto llegara a Tranquillum House tendría que «entregar» su «dispositivo». Iba a ser una desintoxicación digital aparte de todo lo demás. Iba a estar «fuera del sistema».

«¡LO SIENTO MUCHO!», decía el correo electrónico de Alain.

Pulsó sobre la reseña.

La había escrito una mujer llamada Helen Ihnat. Frances no conocía ese nombre y no había ninguna fotografía. La leyó rápidamente, con una sonrisa burlona y solemne, como si la autora le estuviese diciendo esas cosas a la cara. Era una reseña terrible: cruel, sarcástica y desdeñosa, pero, curiosamente, no le dolía. Las palabras —«predecible», «basura», «chorrada», «manida»— le resbalaban.

¡No pasaba nada! No se podía contentar a todo el mundo. Eran gajes del oficio.

Y, entonces, lo notó.

Fue como cuando te quemas con un hornillo y al principio piensas: «Eh, eso debería haberme dolido más», y después, de repente, te duele a rabiar.

Un dolor increíble en el pecho se le extendía por todo el cuerpo. ¿Otro divertido síntoma de la menopausia? Quizá fuera un infarto. Las mujeres tenían infartos. Seguro que esto era más que resquemor. Sin duda, y para empezar, ese había sido el motivo por el que había dejado de leer críticas. Su piel era demasiado fina. «Fue la mejor decisión que he tomado nunca», le había dicho al público en el Congreso de Escritores de Novela Romántica de Australia cuando pronunció el discurso de presentación el año anterior. Probablemente, todos habrían pensado: «Sí, pues quizá deberías leer una o dos reseñas, Frances, vieja gloria».

¿Por qué le había parecido una buena idea leer una crítica mala justo después de haber sufrido su primer rechazo en treinta años?

Y ahora estaba pasando algo más. Llegó y, Dios mío, era de lo más fascinante, pero parecía que estaba perdiendo toda conciencia de quién era.

«Venga, Frances, cálmate. Eres demasiado vieja para tener una crisis existencial».

Pero, al parecer, no lo era.

Se concentró con desesperación en buscar su propia identidad, pero era como tratar de atrapar el agua que se va por un desagüe. Si ya no era una escritora a la que publicaban, ¿quién era? ¿Qué era, en realidad? No era una madre, ni una esposa ni una novia. Era una mujer divorciada dos veces, de mediana edad, con sofocos/sofocaciones menopáusicas. El final de un chiste. Un cliché. Invisible para la mayoría..., salvo, claro está, para hombres como Paul Drabble.

Miró la cancela que tenía delante y que seguía sin abrirse, la visión se le nubló por las lágrimas y se dijo a sí misma que no debía asustarse, no estás desapareciendo. Frances, no seas tan melodramática, esto no es más que una mala racha, un bache, y son las pastillas para el resfriado y la gripe las que hacen que el corazón se te dispare, pero sentía como si estuviese asomándose a un precipicio y, al otro lado del precipicio, había un absoluto abismo de desesperación que no se parecía a nada que hubiese experimentado antes, ni siquiera durante aquellas épocas de auténtico dolor —y esto no era dolor de verdad, se recordó—. Era un revés profesional mezclado con la pérdida de una relación, un dolor de espalda, un resfriado y un corte con un papel. Esto no era como cuando murió papá ni cuando murió Gillian. Pero ciertamente no ayudaba mucho recordar las muertes de sus seres queridos. No ayudaba en absoluto.

Miró a su alrededor desesperada en busca de alguna distracción —su teléfono, su libro, comida— y entonces vio un movimiento por el espejo retrovisor.

¿Qué era? ¿Un animal? ¿Un efecto de la luz? No, era algo.

Era demasiado lento como para ser un coche.

Un momento. Sí que era un coche. Pero avanzaba tan despacio que apenas se movía.

Se incorporó en su asiento y se pasó los dedos por debajo de los ojos, por donde se le había corrido el rímel.

Un coche deportivo de color amarillo canario se acercaba por el camino de tierra más despacio de lo que ella habría podido imaginar que fuera posible.

A Frances no le interesaban los coches pero, a medida que se acercaba, estuvo segura de que se trataba de una obra de ingeniería espectacularmente cara. Casi rozando el suelo y reluciente con faros futuristas.

Se detuvo detrás del suyo y las puertas de ambos lados se abrieron a la vez. Un hombre y una mujer jóvenes salieron. Frances ajustó su espejo para verlos con más claridad. El hombre parecía un fontanero de barrio residencial en una barbacoa dominguera: gorra de béisbol puesta hacia atrás, gafas de sol, camiseta, bermudas y zapatos náuticos sin calcetines. La mujer tenía un impresionante pelo largo y caoba, pantalones pirata ajustadísimos, una cintura increíblemente diminuta y unos pechos aún más increíbles. Se bamboleaba sobre unos tacones de aguja.

¿Por qué razón iba a venir una pareja así a un balneario? ¿No era el tipo de lugar para personas con sobrepeso y agotadas, para las que se enfrentaban a dolores de espalda y lamentables crisis de identidad de la mediana edad? Mientras Frances los observaba el hombre se giró la gorra de béisbol para colocársela bien e inclinó la cabeza hacia atrás, arqueando la espalda como si a él también le abrumara aquel cielo. La mujer le dijo algo. Por la forma de mover la boca, Frances estuvo segura de que había dicho algo mordaz.

Estaban discutiendo.

Qué distracción tan maravillosa. Frances bajó la ventanilla. Esas personas la iban a apartar del precipicio para devolverla a la existencia. Iba a recuperar su identidad al existir ante los ojos de ellos. La verían como una mujer vieja y excéntrica, puede que incluso molesta, pero no importaba cómo la vieran, siempre y cuando lo hicieran.

Se asomó torpemente por la ventanilla del coche, movió los dedos y gritó:

—¡Hooola!

La chica se acercó tambaleándose por la hierba.

5

Ben

𝓑en observó a Jessica caminar como una bebé jirafa hacia el Peugeot 308 —una mierda demasiado cara— que estaba aparcado en la puerta con el motor encendido. Una de las luces de freno del Peugeot se había fundido y el tubo del silenciador parecía estar doblado, sin duda por culpa de ese camino de tierra. La señora sentada al volante estaba medio asomada por la ventanilla, prácticamente a punto de caerse, saludando enloquecida con la mano a Jessica como si estuviese encantada de verla. ¿Por qué no abría la puerta del coche y salía?

Parecía que el balneario estaba cerrado. ¿Una cañería reventada? ¿Un motín? Eso esperaba.

Jessica apenas podía andar con aquellos ridículos zapatos. Era como si fuese sobre zancos. Los tacones eran finos como palillos de dientes. Se iba a torcer un tobillo en cualquier momento.

Ben se agachó junto a su coche y le pasó los dedos por la pintura, buscando desconchones de piedras. Volvió a mirar hacia la carretera que acababan de recorrer y se estremeció. ¿Cómo podía un sitio con precios tan sangrantes tener una carretera así? Deberían avisarlo en la página web. Había dado por seguro que se iban a quedar en alguno de esos baches.

No había ningún desconchón a la vista, lo cual era un milagro, pero ¿quién sabía el daño que habrían sufrido los bajos del coche? Tendría que esperar a poder levantarlo en el taller para echarle un vistazo. Quería hacerlo en ese momento, pero iba a tener que esperar diez días.

Quizá debería pedir que una grúa se lo llevara de vuelta a Melbourne. Podría llamar a los chicos de Pete. No era una idea tan loca, solo que si alguno de sus antiguos compañeros de trabajo lo veía no iba a dejar de darle la brasa por haber llevado el coche por esa carretera. Sospechaba que su antiguo jefe se echaría a llorar, literalmente, si veía lo que Ben había hecho.

Los ojos de Pete habían brillado sospechosamente después del incidente del arañazo del mes pasado. «El escándalo del arañazo», lo habían llamado todos.

«Un puto celoso», había dicho Pete cuando Ben le enseñó el largo arañazo que la llave de alguna persona malvada había trazado deliberadamente en la puerta del pasajero. Ben no había podido descubrir dónde o cuándo había sucedido. Nunca dejaba el coche en aparcamientos públicos. Suponía que debía de haber sido algún conocido. A Ben se le ocurrieron muchas personas lo bastante resentidas contra él y Jessica como para hacerlo. Antiguamente le habría costado nombrar un solo enemigo en su vida. Ahora parecía que contaban con una buena colección. Sabía que Jessica pensaba que había sido la hermana de Ben quien lo había hecho, aunque nunca acusó a Lucy en voz alta. Podía leerle la mente por su forma de fruncir los labios. Quizá tuviera razón. Podría haber sido Lucy.

Pete había arreglado el arañazo con el mismo cuidado que si estuviese restaurando un cuadro de valor incalculable y

Ben había sido cauteloso hasta ese preciso instante, cuando había sometido al coche a un peligro enorme e imperdonable al conducirlo por ese camino infernal.

Ben no debería haber cedido nunca ante Jessica. Lo había intentado. Había parado el coche y le había explicado, tranquilamente y sin maldecir, que conducir un coche como ese por un camino sin asfaltar era una imprudencia y que las consecuencias podrían ser catastróficas. Podrían, por ejemplo, destrozarle el sistema de escape.

Fue como si a ella realmente no le importara el sistema de escape.

Se habían estado gritando durante diez minutos. Gritándose de verdad. Escupiendo gotas de saliva. Con las caras rojas, feas y desfiguradas. La desesperante frustración que había sentido durante aquella discusión se había parecido a un vago recuerdo de su infancia, cuando uno no sabe expresarse bien y no se tiene control sobre la propia vida porque eres un niño, así que, cuando mamá o papá dicen que no puedes comprarte el nuevo muñeco coleccionable de *La guerra de las galaxias* que tanto deseas, te vuelves loco de remate.

Hubo un momento en que había apretado los puños; un momento en el que tuvo que decirse a sí mismo: «No le des un puñetazo». Nunca había sabido que era capaz de sentir el deseo de pegar a una mujer. En ese momento se rindió. Dijo: «Muy bien. Destrozaré el coche. Qué más da».

La mayoría de los tíos a los que conocía ni siquiera se habrían detenido para gritarse. Simplemente, habrían dado media vuelta al coche.

La mayoría de los tíos jamás habrían accedido a esta locura, para empezar.

Un «balneario». Yoga y manantiales de aguas termales. No lo entendía. Pero Jessica había dicho que necesitaban hacer algo drástico y que eso lo arreglaría todo. Dijo que tenían que desintoxicar sus mentes y cuerpos para salvar su matrimonio. Iban a comer lechuga orgánica y someterse a «terapia de parejas». Iban a ser diez días de auténtica tortura.

Una pareja de famosos había venido a este lugar y habían salvado su matrimonio. Habían «alcanzado la paz interior» y retomado el contacto con su «verdadero yo». Menuda mierda. Ya puestos, podrían haber destinado el dinero a unos estafadores de internet nigerianos. Ben tenía la espantosa sospecha de que la pareja de famosos pudiera haberse conocido en algún programa de telerrealidad. A Jessica le encantaban los famosos. A él le había parecido entrañable que una chica tan lista mostrara interés por algo tan tonto. Pero ahora estaba tomando demasiadas decisiones importantes basadas en lo que hacían los famosos o lo que se publicaba que hacían. Probablemente fuese todo mentira. Probablemente les estuviesen pagando por mostrar productos en sus cuentas de Instagram. Y ahí estaba Jessica, su pobre, inocente y confiada Jessica, tragándoselo todo.

Ahora era como si ella se creyera una de esas personas. Se imaginaba a sí misma en esos eventos de pacotilla con alfombra roja. Últimamente, cada vez que le hacían una foto se ponía la mano en la cintura, como si estuviese interpretando la canción de la tetera, y después se colocaba de lado y desencajaba la mandíbula con aquella sonrisa de enajenada. Resultaba de lo más sobrecogedor. Y el tiempo que dedicaba a preparar esas fotografías. El otro día había pasado cuarenta y cinco minutos (lo había cronometrado) haciéndose una foto de los pies.

Una de las peores discusiones que habían tenido recientemente había sido por una de sus publicaciones de Instagram. Era una foto de ella en biquini, inclinada hacia delante, con los brazos juntos de manera que sus nuevos pechos parecían aún más grandes y poniendo morritos con sus nuevos labios hinchados mirando a la cámara. Le había preguntado qué le parecía la foto con expresión de verdadera ilusión, y, al ver aquella expresión, él no le había dicho lo que de verdad pensaba, que parecía como si anunciara un servicio de chica de compañía barata. Se había limitado a encogerse de hombros y decir: «Está bien».

El gesto ilusionado de ella había desaparecido. Cualquiera habría pensado que la había insultado. Lo siguiente que él recordaba era que Jessica le estaba gritando (últimamente, pasaba de cero a cien en un segundo) y él había sentido como si le hubiesen dado un golpe a traición, incapaz de entender lo que acababa de ocurrir. Así que se había alejado mientras ella seguía con sus gritos y había subido a jugar a la Xbox. Había creído que alejarse sería lo mejor. Una reacción madura y masculina. Retirarse y dejarla un rato para que se calmara. Se había vuelto a equivocar. Ella había subido las escaleras corriendo detrás de él y le había agarrado la parte de atrás de la camiseta antes de que llegara arriba.

«¡Mírame!», había gritado ella. «¡Ya ni siquiera me miras!».

Y le había dolido oírle decir eso, porque era verdad. Evitaba mirarla. Se estaba esforzando en serio por superar aquello. Había hombres que seguían casados con mujeres que habían quedado desfiguradas por accidentes, quemaduras, cicatrices o lo que fuera. No debía suponer ninguna diferencia que Jessica hubiese quedado desfigurada por su propia mano. No literalmente por su propia mano. Por su propia tarjeta de crédito. Voluntariamente desfigurada.

Y todas sus estúpidas amigas la animaban: «Dios mío, Jessica, estás increíble».

Él deseaba gritarles: «¿Estáis ciegas? ¡Parece una ardilla!».

La idea de separarse de Jessica era como si le arrancaran las entrañas, pero últimamente estar casado con ella era como si le arrancaran las entrañas. Se mirara por donde se mirara, las entrañas terminaban arrancadas.

Si este retiro funcionaba, si volvían a estar como antes, hasta merecería la pena el daño que sufriera el coche. Claro que merecería la pena. Se suponía que Jessica era la madre de sus hijos..., de sus futuros hijos.

Pensó en el día del robo, dos años antes. Recordaba cómo su rostro —por entonces aún era su bonito rostro— se había arrugado como el de un niño pequeño, y la rabia que él había sentido. Había deseado encontrar a esos cabrones para partirles la cara.

De no haber sido por el robo, de no haber sido por esos cabrones, no estarían en ese lugar. Él no tendría el coche pero, al menos, no estaría atrapado ahí durante los siguientes diez días.

En definitiva, aún deseaba partirles la cara.

—¡Ben!

Jessica le hizo una señal para que se acercase. Estaba de lo más simpática y sonriente, como si no acabaran de estar gritándose el uno al otro. Eso se le daba muy bien. Podían estar yendo a una fiesta sin parar de discutir durante todo el camino, sin hablarse ni una palabra mientras subían los escalones de la casa de alguien, y, a continuación, abrirse la puerta del apartamento y —¡chas!— una persona distinta. Risas, bromas, burlas, caricias, *selfies,* como si esa noche fuesen a tener sexo, cuando claramente no iban a hacerlo.

Luego, de nuevo en el coche de camino a casa, ella retomaría la discusión. Era como encender y apagar un interruptor. Eso le aterraba. «Es cuestión de educación», le decía ella. «No llevas tu pelea a una fiesta. A nadie le incumbe».

Se incorporó, se ajustó la gorra y se acercó a Jessica para hacer de su mono de feria.

—Este es mi marido, Ben —dijo Jessica—. Ben, esta es Frances. Va al mismo retiro que nosotros. Bueno, es probable que no sea el mismo exactamente...

La señora le sonrió desde el asiento del conductor.

—Tienes un coche muy lujoso, Ben —comentó la mujer. Le habló como si ya le conociera. Su voz sonaba congestionada y ronca y tenía la punta de la nariz de un rojo fuerte—. Es como si lo hubieses sacado de una película. —Él podía verle el enorme abismo de su escote. No podía evitarlo. Literalmente, no podía mirar a otro sitio. No estaba mal, pero era mayor, así que tampoco estaba bien. Llevaba pintalabios rojo y tenía un denso cabello rizado y dorado recogido en una coleta. Le recordó a una de las amigas del tenis de su madre. Le gustaban las amigas del tenis de su madre, eran fáciles de tratar y no esperaban que él hablara mucho, pero prefería que no llevaran escote.

—Gracias —respondió tratando de concentrarse en sus ojos simpáticos y muy brillantes—. Encantado de conocerla.

—¿Qué clase de coche es? —preguntó Frances.

—Es un Lamborghini.

—*Oh là là!* ¡Un Lamborghini! —Le sonrió—. Este de aquí es un Peugeot.

—Sí, lo sé —dijo él, incómodo.

—¿No tienes buena opinión de los Peugeot? —Inclinó la cabeza a un lado.

—Es un trasto de mierda —respondió él.

—¡Ben! —exclamó Jessica, pero Frances se rio encantada.

—A mí me encanta mi pequeño Peugeot —ronroneó Frances a la vez que acariciaba el volante.

—Bueno, a cada uno lo suyo —repuso Ben.

—Frances dice que no contestan al interfono —le explicó Jessica—. Lleva sentada aquí fuera veinte minutos.

Jessica estaba utilizando su nuevo tono pijo, con el que hacía que cada palabra sonase tan gruesa y redonda como una manzana. Ahora lo usaba casi de forma exclusiva, salvo cuando de verdad perdía los estribos y se enfadaba, como anoche, cuando se olvidó del tono pijo y le gritó: «¿Por qué no puedes alegrarte sin más? ¿Por qué estás echando esto a perder?».

—¿Ha llamado por teléfono? —preguntó él ahora a la señora del escote—. Puede que le pase algo al interfono.

—He dejado un mensaje —respondió Frances.

—Quizá esto sea como una prueba —sugirió Jessica—. Puede que forme parte de nuestro tratamiento. —Se levantó el pelo para refrescarse el cuello. A veces, cuando hablaba con normalidad, cuando era ella misma, él podía olvidarse de su frente congelada, de sus labios de pez globo, de sus mejillas hinchadas, de las pestañas de camello («extensiones de pestañas»), del pelo falso («extensiones de pelo») y de las tetas falsas y entonces, solo por un momento, aparecía su dulce Jessica, la Jessica a la que conocía desde el instituto.

—¡Yo también lo he pensado! —exclamó Frances.

Ben se giró para mirar el interfono.

—Apenas podía ver las instrucciones —comentó Frances—. Son diminutas.

Ben podía leerlas perfectamente. Introdujo el código y apretó el botón verde.

—Me voy a poner muy furiosa si funciona ahora —dijo Frances.

Una voz metálica salió del interfono.

—Namasté y bienvenido a Tranquillum House. ¿Qué desea?

—¿Qué narices...? —articuló Frances con los labios haciendo un cómico gesto de incredulidad.

Ben se encogió de hombros.

—Solo necesitaba un toque masculino.

—No te pases —repuso ella. Sacó un brazo del coche y le dio un golpe con la mano.

Jessica se agachó junto al interfono y habló con voz demasiado alta.

—Venimos a alojarnos aquí. —Habló con voz encantadora, como la abuela de Ben cuando llamaba por teléfono—. Somos los Chandler, Jessica y Ben...

Se oyó una interferencia por el interfono y las puertas empezaron a abrirse. Jessica se incorporó y se pasó el pelo por detrás de la oreja, preocupada como siempre por su dignidad. Antes no solía tomarse a sí misma tan en serio.

—Prometo que he introducido bien el código. ¡O eso pensaba! —dijo Frances mientras se abrochaba el cinturón de seguridad y aceleraba su pequeño motor. Les despidió con un ligero movimiento de la mano—. ¡Nos vemos ahí dentro! No intentéis adelantarme con vuestro lujoso Ferrari.

—¡Es un Lamborghini! —protestó Ben.

Frances le guiñó un ojo, como si lo supiera muy bien, y se alejó, más rápida de lo que él se habría esperado o de lo que recomendaría por ese camino.

Mientras volvían al coche, Jessica habló:

—No se lo vamos a decir a nadie, ¿de acuerdo? Ese es el trato. Si alguien pregunta, tú solo di que el coche ni siquiera es tuyo. Di que es de un amigo.

—Sí, pero no se me da tan bien mentir como a ti —respondió él. Tenía la intención de que sonara como una broma o incluso como un cumplido, pero iba a dejar que ella lo interpretara como quisiera.

—Vete a la mierda —contestó, aunque sin mucha vehemencia.

Así que puede que estuviesen bien. Pero, a veces, los rescoldos de una discusión casi acabada volvían a encenderse sin previo aviso. Nunca se sabía. Debía estar alerta.

—Parecía simpática —dijo Ben—. Esa señora. Frances.

—Era un comentario sin peligro. Frances era mayor. No había posibilidad de que surgieran celos. Los celos eran una divertida novedad en su relación. Cuanto más cambiaba Jessica su cara y su cuerpo, menos segura se volvía.

—Creo que la he reconocido —dijo Jessica.

—¿En serio?

—Estoy bastante segura de que es Frances Welty, la escritora. Antes me volvían loca sus libros.

—¿Qué tipo de libros escribe? —preguntó Ben. Abrió la puerta del coche.

Ella dijo algo que no oyó.

—Perdona, ¿qué?

—Novelas románticas. —Jessica cerró la puerta del pasajero con un golpe tan fuerte que él hizo una mueca de dolor.

6

Frances

*E*sto sí se parece más», pensó Frances cuando vio por primera vez la mansión victoriana que aparecía majestuosa a lo lejos. La carretera estaba ahora asfaltada, afortunadamente, y los matorrales se iban volviendo más verdes y delicados. Tranquillum House era un edificio de tres plantas con fachada de arenisca, tejado de chapa ondulada roja y una torre de princesa. Frances tuvo la agradable sensación de estar viajando en el tiempo hasta el siglo xix, aunque esa impresión quedaba algo estropeada por el zumbido del Lamborghini amarillo que iba detrás de ella.

¿Cómo podían permitirse esos críos un coche así? ¿Eran traficantes de droga? ¿Unos niños de papá? Parecía más probable que fuesen traficantes que niños ricos. Ninguno de los dos tenía ese aspecto lechoso y engreído del rancio abolengo.

Volvió a mirar por el espejo retrovisor. Desde ahí, con su pelo moviéndose al viento, Jessica parecía la chica guapa que se suponía que debía ser. No se apreciaban los arreglos que se había hecho en su joven rostro. La espesa capa de maquillaje ya era algo malo de por sí, pero, cielo santo, esos dientes de un blanco cegador, los enormes labios hinchados y los retoques resultaban una tragedia. Frances no se oponía a las intervenciones estéticas, de hecho era muy aficionada a ellas, pero había algo muy triste y llamativo en el rostro inflado y alisado de esa dulce niña.

Seguramente todas esas joyas que llevaba no serían auténticas, ¿no? Esos enormes zafiros en sus orejas podrían valer... ¿cuánto? Frances no tenía ni idea. Mucho. Pero, evidentemente, el coche sí era auténtico, así que quizá las joyas lo fuesen también.

¿Mafiosos venidos a más? ¿Estrellas de YouTube?

El chico, el «marido» de Jessica (parecían demasiado jóvenes para usar un vocabulario tan adulto), era una monada. Frances no intentaría flirtear con él. La broma podría resultar pesada después de diez días. Posiblemente casi bordeando lo... ¿sórdido? «Posiblemente bordeando la pedofilia, querida», diría Alain. Resultaba desagradable pensar en el encantador Ben estremeciéndose ante Frances igual que Frances se había estremecido tiempo atrás ante el comportamiento de autores más viejos en las fiestas de alguna editorial.

Se ponían especialmente asquerosos si habían ganado hacía poco algún premio literario. ¡Sus diálogos se volvían tan intensos e impenetrables que no necesitaban signos de puntuación! Así que era natural que no pidieran permiso para deslizar sus manos peludas por encima del cuerpo de una joven escritora de ficción. En sus mentes, Frances prácticamente les debía sexo a cambio de sus enormes e inapropiadas cifras de venta de «basura de aeropuerto».

«Basta. No pienses en la reseña, Frances».

¡Había desfilado en la Marcha de las Mujeres! No era una «vergüenza para el feminismo» simplemente porque describiera el color de ojos de su personaje masculino. ¿Cómo podía alguien enamorarse de otra persona si no sabía el color de sus ojos? Y estaba obligada a atarlo todo al final con un «lazo enorme». Esas eran las normas. Si Frances dejaba que sus finales fuesen ambiguos, sus lectoras irían a por ella con tridentes. «No pienses en la reseña. No pienses en la reseña».

Arrastró sus pensamientos de nuevo hacia Ben y Jessica. Sí, se acordaría de mostrar ante Ben una conducta propia de su edad. Fingiría que eran parientes. Se comportaría como si fuera su tía. Desde luego, no le tocaría. Dios mío, ya le había tocado, ¿no? La reseña le estaba haciendo dudar de todo. Apretó las manos sobre el volante. Tenía la costumbre de tocar el brazo de la gente al hacer algún comentario o cuando decían algo que le hacía reír o cuando sentía cierto cariño hacia ellos.

Al menos, hablar con Ben y con Jessica la había tranquilizado. Por un momento, había sentido miedo de sí misma. Efectivamente, había perdido la cabeza. Menuda reina del drama.

El camino serpenteaba hacia la casa. Ben mantenía educadamente su potente coche a una distancia considerable por detrás de Frances, aunque con toda probabilidad estaba deseando apretar el acelerador al tomar las curvas.

Ella avanzó por un camino majestuoso con altos pinos a ambos lados.

—No está nada mal —murmuró.

Se había preparado para una realidad más cutre de lo que aparecía en las fotos de la página web, pero, de cerca, Tranquillum House era un lugar precioso. Los elegantes balcones blancos relucían a la luz del sol. El jardín era frondoso y verde al calor del verano, con un cartel que proclamaba amablemente que «EN ESTA PROPIEDAD SE UTILIZA AGUA DE LLUVIA» para que nadie pudiese criticar la exuberancia.

Dos miembros del personal con uniformes blancos y el porte grácil y erguido de los que tienen un nivel espiritual avanzado salieron sin prisas de la casa al amplio porche para recibir-los. Quizá habían estado meditando en el exterior mientras ella esperaba al otro lado de la puerta tratando de hablar con ellos por teléfono. Frances apenas se había detenido del todo cuando el hombre abrió la puerta de su coche. Era joven, por supuesto, como todos, asiático, con barba de hípster y el pelo recogido en un moño, ojos luminosos y piel tersa. Un jovencito encantador.

—Namasté. —El jovencito juntó las palmas de sus manos e hizo una reverencia—. Sea muy bienvenida a Tranquillum House.

Hablaba haciendo una diminuta... y... comedida... pausa entre cada palabra.

—Soy Yao —se presentó—. Su asesor personal en bienestar.

—Hola, Yao. Yo soy Frances Welty. Tu nueva víctima.

Se desabrochó el cinturón de seguridad y le sonrió. Se dijo a sí misma que no debía reírse, tratar de imitar su voz yóguica ni dejar que aquello la volviera loca.

—Nosotros nos encargaremos de todo desde este momento —dijo Yao—. ¿Cuántas maletas trae?

—Solo esa —contestó Frances. Señaló hacia el asiento trasero—. Yo puedo llevarla. No pesa. —No quería perderla de vista porque había metido unos cuantos productos prohibidos, como café, té, chocolate (chocolate negro... ¡antioxidante!) y solo una botella de un buen tinto (¡también antioxidante!).

—Deje ahí la maleta, Frances, y las llaves del coche —dijo Yao con firmeza.

Maldita sea. Vaya. Su ligero bochorno por su contrabando, aunque no había modo de saberlo solo con mirar la maleta (normalmente era una chica obediente en lo relativo a las normas), hizo que saliera del coche con un movimiento raro y demasiado rápido, olvidando su nueva fragilidad.

—Ay —gimió. Enderezó la espalda despacio y miró a Yao a los ojos—. Dolor de espalda.

—Lo siento —dijo Yao—. Voy a reservarle un masaje urgente en el spa. —Sacó un pequeño cuaderno y un lápiz de su bolsillo y tomó nota.

—También tengo un pequeño corte —añadió Frances con tono de gravedad. Levantó el pulgar en el aire.

Yao le agarró el dedo y lo miró.

—Está feo —comentó—. Le pondremos un poco de aloe vera.

Dios mío, qué mono estaba con su cuadernito y tomándose tan en serio su corte. Se descubrió estudiando sus hombros y apartó rápidamente la mirada. «Por el amor de Dios, Frances». Nadie la había advertido de que esto pudiera pasarle a la mediana edad: estas repentinas y del todo inapropiadas oleadas de deseo por hombres jóvenes sin ningún tipo de imperativo biológico. ¿Quizá era esto lo que los hombres sentían a lo largo de toda su vida? No era de extrañar que los pobrecitos tuvieran que gastarse todo ese dinero en pleitos legales.

—Y ha venido para la purificación de diez días —dijo Yao.

—Eso es —confirmó Frances.

—Guay —respondió Yao haciendo que Frances perdiera, por suerte, todo deseo en un instante. Nunca podría acostarse con alguien que dijera «guay».

—Bueno..., ¿puedo entrar? —preguntó Frances con brusquedad. Ahora casi le enfermaba la idea de tener sexo con ese jovencito, o con cualquier otro, en realidad. Tenía demasiado calor.

Vio que Yao se distraía al ver el coche de Ben y Jessica, o posiblemente al ver a Jessica, que estaba de pie con una cadera ladeada, enredándose un largo mechón de pelo alrededor del dedo mientras Ben hablaba con otra asesora personal en bienestar de uniforme blanco, una mujer con la piel tan bonita que parecía estar iluminada desde dentro.

—Es un Lamborghini —dijo Frances.

—Ya lo sé —respondió Yao olvidándose de hacer las diminutas pausas entre cada palabra. Señaló hacia la casa y se hizo a un lado para dejar que Frances cruzara primero el umbral.

Ella entró en un gran vestíbulo y esperó a que sus ojos se acostumbraran a la luz tenue. El ligero silencio que era propio de las casas antiguas la envolvió como agua fresca. Había preciosos detalles allá donde mirara: suelos de parqué de color miel, lámparas de araña antiguas, molduras del techo talladas de forma elaborada y vidrieras.

—Esto es precioso —dijo—. Ah…, mira eso. ¡Es como la escalera del *Titanic!*

Se acercó para tocar la pulida madera de color caoba. Unos rayos de luz entraban por la vidriera del rellano.

—Como ya sabrá, Tranquillum House se construyó en 1840 y esta es la escalera original de madera de cedro rojo y palisandro —le informó Yao—. Otras personas han hablado de su parecido con la escalera del *Titanic.* Hasta ahora hemos tenido mucha más suerte que el buque. ¡Nosotros no nos vamos a hundir, Frances!

Era evidente que había hecho la misma broma muchas veces antes. Frances le respondió con una carcajada más generosa de la que merecía.

—La casa la construyó con arenisca procedente de canteras de la zona un acaudalado abogado de Inglaterra. —Yao continuaba recitando información como un sabiondo guía de museo—. Quería una casa que fuera «la mejor de la colonia».

—Construida con la ayuda de presidiarios, tengo entendido —añadió Frances, que había leído lo que decía la página web.

—Así es —respondió Yao—. Al abogado le cedieron doscientas hectáreas de buena tierra agrícola y diez presidiarios.

Tuvo suerte porque, entre ellos, había dos antiguos hermanos canteros de York.

—En nuestro árbol genealógico tenemos una presidiaria —dijo Frances—. La trajeron desde Dublín por robar un vestido de seda. Estamos tremendamente orgullosos de ella.

Yao señaló hacia el otro lado de la escalera para dejar claro que todavía no iban a subir.

—Sé que querrá descansar tras el largo viaje, pero antes quisiera hacerle una rápida visita por el que va a ser su hogar durante los próximos diez días.

—A menos que no me quede tanto —dijo Frances. De repente, diez días le parecía demasiado tiempo—. Quizá vuelva a casa antes.

—Nadie se va antes —respondió Yao con tono sereno.

—Bueno, sí, pero pueden hacerlo —repuso Frances—. Si así lo deciden.

—Nadie se va antes —repitió Yao—. Nunca sucede eso. ¡Nadie quiere volver a su casa! Está usted a punto de embarcarse en una experiencia realmente transformadora, Frances.

La llevó a una sala grande que había en el lateral de la casa con ventanales que daban al valle y con una larga mesa como las de los monasterios.

—Este es el comedor donde vendrá a comer. Todos los huéspedes comen juntos, claro.

—Claro —repitió Frances con voz ronca. Se aclaró la garganta—. Estupendo.

—El desayuno se sirve a las siete de la mañana, el almuerzo a las doce y la cena a las seis de la tarde.

—¿Desayuno a las siete de la mañana? —Frances se quedó pálida. Podía aceptar lo de las comidas y cenas en común, pero no podía comer ni hablar con desconocidos por la mañana—. Yo soy un ave nocturna —le dijo a Yao—. Normalmente estoy comatosa a las siete de la mañana.

—Ah, pero eso era la antigua Frances. La nueva Frances habrá asistido ya a una clase de taichí al amanecer y a una sesión de meditación guiada antes de las siete —le explicó Yao.

—Eso lo dudo seriamente.

Yao sonrió, como si supiera bien que no sería así.

—Sonará una campana de aviso cinco minutos antes de que se sirvan las comidas... o los batidos en los periodos de ayuno. Le rogamos que acuda de inmediato al comedor nada más oír la campana.

—Claro que sí —dijo Frances con una creciente sensación de espanto. Casi se había olvidado de los «periodos de ayuno»—. ¿Hay..., eh..., servicio de habitaciones?

—Me temo que no, aunque los batidos de la mañana y de última hora de la tarde se le llevarán a la habitación —contestó Yao.

—Pero nada de sándwiches vegetales con pollo y beicon a medianoche, ¿verdad?

Yao se estremeció.

—Dios mío, no.

La condujo por el comedor hasta una acogedora sala de estar con paredes revestidas con estanterías de libros. Varios sofás rodeaban una chimenea de mármol.

—La Sala Lavanda —dijo Yao—. Será bienvenida a esta sala en cualquier momento para relajarse, leer o disfrutar de una infusión de hierbas.

Lo pronunció con un extraño acento americano.

—Muy bonita —dijo Frances, calmada al ver los libros. Pasaron junto a una puerta cerrada con la palabra «PRIVADO» troquelada con letras doradas y Frances, fiel a su carácter, sintió un fuerte deseo de abrirla. No soportaba las salas de acceso restringido a las que no podía pasar.

—Por aquí se va al despacho de nuestra directora, que está en lo alto de la casa. —Yao tocó la puerta con suavidad—. Rogamos que abra esta puerta solamente si tiene una cita.

—Desde luego que sí —contestó Frances, resentida.

—Conocerá a la directora más tarde —dijo Yao, como si se tratara de un regalo especial que ella llevara tiempo esperando—. En su primera sesión de meditación guiada.

—Guay —respondió Frances entre dientes.

—Ahora querrá ver el gimnasio —le propuso Yao.

—No especialmente —repuso Frances, pero él ya la estaba llevando de vuelta por la recepción hacia el lateral opuesto de la casa.

—En un principio, esto era una sala de estar —explicó Yao—. Se ha reconvertido en un gimnasio de última generación.

—Vaya, pues menuda tragedia —declaró Frances cuando Yao abrió una puerta de cristal para mostrarle una sala llena de luz atestada con lo que parecían ser complejos aparatos de tortura.

La sonrisa de Yao flaqueó.

—Hemos mantenido las escayolas originales —dijo apuntando hacia el techo.

Frances reaccionó inspirando por la nariz con desdén. «Maravilloso. Uno se puede tumbar a admirar el techo mientras te arrastran y descuartizan».

Yao le miró la cara y se apresuró a cerrar la puerta del gimnasio.

—Permita que le enseñe el estudio de yoga y meditación. —Continuó dejando atrás el gimnasio hasta una puerta al otro lado de la casa—. Cuidado con la cabeza.

Ella se agachó sin necesidad al pasar bajo el marco de la puerta y siguió a Yao descendiendo por un estrecho tramo de escalones de piedra.

—Huele a vino —observó ella.

—No se haga ilusiones —contestó Yao—. Es el rastro de la antigua bodega.

Empujó una pesada puerta de roble con cierto esfuerzo y la hizo entrar en una sala sorprendentemente grande parecida a una cueva con un techo abovedado de vigas de madera, paredes de ladrillo bordeadas de sillas y una serie de esterillas rectangulares de color azul claro dispuestas a intervalos sobre el suelo de madera.

—Aquí es adonde vendrá para las clases de yoga y todas sus meditaciones guiadas —le explicó Yao—. Va a pasar mucho tiempo aquí abajo.

Era una sala silenciosa y fresca y el espectral olor a vino quedaba cubierto por el olor a incienso. El estudio provocaba una agradable sensación de paz, aunque ella no fuese muy aficionada al yoga ni a la meditación. Había hecho un curso sobre meditación trascendental años antes con la esperanza de alcanzar la iluminación y cada vez, sin excepción, se había quedado dormida a los dos minutos de empezar a concentrarse en su respiración, para despertarse al final y descubrir que todos los demás habían experimentado destellos de luz, recuerdos de vidas pasadas y «éxtasis» o algo parecido, mientras ella dormía y babeaba. Prácticamente, había pagado por echarse una siesta de cuarenta minutos en el instituto de su ciudad una vez por semana. No le cabía duda de que iba a pasar mucho tiempo *durmiendo* ahí abajo, soñando con vino.

—En una época, cuando los propietarios tenían un viñedo, esta bodega albergó hasta veinte mil botellas de vino. —Yao señaló hacia las paredes, aunque ya no había ninguna instalación para guardar el vino—. Pero cuando la casa se construyó, se usaba como almacén o como lugar donde encerrar a los trabajadores presidiarios que se portaban mal, o incluso como lugar donde esconderse de los bandidos.

—Ojalá pudieran hablar estas paredes —dijo Frances.

Sus ojos se fijaron en una gran televisión de pantalla plana que colgaba de una de las vigas al fondo de la sala.

—¿Para qué es esa pantalla? —Parecía una especial incongruencia tras la charla de Yao sobre el pasado colonial de la casa—. Yo pensaba que aquí no se permitían las televisiones.

—Tranquillum House es un espacio donde no se permite el uso de pantallas —le confirmó Yao. Miró a la televisión con el ceño ligeramente fruncido—. Pero hemos instalado recientemente un sistema de seguridad e interfonos para poder comunicarnos entre todos desde distintas partes del complejo cuando sea necesario. Es una casa bastante grande y la seguridad de nuestros huéspedes es fundamental.

Cambió de tema de forma brusca.

—Estoy seguro de que esto le va a interesar, Frances. —La llevó a un rincón de la sala y señaló un ladrillo que quedaba casi oculto por la carpintería de una de las vigas curvas. Frances se puso las gafas y leyó las pequeñas palabras hermosamente talladas: «Adam y Roy Webster, canteros, 1840»—. Los hermanos canteros —explicó Yao—. Se supone que esto lo hicieron a escondidas.

—Bien hecho —dijo Frances—. Estaban orgullosos de su trabajo. Como debe ser.

Se quedaron contemplando en silencio la inscripción durante un momento antes de que Yao diera una palmada.

—Volvamos arriba.

La llevó escaleras arriba de vuelta a la casa y la hizo pasar por otra puerta de cristal que tenía una sola y hermosa palabra: «SPA».

—Y por último, pero no menos importante, el spa donde vendrá a sus masajes y otros tratamientos de salud que han sido preparados para usted. —Yao abrió la puerta y Frances olisqueó como el perro de Pavlov el aroma de los aceites esenciales—. Esto era otra sala de estar que ha sido remodelada —dijo Yao con cautela.

—Ah, bien. Seguro que han hecho un buen trabajo a la hora de conservar los elementos originales. —Frances le dio una palmada en el brazo mientras se asomaba al interior de la sala tenuemente iluminada. Pudo oír el goteo de una fuente de agua y una de esas absurdas pero divinas bandas sonoras «para relajarse» (de esas con sonido de olas, música de arpa y alguna rana ocasional) que se filtraba por las paredes.

—Todos los tratamientos del spa son cortesía de la casa, como parte del paquete. No va a recibir ninguna factura espeluznante al final de su estancia —dijo Yao al cerrar la puerta.

—Lo había leído en la página web, pero no estaba segura de que fuese cierto —respondió Frances con hipocresía, pues de no ser cierto le faltaría tiempo para presentar una queja a la Oficina del Consumidor. Abrió de par en par los ojos con gesto agradecido mientras Yao parecía enorgullecerse de las maravillas de Tranquillum House.

—Pues es verdad, Frances —replicó Yao con tono cariñoso, como un padre que le estuviese diciendo que era verdad que mañana iba a ser Navidad—. Ahora vamos a pasar aquí para hacerle una extracción de sangre y demás y quitárnoslo de en medio.

—Perdón..., ¿qué? —preguntó Frances mientras la conducía a una habitación que olía como la consulta de un médico. Estaba desconcertada. ¿No acababan de estar hablando de tratamientos de spa?

—Siéntese aquí —dijo Yao—. Primero le vamos a mirar la presión arterial.

Frances se vio sentada mientras Yao le ponía el manguito alrededor del brazo y lo inflaba con entusiasmo.

—Puede que esté más alta de lo normal —la advirtió—. La gente se siente un poco estresada y nerviosa al llegar. Están cansados después del viaje. Es natural. ¡Pero deje que le diga que nunca ha habido ningún huésped que termine el tratamiento sin una considerable bajada de su presión arterial!

—Ajá —contestó Frances.

Vio cómo Yao tomaba nota de su presión. No le preguntó si estaba alta o baja. A menudo, estaba baja. La habían examinado por si sufría hipotensión por su tendencia a los desmayos. Si estaba deshidratada o cansada o si veía sangre, la visión se le nublaba y todo le daba vueltas.

Yao se puso un par de guantes de plástico verde. Frances apartó la mirada y se concentró en un punto de la pared. Él le puso un torniquete alrededor del brazo y le dio unos toques en el antebrazo.

—Unas venas estupendas —dijo. Los enfermeros solían decir eso de las venas de Frances. Ella sentía un momentáneo orgullo y, después, una especie de depresión por el desperdicio de aquella positiva cualidad.

—La verdad es que no sabía que me iban a hacer análisis de sangre —dijo Frances.

—Análisis diarios —puntualizó Yao con tono alegre—. Es muy importante porque así podemos modificar su tratamiento según los resultados.

—Eh…, es posible que, en realidad, renuncie a los…

—Una pequeña molestia —dijo Yao.

Frances volvió a mirarse el brazo y, después, apartó rápidamente la mirada de nuevo al ver cómo un tubo se iba llenando con su sangre. Ni siquiera había notado el pinchazo de la aguja. Se sintió de pronto tan impotente como cuando era niña y se acordó de las pocas veces en su vida que había ido a un hospital para intervenciones menores y lo poco que le gustaba la falta de control sobre su cuerpo. Los enfermeros y médicos tenían derecho a pincharla todo lo que quisieran, sin cariño, deseo ni afecto, solo con su pericia. Siempre tardaba unos días en volver a sentirse del todo bien con su cuerpo.

¿Este joven que ahora le estaba sacando sangre tenía siquiera experiencia como sanitario? ¿Había ejercido ella la diligencia debida con respecto a ese lugar?

—¿Tienes formación como...? —Estaba tratando de decir: «¿Sabes qué narices estás haciendo?».

—En una vida anterior fui enfermero de emergencias —contestó Yao.

Ella le miró a los ojos. ¿Era posible que estuviese un poco loco? ¿Quería decir que era un enfermero reencarnado? Nunca se podía saber con esta gente de terapias alternativas.

—No estarás refiriéndote literalmente a una vida anterior.

Yao soltó una carcajada. Una carcajada que parecía de alguien con salud mental normal.

—Fue hace unos diez años.

—¿Lo echas de menos?

—Para nada. Siento pasión por la labor que hacemos aquí.

Sus ojos se iluminaron. Quizá sí que estaba ligeramente loco.

—Bueno, pues ya está —dijo Yao mientras sacaba la aguja y le daba una bola de algodón—. Apriete con fuerza. —Le puso una etiqueta al tubo de sangre y la miró con una sonrisa—. Estupendo. Ahora vamos a ver su peso.

—¿Es absolutamente necesario? No he venido para perder peso. He venido, ya sabes..., para una transformación personal.

—Es solo para nuestros informes —le aclaró Yao. Le quitó la bola de algodón, le puso una tirita redonda sobre el diminuto pinchazo rojo y le señaló una balanza—. Suba.

Frances apartó los ojos del número. No tenía ni idea de cuánto pesaba ni interés alguno por saberlo. Sabía que podía estar más delgada y, por supuesto, cuando era más joven era mucho más esbelta pero, en general, estaba contenta con su cuerpo, siempre que no sintiera ningún dolor, y le aburrían todas esas conversaciones de mujeres sobre el tema del peso, como si fuese uno de los grandes misterios de la vida. Esas que habían perdido peso recientemente y predicaban sobre el método que les había funcionado, las mujeres delgadas que se consideraban gordas, las mujeres normales que se consideraban obesas, las que se mostraban desesperadas por que ella se uniera a su continuo autodesprecio. «Ay, Frances, ¿no te deprimes cuando ves a esas chicas tan jóvenes y delgadas?». «No especialmente», respondía Frances a la vez que añadía más mantequilla a su bollo de pan.

Yao escribió algo en un formulario de color crema en el que aparecía en letras mayúsculas y negras su nombre: FRANCES WELTY.

Esto empezaba a parecerse demasiado a una visita al médico. Frances se sentía expuesta, vulnerable y arrepentida. Quería irse a casa. Quería una magdalena.

—Ahora me gustaría irme a mi habitación —dijo—. Ha sido un viaje largo.

—Por supuesto. Voy a hacerle una reserva en el spa para que le den un masaje urgente para ese dolor de espalda —contestó Yao—. ¿Le doy media hora para que se instale en su habitación, disfrute de su batido de acogida y eche un vistazo a su *pack* de bienvenida?

—Eso suena de maravilla —respondió Frances.

Volvieron a pasar por el comedor, donde vio a sus queridos traficantes de droga, Jessica y Ben, acompañados de su asesora en bienestar con su uniforme blanco, una joven de pelo moreno que, según la placa con su nombre, se llamaba Delilah. Esta les estaba soltando la misma perorata que Yao le había dado sobre las campanas de aviso.

La cara de plástico de Jessica se había teñido de preocupación, tanto que casi, casi tenía el ceño fruncido.

—Pero ¿y si no oímos el aviso?

—¡En ese caso te cortan la cabeza! —dijo Frances.

Todos se giraron para mirarla. Ben, que ahora volvía a llevar la gorra del revés, la miró con una ceja levantada.

—Es broma —se excusó Frances con voz débil.

Frances vio cómo los dos asesores intercambiaban una mirada que no supo interpretar. Se preguntó si se estarían acostando. Tendrían un sexo aeróbico y flexible con tanto tratamiento de bienestar recorriéndoles el cuerpo. Sería de lo más «guay».

Yao volvió a llevarla hacia las escaleras del *Titanic*. Mientras Frances se apresuraba para seguirle el paso, se cruzaron con un hombre y dos mujeres que bajaban juntos la escalera, los tres con batas de color verde oliva que lucían el emblema de Tranquillum House.

El hombre se quedó rezagado para ponerse las gafas y poder examinar de cerca la pared del rellano. Era tan alto que la bata le quedaba más bien como una minifalda, dejando al aire unas rodillas nudosas y unas piernas blancas y muy peludas. Eran del tipo de piernas masculinas que te hacen sentir incómodo, como si le estuvieses viendo una parte íntima del cuerpo.

—¡Lo que yo digo es que ya no se ven obras de artesanía como esta! —dijo mientras miraba la pared—. Es lo que me gusta de estas casas: la atención por el detalle. Es decir, pensad en esos azulejos que os he enseñado antes. Lo extraordinario es que alguien haya dedicado su tiempo a hacer de forma individual… ¡Hola de nuevo, Yao! Otra huésped, ¿no? ¿Cómo está?

Se quitó las gafas, sonrió a Frances y extendió la mano.

—¡Napoleon! —gritó.

Ella tardó un segundo aterrador en darse cuenta de que se estaba presentando, no solo gritando el nombre de un personaje histórico al azar.

—Frances —respondió ella en el último momento.

—¡Encantado! Ha venido al retiro de los diez días, supongo.

Estaba en la escalera por encima de ella, así que su altura era aún más pronunciada. Era como tener que echar la cabeza hacia atrás para mirar un monumento.

—Así es. —Frances hizo el esfuerzo tremendo de no mencionar su altura, pues sabía por su amiga Jen, de un metro ochenta y tres, que la gente alta era muy consciente de serlo—. Claro que sí.

Napoleon señaló a las dos mujeres que estaban unos escalones más abajo.

—¡Nosotros también! Estas son mis preciosas chicas: mi mujer, Heather, y mi hija, Zoe.

Las dos mujeres eran también notablemente altas. Eran un equipo de baloncesto. La miraron con la sonrisa cohibida y educada de los miembros de la familia de un famoso que están acostumbrados a tener que esperar mientras él es abordado por admiradores, solo que en este caso era Napoleon el que andaba abordando. La mujer, Heather, se balanceaba sobre los dedos de los pies. Era enjuta y nervuda, con una piel extremadamente bronceada y arrugada, como si la hubiesen estrujado y, después, la hubiesen alisado. «Heather piel de cuero», pensó Frances. Se trataba de un truco nemotécnico bastante malévolo, pero Heather nunca se enteraría. Llevaba su pelo gris recogido por detrás en una coleta y los ojos inyectados en sangre. Parecía muy intensa, lo cual estaba bien. Frances tenía varias amistades intensas. Sabía cómo enfrentarse a la intensidad. (Nunca intentes igualarla).

La hija, Zoe, tenía la misma altura que su padre y la elegancia natural de una chica atlética y aficionada a las actividades al aire libre. ¿La alta y muy altiva Zoe? Pero para nada actuaba con altivez. «La alta, que no altiva Zoe». Desde luego, no parecía que Zoe necesitara de ningún balneario. ¿Cuánto se puede llegar a rejuvenecer?

Frances pensó en la pareja, Ben y Jessica, que también parecían gozar de una salud excelente. ¿A los balnearios solo asistían los que ya estaban sanos? ¿Iba a ser ella la persona con aspecto menos sano de allí? Nunca había sido la última de la clase, excepto aquella vez que fue a Meditación Trascendental para Principiantes.

—Habíamos pensado ir a explorar las fuentes termales y quizá darnos un baño rápido —dijo Napoleon a Yao y Frances, como si alguien se lo hubiese preguntado—. Después, haremos unos largos en la piscina.

Estaba claro que se trataba de una de esas familias activas que dejaban sus maletas en el suelo y salían de su habitación del hotel nada más entrar.

—Yo tengo pensado echarme una siesta rápida antes de darme un masaje de urgencia —dijo Frances.

—¡Una idea excelente! —exclamó Napoleon—. ¡Una siesta y un masaje! ¡Suena perfecto! ¿No es estupendo este sitio? Y me han dicho que las fuentes de agua termal son increíbles. —Era un hombre de lo más entusiasta.

—Asegúrese de hidratarse después de las fuentes termales —le aconsejó Yao—. Hay botellas de agua en recepción.

—¡Eso haré, Yao! ¡Y luego estaremos de vuelta a tiempo para el noble silencio!

—¿El noble silencio? —preguntó Frances.

—Más tarde le quedará claro, Frances —dijo Yao.

—¡Está en su *pack* de información, Frances! —le explicó Napoleon—. Una pequeña sorpresa. Yo no me esperaba la parte del «silencio». He oído hablar de retiros silenciosos, claro, pero debo admitir que no me parecían atractivos. Yo soy muy hablador, como le podrán decir mis chicas. ¡Pero nos adaptaremos y nos dejaremos llevar!

Mientras seguía hablando con la comodidad de los que tienen locuacidad crónica, Frances observaba a su mujer y su hija que estaban más abajo. La hija, que llevaba unas chanclas negras, apoyó un talón en el escalón que tenía encima y se inclinó hacia delante como si estuviese estirando discretamente el tendón de la corva. La madre miraba a su hija y Frances vio la sombra de una sonrisa seguida casi de inmediato por una expresión de auténtica desesperación que arrastró sus facciones hacia abajo, como si estuviese tirándose de las mejillas. A continuación, un instante después, aquella expresión había desaparecido y sonreía suavemente a Frances y esta sintió como si hubiese visto algo que no debía ver.

—No será usted la que ha llegado en ese Lamborghini, ¿verdad, Frances? Lo he visto desde nuestra habitación. Un coche impresionante.

—No es mío. Yo soy la del Peugeot —contestó Frances.

—¡Los Peugeot no tienen nada de malo! Aunque he oído que esos chacales arremeten como toros heridos a la hora de cobrar las revisiones, ¿verdad?

Mezclaba sus metáforas de maravilla. Frances quería hablar más con él. Era una persona que respondería a cualquier pregunta de forma franca y enérgica. Le encantaba ese tipo de gente.

—Papá —dijo su hija. La alta, que no altiva Zoe—. Deja tranquila a la señora. Acaba de llegar. Probablemente quiera ir a su habitación.

—Perdón, perdón. ¡La veré en la cena! Aunque ahí no charlaremos, ¿verdad? —Se dio un golpecito en el lateral de la nariz y sonrió, pero había en sus ojos una expresión de sentirse atrapado y asustado—. ¡Un placer conocerla! —Dio a Yao una palmada en el hombro—. ¡Luego te veo, amigo Yao!

Frances siguió a Yao escaleras arriba. Alcanzado el rellano, él giró a la derecha y la llevó por un pasillo enmoquetado lleno de fotografías históricas que ella pensaba mirar después.

—Esta ala de la casa se añadió en 1895 —le explicó Yao—. Verá que todas las habitaciones tienen las chimeneas originales con la repisa de mármol de diseño georgiano. Aunque no tendrá que encenderla con este calor.

—No me esperaba ver a familias haciendo este retiro —comentó Frances—. Debo admitir que creía que habría más... personas como yo.

«Personas más gordas que yo, Yao. Mucho más gordas».

—Recibimos a gente de toda condición en Tranquillum House —dijo Yao mientras abría la puerta con una llave metálica grande y antigua.

—Probablemente, no de toda condición —musitó Frances, porque, en fin, el lugar no era barato, pero dejó de hablar mientras Yao mantenía la puerta abierta para que ella pasara.

—Ya hemos llegado.

Era una habitación espaciosa, elegantemente enmoquetada, con muebles de época, incluida una enorme cama con dosel. Una puerta cristalera daba a un balcón con unas vistas que se extendían hacia el horizonte: una ondulante colcha de retales con viñedos y granjas y un paisaje verde y dorado. Bandadas de aves daban vueltas por el cielo. Su maleta yacía como una vieja conocida en un rincón de la habitación. Había un cesto de frutas sobre la mesita del café junto a un vaso de zumo como de fango verde con una fresa al lado. Todo salvo el zumo parecía de lo más apetecible.

—Eso de ahí es su batido de bienvenida —dijo Yao—. Son seis *smoothies* orgánicos al día, preparados especialmente para sus cambiantes necesidades específicas.

—No son de pasto de trigo, ¿verdad? Una vez tomé un chupito de pasto de trigo y me dejó marcada de por vida.

Yao cogió el vaso y se lo dio.

—Confíe en mí. ¡Está delicioso!

Frances lo miró dubitativa.

—Los batidos son obligatorios —dijo Yao con tono amable. Resultaba confuso pues, por su tono, cualquiera pensaría
que había dicho que eran opcionales.

Dio un sorbo.

—¡Ah! —exclamó sorprendida. Notó sabor a mango,
coco y frutas del bosque. Era como beberse unas vacaciones
tropicales—. Está bueno. Muy bueno.

—Sí, Frances —respondió Yao. Pronunciaba su nombre
con la frecuencia de un agente inmobiliario desesperado—. ¡Y
la buena noticia es que no solo está delicioso, sino que rebosa de
bondades naturales! Por favor, asegúrese de beberse todo el vaso.

—Lo haré —contestó Frances con voz agradable.

Hubo una pausa incómoda.

—¡Ah! ¿Te refieres a ahora? —preguntó. Dio otro sorbo
más largo—. ¡Mmm!

Yao sonrió.

—Los batidos diarios son fundamentales para su viaje
hacia el bienestar.

—Dios mío, pues no quiero desviarme de ese viaje.

—Desde luego que no.

Ella le miró a los ojos. Por lo que pudo ver, no había
ironía alguna en ellos. Yao iba a conseguir que se avergonzara
de ese sarcasmo que tanto la caracterizaba.

—La dejo para que descanse —dijo Yao—. Su *pack* de
bienvenida está aquí mismo. Por favor, dedique un tiempo a
leerlo porque hay instrucciones importantes para las próximas
veinticuatro horas. El noble silencio del que ha hablado Napoleon empezará dentro de poco y sé que lo va a encontrar
muy beneficioso. Ah, y hablando de silencio, Frances, estoy
seguro de que se imagina lo que voy a querer ahora. —La miró
expectante.

—Ni idea. Espero que no sea otra extracción de sangre.
—Es la hora de entregar todos sus aparatos electrónicos
—dijo Yao—. Teléfono móvil, tabletas..., todo.

—No hay problema. —Frances sacó el teléfono de su
bolso, lo apagó y se lo dio a Yao. Una sensación no desagradable de sumisión la invadió. Era como si se encontrara en un
avión una vez que se ha encendido el aviso del cinturón y los
auxiliares de vuelo tuviesen ahora el control absoluto de tu
existencia.

—Estupendo. Gracias. ¡Está oficialmente «fuera del sistema»! —Yao sostenía en el aire su teléfono—. Lo tendremos
a buen recaudo. Algunos huéspedes dicen que la desintoxicación digital es uno de los aspectos que más disfrutan de su
estancia con nosotros. Cuando llegue la hora de marcharse,
dirá: «¡No me lo devolváis! ¡No lo quiero!». —Levantó las
manos en el aire para hacer un gesto de rechazo.

Frances trató de imaginarse diez días después y le pareció
curiosamente difícil, como si no fuesen diez días sino diez años
lo que estaba imaginando. ¿De verdad iba a quedar transformada? ¿Más delgada, ligera, sin dolores, capaz de saltar de la
cama al amanecer sin cafeína?

—No se olvide de su masaje en el spa —la advirtió Yao—.
¡Ah! ¡Ese corte tan feo con el papel!

Se acercó a un aparador, cogió un tubo entre un surtido
de productos cosméticos con la etiqueta de Tranquillum House.

—A ver ese pulgar.

Frances se lo acercó y él le puso un poco de gel balsámico y fresco sobre el corte con delicadeza.

—Su viaje hacia el bienestar acaba de empezar, Frances
—dijo, aún sujetándole la mano y, en lugar de sonreír, Frances sintió que estaba al borde de las lágrimas.

—La verdad es que últimamente me he sentido muy mal,
Yao —respondió con voz lastimosa.

—Lo sé. —Yao le puso las dos manos sobre los hombros y eso no le pareció un gesto estúpido ni sexual; le pareció un gesto sanador—. Vamos a hacer que se reponga, Frances. Vamos a hacer que se sienta mejor de lo que se haya sentido nunca en su vida. —Cerró la puerta con suavidad al salir.

Frances se giró lentamente y esperó notar ese momento inevitable de tristeza del viajero solitario pero, en lugar de ello, sintió que se le levantaba el ánimo. No estaba sola. Tenía a Yao para cuidar de ella. Estaba haciendo un viaje hacia el bienestar.

Salió a su balcón para admirar las vistas y ahogó un grito. Un hombre en el balcón de al lado estaba tan inclinado por encima de la barandilla que parecía correr peligro de caerse.

—¡Cuidado! —le advirtió, pero en voz baja para no sobresaltarlo.

El hombre se giró hacia ella, levantó la mano y sonrió. Era Ben. Reconoció la gorra de béisbol. Ella le devolvió el saludo.

Si hubiesen levantado la voz, probablemente se habrían oído sin problema, pero era mucho mejor fingir que estaban demasiado lejos como para charlar. De lo contrario, se sentirían obligados a hablar cada vez que se vieran por casualidad en sus balcones y ya iba a haber demasiado parloteo obligatorio durante las comidas.

Miró en la otra dirección y vio una fila de balcones idénticos que se extendían hacia el extremo de la casa. Todas las habitaciones compartían esas mismas vistas. Los demás balcones estaban vacíos aunque, mientras Frances miraba, apareció la figura de una mujer en la habitación del fondo de la casa. Estaba demasiado lejos como para distinguir sus facciones pero Frances, dispuesta a mostrarse simpática, la saludó con la mano. La mujer se dio la vuelta al instante y volvió a entrar en su habitación.

Vaya. Quizá no hubiera visto a Frances. O quizá padecía un tremendo trastorno de ansiedad social. Frances sabía manejarse con los que sufrían de una espantosa timidez. Solo había que acercarse a ellos despacio, como si fuesen criaturas del bosque.

Frances volvió a mirar hacia Ben y vio que también había entrado. Se preguntó si él y Jessica aún seguían discutiendo. Sus habitaciones eran contiguas, así que, si el ambiente se caldeaba, Frances podría oírlos. Una vez, en una gira de presentación de un libro, se había alojado en un hotel de paredes finas donde tuvo el placer de oír cómo una pareja discutía apasionadamente y con todo detalle sobre su vida sexual. Había sido estupendo.

«No entiendo esa obsesión por los desconocidos», había dicho una vez Sol, su primer marido, y Frances había tratado de explicarle que los desconocidos eran interesantes por definición. Era por el hecho de ser desconocidos. Por no saber. Una vez que se sabía todo sobre alguien, en general, estabas lista para divorciarte.

Volvió a entrar en su habitación para deshacer la maleta. Estaría bien tomar una taza de té y unos cuantos trozos de chocolate mientras leía su *pack* informativo de bienvenida. Estaba segura de que contendría normas que iba a preferir no cumplir. El «noble silencio» que estaba a punto de empezar le daba aprensión y necesitaría azúcar para soportarlo. Además, no había seguido del todo las indicaciones sobre reducir la ingesta de azúcar y cafeína durante los días anteriores al retiro para evitar el síndrome de abstinencia. Frances no podía enfrentarse ahora mismo a un dolor de cabeza.

Fue a sacar sus artículos de contrabando de donde los había escondido cuidadosamente, al fondo de su maleta, por debajo de su ropa interior, envueltos en el camisón. Se había reído de sí misma al esconderlos. No iban a mirarle el interior de la maleta. Aquello no era un centro de rehabilitación ni un internado.

—Es una broma —dijo en voz alta.

No estaban ahí.

Vació toda la ropa sobre la cama con una creciente sensación de furia. No podían hacer eso, ¿no? Era inadmisible. Seguro que hasta ilegal.

¡Era de muy mala educación!

Puso la maleta del revés y la agitó. El camisón seguía ahí, bien doblado por unas manos invisibles, pero el café, el té, el chocolate y el vino habían desaparecido por completo. ¿Quién había registrado su maleta? No podía haber sido Yao. Había estado con ella todo el tiempo desde su llegada. Alguien más había revuelto entre su ropa interior y le había confiscado sus chucherías.

¿Qué hacer? No podía llamar a recepción y decir: «¡Alguien ha cogido mi chocolate y mi vino!». Bueno, sí podía, pero no tenía el descaro necesario. La página web dejaba claro que estaban prohibidos los tentempiés y el alcohol. Había incumplido las normas y la habían descubierto.

No iba a decir nada y ellos no dirían nada y, el último día, le devolverían todo con una sonrisa cómplice al formalizar la salida, como cuando a un prisionero se le devuelven sus efectos personales.

Era de lo más embarazoso.

Se sentó en el borde de la cama y miró con tristeza el encantador cuenco de frutas. Se rio un poco en un intento por convertir aquello en una historia divertida que iba a gustar a sus amigas, y cogió una mandarina del cuenco. Mientras hundía el pulgar en su interior carnoso, oyó algo. ¿Una voz? No venía de la habitación de Ben y Jessica. Era de la otra habitación contigua a la suya. Hubo un golpe sordo seguido de inmediato del inconfundible sonido de algo que se rompía.

Se oyó una voz masculina maldiciendo con voz alta y enérgica.

—¡A la mierda!

«Desde luego», pensó Frances mientras un malévolo dolor de cabeza iba abriéndose paso despacio por su frente.

7

Jessica

*J*essica se sentó en la cama con dosel y probó el colchón con la palma de la mano mientras Ben estaba en el balcón, haciéndose sombra en los ojos con la suya. No estaba disfrutando de las bonitas vistas.

—Estoy segura de que no lo han robado —dijo ella. Pretendía resultar divertida y animada, pero no parecía conseguir que el tono de su voz le saliera bien últimamente. No dejaba de sentir una rigidez en la garganta.

—Sí, pero ¿dónde lo han aparcado? —preguntó Ben—. Eso es lo que no entiendo. Solo quiero saber dónde está. ¿Tienen algún refugio subterráneo? ¿Has notado que, cuando he preguntado si estaba aparcado bajo techo, ella parecía evitar responder a la pregunta?

—Ajá —respondió Jessica sin comprometerse.

No podría soportar otra discusión por el coche ni por ninguna otra cosa. Su estómago aún se estaba recuperando de los últimos gritos. Siempre que se peleaban sentía una indigestión instantánea, lo cual quería decir que de un tiempo a esa parte casi siempre tenía indigestión. Sus discusiones eran como rocas sumergidas que no dejaban de chocar entre ellas. Era imposible evitarlas. «Pom. Pom. Pom».

Se tumbó en la cama y miró a la lámpara. ¿Había una tela de araña junto a la esfera? Esa casa era muy antigua, oscura y deprimente. Sabía que iba a ser una casa «histórica», pero pensaba que quizá..., en fin, que la habrían reformado. Había grietas por todas las paredes y una especie de olor a húmedo.

Se puso de lado y miró a Ben. Ahora estaba peligrosamente inclinado sobre la barandilla del balcón tratando de ver el otro lado de la casa. Se preocupaba por el coche más que por ella. Una vez le vio pasando la mano por el capó y, por un momento, sintió envidia del coche, por la delicadeza y sensualidad con que Ben lo acariciaba, igual que antes la tocaba a ella. Iba a contárselo a la terapeuta. Lo había anotado para que no se le olvidara. Sentía que era algo realmente profundo y fuerte que debía mencionarle, bastante importante y revelador. Al pensarlo sintió un escozor de lágrimas en los ojos. Si la terapeuta escribía alguna vez un libro sobre su experiencia como consejera matrimonial, probablemente lo citaría: «Una vez tuve un paciente que trataba a su coche con más ternura que a su mujer». (No era necesario referir que el coche era un Lamborghini. Si lo hacía, todos los lectores masculinos dirían: «Ah, en ese caso...»).

Estaba deseando que la parte de «terapia intensiva para parejas» de este retiro empezara ya pero Delilah, su «asesora en bienestar», se había mostrado fastidiosamente imprecisa en lo relativo al momento del comienzo. Se preguntó si la terapeuta (Jessica suponía que sería una mujer) les preguntaría sobre su vida sexual y si podría ocultar su sorpresa al ver que habían reducido sus relaciones a, más o menos, una vez por semana, lo que quería decir que su matrimonio estaba oficialmente en apuros.

De todos modos, Jessica no sabía si podría hablar de sexo delante de la terapeuta. Quizá supusiera de forma automática que no se le daba bien el sexo o que le pasaba algo malo en un sentido muy personal y ginecológico. La misma Jessica empezaba a preguntárselo.

Era evidente que estaba dispuesta a someterse a más cirugías, incluso ahí abajo, o a hacer algún curso. Leer un libro. Mejorar su técnica. Siempre se había mostrado dispuesta a mejorar, a escuchar el consejo de los expertos. Leía muchos libros de autoayuda. Buscaba en Google. Ben no había leído un libro de autoayuda en su vida.

Ben volvió a entrar desde el balcón, levantándose la camiseta para rascarse el vientre. Aunque no se molestaba en hacer flexiones o abdominales, seguía teniendo una buena tableta.

—Esa escritora que hemos conocido está en la habitación de al lado —dijo él. Cogió una manzana del cuenco de frutas y se la lanzó de una mano a otra como si fuese una pelota de béisbol—. Frances. ¿Por qué crees que habrá venido?

—Querrá perder peso —contestó Jessica, como si fuese una obviedad. Pensó que era evidente. Frances tenía ese aspecto acolchado de las mujeres de mediana edad. Jessica nunca permitiría que le pasara eso. Prefería estar muerta.

—¿Eso crees? —preguntó Ben—. ¿Qué importa eso a su edad? —No esperó a que respondiera—. ¿Cómo son sus libros?

—Antes me encantaban —respondió Jessica—. Me los leía todos. Había uno que se titulaba *El beso de Nathaniel.* Lo leí en el instituto y la verdad es que era... romántico, supongo.

«Romántico» era una palabra muy poco efectiva para describir las sensaciones que en ella había provocado *El beso de Nathaniel.* Recordaba cómo había llorado con temblorosos sollozos y, después, había releído el último capítulo varias veces solo por el placer de volver a llorar. En ciertos aspectos, era como si Nathaniel hubiese sido el primer hombre al que había amado nunca.

Eso no podía contárselo a Ben. Él nunca leía ficción. No lo entendería.

Pero ¿era ese uno de los problemas de su matrimonio? ¿Que ni siquiera se molestara en tratar de comunicarle qué sentía con respecto a algunas cosas que eran importantes para ella? ¿O es que no importaba? No necesitaba oírle hablar de su pasión por su coche. Podía hablar de su coche con sus colegas. Ella podía hablar de sus recuerdos de *El beso de Nathaniel* con sus amigas.

Ben dio un bocado gigante a la manzana. Jessica ya no podía hacer eso, no con las nuevas fundas de sus dientes. El dentista quería que llevara una especie de protector bucal por las noches para mantener a salvo sus costosas coronas. Resultaba un fastidio que, cuanto mejores eran las cosas que adquirías, menos tranquila podías estar con ellas. Era como la alfombra nueva de su pasillo. Ninguno de ellos podía soportar pisar algo tan increíblemente caro. La rodeaban por los lados y se estremecían cuando sus invitados pasaban directamente por en medio con sus zapatillas sucias.

—Ese batido estaba bastante bueno —dijo Ben, con la boca llena de manzana—. Pero estoy muerto de hambre. No sé si mi cuerpo va a poder aguantar sin pizza durante diez días. ¡Ni siquiera sé por qué tenemos que hacer esa parte! ¿Qué tiene eso que ver con la terapia matrimonial?

—Ya te lo dije —respondió Jessica—. Es como un enfoque holístico. Tenemos que trabajarlo todo: la mente, el cuerpo y el espíritu.

—Eso me suena a un montón de... —Se interrumpió y se acercó al panel de interruptores de luz de la pared y empezó a jugar con el que hacía funcionar el ventilador del techo.

Puso el ventilador a toda velocidad.

Jessica se puso una almohada sobre la cara y trató de aguantar todo lo que pudo sin decir: «Apágalo». Antiguamente, ni se lo habría pensado. Habría gritado: «¡Dios mío, apágalo, idiota!», y él se habría reído y lo habría mantenido encendido y ella habría intentado apagarlo y él no se lo habría permitido y habrían fingido una pelea de lucha libre.

¿Se reían más antes?

¿Cuando ella trabajaba en administración y él trabajaba de chapista para Pete, cuando Ben conducía un Commodore V8 que pasaba desapercibido a todo el mundo y ella tenía unas tetas de copa B que también pasaban desapercibidas a todo el mundo, cuando pensaban que ir al cine y al restaurante tailandés la misma noche era un despilfarro y cuando la llegada del extracto de la tarjeta de crédito cada mes era realmente estresante e incluso una vez hizo que ella se echara a llorar?

Jessica no quería creer que antes fuera todo mejor. De serlo, significaba que su madre tenía razón y no podía aguantar que su madre tuviese razón.

Ben bajó la velocidad del ventilador a una brisa más suave. Jessica se quitó la almohada de la cara, cerró los ojos y sintió que el corazón se le aceleraba con un miedo a algo sin nombre y desconocido.

Aquello le hizo pensar en el pánico vertiginoso que había sentido el día del robo. Había sido dos años atrás cuando había llegado a casa del trabajo y había descubierto que habían robado en su apartamento de una planta baja, con sus pertenencias desparramadas por todas partes con una impetuosidad agresiva y malintencionada, con cada cajón abierto, una huella de pisada sobre su camiseta blanca y el destello de un vaso roto.

Ben había llegado a casa momentos después.

«¿Qué narices es esto?».

Jessica no sabía si él había pensado de inmediato en su hermana, pero ella sí.

Lucy, la hermana de Ben, tenía «problemas de salud mental». Ese era el eufemismo que la cariñosa y sufriente madre de Ben utilizaba. En realidad la hermana de Ben era drogadicta.

La vida de Lucy era una montaña rusa sin fin y todos tenían que hacer el mismo trayecto una y otra vez sin poder bajarse. Lucy estaba desaparecida. Nadie había tenido noticias de ella. Lucy había aparecido en mitad de la noche y había destrozado la casa. La madre de Ben había tenido que llamar a la policía. ¡Estaban pensando hacer una intervención! Pero iban a conducir esa intervención de forma distinta a la anterior. Esta vez iba a funcionar. ¡Lucy estaba mejorando! Lucy estaba considerando ir a rehabilitación. ¡Lucy estaba en rehabilitación! Lucy había salido de rehabilitación. Lucy había tenido otro accidente de coche. Lucy volvía a estar embarazada. Lucy estaba jodida y nunca dejaría de estarlo y, como Jessica no había conocido nunca a la Lucy de antes, la Lucy que supuestamente era divertida, lista y amable, resultaba difícil no odiarla.

Lucy era el motivo de la tensión subyacente en cada acontecimiento de la familia de Ben. ¿Aparecería pidiendo dinero o gritando insultos o derramando lágrimas de cocodrilo porque «solo quería ser una madre» para los dos niños que era incapaz de criar?

Todos sabían que Lucy robaba. Si ibas a una barbacoa en casa de Ben tenías que esconder el dinero. Así que había sido del todo natural que lo primero que Jessica pensó cuando entró en el apartamento aquel día fuera: «Lucy».

Se había esforzado mucho por no decirlo pero no había podido evitarlo. Solo esa palabra. Ojalá pudiera retirarla. No la había pronunciado como una pregunta. Lo había dicho como una afirmación. Ojalá hubiese dicho al menos: «¿Lucy?».

Recordaba que Ben había negado con la cabeza. Tenía en el rostro una tensa expresión de pena.

Ella había pensado: «¿Cómo sabes que no ha sido ella?».

Pero resultó que él tenía razón. El robo no había tenido nada que ver con Lucy. Estaba en la otra punta del país en ese momento.

Así que no había sido más que un robo como el que podía pasar en la casa de mucha otra gente. No habían perdido mucho porque no tenían mucho que perder: un viejo iPad con la pantalla rota, un collar que Ben había regalado a Jessica por su veintiún cumpleaños. Tenía un colgante con un diamante diminuto y a Ben le había costado como el salario de dos meses. A ella le encantaba aquel collar y aún lamentaba su pérdida, aunque no era más que un collar pequeño y cutre con un diamante de nada, como de un cuarto de quilate. Los ladrones habían dejado el resto del joyero de Jessica, lo cual a ella le pareció humillante. Jessica y Ben habían odiado la sensación de saber que alguien había entrado en su casa mirándolo todo con desprecio, como echando un vistazo en una tienda de tres al cuarto.

La compañía de seguros les había pagado sin mucha discusión, pero Ben y Jessica tuvieron que abonar una franquicia de quinientos dólares, cosa que habían lamentado porque no habían pedido que les robaran.

No había sido más que un robo corriente, solo que había terminado cambiando sus vidas para siempre.

—¿Por qué me miras así? —preguntó Ben. Estaba a los pies de la cama, observándola.

Jessica volvió a enfocar la mirada.

—¿Así, cómo?

—Como si estuvieses pensando en cortarme las pelotas con un cuchillo para el queso.

—¿Qué? Ni siquiera te estaba mirando. Estaba pensando.

Él seguía masticando los restos de su manzana y levantó una ceja. La primera vez que se habían mirado a los ojos en la clase de matemáticas del señor Munro, él había hecho eso: subir la ceja izquierda de forma lacónica y descarada. Había sido literalmente la cosa más sensual que ella había visto en toda su vida y quizá, si hubiese levantado las dos cejas en lugar de una, no se habría enamorado de él.

—Ni siquiera tengo un cuchillo para el queso —respondió Jessica.

Él sonrió mientras lanzaba el corazón de la manzana a la papelera que estaba al otro lado de la habitación y cogió el *pack* de bienvenida.

—Mejor será que leamos esto, ¿eh? —Abrió el sobre y los papeles salieron volando. Jessica se contuvo para no ir a recogerlos y volver a colocarlos en orden. Era ella la que se encargaba del papeleo. Si fuera por Ben, nunca presentarían la declaración de la renta.

Él abrió lo que parecía una carta de presentación.

—Vale, esto es como una guía para nuestro «viaje hacia el bienestar».

—Ben —dijo Jessica—. Esto no va a funcionar si nosotros no...

—Lo sé, lo sé. Me lo voy a tomar en serio. He venido conduciendo todo ese camino, ¿no? ¿No demuestra eso mi compromiso?

—Ay, por favor, no empieces otra vez con el coche. —Sintió ganas de llorar.

—Solo digo que... —Torció la boca—. Olvídalo.

Examinó la carta y leyó en voz alta:

—«Bienvenidos a vuestro viaje hacia el bienestar, bla, bla, bla. El retiro empezará con un periodo de silencio que dura cinco días, durante el cual no se podrá hablar, salvo en las sesiones de terapia, ni se podrá tocar, leer, escribir ni mirar a los ojos de otros huéspedes ni de vuestros propios acompañantes». ¿Qué narices...?

—Esto no lo decía en la página web —comentó Jessica.

Ben continuó leyendo en voz alta:

—«Quizá te suene la expresión "cerebro mono"».

Miró a Jessica. Ella se encogió de hombros, así que él continuó leyendo:

—«El cerebro mono se refiere al modo en que la mente va pasando de un pensamiento a otro como un mono que se balancea de una rama a otra». —Ben hizo un sonido como de mono y empezó a rascarse debajo del brazo para hacer una demostración.

—Gracias por eso. —Jessica sintió el atisbo de una sonrisa. A veces, estaban bien.

Ben continuó leyendo.

—«Se tarda, al menos, veinticuatro horas en silenciar el cerebro mono. Un periodo de estimulante silencio y reflexión se instala en la mente, el cuerpo y el alma. Nuestro objetivo será llegar a un estado que en el budismo se llama "noble silencio"».

—Así que vamos a pasar los próximos cinco días evitando mirarnos y sin hablar —dijo Jessica—. ¿Incluso cuando estemos a solas en la habitación?

—No es que no tengamos experiencia en eso —comentó Ben.

—Muy gracioso —repuso Jessica—. Dame eso.

Cogió la carta y leyó:

—«Durante el silencio, rogamos que caminéis por la casa despacio y de manera consciente, con intención, un pie tras otro, mientras evitáis el contacto visual y la conversación con otros. Si tenéis que comunicaros con un miembro del personal, por favor, id a Recepción y seguid las instrucciones de la tarjeta azul plastificada. Habrá sesiones guiadas de meditación, tanto caminando como sentados, cada día. Por favor, prestad atención a las campanas».

Dejó la carta.

—Esto va a resultar muy raro. Vamos a tener que comer con desconocidos en absoluto silencio.

—Mejor que tener conversaciones tontas y aburridas, supongo —contestó Ben. La miró—. ¿Quieres hacerlo bien? Podríamos hablar aquí, en nuestra habitación, y nadie se enteraría nunca.

Jessica se quedó pensándolo.

—Creo que deberíamos hacerlo bien —respondió—. ¿Tú no? Aunque parezca una estupidez, deberíamos seguir las normas y hacer lo que dicen.

—Me parece bien —repuso Ben—. Siempre que no me digan que me tire por un precipicio. —Se rascó el cuello—. No entiendo qué vamos a hacer aquí.

—Ya te lo dije —contestó Jessica—. Meditación. Yoga. Clases de ejercicios.

—Sí. Pero entre medias de todo eso, si no hablamos ni vemos la televisión, ¿qué vamos a hacer?

—Va a resultar difícil estar sin pantallas —admitió Jessica. Pensaba que iba a echar más de menos las redes sociales que el café.

Volvió a mirar la carta.

—«El silencio empezará cuando suenen tres toques de campana». —Miró el reloj de la habitación—. Nos queda media hora en la que se nos permite hablar.

O tocar, pensó.

Se miraron.

Ninguno de los dos habló.

—Pues el silencio no nos va a resultar demasiado difícil —dijo Ben.

Jessica se rio pero Ben no sonreía.

¿Por qué no estaban disfrutando del sexo en ese mismo instante? ¿No era eso lo que habrían hecho en el pasado? ¿Sin ni siquiera tener que hablarlo?

Ella debería decir algo. Hacer algo. Era su marido. Podía acariciarle.

Pero un diminuto miedo se le había introducido en la cabeza a finales del año anterior y ahora no podía deshacerse de él. Era algo relacionado con la forma con que él la miraba, o no la miraba; su forma de apretar la mandíbula.

Lo que pensaba era: «Ya no me quiere».

Resultaba irónico que pudiese desenamorarse de ella ahora que tenía mejor aspecto que nunca. Durante el último año, había invertido mucho tiempo y dinero, además de una buena cantidad de dolor, en su cuerpo. Se había hecho de todo: los dientes, el pelo, la piel, los labios, los pechos… Todo el mundo decía que los resultados eran increíbles. Su cuenta de Instagram estaba llena de comentarios como: «¡Estás MUY BUENA, Jessica!» y «Cada vez que te veo estás mejor». La única persona sin nada positivo que decirle era su propio marido, y si él no la veía atractiva ahora, cuando se había sacado el mayor partido, entonces es que nunca la había visto atractiva. Debía de haber estado fingiendo todo el tiempo. ¿Por qué se había casado con ella?

«Tócame», pensó, y en su mente sonó como un gemido de angustia. «Tócame, por favor, tócame».

Pero lo único que hizo él fue levantarse y acercarse de nuevo al cuenco de la fruta.

—Las mandarinas parecen buenas.

8

Frances

*C*uándo comenzó el dolor?

Frances estaba tumbada desnuda sobre la camilla de masajes, con una suave toalla blanca sobre su espalda.

«Quítese todo y, luego, póngase debajo de esta toalla», le había ordenado bruscamente la terapeuta cuando Frances llegó al spa. Era una mujer grande con el pelo gris rapado y la actitud intimidatoria de un guardia de prisiones o un entrenador de hockey, nada que ver con la masajista de voz suave y cortés que Frances se había esperado. Frances no había entendido bien su nombre pero había estado demasiado distraída siguiendo sus instrucciones como para pedirle que lo repitiera.

—Hará unas tres semanas —contestó Frances.

La terapeuta le colocó sobre la espalda sus manos calientes, que le parecieron del tamaño de unas paletas de ping-pong. ¿Era eso posible? Frances levantó la cabeza para mirarlas, pero la terapeuta apretó los omoplatos de Frances de tal forma que la cabeza volvió a caerle hacia delante.

—¿Hubo algo en particular que lo provocara?

—Nada físico —respondió Frances—. Pero sí que he tenido una especie de impacto emocional. Tenía una relación...

—Entonces, ningún daño físico de ningún tipo —dijo la terapeuta, lacónica. Estaba claro que ella no se había leído las notas de Tranquillum House referentes a hablar con voz lenta e hipnótica. De hecho, hacía lo contrario: era como si quisiera acabar cualquier diálogo lo más rápido posible.

—No —respondió Frances—. Pero tengo la sensación de que ambos hechos están muy relacionados. Sufrí un impacto, ¿sabe? Porque el hombre con el que salía..., en fin, desapareció y... esto lo recuerdo muy bien. Estaba hablando por teléfono con la policía cuando tuve esa especie de sensación, como si me hubiesen dado un golpe...

—Probablemente resulte mejor si no habla —dijo la terapeuta.

—Ah, ¿sí? —preguntó Frances. «Estaba a punto de contarle una historia muy interesante, Doña Siniestra». Había contado ya esa historia varias veces y pensaba que lo hacía bastante bien. Le salía mejor cada vez que la contaba.

Además, no le quedaba mucho tiempo antes de tener que dejar de hablar durante cinco días y no estaba segura de cómo iba a soportar tanto silencio. Acababa de pasar por ese aterrador abismo de desesperación en el coche. El silencio podía volver a hacerla caer.

La terapeuta presionó con sus gigantes pulgares a ambos lados de la columna de Frances.

—¡Ay!

—Concéntrese en su respiración.

Frances aspiró los aceites esenciales con aroma de cítricos y pensó en Paul. Cómo había empezado. Cómo había terminado.

Paul Drabble era un ingeniero civil estadounidense al que había conocido por internet. Un amigo de un amigo de un amigo. Una amistad que se había convertido en algo más. Durante seis meses, él le había estado enviando flores y cestas de regalo con notas escritas a mano. Pasaban horas hablando por teléfono. La había llamado por Facetime y le había dicho que había leído tres de sus libros y que le habían encantado, y le había hecho inteligentes comentarios sobre los personajes e incluso había citado sus pasajes preferidos. Y todos ellos habían sido fragmentos de los que Frances siempre se había sentido orgullosa. (A veces, la gente le citaba sus partes favoritas y Frances pensaba: «¿De verdad? No se me había ocurrido que eso fuera lo mejor que he escrito». Y, luego, se sentía extrañamente enojada con ellos).

Él le había enviado fotos de su hijo, Ari. Frances, que nunca había querido tener hijos, se enamoró de Ari. Era alto para su edad. Le encantaba el baloncesto y quería ser jugador profesional. Ella iba a ser la madrastra de Ari. Había leído el libro *Educar niños* para prepararse y había mantenido varias charlas breves pero agradables con Ari por teléfono. Él no hablaba mucho, como era lógico —al fin y al cabo, era un niño de doce años—, pero alguna vez ella le había hecho reír cuando hablaron por Skype y él había mostrado una pequeña risita mordaz que había hecho que se derritiera. La madre de Ari, la mujer de Paul, había muerto de cáncer cuando Ari estaba en la guardería. Qué triste, qué conmovedor, qué... «oportuno», había sugerido una de las amigas de Frances y esta le había respondido dándole una palmada en la muñeca.

Frances había planeado mudarse de Sídney a Santa Bárbara. Había reservado los vuelos. Iban a tener que casarse para asegurarse el permiso de residencia, pero no iba a apresurarse. En caso de que eso ocurriera, pensaba ir de amatista. Adecuado para una tercera boda. Paul le había enviado fotografías de la habitación de su casa que ya le había preparado para que ella escribiera. Había estanterías vacías esperando sus libros.

Cuando recibió aquella terrible llamada de teléfono en plena noche, con Paul tan destrozado que apenas le salían las palabras mientras le decía entre lágrimas que Ari había tenido un terrible accidente de coche y que había un problema con la compañía de seguros y que Ari necesitaba ser operado de urgencia, Frances no se lo pensó. Le envió dinero. Una enorme cantidad de dinero.

«Perdone, ¿cuánto?», había preguntado el joven inspector que iba tomando nota minuciosamente de todo lo que Frances decía, dejando de lado su actitud profesional durante un momento.

Ese había sido el único paso en falso de Paul: había sido poco ambicioso en su jugada. Ella le habría enviado el doble, el triple, el cuádruple…, cualquier cosa por salvar a Ari.

Y después: un silencio aterrador. Ella se desesperó. Creía que Ari había muerto. Después, pensó que Paul había muerto. Sin respuestas a sus mensajes escritos, a los de voz ni a los correos electrónicos. Fue su amiga Di la que hizo la primera tímida sugerencia: «No te lo tomes a mal, Frances, pero ¿es posible que…?». Di ni siquiera tuvo que terminar la pregunta. Fue como si esa idea hubiese estado escondida en el subconsciente de Frances durante todo el tiempo, incluso mientras reservaba los billetes de avión no reembolsables.

Parecía algo personal, pero no lo era. Se trataba de un negocio. «Esta gente es cada vez más inteligente», había dicho el inspector de policía. «Son profesionales y refinados y tienen como objetivo a mujeres de su edad y condición». La compasión de su atractivo y joven rostro resultaba insoportable. Él la veía como una señora mayor y desesperada.

Había deseado decirle: «No, no. ¡No soy una mujer de esa edad y condición! ¡Yo soy yo! ¡No me está viendo!». Había querido decirle que a ella nunca le había costado trabajo conocer a hombres, que los hombres la habían perseguido toda la vida, hombres que la habían querido de verdad y hombres que solo querían acostarse con ella, pero que todos ellos eran hombres reales que la habían querido como mujer, no timadores que querían su dinero. Había querido contarle que múltiples fuentes le habían dicho en múltiples ocasiones que era realmente buena en la cama, que su segundo servicio causaba consternación en la pista de tenis y que, aunque nunca cocinaba, sabía hacer un pastel de merengue y limón magnífico. Había querido decirle que era una mujer real.

La vergüenza que había sentido era inaudita. Le había revelado demasiadas cosas de sí misma a aquel estafador. Cómo se habría reído, aun cuando conseguía responder con sensatez, humor y una ortografía perfecta. Él había sido un espejismo, un reflejo narcisista de sí misma, diciendo exactamente lo que era tan evidente que ella deseaba oír. Cayó en la cuenta varias semanas después de que incluso su nombre, «Paul Drabble», había sido probablemente escogido para dar comienzo al acto de seducción recordándole de manera subconsciente a Margaret Drabble, una de sus escritoras favoritas, tal y como ella misma había publicado en las redes sociales a la vista de todos.

Resultó que muchas otras mujeres también habían estado planeando sus vidas como madrastras de Ari.

«Hay muchas señoras en la misma situación que usted», había dicho el inspector.

«Señoras». Dios mío, señoras. No podía creer que ella fuera una señora. Esa palabra asexuada y burguesa estremeció a Frances.

Los detalles de cada estafa eran distintos, pero el nombre del hijo siempre era «Ari» y siempre tenía un «accidente de coche» y la llamada desconsolada siempre llegaba en plena noche.

«Paul Drabble» tenía distintos nombres, cada uno con una cuidada y bien seleccionada presencia en internet, de manera que cuando las *señoras* buscaran a su pretendiente en Google —como siempre hacían— vieran exactamente lo que querían ver. Por supuesto, no era el amigo de un amigo de un amigo. Al menos, no en realidad. Había desarrollado su juego durante mucho tiempo, creándose una página falsa de Facebook y fingiendo interés por la restauración de muebles antiguos, lo cual le había llevado a ser aceptado por un grupo de Facebook administrado por un amigo de universidad de su marido. Cuando le envió a Frances una solicitud de amistad, ella ya había visto bastantes comentarios suyos (inteligentes, ingeniosos, concisos) en las publicaciones de su amigo como para creer que se trataba de una persona real perteneciente a su amplio círculo de conocidos.

Frances quedó con una de esas otras mujeres para tomar un café. La mujer le enseñó a Frances fotos en su teléfono del dormitorio que había preparado para Ari, con la pared llena de pósteres de *La guerra de las galaxias*. Los pósteres eran en realidad un poco infantiles para Ari —a él no le interesaba *La guerra de las galaxias*—, pero Frances no se lo dijo.

La mujer se encontraba en un estado mucho peor que Frances. Esta terminó extendiéndole un cheque para ayudarla a levantarse de nuevo. Las amigas de Frances empezaron a farfullar cuando se enteraron de esto. Sí, había dado más dinero a otra desconocida, pero para Frances era una forma de recuperar su orgullo, de volver a tomar el control y arreglar parte del rastro de destrucción que había dejado aquel hombre. (Pensaba que una tarjeta de agradecimiento de la otra víctima de estafa habría estado bien, pero no se debe regalar nada con la esperanza de recibir tarjetas de agradecimiento).

Después de que todo terminara, Frances guardó todas las pruebas de su estupidez en un archivo. Todos los correos electrónicos impresos donde había abierto su tonto corazón. Las tarjetas que acompañaban flores auténticas con sentimientos falsos. Las cartas escritas a mano. Fue a meter la carpeta en su archivero y una hoja de papel le hizo un corte en el pulgar como si fuese el filo de una cuchilla. Una herida diminuta y sin importancia, pero que le dolía mucho.

Los pulgares de la terapeuta se movían en pequeños y duros círculos. Un calor líquido se irradiaba por la parte inferior de la espalda de Frances. Ella miraba al suelo por el agujero de la camilla de la masajista. Podía ver las zapatillas de la terapeuta. Alguien le había dibujado con rotulador unas flores en la punta de plástico blanco de las zapatillas.

—Caí en una estafa amorosa por internet —dijo Frances. Necesitaba hablar. La terapeuta iba a tener que escucharla—. He perdido mucho dinero.

La terapeuta no comentó nada pero, al menos, no le volvió a ordenar a Frances que dejara de hablar. Sus manos siguieron moviéndose.

—No me ha importado tanto lo del dinero. Bueno, sí, he trabajado duro para conseguir ese dinero..., pero hay gente que lo pierde todo en este tipo de timos mientras que yo solo he perdido... mi amor propio, supongo, y... mi inocencia.

Ahora balbuceaba pero no parecía que pudiera parar. Lo único que podía oír era la respiración regular de su masajista.

—Supongo que siempre he dado por hecho que la gente es quien dice que es y que el noventa y nueve por ciento de las personas son buenas. He vivido en una burbuja. Nunca me han robado. Nunca me han atracado. Nadie me ha puesto nunca una mano encima.

Eso no era del todo verdad. Su segundo marido le había pegado una vez. Él lloró. Ella no. Los dos supieron en ese momento que su matrimonio se había acabado. Pobre Henry. Era un hombre bueno, pero se provocaron algo terrible el uno al otro, como una reacción alérgica.

Su mente fue bajando por el camino de su largo y complicado historial de relaciones. Ella había compartido su pasado amoroso con «Paul Drabble» y él le había contado el suyo. El de Paul había parecido muy real. Debía de haber en él algo de verdad. Eso decía la novelista que se ganaba la vida inventándose relaciones. «Claro que podría haberse inventado su pasado amoroso, idiota».

Siguió hablando. Mejor hablar que pensar.

—Sinceramente creí estar más enamorada de ese hombre que de ningún otro de los que había conocido en el mundo real. Qué ingenua. Pero, al fin y al cabo, el amor no es más que un engaño de la mente, ¿no?

«Cállate ya, Frances. No está interesada».

—En fin, que fue todo muy... —La voz se le fue apagando—. Bochornoso.

La terapeuta guardaba ahora un silencio absoluto. Frances ni siquiera la oía respirar. Era como si le estuviese dando el masaje un fantasma de manos gigantes. Frances se preguntó si estaría pensando: «Yo nunca caería en algo así».

La punta más afilada de su humillación fue esta: antes, si a Frances le hubiesen pedido que dijera qué tipo de persona podría caer víctima de una estafa por internet, habría elegido a alguien como esta mujer, con su cuerpo voluminoso, su pelo rapado y su cuestionable don de gentes. No Frances.

—Perdona, pero antes no he oído tu nombre.

—Jan.

—¿Te importa si te pregunto si estás casada... o si tienes una relación, Jan?

—Divorciada.

—Yo también —dijo Frances—. Dos veces.

—Pero acabo de empezar a salir con alguien —añadió Jan, como si no pudiera evitarlo.

—Ah. ¡Estupendo! —Frances se animó. ¿Había algo mejor que una nueva relación? Toda su carrera profesional se basaba en las maravillas de las relaciones nuevas—. ¿Cómo os habéis conocido? —preguntó.

—Me hizo una prueba de alcoholemia —respondió Jan con tono risueño.

Gracias a ese tono, Frances supo todo lo que necesitaba saber. «Jan acababa de enamorarse». Los ojos de Frances se inundaron de lágrimas de felicidad por ella. Las historias románticas nunca tendrían fin para Frances. Jamás.

—Entonces..., ¿es policía?

—Es un policía nuevo en Jarribong —respondió Jan—. Estaba aburrido sentado en el arcén de la carretera haciendo pruebas de alcoholemia al azar y empezamos a charlar mientras esperaba a que llegase otro coche. Pasaron dos horas.

Frances trató de imaginarse a Jan charlando durante dos horas.

—¿Cómo se llama?

—Gus —contestó Jan.

Frances se quedó callada para darle a Jan la oportunidad de empezar a hablar con entusiasmo sobre su nuevo novio. Trató de imaginárselo. Gus. Un policía local. De anchas espaldas, con un corazón de oro. Probablemente, Gus tendría un perro. Un perro encantador. Probablemente Gus haría tallas de madera. Probablemente silbara melodiosamente. Probablemente, silbara mientras tallaba. Frances ya casi se había enamorado de Gus.

Pero Jan no había dicho nada más sobre Gus.

Un rato después, Frances siguió hablando, como si Jan hubiese mostrado interés.

—¿Sabes? A veces, creo que casi ha merecido la pena, el dinero que he pagado, por la compañía de esos más de seis meses. Por la esperanza. Debería enviarle un correo electrónico para decirle: «Mira, sé que eres un estafador, pero te pagaría para que siguieras fingiendo que eres Paul Drabble». —Hizo una pausa—. La verdad es que jamás haría eso.

Silencio.

—Es divertido porque soy autora de novelas románticas. Me gano la vida creando personajes de ficción y, después, me enamoré de uno.

Aún nada. Jan no debía de leer. Quizá solo se avergonzaba de Frances. «Espera a que llegue a casa y le cuente a Gus lo de esta pringada».

Gus soltaría un largo y bajo silbido (melodioso) de sorpresa y compasión.

—Eso es lo que pasa en la gran ciudad, Jan.

Frances consiguió guardar silencio unos momentos mientras Jan le clavaba el nudillo en un punto de la espalda. Le dolía, a la vez que le provocaba una sensación gloriosa y necesaria.

—¿Trabajas aquí a jornada completa, Jan?

—Solo a veces. Cuando me necesitan.

—¿Te gusta?

—Es un trabajo.

—Se te da muy bien.

—Sí.

—Increíblemente bien.

Jan no dijo nada y Frances cerró los ojos.

—¿Cuánto tiempo llevas trabajando aquí? —preguntó con voz adormilada.

—Solo unos meses —contestó Jan—. Sigo siendo una novata.

Frances abrió los ojos. Había algo en la voz de Jan. Apenas una sombra. ¿Era posible que no estuviese cautivada por la filosofía de Tranquillum House? Frances pensó preguntarle por los artículos de contrabando que desaparecían, pero ¿en qué terminaría esa conversación?

«Creo que alguien ha hurgado en mi maleta, Jan».

«¿Por qué cree eso, Frances?».

«Es que me faltan algunas cosas».

«¿Qué tipo de cosas?»

Se sentía demasiado avergonzada y vulnerable sin su ropa como para confesar.

—¿Cómo es la directora? —preguntó Frances al pensar en la reverencia con que Yao había mirado aquella puerta cerrada.

Silencio.

Frances miraba los pies de Jan dentro de sus robustas zapatillas. No se movían.

Por fin, Jan habló.

—Muestra mucha pasión por su trabajo.

Yao también había dicho que tenía pasión por su trabajo. Era el lenguaje melodramático de las estrellas de cine y los conferenciantes motivacionales. Frances jamás habría dicho que sentía «pasión» por su trabajo, aunque en realidad sí que era así. Si pasaba demasiado tiempo sin escribir, se le iba la cabeza.

¿Y si nunca más volvía a publicar un libro?

¿Por qué iban a volver a publicarla? No se lo merecía.

«No pienses en la reseña».

—La pasión es buena —dijo.

—Sí —le concedió Jan. Eligió otro punto donde clavar los nudillos.

—¿Es posible que a veces sea demasiado apasionada? —preguntó Frances en un intento por comprender el fondo, si existía, de lo que Jan había querido decir.

—Se preocupa mucho por los huéspedes que vienen y está dispuesta a hacer... lo que sea... por ayudarles.

—¿Lo que sea? —repitió Frances—. Eso suena...

Las manos de Jan se movieron hacia los hombros de Frances.

—Tengo que recordarle que el noble silencio empezará en unos momentos. Cuando oigamos la tercera campanada no se nos permitirá hablar.

Frances se puso nerviosa. Quería más información antes de que empezara ese espeluznante silencio.

—Cuando dices «lo que sea...».

—Yo solo puedo decir cosas positivas sobre el personal que hay aquí —la interrumpió Jan. Ahora hablaba un poco como una autómata—. Piensan en sacar el mejor provecho para ustedes.

—Eso suena un poco inquietante —dijo Frances.

—La gente sale de aquí con estupendos resultados.

—Eso está bien.

—Sí —dijo Jan.

—Entonces, dices que algunos de sus métodos son posiblemente poco... —Frances trataba de pensar en la palabra adecuada. Se estaba acordando de algunas de esas críticas rabiosas de internet.

Se oyó una campanada. Reverberó con la melódica autoridad de una campana de iglesia, clara y pura.

«Maldita sea».

—¿Poco ortodoxos? —se apresuró a preguntar Frances—. Supongo que ahora soy más cautelosa después de mi experiencia con ese hombre, el timador. El gato escaldado...

La segunda campanada, aún más fuerte que la primera, interrumpió su refrán de tal forma que se quedó flotando absurdamente en el aire.

—Del agua fría huye —susurró Frances.

Jan apretó con fuerza las palmas de las manos sobre los omoplatos de Frances, como si le estuviese haciendo una reanimación cardiopulmonar, y se inclinó hacia delante de forma que Frances notó su aliento cálido en la oreja.

—No haga nada con lo que no se sienta cómoda. Es lo único que puedo decirle.

Sonó la tercera campanada.

9

Masha

*L*a directora de Tranquillum House, Maria Dmitrichenko —Masha para todos, salvo la oficina tributaria— estaba sentada sola en su despacho cerrado con pestillo y situado en la planta superior de la casa cuando sonó la tercera campanada. Incluso desde ahí arriba pudo notar cómo caía el silencio. Parecía como si hubiese entrado en una cueva o una catedral: esa sensación de alivio. Inclinó la cabeza hacia su espiral preferida con apariencia de huella digital que formaba la veta de la superficie de su escritorio de roble blanco.

Estaba en su tercer día de ayuno solo a base de agua y los ayunos siempre le intensificaban los sentidos. La ventana de su despacho se encontraba abierta y aspiró con grandes bocanadas el aire limpio del campo. Cerró los ojos y recordó cuando una vez había respirado todos los aromas extraños y excitantes de este nuevo país: eucalipto, hierba recién cortada y gasolina.

¿Por qué estaba pensando en eso?

Era porque su exmarido le había enviado un correo electrónico el día anterior. La primera vez en varios años. Había borrado su mensaje, pero el simple hecho de ver su nombre, aunque solo fuera por un instante, se le había introducido en la conciencia, de tal forma que ahora el más mínimo aroma a eucalipto en la brisa era suficiente para transportarla treinta años atrás a la persona que había sido antes, alguien que apenas podía recordar. Y, aun así, sí que recordaba todo lo que pasó aquel primer día, después de aquellos vuelos infinitos (Moscú, Delhi, Singapur, Melbourne); cómo ella y su marido se habían mirado en la parte de atrás de aquella pequeña furgoneta, maravillados por todas las luces, incluso en medio de la calle. Se hablaron en susurros de cómo los desconocidos les sonreían todo el tiempo. ¡Resultaba extraña su forma de hacerlo! ¡Qué simpáticos! Pero luego —fue Masha la primera en notarlo—, cuando giraban la cabeza, sus sonrisas se contraían hasta quedar en nada. Sonrisa, nada. Sonrisa, nada. En Rusia, la gente no sonreía así. Si sonreían, lo hacían de corazón. Aquella fue la primera vez que Masha experimentó la «sonrisa cortés». La sonrisa cortés podía verse como algo maravilloso o terrible. Su exmarido devolvía la sonrisa, Masha no.

Nu naher! No tenía tiempo para el pasado ahora mismo. ¡Tenía que dirigir un balneario! Había gente que dependía de ella. Esta era la primera vez que había empezado un retiro con un periodo de silencio, pero ya sabía que era lo correcto. El silencio aportaría claridad a los huéspedes. Asustaría a algunos, se resistirían, y habría gente que rompería el silencio, ya fuera de forma accidental o deliberada. Quizá hubiese parejas que se hablaran en susurros en la cama, pero no pasaba nada. El silencio marcaría las pautas adecuadas para avanzar. Algunos huéspedes se tomaban este lugar como un campamento de verano. Había mujeres de mediana edad que se sobreexcitaban al no tener que preparar la cena cada noche. Todo ese parloteo con voces agudas. Si dos hombres se hacían «colegas», con toda seguridad se incumplirían las normas.

Al principio, cuando Masha abrió Tranquillum House al público, se sorprendió una vez al descubrir que traían un pedido de pizza de carne de tamaño familiar por la valla de atrás. «*Nu shto takoye?*», gritó, dando un susto de muerte tanto al pobre repartidor como al huésped. «¿Qué está pasando aquí?».

Había aprendido las peculiaridades de sus huéspedes. Ahora tomaba precauciones. Cámaras de seguridad por toda la propiedad. Supervisión frecuente. Registro de maletas. Todo por el bien de ellos.

Se puso de lado en la silla y levantó una pierna para apretar la frente contra la tibia. Movía su cuerpo con la facilidad de un niño de diez años y le gustaba decir que tenía solo diez años, porque estaba acercándose al décimo aniversario del día en que ocurrió. Su paro cardiaco. El día en que murió y volvió a nacer.

De no haber sido por ese día, seguiría aún en el mundo empresarial y continuaría estando gorda y estresada. Había sido directora global de operaciones de una multinacional fabricante de productos lácteos. ¡Había llevado el queso más renombrado de Australia por todo el mundo! (Ya no comía queso). Recordaba su despacho, con sus vistas a la Casa de la Ópera de Sídney, y el placer que antes le producía ir tachando tareas ya terminadas, redactar políticas para simplificar trámites, hacerse obedecer por una sala llena de hombres… Su vida había estado vacía espiritualmente en aquella época, pero había resultado estimulante a nivel intelectual. Le gustaba especialmente el desarrollo de algún producto nuevo y ver toda la línea de artículos de la empresa dispuesta sobre la mesa de la sala de juntas: la exuberancia de primera calidad, los envoltorios de llamativos colores. Resultaba curioso constatar que aquello había satisfecho el anhelo que había sentido de niña cuando hojeaba ilícitos catálogos de compras de occidente.

Pero el placer que había sentido durante su vida en el mundo empresarial había sido como una sonrisa cortés. Carecía de sustancia. Su mente, su cuerpo y su alma habían funcionado como diferentes departamentos de una corporación sin un buen flujo de comunicación. La nostalgia que sentía por su antiguo trabajo era tan engañosa como los pensamientos afectuosos hacia su exmarido. Los recuerdos que su mente no dejaba de sacar a la luz no eran más que fallos informáticos. Tenía que concentrarse. Nueve personas dependían de ella. Nueve perfectos desconocidos que pronto pasarían a ser como una familia.

Pasó el dedo por una hoja con sus nombres:

Frances Welty
Jessica Chandler
Ben Chandler
Heather Marconi
Napoleon Marconi
Zoe Marconi
Tony Hogburn
Carmel Schneider
Lars Lee

Nueve desconocidos que, ahora mismo, estaban acomodándose en sus habitaciones, explorando la casa, leyendo nerviosos sus *packs* informativos, bebiéndose sus batidos, quizá disfrutando de sus primeros tratamientos de spa, preocupados por lo que les esperaba.

Ya les tenía cariño. Sus inseguridades y el desprecio por sí mismos, sus evidentes mentiras, sus bromas defensivas para ocultar su dolor al romperse y desmoronarse delante de ella. Durante los próximos diez días serían suyos. Podría enseñarles y alimentarlos, darles forma para convertirlos en las personas que podían ser, que debían ser.

Buscó el archivo del primer nombre de su lista.

Frances Welty. Cincuenta y dos años. La foto que había enviado mostraba a una mujer con lápiz de labios rojo y un cóctel en la mano.

Masha había tratado a un centenar de mujeres como Frances. Era una simple cuestión de quitarles las distintas capas hasta mostrar la angustia que había debajo. Deseaban ser decapadas, que alguien tuviese el suficiente interés en hacerlo. No era difícil. Estaban heridas: por maridos y amantes, por hijos que ya no las necesitaban, por carreras decepcionantes, por la vida, por la muerte.

Casi todas despreciaban sus cuerpos. ¡Las mujeres y sus cuerpos! Las relaciones más agresivas y tóxicas. Masha había visto a mujeres que se pellizcaban la carne de sus vientres con un desprecio tan cruel que se dejaban moretones. Mientras tanto, sus maridos se daban palmadas cariñosas en sus vientres mucho más grandes con compungido orgullo.

Estas mujeres acudían a Masha sobrealimentadas y, sin embargo, malnutridas, con adicción a distintas sustancias y productos químicos, agotadas y estresadas y sufriendo migrañas, dolores musculares o problemas digestivos. Resultaban fáciles de curar con descanso y aire puro, comida nutritiva y cuidados. Los ojos les brillaban. Se volvían comunicativas y eufóricas mientras sus pómulos volvían a pronunciarse. No se encerrarían más. Se despedían de Masha con abrazos y lágrimas en los ojos y alegres bocinazos de sus coches. Le enviaban emotivas tarjetas, a menudo con fotografías en las que mostraban cómo habían seguido su trayectoria poniendo en práctica las lecciones de Masha en su vida diaria.

Pero luego, dos, tres o cuatro años después, una buena parte regresaba a Tranquillum House, con el mismo aspecto insano que habían traído en sus primeras visitas, o aún peor. «Dejé de hacer meditación por las mañanas», explicaban, todas inocentes y arrepentidas, pero no tan arrepentidas. Parecían creer que sus lapsus eran lógicos, graciosos, que eran de esperar. «Y luego, volví a empezar a beber todos los días». «Perdí mi trabajo». «Me divorcié». «Tuve un accidente de coche». ¡Masha solo las restablecía de forma temporal! En momentos de crisis volvían a sus configuraciones predeterminadas.

Eso no era suficiente. Para Masha, no.

Por eso era fundamental el nuevo protocolo. No había necesidad de esa extraña angustia que la despertaba en la oscuridad de la noche. Si Masha había tenido tanto éxito en su carrera empresarial se debía a que siempre había sido la que estaba dispuesta a correr riesgos, a pensar en medidas innovadoras. Aquí era lo mismo. Golpeteó el dedo contra el rostro borroso e hinchado de Frances Welty y comprobó qué casillas había seleccionado sobre lo que quería conseguir durante los próximos diez días: «alivio del estrés», «sustento espiritual» y «relajación». Resultaba interesante que no hubiera seleccionado «pérdida de peso». Debía de tratarse de un descuido. Parecía de las descuidadas. Sin atención a los detalles. Una cosa estaba clara: esta mujer estaba suplicando una experiencia espiritualmente transformadora y Masha se la iba a dar.

Abrió el siguiente archivo. Ben y Jessica Chandler.

Su foto mostraba a una pareja de jóvenes atractivos sentados en un yate. Sonreían abiertamente pero Masha no podía verles los ojos por culpa de sus oscuras gafas de sol. Habían elegido la casilla de la terapia de parejas y Masha estaba segura de que podría ayudarles. Sus problemas serían recientes, no habrían calcificado tras años de discusiones y amargura. El nuevo protocolo sería perfecto para ellos.

A continuación, Lars Lee. Cuarenta años. La fotografía que había adjuntado era la típica imagen satinada y profesional de primer plano. Conocía muy bien a esta clase de huéspedes. Consideraban la asistencia a los balnearios como parte de su régimen de cuidados personales, como un corte de pelo o una manicura. No intentaría pasar nada de contrabando, pero pensaría que las normas más fastidiosas no se le aplicarían a él. Su reacción al nuevo protocolo sería interesante.

Carmel Schneider. Treinta y nueve años. Madre de hijas pequeñas. Divorciada. Masha miró su foto y chasqueó la lengua. Oyó la voz de su madre: «Si una mujer no cuida de sí misma, su hombre se busca a otra». Pobrecita. Baja autoestima. Carmel había seleccionado todas las casillas de la lista salvo la de «terapia de parejas». Masha le tomó cariño por esto. «No pasa nada, mi *lapochka*. Vas a ser una de las fáciles».

Tony Hogburn. Cincuenta y seis años. También divorciado. También había acudido para perder peso. Era la única casilla que había marcado. Iba a estar de mal humor y posiblemente se pondría agresivo cuando su cuerpo reaccionara a los cambios en su estilo de vida basado en la automedicación. Habría que vigilarlo.

El siguiente archivo hizo que frunciera el ceño.

¿Quizá iba a ser este el elemento impredecible del grupo?

La familia Marconi. Napoleon y Heather. Ambos de cuarenta y ocho años. Su hija, Zoe. Veinte años.

Era la primera vez que una familia hacía una reserva para un retiro en Tranquillum House. Había tenido a muchas parejas, madres e hijas, hermanos y amigos, pero nunca una familia, y la hija era la huésped más joven que había ido nunca.

¿Por qué iba a querer una chica de veinte años y aspecto perfectamente saludable hacer un retiro en un balneario con sus padres? ¿Trastorno alimenticio? Podría ser. A la vista experimentada de Masha, los tres parecían desnutridos. ¿Había algún tipo de extraña disfunción familiar?

Quienquiera que hubiese rellenado el cuestionario de la reserva de la familia había marcado solamente una casilla: «alivio del estrés».

La fotografía que la familia Marconi había enviado mostraba a los tres delante de un árbol de Navidad. Claramente se trataba de un *selfie*, porque habían colocado las cabezas en extraños ángulos para poder entrar en el encuadre de la cámara. Todos sonreían, pero sus ojos estaban apagados y vacíos.

—¿Qué os ha pasado, mis *lapochki*?

10

Heather

ada más sonar la tercera campanada, Heather Marconi notó cómo caía el silencio, como si hubiesen echado suavemente una manta sobre Tranquillum House. Resultaba sorprendente lo tangible que era. Antes, no había sido especialmente consciente del ruido ambiental.

Acababa de salir del cuarto de baño cuando empezaron a sonar las campanadas, mucho más fuertes e imperiosas de lo que se había esperado. Había tenido dudas sobre si se molestaría en obedecer este absurdo «silencio» —si hubiesen querido un retiro de silencio, habrían reservado un retiro de silencio, gracias—, pero el sonido religioso de las campanas la dejó de piedra. Incumplir el silencio resultaría ahora una falta de respeto, incluso en la intimidad de su habitación.

Su marido estaba sentado en un sofá antiguo en el rincón, con el dedo en los labios, como un profesor, porque Napoleon era profesor, un profesor querido en un barrio desfavorecido, y no se podía pasar veinticinco años enseñando geografía a muchachos recalcitrantes sin llevarse a casa algunos hábitos propios de los profesores.

«No me hagas gesto de que me calle, cariño», pensó Heather. «No soy uno de tus alumnos. Hablaré si quiero hacerlo». Le miró para guiñarle un ojo y Napoleon miró a otro lado, como si tuviese algo que ocultar, pero él siempre había sido el que no tenía nada que ocultar, él era el maldito libro abierto, y la razón por la que no la miraba a los ojos era porque en la documentación se especificaba que «nada de contacto visual» durante los próximos cinco días y Napoleon jamás olvidaba una regla o una norma, ni siquiera una tan ilógica y arbitraria como esta. ¿Qué de bueno podía tener evitar el contacto visual entre marido y mujer? Pero Napoleon era de lo más respetuoso con las señales de tráfico y la letra pequeña de los formularios burocráticos. Para él, las normas estaban relacionadas con la educación y el respeto y garantizaban la supervivencia de la sociedad civilizada.

Se quedó mirándolo mientras permanecía sentado con su bata demasiado corta, sus largas piernas peludas cruzadas. Tenía una forma femenina de cruzar las piernas, como una supermodelo a la que estuviesen entrevistando en un programa de televisión. Sus dos hermanos mayores, más bajitos y fornidos, se burlaban de él por su forma tan femenina de sentarse, pero él se limitaba a sonreír y les hacía la peineta con el dedo.

Seguía teniendo el pelo mojado tras la visita a las fuentes termales y haber nadado en la piscina.

El camino a las fuentes termales era un paseo agradable desde la parte posterior de la casa siguiendo un sendero lleno de postes indicadores. No habían visto a nadie por allí. Habían encontrado la Gruta Secreta, una poza resguardada del sol lo suficientemente grande para que ellos tres se pudieran sentar en un semicírculo a disfrutar de las vistas del valle. Heather y Zoe habían escuchado a Napoleon hablando sin parar sobre cómo los minerales del agua ayudarían a su circulación y reducirían sus niveles de estrés, etcétera, etcétera. La verdad era que no recordaba bien qué había dicho. La conversación de Napoleon era como un ruido de fondo en su vida, una radio que estaba permanentemente encendida, y solo algunas expresiones al azar se abrían camino hasta el subconsciente de ella. Estaba claro que Napoleon había sentido pánico al pensar en los cinco días de silencio y había estado hablando aún más rápido de lo habitual, sin descanso, su voz borboteando sin parar, como el agua espumosa, caliente y sulfurosa que burbujeaba alrededor de sus cuerpos.

«¡Cariño, por supuesto que puedo pasar cinco días sin hablar!», le había asegurado a Zoe, que había mirado a su padre mostrando en su precioso y joven rostro una verdadera preocupación. «¡Si tú puedes aguantar sin tu teléfono y tu madre sin cafeína, yo puedo aguantar sin hablar!».

Después, los tres habían ido a refrescarse a la piscina. El alivio del agua clorada, azul y fría había sido mágico después de las aguas termales. Heather vio cómo Zoe trataba de competir con su padre: él nadaba a mariposa y ella en estilo libre con cinco segundos de ventaja. Aun así, ganó él, aunque no quería hacerlo, pero no podía fingir que perdía igual que cuando ella era una niña. Después, estuvieron sentados junto a la piscina y Zoe les contó una divertida anécdota sobre uno de sus tutores de universidad que Heather no entendió del todo pero, por la cara de Zoe, supo que debía de ser divertida, así que fue fácil reírse. Había sido un momento especial y poco habitual de felicidad. Heather sabía que los tres lo habían notado y esperaba que fuese una señal de algo bueno.

Y ahora tenían que pasar los próximos cinco días sin hablar.

Heather sintió una oleada de fuerte irritación —o quizá fuese simplemente que su cuerpo le pedía un café manchado—

porque estas «vacaciones» no se suponía que iban a ser para sufrir. No cabía duda de que existían muchos otros balnearios que ofrecían el mismo ambiente de tranquilidad sin estas draconianas privaciones. Ninguno de los tres necesitaba perder peso. ¡El peso no era un problema para Heather! Se pesaba cada mañana a las seis en punto y, si alguna vez veía que la aguja se movía en la dirección equivocada, cambiaba de dieta. Su Índice de Masa Corporal estaba en la categoría de «peso inferior al conveniente», pero solo por un kilo. Ella siempre había sido delgada. A veces, Zoe acusaba a Heather de sufrir un trastorno alimenticio, solo porque era un poco quisquillosa con respecto a cuándo y qué comía. No se metía cualquier cosa en la boca, al contrario que Napoleon, que comía como una aspiradora, absorbiendo todo lo que había a su alrededor.

Napoleon se puso de pie. Subió su maleta a la cama, abrió la cremallera y sacó una camiseta bien doblada, unas bermudas y unos calzoncillos. Hacía las maletas como un soldado al que fueran a inspeccionarle el petate. Se quitó la bata y se quedó con toda su flaca, blanca, peluda y desnuda magnificencia.

Su silencio, tan poco común en él, le había convertido de pronto en un extraño.

Los músculos de la espalda se le movían al unísono, como una máquina diseñada de manera exquisita, mientras se ponía la camiseta. Su altura y su conducta de empollón camuflaban su atractivo.

La primera vez que se acostaron, tantos años atrás, Heather no había parado de pensar: «Menuda sorpresa», pues ¿quién podía imaginar que un tipo como Napoleon iba a saber cómo moverse? Le gustaba bastante desde antes porque era dulce, divertido y atento, pero había pensado que acostarse con él sería, más o menos, como hacer un servicio social. Se suponía que iba a ser un sexo cortés, amistoso, en plan «gracias por la cena y la película de Kevin Costner», no un sexo alucinante.

Sabía que el recuerdo de Napoleon de su primera cita era distinto al de ella. El de Napoleon era honesto, dulce y correcto, como debería ser el recuerdo de una primera cita entre un futuro marido y una futura esposa.

Napoleon se subió la cremallera de las bermudas y se abrochó el cinturón. Deslizó el cuero marrón por el cierre metálico plateado con movimientos fastidiosamente rápidos y eficientes. Debió de notar los ojos de ella sobre él, pero no la miró. Estaba decidido a cumplir aquellas estúpidas normas, cualesquiera que fueran. Era un hombre muy bueno, jodidamente perfecto en todos los jodidos aspectos.

La rabia la golpeó con la potencia y el impulso de una contracción durante un parto. No había forma de escapar de ella. Se imaginó dándole un puñetazo en la cara, rompiéndole el pómulo, con el racimo de diamantes de su anillo de compromiso rajándole la piel una y otra vez y otra y otra, la sangre goteándole. La rabia fue envolviéndole el cuerpo, casi levantándola del suelo. Tuvo que apretar los dedos de los pies al suelo para no embestir contra Napoleon mientras él volvía a cerrar con cremallera la maleta y la colocaba en el suelo, en el rincón de la habitación donde nadie fuese a tropezar con ella.

Heather se concentró en un punto de la pared donde había un pequeño arañazo en forma de isla en medio del papel pintado y se sirvió de la técnica de respiración variable que enseñaba a las madres para que la usaran durante la fase de transición del parto: jadeo, jadeo, soplo, ji-ji-ju, jadeo, jadeo, soplo.

Napoleon atravesó la habitación y salió al balcón. Se colocó con las piernas separadas y las manos agarradas a la barandilla, como si estuviese en la cubierta de un barco que daba tumbos.

La rabia se alivió, se redujo y desapareció.

Fin. Había vuelto a superarlo. El objeto de su rabia, ajeno a todo, inclinó la cabeza hacia delante, dejando al aire su cuello blanco e indefenso. Nunca lo sabría. Se sentiría horrorizado y profundamente herido si alguna vez conociera la violencia de los pensamientos secretos de ella.

Heather estaba temblorosa. La boca le sabía a bilis. Era como si acabara de vomitar.

Abrió su maleta y encontró unos pantalones cortos y una camiseta de tirantes. Esa tarde, después de la «meditación», necesitaría correr. No estaría relajada después de haber permanecido sentada y concentrada en su respiración durante una hora. Estaría al borde de la locura.

Ir a ese lugar había sido un error. Un error caro. Deberían haber ido a un hotel grande y anónimo.

Se ató los cordones de las zapatillas con fuertes tirones y abrió la boca para hablar. Iba a hablar sin más. Ese silencio era innecesario. No hablarían en presencia de los demás huéspedes, pero no había necesidad de mantener ese incómodo, raro e insano silencio en la intimidad de su habitación.

¿Y qué pasaría con la pobre Zoe, sola y callada en la habitación de al lado? Heather y Napoleon sentían terror si pasaba mucho tiempo sola en su habitación de casa, lo cual resultaba complicado porque tenía veinte años y tenía que estudiar. Si no se oía ningún ruido durante un rato, uno de ellos iba a ver cómo estaba con alguna excusa. Nunca se quejaba ni cerraba la puerta jamás. Pero no había suites familiares en Tranquillum House. No tuvieron más remedio que reservarle una habitación individual.

Ella decía que estaba bien. Constantemente les aseguraba que estaba bien, que era feliz. Entendía la necesidad que tenían de estar tranquilos. Pero ese año se había esforzado mucho, muchísimo, tecleando tristemente en su ordenador como si su licenciatura en Ciencias de la Comunicación fuese un asunto de vida o muerte, y se merecía un descanso.

Heather miró la pared que tenía por encima de la cama y que separaba su habitación de la de Zoe y deseó poder ver a través de ella. ¿Qué estaba haciendo en ese momento? No tenía su teléfono. Los jóvenes de veinte años necesitaban disponer de sus móviles en todo momento. A Zoe le estresaba que su batería estuviera por debajo del ochenta por ciento.

No deberían estar poniendo en riesgo de esa manera la salud mental de su hija. Zoe no durmió sola en una cama hasta que tuvo diez años.

¿Alguna vez se había alojado sola en una habitación de hotel?

Nunca. Zoe había salido de vacaciones con sus amigas, pero siempre compartían habitación, o eso era lo que Heather pensaba.

«Acaba de romper con su novio y ahora está sola en su habitación sin más compañía que sus pensamientos».

Dios mío. El corazón se le aceleró. Sabía que estaba exagerando. «Es adulta. Está bien».

Napoleon se giró desde el balcón, la miró y, una vez más, desvió la mirada. Heather sintió que las muelas le chirriaban. A él le decepcionaría mucho que ella llegara a hablar aunque fuera solo cinco minutos en medio del «noble silencio».

Dios. Aquello estaba siendo inesperadamente difícil. El silencio hacía que sus pensamientos gritaran. No se había dado cuenta de la mucha distracción que Napoleon le proporcionaba con su incesante parloteo. Qué irónico que fuera ella quien no soportara el silencio, no él.

No necesitaban silencio, ni ayuno ni desintoxicación. Solo necesitaban refugiarse de enero. El pasado mes de enero se habían quedado en casa y eso había sido un desastre. Había sido aún peor que el año anterior. Parecía que enero era un buitre de ojos fieros y grandes garras que aterrorizaría a la diminuta familia de Heather toda la vida.

—Quizá deberíamos irnos esta vez —había propuesto Napoleon unos meses atrás—. A algún lugar tranquilo y silencioso.

—Como un monasterio —había contestado Zoe. Después, los ojos se le habían iluminado—. ¡Ah, ya sé! ¡Un balneario! Así le bajaremos a papá el colesterol.

La escuela de Napoleon había ofrecido a todo el personal docente evaluaciones médicas gratis en junio y a Napoleon le habían dicho que tenía el colesterol alto, su tensión arterial estaba volviéndose preocupante y era estupendo que hiciera ejercicio, pero tenía que realizar cambios drásticos en su dieta.

Así que Heather había buscado en Google «balnearios». «¿Necesita una cura importante?».

Esa era la presentación de la página de inicio de la web de Tranquillum House.

—Sí —había respondido Heather en voz baja a su ordenador—. Sí que la necesitamos.

Parecía probable que Tranquillum House estuviese destinado a personas de un estatus socioeconómico unos niveles por encima de un profesor de instituto y una comadrona, pero las últimas vacaciones de verdad las habían tenido hacía años y la herencia que Napoleon había recibido de su abuelo estaba ingresada en un depósito en el banco. Podrían permitírselo. No había ninguna otra cosa que necesitaran ni desearan.

—¿Seguro que quieres estar encerrada con tus padres en un balneario diez días? —le había preguntado a Zoe.

Zoe se había encogido de hombros y había sonreído.

—Solo quiero pasar estas vacaciones durmiendo. Estoy muy cansada.

Las chicas normales de veinte años no deberían pasar tanto tiempo de sus vacaciones de verano con sus padres, pero es que Zoe no era una chica de veinte años normal.

Heather había pulsado en la pestaña de «Reservar ahora» y, al instante, se había arrepentido. Era raro cómo algo podía parecer tan atractivo para después, en el momento mismo en que te comprometías, convertirse en algo de lo menos atrayente. Pero ya era demasiado tarde. Había aceptado las condiciones. Podían cambiar la fecha de ida, pero no podrían recuperar el dinero. Los tres iban a hacerse una «purificación» de diez días quisieran o no.

Había pasado varios días dándose de tortas. No necesitaban someterse a una «transformación». No les ocurría nada malo a sus cuerpos. ¡Todo el mundo decía que los tres eran fanáticos del ejercicio! Ese no era sitio para los Marconi. Era un lugar para personas como esa mujer a la que Napoleon había abordado en las escaleras. ¿Cómo se llamaba? «Frances». Solo con verla se sabía que dedicaba su vida a almuerzos y tratamientos faciales y a las funciones laborales de su marido.

A Heather le resultaba ligeramente familiar, quizá porque conocía a muchas mujeres como ella: mujeres ricas de mediana edad que no trabajaban desde antes de que nacieran sus hijos. No había nada de malo en esas mujeres. A Heather le gustaban. Pero no podía pasar mucho tiempo con ellas sin sucumbir a la rabia. Eran completamente inmunes a la vida. Lo único de lo que tenían que preocuparse era de sus cuerpos, porque todos esos almuerzos no ayudaban a mantener sus figuras, así que necesitaban acudir a sitios como aquel para «recargarse» y oír cómo los expertos les contaban la increíble noticia de que si se come menos y se mueve una más, pesará menos y se sentirá mejor.

Una vez que terminara el silencio y se les permitiera volver a hablar, Napoleon y Frances se caerían de maravilla. Napoleon escucharía con verdadero interés cuando Frances fanfarroneara de que sus hijos estaban estudiando en Harvard o en Oxford o de que estaban disfrutando de un año sabático en Europa, donde parecían estar yendo a más discotecas que museos.

Heather se preguntó distraídamente si debería sugerir a Napoleon que aprovechara la oportunidad para tener una aventura mientras estuvieran ahí. Quizá el pobre anhelara el sexo y Frances sería una buena elección de busto generoso.

Heather recordaba la fecha exacta de la última vez que había tenido sexo con su marido. Había sido tres años antes. De haber sabido que era la última vez que iba a hacerlo en su vida, quizá se habría molestado en recordar los detalles. Estaba segura de que había ido bien: generalmente, iba bien. Solo que ya no era posible. No para Heather.

Se sentó en el borde de la cama y Napoleon se acercó y tomó asiento a su lado. Ella pudo notar la calidez de su cuerpo junto al suyo, pero no se rozaron. Esas eran las normas.

Esperaron a Zoe, que iba a llamar a su puerta en cuanto se hubiese duchado. Ese era el plan. Después, los tres esperarían, en silencio, a que sonara la campana y bajarían juntos a la primera «sesión de meditación guiada».

Zoe estaba bien. Claro que estaba bien. Era una buena chica. Haría lo que había dicho que iba a hacer. Siempre lo hacía. Se esforzaba mucho por serlo todo para ellos mientras ellos se esforzaban mucho por fingir que Zoe no era su única razón para vivir.

Heather sentía que la pena se le clavaba como una espada de samurái.

Siempre podía ocultar la rabia, pero nunca la pena. Era demasiado visceral. Se puso la mano por debajo de la garganta y se le escapó un sonido diminuto como de ratón.

—Aguanta, cariño —murmuró Napoleon. Habló tan bajito que fue casi un susurro. Sin mirarla, le agarró la mano y la envolvió en el calor de las suyas, rompiendo por ella sus amadas normas.

Ella se agarró a él, apretando los dedos entre los huecos de sus nudillos, como una mujer que en un parto agarra la mano de su pareja cuando el dolor intenta arrastrarla.

11

Frances

Sonó la campana que avisaba de la primera «sesión de meditación guiada» y Frances abrió la puerta de su habitación a la vez que Ben y Jessica lo hacían desde la habitación de al lado. Nadie dijo nada, cosa que a Frances casi le pareció insoportable, y los tres evitaron mirarse a los ojos mientras caminaban por el pasillo en dirección a las escaleras.

Ben llevaba la misma ropa de antes, mientras que Jessica se había cambiado y se había puesto un conjunto ajustado de yoga, dejando a la vista una figura tan espléndida que Frances sintió deseos de felicitarla por sus esfuerzos. Hacía falta mucho compromiso y silicona para tener ese aspecto y, sin embargo, la pobrecita no iba luciéndose como merecía. Más bien iba escabulléndose, con los hombros encorvados, como si estuviese en algún lugar que no debía y tratara de pasar desapercibida.

Ben, por su parte, tenía el caminar rígido y estoico de un hombre al que condujeran a la cárcel por un delito del que se había declarado culpable. Frances quiso llevárselos a los dos a un bar para escuchar la historia de sus vidas mientras los tres comían cacahuetes y bebían una sangría.

¿Por qué pensaba ahora en sangría? Llevaba años sin beberla. Era como si su cerebro no dejara de lanzarle propuestas aleatorias de cada tipo de comida o bebida que le iban a negar durante los próximos diez días.

Justo por delante de ellos, en la escalera, iba Napoleon, el gigante parlanchín, junto a su familia. La madre era Heather, «Heather piel de cuero». La hija era «la alta, que no altiva Zoe». Bravo, Frances, eres un genio. Aunque ¿qué sentido tenía su excelente habilidad para recordar nombres? No estaba en ninguna fiesta. Ni siquiera se le permitía mirarlos.

Napoleon caminaba de una forma muy extraña, con la cabeza agachada como un monje, levantando y bajando cada pierna con una angustiosa lentitud, como si estuviese fingiendo ser un astronauta en un paseo espacial. Frances se quedó perpleja durante un momento y, después, recordó las instrucciones sobre caminar de forma consciente durante el silencio. Redujo la velocidad y vio que Jessica daba un golpecito a Ben en el brazo para que hiciera lo mismo.

Los seis bajaron las escaleras colocando un pie delante del otro a cámara lenta y Frances trató de no pensar en lo ridículo que resultaba aquello. Si empezaba a reírse se pondría histérica. Ya estaba algo mareada por el hambre. Habían pasado varias horas desde que había lamido el envoltorio del KitKat.

Todos cedieron el paso a Napoleon, que era el más entusiasta a la hora de caminar de manera consciente, y le siguieron concentrados por la casa y, después, por las escaleras que conducían hacia el fresco y oscuro estudio de yoga y meditación.

Frances ocupó su lugar en una de las esterillas azules hacia la parte posterior de la sala y trató de imitar el gesto de los dos asesores en bienestar que estaban sentados en los rincones delanteros, como vigilantes de exámenes, solo que con las piernas dobladas como si fuesen una figura de papiroflexia, con las manos apoyadas en las rodillas, los pulgares y los demás dedos en contacto y unas irritantes medio sonrisas en sus tranquilos rostros.

Vio de nuevo la gran pantalla de televisión y se preguntó si alguna vez algún huésped desesperado habría bajado a escondidas en pijama para poder ver algún programa nocturno, aunque no parecía que hubiese ningún mando a distancia por ningún sitio.

Mientras trataba de acomodarse, notó una ligera pero notable mejora en su espalda después del masaje. El dolor seguía ahí, pero era como si uno de los múltiples nudos se hubiese soltado un poco.

Se sorbió la nariz. Sabía por el curso que había hecho tanto tiempo atrás que la meditación consistía, sobre todo, en respirar bien y, ahora mismo, ella no podía hacerlo. La gente iba a conocerla como la fastidiosa señora que se sorbía la nariz al fondo de la sala y, cuando terminara quedándose dormida irremediablemente, se despertaría sobresaltada después de soltar uno de esos ronquidos fuertes.

¿Por qué no se había ido de crucero?

Suspiró y miró por la sala buscando huéspedes a los que aún no había conocido. A su derecha había un hombre, más o menos de su edad, con cara pálida y triste. Estaba sentado impasible en su esterilla con las piernas extendidas delante de él, sujetando su grande y sólido vientre sobre su regazo como si fuese un bebé que le hubiesen entregado sin su consentimiento. Frances le sonrió amable. Resultaba agradable ver a alguien ahí que de verdad necesitaba un balneario.

Él la miró a los ojos.

«Un momento. No. No, por favor». Sintió una sacudida en el estómago. Era el hombre que se había parado en el arcén de la carretera y que la había visto gritando y golpeando el claxon como una loca. Era el hombre con el que había hablado alegremente sobre sus síntomas de la menopausia. «El asesino en serie de vacaciones».

No le había importado lo que pensara el asesino en serie porque nunca más iba a volver a verlo. No se le había ocurrido que podría ir también a Tranquillum House porque iba conduciendo en la dirección opuesta, alejándose del balneario, confundiéndola de forma deliberada.

No pasaba nada. Era de lo más bochornoso, pero no pasaba nada. Volvió a sonreír, con la boca hacia abajo en un gesto de autocrítica para mostrar que estaba un poco avergonzada de tener que pasar los próximos diez días con él después de que presenciara su crisis en el arcén, pero que era una adulta y él era un adulto, qué importaba.

El hombre la miró con desdén. La miró con absoluto e indudable desdén. Y, después, apartó la mirada. Rápido.

Frances le odió. Se había mostrado muy arrogante en el arcén de la carretera, al decirle que no podía dejar que siguiera conduciendo. ¿Era policía? No. (Normalmente, iban mejor arreglados, pensó). Por supuesto, daría al asesino en serie la oportunidad de redimirse, las primeras impresiones podían ser erróneas, había leído *Orgullo y prejuicio,* pero esperaba que siguiera siendo un ser despreciable durante los próximos diez días. Resultaba estimulante. Probablemente, le acelerara el metabolismo.

Dos huéspedes más entraron en la sala y Frances les prestó toda su atención. Se haría amiga de ellos en cuanto le permitieran hablar. Era estupenda haciendo amigos. Estaba bastante segura de que el asesino en serie no era tan estupendo haciendo amigos y, por tanto, ella le ganaría.

La primera huésped era una mujer de la que Frances supuso que estaría a mitad o al final de la treintena; llevaba una camiseta blanca muy grande que parecía nueva y que le llegaba casi hasta las rodillas sobre unas mallas negras, el típico atuendo para una mujer de proporciones normales que empieza un nuevo programa de ejercicios y piensa que debe ocultar su cuerpo perfectamente normal. Llevaba su abundante y negro pelo lanudo recogido por detrás en una larga trenza con relucientes mechones grises y unas gafas de montura roja y puntiaguda: unas gafas llamativas de las que gustan a los que quieren aparentar una personalidad extravagante e intelectual. (Frances tenía unas). La mujer parecía agitada, como si hubiese pillado su autobús en el último momento, tuviese montones de sitios a los que ir ese día y necesitara marcharse pronto.

Doña Agitada con Gafas iba seguida de un hombre increíblemente guapo con pómulos marcados y ojos deslumbrantes que se había detenido en la entrada de la sala, como si fuese una estrella de cine que saliera al plató de un programa de entrevistas en medio de un aplauso entusiasta. Llevaba una barba incipiente perfecta, tenía unas proporciones perfectas y estaba profunda y merecidamente enamorado de sí mismo.

Frances quiso soltar una carcajada al verle. Era demasiado guapo incluso para ser el héroe alto, atractivo y de piel oscura de alguno de sus libros. La única forma de que funcionara sería ponerlo en una silla de ruedas. Quedaría estupendo en una silla de ruedas. Lo cierto era que podría quitarle las piernas y, aun así, seguiría siendo el protagonista.

El hombre se sentó en una esterilla de yoga con la actitud relajada de quien «practica» yoga a diario.

Los tendones del cuello de Frances empezaron a dolerle por el esfuerzo de tratar de mantener el cuerpo de tal manera que no pudiera ver al asesino en serie por el rabillo del ojo. Movió los hombros. A veces, se agotaba a sí misma.

Giró la cabeza y le miró directamente.

Él estaba sentado despatarrado, introduciendo un dedo por un agujero junto al dobladillo de su camiseta.

Ella suspiró y apartó los ojos. Ni siquiera valía la pena odiarlo.

¿Y, ahora, qué?

Ahora..., nada. Estaban todos ahí sentados. Esperando. ¿Qué se suponía que tenían que hacer?

El deseo de interactuar era como una comezón irresistible.

Jessica, que estaba sentada justo delante de Frances, se aclaró la garganta como si estuviese a punto de hablar.

Otro tosió discretamente al fondo de la sala.

Frances tosió también. Su tos sonó bastante mal, la verdad. Probablemente tendría una infección en el pecho. ¿Tendrían antibióticos ahí? ¿O intentarían curarla con suplementos naturales? En ese caso, se pondría cada vez peor y, al final, moriría.

Tanta tos y tanto aclarar gargantas le recordó a estar en una iglesia. ¿Cuándo había sido la última vez que había ido a misa? Debió de ser en una boda. Los hijos de algunas amigas habían empezado a casarse. Las chicas que llevaban botas de fulana en los ochenta ahora se ponían vestidos de madre de novia con bonitos boleros para ocultar la parte superior de sus brazos.

Al menos, en una boda se podía hablar en voz baja con los demás invitados mientras esperabas a la novia. Piropear a tu amiga por su bonito bolero. Aquello era más parecido a un funeral, aunque ni siquiera estos eran tan silenciosos, pues la gente murmuraba sus tiernas condolencias. Estaba pagando por estar ahí y era peor que estar en un funeral.

Miró con gesto triste por la sala. No había bonitas vidrieras para admirar como en las iglesias. No había ventanas ni luz natural alguna. Era casi como una mazmorra. Estaba en un calabozo en una casa aislada con un grupo de desconocidos, uno de los cuales, por lo menos, era un asesino en serie. Sintió un fuerte escalofrío. El aire acondicionado estaba demasiado fuerte. Pensó en la inscripción que Yao le había enseñado de los canteros convictos y se preguntó si ese lugar estaría encantado por sus espíritus atormentados. Había situado un par de sus libros en casas encantadas. Venía bien cuando quería que sus personajes saltaran a los brazos del otro.

Napoleon estornudó. Un estornudo agudo, como el aullido de un perro.

—¡Salud! —gritó el hombre guapo.

Frances ahogó un grito. ¡Había roto el noble silencio!

El hombre guapo se puso la mano en la boca. Sus ojos miraron a su alrededor. Frances notó que una carcajada iba tomando cuerpo en su pecho. Ay, Dios, era igual que intentar no reírse en clase. Vio cómo los hombros del hombre guapo se agitaban. El hombre rio entre dientes. Frances dejó escapar una risita nerviosa. En un momento, ella se pondría a llorar de la risa y alguien le ordenaría que saliera de la habitación «hasta que pudiera controlarse».

—Namasté. Buenas tardes.

La atmósfera cambió en el instante en que una figura entró en la sala alterando las partículas del aire que la rodeaban, atrayendo todas las miradas y haciendo que las toses, estornudos y aclaramientos de garganta se detuvieran en seco.

La risa que había estado atrapada en el pecho de Frances desapareció. El hombre guapo se quedó inmóvil.

—Sed muy bienvenidos a Tranquillum House. Me llamo Masha.

Masha era una mujer de aspecto magnífico. Una supermodelo. Una atleta olímpica. De al menos metro ochenta de altura, piel de un blanco cadavérico y unos ojos verdes tan impresionantes y enormes que eran como de extraterrestre.

En realidad, Masha sí que parecía de otra especie, una especie superior a la de cualquier otra persona de la sala, incluso del hombre guapo. Su voz sonaba grave y profunda para ser mujer, con un atractivo acento que hacía que ciertas sílabas le salieran del revés. Namasté se convirtió en *nemasté*. La cadencia de su voz se movía entre lo que era puro acento australiano y lo que Frances supuso que sería un exótico ruso. De hecho, aquella mujer podría fácilmente ser una espía rusa. Una asesina rusa. Al igual que todo el personal, iba vestida de blanco, solo que en ella quedaba menos como un uniforme y más como una preferencia: la elección perfecta, la única.

Los músculos de sus brazos y piernas estaban esculpidos con líneas claras y puras. Tenía el pelo teñido de platino y tan corto que podría agitar la cabeza, como un perro, cuando saliera de la ducha y estar lista para empezar el día.

Mientras los ojos de Frances recorrían el magnífico cuerpo tonificado de Masha y lo comparaba con el suyo, se vino abajo. Era Jabba el Hutt, con pechos y caderas mullidos y carne blanda y rezumante.

«Basta ya», se dijo. No era propio de ella entregarse al autodesprecio.

Resultaba hipócrita negar el placer estético del cuerpo de Masha. Frances nunca se había creído lo de «todo el mundo es bello», un cliché que solo había que vender a las mujeres, pues los hombres podían ser bellos o no sin sentirse como si no fuesen hombres de verdad. Esta mujer, como el hombre guapo, tenía una presencia física impresionante, casi ofensiva. Frances tenía que hablar, escribir, flirtear, bromear o actuar de cierta forma antes de poder provocar un impacto en la gente que la rodeaba. De lo contrario, como sabía por propia experiencia, podía estar en el mostrador de una tienda sin que nadie se fijara nunca en ella. Nadie podía evitar fijarse en Masha. Lo único que tenía que hacer para llamar la atención era existir.

Durante un largo y angustioso momento, Masha estuvo supervisando la sala, girando la cabeza en un arco lento que iba captando la sumisión silenciosa de los que allí estaban, cruzados de piernas.

«Hay algo degradante en todo esto», pensó Frances. «Estamos sentados a sus pies como niños de preescolar. Nosotros guardamos silencio, ella habla». Además, la norma era no mirarse a los ojos y, aun así, Masha parecía invitar a hacerlo. Establecía las normas para que ella las pudiera romper. «Yo he pagado por esto», pensó Frances. «Usted trabaja para mí, señora».

Masha miró a los ojos de Frances con calidez y humor. Era como si ella y Frances fuesen viejas amigas y supiese exactamente lo que Frances estaba pensando, y la encontrara adorable por ello.

Por fin, volvió a hablar.

—Os doy las gracias por vuestra disposición a participar en el noble silencio. —Os doy las *grecias.*

Hizo una pausa.

—Sé que para alguno de vosotros este tiempo de silencio puede ser un desafío especial. Sé también que el silencio era algo inesperado. Alguno de vosotros puede estar experimentando sentimientos de frustración y rabia en este momento. Puede que estéis pensando: ¡Yo no he venido para esto! Lo entiendo y os digo: aquellos para quienes el silencio sea de lo más difícil, verán también que es de lo más gratificante.

«Hum», pensó Frances. «Eso ya lo veremos».

—Ahora mismo estáis a los pies de una montaña —continuó Masha—. Y la cima parece increíblemente lejana, pero yo estoy aquí para ayudaros a alcanzar esa cima. Dentro de diez días no seréis las personas que sois ahora. Permitidme dejar esto claro porque es importante.

Volvió a hacer una pausa. Miró despacio alrededor de la sala, como si estuviese imitando a un político. La teatralidad de su actitud era tan deliberadamente exagerada que ni siquiera resultaba graciosa. Debería ser graciosa, pero no lo era.

Masha repitió:

—Dentro de diez días no seréis las personas que sois ahora.

Nadie se movió.

Frances sintió que una sensación de esperanza se alzaba en la sala como una delicada neblina. ¡Oh, nos vamos a transformar, seremos otra persona, seremos alguien mejor!

—Os marcharéis de Tranquillum House sintiéndoos más felices, más sanos, más ligeros, más libres —dijo Masha.

Cada palabra parecía una bendición. Más felices. Más sanos. Más ligeros. Más libres.

—El último día de vuestra estancia con nosotros vendréis a mí y me diréis esto: ¡Masha, tenías razón! No soy la misma persona de antes. Estoy curado. Me he liberado de todos los hábitos, productos químicos, toxinas y pensamientos negativos que me reprimían. Mi cuerpo y mi mente se han aclarado. He cambiado en aspectos que jamás había imaginado.

«Cuánta tontería», pensó Frances mientras se le ocurría a la vez: «Por favor, que sea verdad».

Se imaginó yendo en coche a casa diez días después: ¡sin dolores, llena de energía, curada del resfriado, con la espalda tan flexible como una goma elástica, dejando atrás el dolor y la humillación de la estafa de su historia de amor, limpia! Caminaría erguida, se mantendría erguida. Estaría preparada para lo que pudiera pasar con su nuevo libro. La reseña habría quedado en nada.

(La verdad era que podía sentir la reseña en ese instante como un trozo de torta de maíz clavado en la garganta, haciéndole difícil respirar y tragar).

Podría incluso —y aquí sintió que le invadía una ilusión infantil, como si fuese el día de Navidad— ser capaz de abrocharse de nuevo aquel increíble vestido de Zimmermann hasta arriba, el que usaba para asegurarse los piropos (a menudo de los maridos de otras mujeres, lo cual siempre resultaba placentero).

Quizá su nuevo yo transformado volvería a casa y escribiría una novela de suspense o de misterio a la antigua usanza con un elenco de personajes pintorescos llenos de secretos y un villano encantador y sorprendente. Podría ser divertido asesinar a alguien con un candelabro o una taza de té envenenado. ¡Podría ubicar la novela en un balneario! El arma homicida podría ser una de esas gomas elásticas verdes que había visto en el gimnasio. O podría convertirlo en un balneario más histórico donde todos se movieran con aspecto pálido e interesante, como si se recuperaran de una tuberculosis. Seguro que podría incluir una trama secundaria romántica. ¿A quién no le gusta una trama secundaria romántica?

—Habrá sorpresas en este viaje —dijo Masha—. Cada mañana, al amanecer, recibiréis vuestro horario de actividades, pero habrá desvíos inesperados y planes que cambiarán. Sé que esto puede resultar difícil para alguno de vosotros, para quienes conduzcan su vida de forma estricta.

Levantó los puños a la vez que hablaba y sonrió. Era una sonrisa increíble: cálida, radiante y sensual. Frances se descubrió devolviéndole la sonrisa y miró por la sala para ver si a alguien más le había afectado igual. Sí, desde luego. Incluso el asesino en serie sonreía a Masha, aunque parecía como si sus labios estuviesen forzados hacia arriba solo de manera temporal y sin su consentimiento, y en el momento en que recuperó el control volvió a relajar la mandíbula y a adoptar una expresión taciturna a la vez que tiraba de un hilo del deshilachado dobladillo de su camiseta.

—Imaginad que sois una hoja en un río —dijo Masha—. Relajaos y disfrutad del viaje. La corriente os llevará de acá para allá, pero os conducirá hasta donde tenéis que ir.

Napoleon asintió pensativo.

Frances se quedó mirando las espaldas inmóviles y erguidas de Ben y Jessica que tenía delante, algo vulnerables por su delgadez y juventud, cosa que no tenía sentido pues probablemente no decían «uf» cada vez que se levantaban de una silla.

Ben se giró hacia Jessica y abrió la boca como si estuviese a punto de romper el silencio, pero no lo hizo. Jessica movió la mano y la luz se reflejó en el enorme anillo de su dedo. Dios mío. ¿De cuántos quilates era ese diamante?

—Antes de dar comienzo a nuestra primera sesión de meditación guiada, tengo que contaros una historia —prosiguió Masha—. Hace diez años, me morí.

Vaya, eso sí que no lo esperaba. Frances irguió un poco la espalda.

El rostro de Masha se volvió curiosamente alegre.

—¡Si no me creéis, preguntad a Yao!

Frances miró a Yao, que parecía esforzarse por no sonreír.

—Sufrí un infarto y quedé clínicamente muerta. —Los ojos verdes de Masha brillaban con gran regocijo, como si estuviese contando el mejor día de su vida.

Frances frunció el ceño. «Un momento, ¿y por qué has mencionado a Yao? ¿Estaba presente? No te desvíes de tu historia, Masha».

—A lo que me pasó lo llaman «experiencia cercana a la muerte» —continuó Masha—. Pero yo creo que es un término equivocado porque no solo estuve cerca de la muerte, estuve muerta. Experimenté la muerte, un privilegio por el que estaré eternamente agradecida. Mi experiencia, esa que consideran «cercana a la muerte», supuso en el fondo que me cambiara la vida.

No hubo toses ni movimiento alguno en la sala. ¿Estaban rígidos por la vergüenza o todavía impresionados?

«Aquí viene lo del túnel de luz», pensó Frances. ¿No habían demostrado que había una razón científica para ese fenómeno? A pesar de estar burlándose, sintió el cosquilleo de un escalofrío.

—Aquel día, hace diez años, salí por un momento de mi cuerpo —explicó Masha. Dijo esto con despreocupada convicción, como si no esperara que se le pusiera en duda.

Sus ojos barrieron la sala.

—Puede que entre vosotros haya alguno que dude. Puede que penséis: ¿de verdad murió? Dejad que os diga que Yao fue uno de los enfermeros de emergencias que se ocupó de mí ese día.

Hizo una señal con la cabeza a Yao y este le respondió haciendo lo mismo.

—Yao puede confirmar que mi corazón se detuvo de verdad. Más tarde, entablamos una amistad y desarrollamos un interés mutuo por el bienestar.

Yao asintió aún con más fuerza. ¿Se lo había imaginado Frances o la otra asesora en bienestar había puesto los ojos en blanco al ver aquello? ¿Celos profesionales? ¿Cómo había dicho que se llamaba? Delilah. Como el personaje bíblico... Dalila.

¿Qué le había pasado a Dalila después de cortarle el pelo a Sansón? Frances deseó poder buscarlo en internet. ¿Cómo iba a pasar diez días sin obtener respuestas instantáneas a preguntas banales?

Masha continuó hablando.

—Ojalá pudiera contaros mucho más sobre mi experiencia cercana a la muerte, pero resulta muy complicado encontrar las palabras adecuadas y os diré por qué: sencillamente, escapa a la comprensión humana. Carezco de vocabulario para ello.

«Inténtalo al menos». Frances se rascó con fuerza el antebrazo. Por lo que había leído en un artículo que vio en internet, sabía que este era un síntoma del alzhéimer, aunque no podía estar cien por cien segura porque no podía buscarlo en el maldito Google.

—Sí os puedo decir esto —siguió Masha—: hay otra realidad que yace junto a la realidad física. Ahora sé que no hay que temer a la muerte.

«Aunque, aun así, es mejor evitarla», pensó Frances. Cuanto más seria se ponía la gente, más frívola se volvía ella. Era un defecto.

—La muerte consiste simplemente en dejar atrás nuestro cuerpo terrenal. —Masha movía su cuerpo terrenal con una elegancia sobrenatural. Parecía estar demostrando cómo se deshacía uno de su cuerpo—. Es como una evolución natural, como entrar en otra habitación, como salir del útero.

Se detuvo. Hubo un movimiento en la parte de atrás del estudio.

Frances se giró y vio que la persona más joven del grupo, Zoe, se levantaba dejando su posición de piernas cruzadas con un único movimiento fluido.

—Lo siento —masculló en voz baja.

Frances vio que Zoe llevaba las orejas adornadas con muchos pendientes en puntos inusitados que no sabía que era posible perforar. Tenía la cara pálida. Resultaba de lo más delicada y desgarradora, solo por ser joven o quizá simplemente porque Frances era mayor.

—Perdón.

Sus padres levantaron los ojos hacia ella alarmados, con las manos extendidas como si la fuesen a agarrar. Zoe los miró y negó fuertemente con la cabeza.

—Los baños están allí —dijo Masha.

—Solo necesito un poco de… aire —se excusó Zoe.

Heather se puso de pie.

—Voy contigo.

—No, mamá, estoy bien —respondió Zoe—. Por favor, déjame… —Señaló hacia la puerta.

Todos miraban para ver quién se impondría.

—Estoy segura de que está bien —dijo Masha con tono decidido—. Vuelve cuando estés lista, Zoe. Estás cansada después de un viaje largo, eso es todo.

Heather se rindió con clara reticencia y volvió a sentarse.

Todos miraron a Zoe salir.

La sala parecía ahora intranquila, como si la salida de Zoe hubiese desequilibrado el ambiente. Masha inspiró hondo por la nariz y soltó el aire por la boca.

Alguien habló.

—Oiga, ahora que este…, eh…, noble silencio se ha roto, ¿puedo hacer una pregunta?

Era el asesino en serie. Habló con tono agresivo, justo como un asesino en serie, sin apenas abrir la boca, de forma que las palabras le salían como perdigones. Claramente estaba muy molesto.

Frances vio que los ojos de Masha se volvían ligeramente más grandes ante aquella infracción.

—Si crees que es importante en este momento…

El hombre tensó la mandíbula.

—¿Alguien ha registrado nuestras maletas?

12

Zoe

Zoe estaba al pie de las escaleras al otro lado de la pesada puerta de roble de la sala de meditación, con la espalda doblada hacia abajo, las manos sobre los muslos, tratando de recuperar el aliento.

Últimamente, había estado sufriendo de vez en cuando estos miniataques de pánico. No ataques de pánico propiamente dichos, pues ella sabía que eran terribles y que hacían que la gente llamara a la ambulancia, solo unos pequeños episodios en los que, de repente, sin previo aviso, sentía como si sometiera su ritmo cardiaco a una clase de spinning. Estaba bien resoplar y jadear cuando se está en el gimnasio, pero no cuando te encuentras sentada con las piernas cruzadas en el suelo sin hacer otra cosa que escuchar a una loca que habla sobre la muerte.

Se preguntó si esto era igual que lo que le pasaba a Zach. Él decía que el asma era como si alguien le hubiese puesto diez ladrillos en el pecho.

Zoe se llevó una mano al pecho. Ningún ladrillo. No era asma. Solo un ataque de pánico normal y corriente.

Siempre podía buscar las causas. Esta vez, oír las locas ideas de Masha sobre las maravillas de su experiencia cercana a la muerte. Había hecho recordar a Zoe el poema que su tío Alessandro había leído en el funeral de su hermano: «La muerte no es nada». Zoe había empezado a pensar en lo mucho que odiaba ese poema, porque estaba lleno de mentiras: su hermano no solo había pasado a otra habitación, se había ido, del todo, había quedado en silencio, sin un mensaje ni publicación ni tuit ni nada y, a continuación, ella se había quedado sin respiración y en lo único que podía pensar era: «Sal de aquí».

Se sentía mal por haber interrumpido el noble silencio, sobre todo después de que los estornudos de su padre hubieran causado estragos en la sala. La gente de ese retiro no tenía ni idea de que esos eran los estornudos más suaves de su padre. Uno de sus alumnos había hecho una vez una película de tres minutos que se llamaba «Los estornudos del señor Marconi», que no era más que un montaje con su padre estornudando en diferentes ocasiones con una banda sonora. Se había vuelto un poco viral.

—¿Alguien ha registrado nuestras maletas? —preguntó una voz de hombre al otro lado de la puerta.

Ella habría apostado que se trataba del tipo desastrado que era casi tan alto como su padre y el doble de ancho. Zoe no pudo oír la respuesta.

Subió la estrecha escalera de piedra y empujó con fuerza para abrir la segunda puerta pesada que conducía de nuevo a la parte principal de la casa.

No podía desaparecer mucho tiempo porque sus padres se preocuparían, lo cual no era agobiante en absoluto. Desde que Zach había muerto era como si la vida de Zoe estuviese en peligro permanente y solo la vigilancia discreta y continuada de sus padres pudiera salvarla. Su madre y su padre creían firmemente que si Zoe no se ponía la vacuna antigripal, si no examinaban los frenos de su coche cada seis meses, si no tenía un plan para volver a casa, se moriría. Era tan sencillo como eso. Y cuando preguntaban como si tal cosa algo como: «¿Vas a llamar a un Uber?», mirando hacia otro lado, con las manos ocupadas en otra cosa, no podían disimular el temor que subyacía en sus palabras, y ella no los ignoraba, no se apartaba cuando su madre se colocaba a su lado para tratar de escucharle discretamente la respiración, aunque, al contrario que Zach, que había tenido asma desde niño, Zoe no lo había sufrido jamás en su vida. Reprimía su enfado y les dejaba escuchar su respiración y les daba las respuestas y la constante confianza que necesitaban.

No iba a desaparecer de la vista de sus padres ahora. Solo iba a tomarse diez minutos y, después, volvería a entrar y, con suerte, la loca de Masha habría logrado ya controlarlos a todos y estarían meditando en silencio.

No vio por allí a nadie del personal cuando entró en la Sala Lavanda. Era de un profuso color lavanda. Había montones de jarrones altos llenos de ramas de lavanda, los mullidos muebles y cojines eran todos de diferentes tonos de lavanda y, por si aún no lo habías notado, había cuadros de lavanda adornando las paredes de color lavanda.

Zoe se acercó a la ventana, que daba directamente al jardín de rosas, un rectángulo de frondoso césped verde rodeado de altos setos con arriates de abundantes rosas blancas. Era ahí donde harían taichí al amanecer el día siguiente.

En ese lugar todo era muy bonito, aunque aburrido, pero resultaría sorprendente si de verdad habían registrado las maletas. Por suerte, Zoe había tomado precauciones, por si acaso. Sabía cómo introducir alcohol en fiestas donde no había. Había envuelto sus productos de contrabando como si fuesen un regalo, usando papel de burbujas para disimular la forma de la botella de vino, y lo había rematado con una tarjeta de felicitación que decía: «¡Feliz aniversario, mamá y papá!». Había mirado al entrar en la habitación y el regalo estaba intacto dentro de su maleta.

En el veintiún cumpleaños de Zach, Zoe iba a brindar por él a medianoche con una copa de vino. Cuando ella y Zach nacieron, el profesor de matemáticas del instituto de su padre les había regalado a cada uno una botella de Grange, un regalo curioso para unos bebés. Probablemente las botellas deberían haber estado en una bodega con la temperatura controlada, pero la familia de Zoe no era muy aficionada al alcohol. El vino había estado guardado en el fondo del armario de la ropa de casa, detrás de las toallas de baño, a la espera del veintiún cumpleaños de los dos. Según internet, esa cosecha en particular tenía «un agradable aire suave con una mezcla de frutos secos y especias con un toque final largo e imperioso».

A Zach le habría divertido esa descripción: «Un toque final largo e imperioso».

Sus ojos siguieron la suave silueta curvada de las colinas azul verdosas que se extendían por el horizonte y pensó en su exnovio y en lo mucho que se había esforzado por convencerla de que fuese con él de viaje a Bali para hacer surf con un grupo de amigos. No se lo podía creer cuando ella insistió en que era imposible. «Voy a tener que estar con mis padres», le había dicho. «En cualquier otro momento sí, pero no en enero». Al final, él se había enfadado y, después, de repente, estaban tomándose un descanso y lo siguiente había sido la ruptura. Ella casi pensaba que le había querido.

Se dio un suave golpe en la frente con el cristal de la ventana. ¿Pensaba él que Zoe quería estar ahí con sus padres? ¿Creía que no habría preferido estar en Bali?

El enero anterior había sido espantoso, como si sus padres estuviesen quemándose por dentro, con sus órganos internos licuándose mientras fingían que todo iba bien.

—Hola. Eres Zoe, ¿verdad? Nos hemos conocido antes. Soy Frances.

Zoe se giró desde la ventana. Era la señora rubia rojiza con el llamativo lápiz de labios rojo a la que su padre había abordado en las escaleras. Se estaba colocando un antiguo pasador de carey enorme en el pelo y parecía estar ruborizada.

—Hola —respondió Zoe.

—Sé que se supone que no debemos hablar, pero me parece que ha habido un intermedio inesperado en el noble silencio de Masha.

—¿Qué está pasando ahí abajo?

—Está siendo todo muy embarazoso —contestó Frances. Se sentó en uno de los sofás lavanda—. Ay, Dios, este es uno de esos sofás que te engullen. —Se metió dos cojines detrás de la espalda—. Uf. Mi espalda. Uf. —Se movió un poco—. No. Estoy bien. Ahora está mejor. En fin. ¿Sabes ese hombre, el de aspecto malhumorado con tos seca? No es que yo pueda hablar. No te me acerques demasiado, no quiero contagiarte, aunque creo que mis gérmenes son mejores que los de él. En fin, pues se está alterando mucho porque, al parecer, había traído a escondidas todo un minibar, según parece, y…, bueno, resulta embarazoso, pero a mí también me han quitado algunas cosas de la maleta y he pensado que debía apoyar a ese hombre cascarrabias. Ya sabes, diciendo que esto era un atentado contra la intimidad, que no se puede hacer eso, ¡que tenemos derechos! —Levantó un puño en el aire.

Zoe se sentó en el sofá de enfrente y sonrió al ver el puño.

—Pero me ha dado vergüenza porque no quería que todos supieran que yo también he traído algo de contrabando que me han confiscado y sé que esto no es un capítulo de *Supervivientes,* pero no quería aliarme con ese hombre porque parece muy…, en fin… Así que he dicho que yo también necesitaba tomar el aire, y creo que es una de las cosas más valientes que he hecho jamás.

—Yo también he traído algo de contrabando —dijo Zoe.

—¿Sí? —Frances sonrió—. ¿Lo han encontrado?

—No. Si han registrado mi maleta, no se han dado cuenta. Lo envolví como si fuese un regalo para mis padres.

—Qué ingeniosa. ¿Qué es?

—Una botella de vino —contestó Zoe—. Un vino muy caro. Ah, y una bolsa de tartaletas de mantequilla de cacahuete Reese. Soy adicta.

—Qué ricas —dijo Frances—. Enhorabuena. Me gusta tu ingenio.

—Gracias —respondió Zoe.

Frances cogió un cojín y lo abrazó.

—Yo soy perfectamente capaz de pasar diez días sin una copa de vino, solo que…, en fin, no sé, me puse traviesa.

—A mí ni siquiera me gusta el vino —dijo Zoe.

—Ah. ¿Solo querías demostrar que podías atentar contra el sistema?

—He traído el vino para brindar por el veintiún cumpleaños de mi hermano. Es dentro de unos días. Murió hace tres años.

Vio la inevitable expresión afligida de Frances.

—No pasa nada —se apresuró a añadir—. No estábamos muy unidos.

Normalmente, la gente parecía aliviarse cuando les decía esto, pero la cara de Frances no cambió en absoluto.

—Lo siento mucho —repuso.

—Está bien. Como le he dicho, la verdad es que… no nos llevábamos bien. —Zoe trató de dejárselo claro. «¡Nada de estrés! Estás libre de culpa».

Se acordó de que su amiga Cara, al día siguiente del funeral de Zach, había dicho: «Al menos, no estabais muy unidos». Cara sí estaba muy unida a su hermana.

—¿Cómo se llamaba tu hermano? —preguntó Frances, como si eso tuviera alguna importancia.

—Zach —respondió Zoe, y el nombre le sonó raro y doloroso en la boca. Oyó un estruendo dentro de sus oídos y, por un momento, creyó que se iba a desmayar—. Zoe y Zach. Éramos mellizos. Unos nombres muy cursis.

—A mí me parecen unos nombres preciosos —dijo Frances—. Pero, si erais mellizos, eso significa que también es tu cumpleaños dentro de unos días.

Zoe sacó una rama de lavanda de un jarrón y empezó a despedazarla.

—En teoría, sí. Pero ya no lo celebro ese día. Se puede decir que he cambiado mi cumpleaños.

Había cambiado su cumpleaños oficialmente al 18 de marzo. Era una fecha mejor. Un momento del año más agradable y menos tempestuoso. El 18 de marzo era el cumpleaños de la abuela Maria y la abuela Maria solía decir que ni una sola vez había llovido en su cumpleaños y quizá fuera cierto. Todos decían que habría que comprobar los registros meteorológicos por si se trataba de una especie de fenómeno que solo la abuela Maria hubiese notado, pero nadie lo había comprobado jamás.

La abuela Maria siempre había dicho que viviría hasta los cien años, como su madre, pero murió de pena un mes después que Zach. Incluso el médico había dicho que fue por la pena.

—Zach murió el día anterior a nuestro dieciocho cumpleaños —dijo Zoe—. Se suponía que íbamos a tener una fiesta dedicada a la «Z». Yo iba a ir como Zoe. En aquel momento nos pareció muy gracioso.

—Ay, Zoe. —Frances se inclinó hacia delante. Zoe estuvo segura de que quería acariciarla, pero que se estaba conteniendo.

—Y por eso lo cambié —continuó Zoe—. Es que no me parece justo para mi madre y mi padre tener que celebrar mi cumpleaños al día siguiente cuando todavía están completamente destrozados por el aniversario. Enero es un mes muy duro para mis padres.

—Claro que debe de serlo —dijo Frances. Tenía una mirada llena de compasión—. Duro para todos vosotros, imagino. ¿Así que se os ha ocurrido que estaría bien... hacer una escapada?

—Solo buscábamos un lugar tranquilo y un balneario parecía una buena idea porque la verdad es que estamos todos mal de salud.

—¿Sí? A mí no me parece que estés enferma.

—Bueno, para empezar, tomo demasiado azúcar en mi dieta —contestó Zoe.

—El azúcar es el nuevo demonio —dijo Frances—. Antes era la grasa. Luego los carbohidratos. Cuesta estar al día.

—No, pero el azúcar es malo de verdad —repuso Zoe. ¡No era nada difícil estar al día! Todos sabían que el azúcar era horrible—. Han hecho muchas investigaciones. Yo tengo que superar mi adicción al azúcar.

—Ajá.

—Como demasiado chocolate y soy adicta a la Coca-Cola Light, por eso tengo tan mal la piel. —Zoe colocó la punta de un dedo en un grano que tenía cerca del labio. No podía dejar de tocárselo.

—¡Tienes una piel preciosa! —Frances gesticuló exageradamente, quizá porque estaba tratando de no mirar al grano de Zoe.

Zoe suspiró. La gente debería ser sincera.

—Mis padres son fanáticos del ejercicio, pero mi padre es adicto a la comida basura y mamá prácticamente tiene un trastorno alimenticio. —Se quedó pensando. A su madre no le iba a gustar nada ningún aspecto de esta conversación—. Por favor, no le diga que se lo he contado. Es que es un poco rara con la comida.

Aun antes de que Zach muriera, la madre de Zoe había sido así. No soportaba ver copiosos despliegues de comida, lo cual suponía un problema al estar casada con un hombre con una amplia familia italiana. Heather sufría de acidez, retortijones y otros «problemas digestivos» a los que se refería solo de forma indirecta. Nunca veía la comida simplemente como lo que era. Siempre tenía una fuerte reacción emocional ante ella. Se «moría de hambre» o estaba «hinchada» o «ansiaba» algo específico e imposible de conseguir.

—Bueno, ¿y usted qué? —le preguntó Zoe a Frances. Quería cambiar el foco de atención. Ya había contado demasiado sobre sí misma y su familia a esa desconocida—. ¿Por qué ha decidido hacer esto?

—Bueno, ya sabes, estoy hecha polvo. Me ha pasado algo en la espalda, tengo un catarro que parece que no me consigo quitar, supongo que no me vendría mal perder unos kilos..., las cosas normales de la mediana edad.

—¿Qué edad tienen sus hijos? —preguntó Zoe.

Frances sonrió.

—No tengo.

—Ah. —Zoe se quedó desconcertada, preocupada por haber cometido algún desliz sexista—. Lo siento.

—No lo sientas —respondió Frances—. Fue decisión mía no tener hijos. Simplemente, nunca me vi como madre. Jamás. Ni siquiera cuando era niña.

«Pero es muy maternal», pensó Zoe.

—Tampoco marido —continuó Frances—. Solo dos exmaridos. Ningún chico. Estoy muy soltera.

Resultaba encantadora su manera de hablar de «chicos».

—Yo también estoy muy soltera —dijo Zoe, y Frances sonrió, como si hubiese sido Zoe la que hubiese dicho algo encantador.

—He creído estar enamorada hace poco, pero no era quien decía ser —continuó Frances—. Resultó ser un «timador de internet». —Hizo la señal de las comillas con los dedos.

«Dios mío», pensó Zoe. «Sí que hay que ser estúpida».

—¿Cómo se gana la vida? —Cambió de tema porque, literalmente, se estaba poniendo colorada de la vergüenza por esa mujer.

—Escribo novelas románticas —contestó Frances—. O escribía. Quizá tenga que cambiar de profesión.

—Novelas románticas —repitió Zoe. Aquello estaba empeorando. Trató de mantener una expresión neutra. Por favor, Dios mío, que no sean eróticas.

—¿Te gusta leer? —preguntó Frances.

—A veces —contestó Zoe. Jamás novelas románticas—. ¿Qué la llevó a convertirse en escritora de novelas románticas?

—Bueno, cuando tenía unos quince años leí *Jane Eyre* y era una época extraña y triste en mi vida... Mi padre acababa de morir y yo tenía las hormonas disparadas, estaba muy triste y era muy impresionable. Y cuando leí aquella famosa frase, ya sabes la de: «Me casé con él, lector», aquello tuvo un profundo efecto en mí. Me senté en la bañera y me dije en voz baja: «Me casé con él, lector», y, después, empecé a sollozar sin más. Era una frase con un extraordinario poder de permanencia. Me casé, lector. ¡Oh! —Fingió ponerse a llorar exageradamente, como una adolescente, con la mano en la frente.

Zoe se rio.

—Has leído *Jane Eyre*, ¿no?

—Creo que vi una vez la película —respondió Zoe.

—Ah, vale —dijo Frances con tono comprensivo—. Bueno, sé que «Me casé con él, lector» se ha convertido prácticamente en una expresión típica a la que se hace referencia muy a menudo: «Me divorcié de él, lector», «Le asesiné, lector». Pero para mí, en aquella época de mi vida, fue..., en fin, algo profundo. Recuerdo que me sorprendió que aquellas cinco palabras pudieran afectarme de esa forma. Así que simplemente empecé a interesarme por el poder de las palabras. La primera historia de amor que escribí tenía una enorme influencia de Charlotte Brontë, solo que sin la loca del desván. Mi protagonista masculino era una excitante mezcla entre el señor Rochester y Rob Lowe.

—¡Rob Lowe! —exclamó Zoe.

—Tenía un póster suyo en mi pared —dijo Frances—. Aún puedo saborear sus labios. Muy suaves y con gusto a papel. Lustre mate.

Zoe se rio.

—Yo sentía lo mismo por Justin Bieber.

—Puede que incluso haya algún libro mío aquí —dijo Frances—. Los hay a menudo en sitios como este. —Examinó los estantes de libros y, después, sonrió con un atisbo de orgullo—. Bingo.

Se puso de pie con las manos en la espalda, fue a una de las estanterías y se agachó para sacar un libro grueso y destrozado.

—Aquí tienes. —Se lo pasó a Zoe y volvió a sentarse en el sofá con un gruñido.

—Increíble —dijo Zoe. El libro tenía una pinta espantosa.

Se titulaba *El beso de Nathaniel* y la imagen de la cubierta mostraba a una chica de pelo rubio, rizado y largo mirando melancólica al mar. Al menos, no parecía erótico.

—En fin, mi último libro lo han rechazado —continuó Frances—. Así que puede que me busque pronto otra profesión.

—Ah —dijo Zoe—. Lo siento.

—Bueno —contestó Frances, antes de encogerse de hombros y dirigirle media sonrisa con la palma de la mano hacia arriba, y Zoe supo qué era lo que estaba intentando decirle. Erin, la amiga de Zoe, pensaba que ya no podía quejarse de su vida sin antes hacer la introducción de: «Sé que esto no es nada comparado con lo que tú has pasado», con una mirada solemne y los ojos bien abiertos, y Zoe siempre respondía: «¡Erin, han pasado tres años, puedes quejarte de tu vida!». Y luego asentía con gesto comprensivo mientras pensaba: «Tienes razón, que tu coche necesite tres neumáticos nuevos no es motivo para quejarse».

—Supongo que debería bajar de nuevo —dijo Zoe—. Mis padres se ponen paranoicos si no saben dónde estoy en todo momento. Creo que les gustaría ponerme un dispositivo de localización.

Frances suspiró.

—Yo también debería bajar. —Pero no se movió. Miró a Zoe con curiosidad—. ¿Crees que todos vamos a estar «transformados» cuando esto termine?

—La verdad es que no —contestó Zoe—. ¿Usted qué cree?

—No lo sé —respondió Frances—. Me parece que Masha puede conseguir cualquier cosa. Esa mujer me da un miedo espantoso.

Zoe se rio y, después, las dos se sobresaltaron al oír que empezaba a sonar un gong una y otra vez, en una rápida sucesión, como una alarma.

Se pusieron de pie de un salto y Frances agarró a Zoe del brazo.

—¡Dios mío, es como un internado! ¿Crees que nos hemos metido en un lío? ¿O es que hay un incendio y nos están evacuando a todos?

—Yo creo que probablemente solo signifique que empieza otra vez el silencio.

—Sí, tienes razón. Vale, volvamos juntas. Yo iré delante. Soy mayor. No le tengo miedo a esa mujer.

—¡Sí que se lo tiene!

—Lo sé. ¡Estoy aterrada! Vamos, rápido. Te veré al otro lado del silencio.

—Leeré su libro. —Zoe levantó el libro mientras salían de la Sala Lavanda y volvían a bajar las escaleras. Era un locura decir aquello, pues no tenía interés alguno en leer una novela romántica, pero qué más daba, le gustaba Frances.

—Se supone que no hay que leer durante el silencio.

—Soy una rebelde —contestó Zoe. Se metió el libro por debajo de la camiseta y por la cintura de sus pantalones de ciclista—. Me aliaré con usted.

Estaba haciendo una pequeña broma en referencia al anterior comentario que había hecho Frances sobre *Supervivientes*, pero Frances se detuvo en seco y se giró con una sonrisa radiante.

—Ay, Zoe, a mí me encantaría aliarme contigo.

Y, de repente, fue como si ya fuese verdad.

13

Masha

*D*os huéspedes, Zoe Marconi y Frances Welty, habían salido de la sala de meditación y no habían regresado todavía. El silencio se había incumplido y otro huésped, Tony Hogburn, estaba exigiendo que le devolvieran el dinero y amenazaba con denunciar a Tranquillum House ante la Oficina del Consumidor, bla, bla, bla —Masha ya había oído eso mismo otras veces— mientras los demás huéspedes observaban con curiosidad o preocupación.

Masha vio cómo Yao le lanzaba una mirada de angustia. Se preocupaba demasiado. No había necesidad de estresarse. Ella podía encargarse de las pataletas infantiles de un hombre infeliz y enfermo. Resolver problemas inesperados resultaba vigorizante para Masha. Era uno de sus fuertes.

—Estaré encantada de devolverte todo el dinero. —Clavó la mirada en Tony como si atravesase a una mariposa con un alfiler—. Eres libre de coger tus maletas y marcharte ahora mismo. Permíteme que te recomiende que vayas al pueblo más cercano donde hay un buen pub que se llama Lion's Heart. Su menú incluye un plato denominado «Megahamburguesa monstruosa» con todas las patatas fritas y refrescos que desees. ¿No te suena delicioso?

—Desde luego —contestó Tony con aspereza.

Pero, aun así, no se puso de pie. Ay, amorcito, cuánto me necesitas. Sabes que me necesitas. No quieres seguir siendo tú. Claro que no. ¿Quién lo querría?

Él trató de zafarse de su mirada, pero ella no le dejó.

—Entiendo que no te guste que hayamos registrado tus maletas, pero las condiciones de tu contrato con el balneario dejan claro que tenemos derecho a registrar tu equipaje y confiscar todos los artículos de contrabando.

—¿En serio? ¿Alguien lo ha leído? —Tony miró por la sala.

Napoleon levantó la mano. Su mujer, Heather, elevó los ojos al techo.

—Estaría oculto en la letra pequeña —refunfuñó Tony. Su cara se había llenado de manchas rojas, del color de un filete sin cocinar.

—El crecimiento puede resultar doloroso —le dijo Masha con voz tierna. Era un niño. Un niño enorme y malhumorado—. Habrá partes de esta experiencia que puedan ser incómodas o desagradables en ocasiones. ¡Pero solo son diez días! ¡Una persona vive de media unos veintisiete mil días!

El enfado de Tony suponía en realidad una afortunada oportunidad para dar forma a todas las expectativas de los huéspedes y moldear su futuro comportamiento. Ella hablaba como si solo se dirigiese a él, pero el mensaje era para todos.

—Eres libre de marcharte en cualquier momento, Tony. ¡No eres ningún prisionero! ¡Esto es un balneario, no una cárcel!

Algunas personas rieron entre dientes.

—¡Y no eres un niño! Puedes beber lo que quieras y comer lo que desees. Pero hay una razón por la que has venido aquí y, si decides quedarte, te pido que te comprometas por completo con este viaje y que deposites tu confianza en mí y en el resto del personal de Tranquillum House.

—Sí, bueno, eso es… Es decir, es obvio que no leí bien la letra pequeña. —Tony se rascó con fuerza el lateral de su rostro sin afeitar y se tiró de la tela de sus vaqueros terriblemente calurosos y pesados—. Simplemente, no me ha gustado que me registraran las maletas. —El tono agresivo estaba desapareciendo de su voz. Ahora parecía avergonzado. Sus ojos la miraban desde el interior de la prisión de ese pobre y torturado cuerpo del que con tanta desesperación necesitaba que lo rescataran.

Ella había ganado. Ya le tenía. Sería un hombre hermoso cuando terminara con él. Todos serían hermosos.

—¿Hay más asuntos que os preocupen antes de continuar con el silencio?

Ben levantó la mano. Masha notó que su mujer le lanzaba una mirada de terror y se apartaba ligeramente de él.

—Eh…, sí. Yo solo tengo una pregunta. ¿Los coches están aparcados bajo techo?

Ella se quedó mirándole un momento, lo suficiente como para ayudarle a que viera lo triste de aquel profundo apego por sus posesiones materiales.

Se removió incómodo.

—Están aparcados bajo techo, Ben. Por favor, no te preocupes. Están perfectamente a salvo.

—Vale, pero… ¿dónde están los coches? He dado un paseo por la finca y no veo dónde… —Mientras hablaba se quitó la gorra y se frotó con energía la parte superior de la cabeza.

Durante un momento muy breve, Masha vio a otro muchacho con una gorra de béisbol acercándose a ella, tan extraño y, sin embargo, tan familiar. Sintió el amor que se elevaba por su pecho y se cruzó de brazos para pellizcarse discretamente la carne del brazo con fuerza suficiente como para hacerse daño hasta que aquella visión desapareciera y lo único que quedara fueran ese momento y ese lugar y la importante tarea que tenía por delante.

—Como te he dicho, Ben, todos los coches están perfectamente a salvo.

Él abrió la boca para hablar una vez más y su mujer siseó algo inaudible a través de sus dientes. Cerró la boca.

—Bien, pues si todos estáis de acuerdo, me gustaría retomar el noble silencio y comenzar nuestra meditación guiada. Yao, quizá puedas hacer sonar el gong para que las huéspedes que faltan sepan que agradeceríamos tenerlas de vuelta.

Yao golpeó el gong con un mazo, quizá con algo más de fuerza de lo que lo habría hecho Masha, y en apenas unos momentos Frances y Zoe estaban de vuelta, con gesto de disculpa y culpabilidad.

Para Masha era obvio que ambas habían estado charlando, quizá formando un vínculo de amistad que habría de ser controlado. El sentido del silencio era prevenir esto. Les sonrió con benevolencia cuando volvieron a sus esterillas. Los padres de Zoe suspiraron de alivio.

—Aunque yo voy a ser vuestra guía hoy, la meditación es una experiencia personal —dijo Masha—. Por favor, olvidaos de vuestras expectativas y abríos a todas las posibilidades. A esto lo llamamos sesión de meditación guiada pero no tenéis por qué estar sentados. Por favor, buscad vuestra postura de relajación más natural. Puede que a algunos os guste estar sentados con las piernas cruzadas. Puede que a otros os guste estar sentados en una silla con los pies apoyados en el suelo. Algunos quizá prefiráis tumbaros. ¡Aquí no hay reglas estrictas!

Vio cómo elegían sus posturas con gesto serio. Frances se tumbó boca arriba. Tony fue a sentarse en una silla, igual que Napoleon. El resto permaneció con las piernas cruzadas sobre sus esterillas.

Masha esperó a que todos se hubiesen acomodado.

—Dejad que vuestros ojos se vayan cerrando.

Podía notar el palpitar de sus espíritus: sus angustias, esperanzas, sueños y temores. Se le daba muy bien aquello. Era un placer poder destacar.

Algún día le preguntarían en una entrevista: «¿Se puso nerviosa cuando presentó por primera vez el nuevo protocolo?». Masha respondería: «Para nada. Habíamos hecho nuestro estudio. Sabíamos desde el principio que sería un éxito». Quizá fuera mejor admitir algo de nerviosismo. La gente de este país admiraba la humildad. El mayor cumplido que podía hacérsele a una mujer de éxito era describirla como «humilde».

Miró a sus nueve huéspedes, que habían cerrado los ojos obedientemente mientras esperaban sus instrucciones. Tenía sus destinos en sus manos. Iba a cambiarlos no solo de forma temporal, sino para siempre.

—Vamos a empezar.

14

Frances

*E*ra el final de su primer día en Tranquillum House y Frances estaba tumbada en la cama, dispuesta a leer mientras se bebía su «batido de la noche». No podía esperarse que nadie dejara el vino y la lectura al mismo tiempo.

No le habían confiscado ninguna de las cuatro novelas que había metido en la maleta para pasar los siguientes diez días, al contrario de lo que había pasado con el vino y el chocolate —supuestamente, porque los libros no estaban en la «lista de artículos de contrabando» (nunca habría ido a ese lugar de ser así)—, pero habían colocado un papelito dentro de la cubierta de cada uno de ellos: «Le recordamos que nuestra recomendación es no leer durante el noble silencio».

Menuda broma. No sabía dormirse sin leer. Era imposible.

El libro que estaba leyendo era una primera novela que había recibido elogiosas reseñas. Había causado mucho revuelo. Se la describía como «potente y muscular» y la había escrito un hombre al que Frances había conocido en una fiesta el año anterior. El hombre le había parecido agradable y tímido y llevaba gafas (no era especialmente musculoso), así que Frances estaba tratando de perdonarle por sus generosas descripciones de hermosos cadáveres. ¿Cuántas mujeres jóvenes y hermosas más tenían que morir antes de que pudieran ponerse manos a la obra para encontrar a su asesino? Frances hacía pequeños chasquidos de desagrado con la lengua.

El hosco inspector de policía estaba ahora borracho de whisky de malta en un bar lleno de humo y una chica de piernas largas la mitad de joven que él le susurraba al oído sin comillas (pues esto era ficción literaria potente): Me muero por follar contigo.

Frances, que había llegado al límite, lanzó el libro a la otra punta de la habitación. ¡Ni en sueños, chaval!

Se quedó tumbada con las manos entrelazadas sobre el pecho y recordó que en su primera novela aparecía un bombero que tocaba el piano y recitaba poemas. Le parecía encantador que el autor de las gafas se imaginara a las chicas veinteañeras susurrando: «Me muero por follar contigo», al oído de hombres de cincuenta y tantos. Le daría al escritor una pequeña palmada de consuelo en el hombro la próxima vez que lo viera en alguna feria.

En fin, ¿qué sabía ella? Quizá las chicas veinteañeras hicieran eso todo el tiempo. Le preguntaría a Zoe.

Fue a coger su teléfono de la mesita de noche para ver las noticias y la predicción del tiempo para el día siguiente.

No había teléfono.

Claro. Bueno. No pasaba nada.

La cama era de las lujosas: un buen colchón, las sábanas almidonadas y con alta densidad de hilos. Le dolía la espalda, pero quizá un poco menos gracias a las manos gigantes de Jan.

Trató de tranquilizar su «cerebro mono», conforme a las normas.

De hecho, notaba su mente abarrotada de nuevas caras y nuevas experiencias: el largo camino hasta ahí; los gritos en el arcén de la carretera; el asesino en serie de vacaciones (ese condenado libro tenía la culpa de hacerle pensar en asesinos en serie); Ben y Jessica en ese coche; Yao llenando inesperadamente un tubo con su sangre; Masha y su experiencia cercana a la muerte; el hablador Napoleon y su intensa mujer; la encantadora y joven Zoe con sus muchos pendientes y sus piernas largas, suaves y morenas sentada en la Sala Lavanda hablándole a Frances de su hermano muerto (por eso la madre de Zoe le había parecido tan triste en las escaleras; probablemente, no fuera nada intensa, solo estaba triste); el hombre alto, moreno y guapo que había gritado: «¡Salud!», y la mujer agitada con gafas como las de Frances.

Muchas cosas para un solo día. Estimulante y entretenido. No había tenido tiempo para más crisis existenciales, así que eso ya era algo. Ni siquiera había pensado mucho en Paul Drabble, salvo cuando les había contado a Jan y a Zoe lo que le había pasado. Habría superado su estafa por internet cuando se marchara. Y lo de la reseña. Lo habría superado todo.

¡Y estaría delgada! ¡Estaría muy delgada! Sintió un rugido en el estómago. Se moría de hambre. La cena de esa noche había sido posiblemente la comida más horrorosa de su vida.

Al ocupar su lugar en la larga mesa del comedor, había cogido una pequeña tarjeta colocada delante de su plato:

En Tranquillum House recomendamos la COMIDA CONSCIENTE. Por favor, da pequeños bocados a tu comida. Después de cada bocado, vuelve a dejar el cubierto sobre la mesa, cierra los ojos y mastica, al menos, durante catorce segundos, despacio y con delectación.

«Dios mío», había pensado. «Vamos a estar aquí toda la vida».

Había dejado la tarjeta y había levantado los ojos para compartir una mirada de «¿Te lo puedes creer?» con alguien. Los únicos dispuestos a mirarla a los ojos habían sido el hombre increíblemente guapo, que posiblemente le había guiñado un ojo, y Zoe, que la había mirado con una clara sonrisa y había respondido con una expresión en los ojos que decía: «Lo sé. Yo tampoco me lo puedo creer».

Masha no estaba en el comedor, pero se notaba su presencia, como la de un director ejecutivo o un profesor que pudiera girarse en cualquier momento. Yao y Delilah estaban allí, pero no se habían sentado a comer con los huéspedes. En lugar de eso, habían permanecido de pie en un lateral de la sala, a cada lado de un gran candelabro que había sobre un ornamentado aparador. La iluminación de la sala era tenue y el candelabro tenía tres velas encendidas.

Habían esperado sentados en silencio durante, al menos, diez... eternos... minutos antes de que salieran los platos, traídos por una señora de pelo canoso, sonriente y enérgica que llevaba un gorro de chef. No había pronunciado una sola palabra pero, aun así, desprendía bondad. Parecía de mala educación no darle las gracias. Frances había tratado de expresar una cálida gratitud con un movimiento de la cabeza.

Cada persona que estaba en la mesa había recibido una comida diferente. Tanto a Heather como a Zoe, que estaban sentadas junto a Frances, les habían puesto unos filetes con patatas asadas de aspecto delicioso. La cena de Frances había consistido en una ensalada de quinoa. Estaba buenísima, pero en el mundo de Frances ella habría llamado a eso «guarnición» y para cuando había terminado de masticar cada bocado durante catorce segundos, ya había perdido todo su sabor.

Napoleon, que estaba sentado enfrente de Frances, había recibido una especie de plato de lentejas. Se inclinó sobre el cuenco y movió la mano para levantar el vapor hacia su nariz y disfrutar de su olor. Frances habría apostado a que en circunstancias normales él habría empezado a hablar de la historia de las lentejas.

El asesino en serie se había quedado mirando con tristeza su gigantesco cuenco de ensalada verde antes de coger el cubierto y pinchar tres tomates cherry con el tenedor con una expresión de trágica resignación.

A la mujer agitada con gafas extravagantes le habían servido pescado, para su evidente deleite.

Al hombre increíblemente guapo le habían asignado pollo con verduras, cosa que, al parecer, le había divertido.

Ben había recibido un plato de curri de verduras del que había dado cuenta mucho antes que el resto de la mesa terminara.

A Jessica le habían puesto un salteado de fideos de apariencia realmente deliciosa pero que para la pobre chica había resultado ser el plato equivocado. Se había pasado décadas dando vueltas con el tenedor a los largos fideos y, después, dándose pequeños toques en la cara con la servilleta con gesto preocupado para limpiarse las salpicaduras.

Nadie había roto el silencio ni se había mirado a los ojos. Cuando Napoleon había vuelto a estornudar, nadie había respondido en modo alguno. ¡Qué rápido se acostumbraba la gente a las normas raras!

Heather se había comido menos de la mitad de su filete antes de dejar el cuchillo y el tenedor con un pequeño resoplido de fastidio. Frances había tenido que contenerse para no saltar sobre el plato como una loba.

A lo largo de toda la comida, Yao y Delilah habían permanecido en silencio e inmóviles. Eran como lacayos, solo que no se les podía chasquear los dedos para hacer saber a la cocinera que a la señora le gustaría tomar una ración más grande de quinoa y, quizá, un solomillo poco hecho.

El sonido de desconocidos masticando y el tintinear y rechinar de sus cubiertos había sacado de quicio a Frances. ¿No había leído alguna vez que había un trastorno por el que la gente sufría un desorden psicológico provocado por el sonido de otras personas al comer? Tenía un nombre. Probablemente, Frances sufría ese trastorno y no se lo habían diagnosticado nunca porque se supone que se debe hablar mientras se come. Una cosa más que tenía que acordarse de buscar en Google cuando le devolvieran el teléfono.

Por fin habían acabado y todos habían apartado sus sillas y habían regresado a sus habitaciones. Ni siquiera habían podido decir: «¡Buenas noches! ¡Que duermas bien!».

Ahora, mientras Frances se tomaba el último batido, pensaba en el número de comidas insuficientes y silenciosas que le quedaban por delante y se planteó marcharse por la mañana.

«Nadie se va antes, Frances», le había dicho Yao ese día. Bueno, puede que Frances fuera la primera. Sentaría un nuevo precedente.

Pensó en la advertencia que su masajista le había susurrado justo antes de que comenzara el silencio: «No haga nada con lo que no se sienta cómoda». ¿Qué querría decir con eso? Frances no tenía duda de que no haría nada con lo que no se sintiera cómoda.

Recordó lo que Ellen había dicho cuando le sugirió este lugar. «Su planteamiento es muy poco convencional». Ellen era su amiga. No la enviaría a ningún sitio peligroso…, ¿no? ¿Solo para que perdiera tres kilos? Una desearía perder mucho más que tres kilos si estuviesen haciendo algo peligroso. ¿Qué podría ser? ¿Caminar sobre rescoldos encendidos para alcanzar la iluminación? Frances no haría nada de eso. Ni siquiera le gustaba caminar por la arena caliente en la playa.

Ellen se lo habría dicho si hubiese que caminar sobre rescoldos encendidos. Ellen era una buena amiga.

«Nunca me he fiado de esa Ellen», le había dicho Gillian una vez con tono enigmático y cómplice, pero es que Gillian siempre hacía comentarios enigmáticos y cómplices sobre la gente, como si todos tuvieran unos vínculos secretos con la mafia que solo Gillian conocía.

Frances la echaba mucho de menos.

Una oleada de agotamiento la invadió. No era de extrañar después del largo viaje. Apagó la lámpara de la mesa de noche y se quedó dormida al instante, tumbada boca arriba como si se estuviese secando al sol.

Una luz le iluminó la cara.

Frances se despertó con un grito ahogado.

15

Lars

*P*ero qué cojones…?

Lars se sentó con el corazón golpeándole con fuerza. Había una figura a los pies de su cama alumbrándole la cara con una pequeña linterna, como una enfermera que estuviese haciendo su ronda en el hospital.

Encendió la lámpara de su mesita de noche.

Su «asesora en bienestar», la atractiva Delilah, estaba junto a su cama sujetando en el aire con una mano la bata de Tranquillum House. No habló. Levantó un dedo y le hizo una señal para que la acompañara, como si él fuera a seguir sus instrucciones, obediente y en silencio.

—No voy a ir a ningún sitio, encanto —dijo él—. Estamos en mitad de la noche y quiero dormir.

—Es la meditación de la luz estelar —contestó Delilah—. Siempre se hace la primera noche. No puede perdérsela.

Lars permaneció tumbado en la cama protegiéndose los ojos.

—Y tanto que puedo perdérmela.

—Le gustará. De verdad que es muy agradable.

Lars se apartó la mano de los ojos.

—¿Has llamado al menos antes de entrar en mi habitación sin permiso?

—Claro que he llamado —respondió Delilah. Levantó en el aire la bata—. Por favor, me quedaré sin trabajo si no baja.

—No lo vas a perder.

—Puede que sí. Masha quiere que estén todos los huéspedes. Solo dura media hora.

Lars soltó un suspiro. Podía negarse por una cuestión de principios, pero eran unos principios tan propios del primer mundo y de personas privilegiadas que no se iba a molestar. De todos modos, ya estaba despierto.

Se incorporó y extendió la mano para coger la bata. Dormía desnudo. Podría haberse limitado a saltar de la cama en todo su esplendor para dejar claro que eso era lo que pasaba cuando se despierta a los huéspedes que están durmiendo en mitad de la noche, pero sus modales eran demasiado buenos. Delilah desvió la mirada mientras él se apartaba la sábana, aunque Lars no pasó por alto el rápido movimiento que hizo hacia abajo. Al fin y al cabo, ella era un ser humano.

—No se olvide del silencio —dijo la asesora mientras salía al pasillo.

—¿Cómo voy a olvidarme del hermoso noble silencio? —contestó Lars.

Ella se puso el dedo en los labios.

Era una noche clara, las estrellas habían salido en bloque y una luna llena iluminaba el jardín con una luz plateada. El aire templado era una suave caricia sobre la piel tras el caluroso día. Lars tuvo que admitir que todo era muy agradable.

Habían colocado nueve esterillas de yoga en un círculo y había huéspedes vestidos con batas de Tranquillum House tumbados con las cabezas hacia el centro del círculo, donde su despampanante líder, Masha, estaba sentada sobre la hierba con las piernas cruzadas.

Lars vio que solo había una esterilla vacía. Era el último huésped en llegar. Se preguntó si había armado mucho jaleo al verse sacado a rastras de su cama. Nunca dejaba de sorprenderle la obediencia de la gente en ese tipo de sitios. Permitían que los hundieran en el barro, los envolvieran en plástico, los mataran de hambre y los obligaran a pasar necesidades, que los pincharan y empujaran, todo ello en aras de la «transformación».

Por supuesto, Lars también lo hizo, pero estaba dispuesto a marcar un límite cuando era necesario. Por ejemplo, marcaba el límite en los enemas. Además, jamás de los jamases hablaría de sus evacuaciones intestinales.

Delilah llevó a Lars a una esterilla entre la señora que se había reído cuando Lars había dicho «¡Salud!» ese mismo día y el hombre gigante que se había quejado porque le habían confiscado sus artículos de contrabando.

Había algo que le resultaba familiar en el tipo grande del contrabando. Le había sido difícil no quedarse mirándole durante la cena. Lars no podía deshacerse de la molesta sensación de que le conocía de alguna parte, pero no conseguía recordar de dónde.

¿Era uno de los maridos? Si fuese uno de los maridos, ¿reconocería a Lars e iría a por él como aquella vez que estaba subiendo a un avión y un hombre de la cola de clase turista vio a Lars y se volvió loco? Le había gritado: «¡TÚ! ¡Tú eres la razón por la que vuelo con los borregos!». Lars había disfrutado especialmente de su Perrier-Jouët durante ese vuelo (y había salido animadamente del avión hacia la cola de preferencia del control de aduanas). El tipo grande no parecía uno de esos maridos, pero Lars sabía que le conocía de algún sitio.

No se le daban bien las caras. A Ray se le daban de maravilla. Cada vez que empezaba una serie nueva, Lars se sentaba en el sofá, apuntaba a la pantalla y decía: «¡Esa! ¡La conocemos! ¿De qué la conocemos?». Normalmente, Ray respondía en pocos segundos: «De *Breaking Bad*. La novia. Walt la dejaba morir. Y ahora cállate». Era una virtud. En las raras ocasiones en que Lars lo conseguía saber antes que Ray se emocionaba y levantaba la mano en el aire para chocarla.

Lars se tumbó en la esterilla entre el tipo grande y la señora de las risas. Ella le recordaba a una de las mujeres de Renoir —cara pequeña, ojos redondos y pelo rizado recogido en lo alto de la cabeza; piel lechosa, rolliza y de pechos grandes, posiblemente un poco tonta—, pero pensó que probablemente se llevarían bien. Parecía una hedonista como él.

—Namasté —dijo Masha—. Gracias por salir de vuestras camas para la meditación de la luz estelar de esta noche. Os estoy agradecida por vuestra flexibilidad, por abrir vuestros corazones y mentes a nuevas experiencias. Estoy orgullosa de vosotros.

Estaba orgullosa de ellos. Qué condescendiente. ¡Ni siquiera los conocía! Eran sus clientes. Estaban pagando por aquello. Y, aun así, Lars notó una sensación de satisfacción por el jardín, como si todos quisieran que Masha estuviese orgullosa de ellos.

—El retiro que vais a iniciar mezcla antiguos conocimientos orientales y tratamientos herbales con los más recientes y vanguardistas avances de la medicina occidental. Quiero que sepáis que, aunque no soy budista practicante, he incorporado ciertas filosofías budistas a nuestras prácticas.

«Sí, sí. Oriente se encuentra con Occidente. Jamás lo había oído», pensó Lars.

—Esto no va a durar mucho rato. No voy a hablar mucho. Las estrellas hablarán por mí. ¿No es curioso cómo nos olvidamos de mirarlas? ¡Nos movemos a toda velocidad como las hormigas en nuestra rutina diaria y mirad, solo mirad, lo que hay sobre nuestras cabezas! Pasáis toda la vida mirando hacia abajo. ¡Es hora de levantar los ojos, de ver las estrellas!

Lars miró al cielo engalanado de estrellas.

El hombre grande de su izquierda soltó una tos bronquial. También hizo lo mismo la rubia pechugona de su derecha. Dios mío. Debería haberse puesto una mascarilla sanitaria o algo así. Si volvía de esta historia con un resfriado, no le iba a hacer ninguna gracia.

—Puede que alguno de vosotros haya oído la palabra «koan» —dijo Masha—. Un koan es una paradoja o acertijo que los budistas zen usan durante la meditación para que les ayude en su búsqueda de la iluminación. El más famoso es este: «¿Cuál es el sonido de la palmada de una sola mano?».

Ay, Señor. La página web daba la impresión de que este lugar estaba más dedicado a un bienestar «de lujo». Lars practicaba a diario yoga y meditación, pero prefería que sus retiros en balnearios evitaran toda esta apropiación cultural bochornosa.

—Mientras miráis a las estrellas esta noche, quiero que reflexionéis sobre dos koans. El primero es este: «De la nada surge la mente». —Masha hizo una pausa—. Y el segundo: «Enséñame tu rostro original, el que tenías antes de que tus padres nacieran».

Lars oyó cómo el hombre grande que estaba su lado soltaba una exhalación jadeante que le hizo empezar a revolcarse por la tos.

—No tratéis de buscar respuestas ni soluciones —continuó Masha—. ¡Esto no es un concurso, amigos! —dijo riendo entre dientes.

Esa mujer era una extraña mezcla entre líder carismática y friki entusiasta. En un momento era un gurú y al siguiente, la directora general recién nombrada de una empresa de telecomunicaciones.

—No hay una respuesta correcta ni errónea. Simplemente, mirad a las estrellas y pensad sin buscar una solución. Respirad sin más. Es lo único que tenéis que hacer. Respirad y mirad a las estrellas.

Lars respiraba y miraba a las estrellas. No pensaba en ninguno de los koans. Pensaba en Ray, en que al comienzo de su relación Ray le había convencido de que fuese de acampada con él (nunca más). Habían estado tumbados juntos en una playa, agarrados de la mano y mirando a las estrellas, y había sido hermoso, pero algo había empezado a subirle cada vez más por el pecho hasta que ya no pudo contenerlo y se puso en pie de un salto y se metió corriendo en el agua, soltando alaridos y arrancándose la ropa, fingiendo que era de ese tipo de hombres que sueltan alaridos, de ese tipo de hombres que no piensan en tiburones ni en la temperatura del mar en octubre. Sonrió un poco porque sabía que ya no podía salirle bien un numerito semejante. Ray estaba al tanto de lo de su fobia a los tiburones.

Ray le había preguntado si podía ir con él a este retiro. Lars no supo por qué. Nunca había querido ir a ninguno. Lars hacía un par de retiros al año, pero Ray siempre decía que le parecía un horror. ¿Por qué, de repente, había querido acompañarlo en este?

Lars pensó en la expresión de Ray cuando le dijo que prefería ir solo. Hubo un brevísimo momento en que había parecido como si Lars le hubiese dado una bofetada, pero después Ray se había encogido de hombros, había sonreído y le había dicho que no pasaba nada, que iba a comer lasaña todas las noches mientras Lars estuviese fuera y que no iba a ver en la televisión otra cosa que no fueran deportes.

El estilo de vida de Ray era ya impecable e incorporaba zumos y *smoothies* de verduras y batidos de proteínas. Para él no era necesario asistir a esto. Lars necesitaba sus momentos de soledad.

¿Quería que Lars se sintiera como una mierda? ¿Tenía alguna relación con el mensaje que Sarah, la hermana de Ray, le había enviado ese mismo día: «¿Puedes pensártelo, por lo menos?»?

Debió de habérselo enviado sin que Ray lo supiera. Lars estaba seguro de que Ray había aceptado que su decisión sobre los hijos era definitiva. No es que no hubiese sido ya claro con respecto a su falta de interés por formar una familia. Jamás había dicho lo contrario.

«¿Alguna vez he dicho lo contrario?», le había preguntado a Ray y casi le había levantado la voz, cosa que no podía permitir. No podía tener una relación en la que se produjera algo tan grosero y carente de dignidad como alzar la voz. Pensarlo le daba escalofríos. Ray lo sabía.

«Nunca has dicho lo contrario», había respondido Ray con tono sereno y sin levantar la voz. «Nunca me has engañado. No estoy diciendo eso. Supongo que simplemente esperaba que pudieses cambiar de opinión».

Sarah, con ojos brillantes y actitud sincera, se había ofrecido a ayudarles a tener un hijo. En la familia de Ray eran muy liberales, encantadores y cariñosos. Resultaba muy fastidioso, joder.

Lars se había echado atrás, literal y físicamente se había echado atrás al pensarlo. «Dios, no», había dicho a Ray y a su hermana. «Yo... no». Se había sentido aterrado y abrumado ante la idea de todo el ferviente amor que tendría que soportar si tenían un bebé. No habría forma de escapar de él. ¡Todos esos actos familiares! La madre de Ray jamás dejaría de llorar.

No iba a pasar eso. Nunca. «De la nada surge la mente». Un koan zen. «Dame fuerzas».

Si Ray quería de verdad ser padre, ¿debería Lars permitirle que lo fuera con otra persona? Pero ¿eso no debía ser decisión de Ray? Si no podía vivir sin hijos, era libre de marcharse. No estaban casados. La casa estaba a nombre de los dos, pero ambos tenían una buena situación económica y eran personas suficientemente inteligentes como para buscar una solución. Evidentemente, Lars podría aceptar una división justa de la casa.

¿Era ese el único camino? ¿Había llegado su relación a un callejón sin salida posible porque, de una forma u otra, uno de los dos tendría que hacer un sacrificio imposible? ¿Qué sacrificio era peor?

¡Pero Ray había dejado de pedirlo! Lo había aceptado. Lars sentía como si Ray quisiera algo más de él. ¿Qué era? ¿Permiso para marcharse? No quería que Ray se fuera.

Algo se movió por el cielo. Una estrella fugaz, por el amor de Dios. ¿Cómo lo había hecho Masha? Lars oyó cómo todos soltaban una exhalación, maravillados al verla.

Cerró los ojos y, de repente, le vino a la mente de qué conocía exactamente al tipo grande que tenía a su izquierda y deseó que Ray estuviese ahí para poderle decir: «¡Lo he adivinado, Ray! ¡Lo he adivinado!».

16

Jessica

La escritora, Frances Welty, que estaba tumbada en la esterilla de yoga al lado de Jessica, dormía profundamente. No roncaba, pero Jessica estaba segura de que dormía por su forma de respirar. Jessica pensó en darle un pequeño empujón con el pie. Se acababa de perder la estrella fugaz.

Tras dudarlo, Jessica decidió no molestarla. Era plena noche. La gente de su edad necesitaba dormir. Si la madre de Jessica dormía mal un día, las bolsas de los ojos le hacían parecer literalmente como si hubiese salido de una película de terror, aunque se reía cada vez que Jessica trataba de enseñarle cómo disimularlas. No era necesario tener tan mal aspecto. Era una estupidez. Si el padre de Jessica la dejaba por su secretaria, la madre de Jessica no podría culpar a nadie más que a sí misma. El corrector antiojeras se había inventado por algo.

Jessica giró la cabeza y miró a Ben al otro lado. Estaba contemplando las estrellas con ojos vidriosos, como si estuviese pensando en esos acertijos zen cuando, en realidad, lo más probable fuera que simplemente estuviese contando las horas hasta poder salir de ahí y volver a ponerse al volante de su preciado coche.

Él giró la cabeza y le guiñó un ojo. Eso hizo que el corazón se le acelerara, como si el chico que le gustaba le hubiese guiñado el ojo en clase.

Ben volvió a levantar la vista hacia las estrellas y Jessica se tocó la cara con los dedos. Se preguntó si su piel tendría mal aspecto sin maquillar a la luz de la luna. No le había dado tiempo a aplicarse ninguna base. Los habían sacado a rastras de la cama, sin más. Podrían haber estado echando un polvo cuando esa chica había entrado en su habitación, apenas con un suave toque en la puerta y sin tan siquiera esperar a que ellos dijeran: «Adelante», antes de que ella entrara y les pusiera la linterna sobre los ojos.

No estaban echando un polvo. Ben estaba dormido y Jessica estaba tumbada a su lado en medio de la oscuridad, insomne, echando tanto de menos su teléfono que era como si le hubiesen amputado algo. Cuando no podía dormir en casa, simplemente cogía su teléfono y miraba Instagram o Pinterest hasta que se cansaba.

Observó el color escarlata de las uñas de sus pies bajo la luz de la luna. De haber tenido su teléfono se habría hecho una fotografía de los pies al lado de los de Ben y la habría etiquetado con #meditaciondeluzestelar #retirodebienestar #aprendiendokoans #acabamosdeverunaestrellafugaz #comosuenalapalmadadeunasolamano.

La última etiqueta la habría hecho parecer bastante intelectual y espiritual, pensó, lo cual estaba bien porque había que tener cuidado de no mostrarse superficial en las redes sociales.

No podía evitar la sensación de que si no registraba ese momento en su teléfono era que no estaba pasando de verdad, no contaba, no era real. Sabía que no tenía sentido, pero no podía evitarlo. Se sentía literalmente alterada sin su móvil. Resultaba evidente que era adicta a él. Aun así, mejor que ser adicta a la heroína, aunque hoy por hoy nadie estaba seguro de cuál sería en esos momentos la droga preferida de la hermana de Ben. Le gustaba «variar».

A veces, Jessica se preguntaba si todos sus problemas llevaban siempre hasta la hermana de Ben. Siempre estaba ahí, una nube grande y negra en medio del cielo azul de los dos. Porque, sinceramente, aparte de Lucy, ¿qué otra preocupación tenían? Ninguna. Deberían estar todo lo felices que se podía estar. ¿En qué habían fallado?

Jessica había sido muy cuidadosa desde el primer día. ¿Qué era esa tontería que dijo su madre? «Ay, Jessica, cariño…, este tipo de cosas puede destrozar a la gente».

Dijo eso, con el ceño completamente fruncido, el que debería haber sido el día más espectacular de la vida de Jessica. El día que dividió su vida en dos.

De eso hacía ya dos años. Un lunes por la noche.

Jessica había vuelto corriendo a casa del trabajo porque iba a intentar llegar a la clase de spinning de las 18:30. Entró rápidamente en su diminuta cocina con sus feas banquetas laminadas para rellenar su botella de agua y ahí estaba Ben, sentado en el suelo, con la espalda apoyada en el lavavajillas, las piernas abiertas y el teléfono agarrado sin fuerza en la mano. Tenía la cara pálida y los ojos llorosos. Ella se agachó en el suelo a su lado, con el corazón acelerado, apenas sin respirar, casi sin poder hablar. El pensamiento que predominaba en su mente era: «¿Quién? ¿Quién?». En la primera que pensó fue en Lucy, claro. La hermana de Ben flirteaba con la muerte a diario. Pero algo le decía que no era Lucy. Parecía demasiado impactado y la muerte de Lucy nunca llegaría en forma de sorpresa.

—¿Te acuerdas de que mi madre nos envió una tarjeta? —dijo él.

A Jessica se le encogió el corazón porque pensó que debía de haber sido la madre de Ben quien había muerto y ella quería mucho a la madre de Ben.

—¿Qué? —preguntó ella—. ¿Cómo ha sido? —¿Cómo era posible que Donna hubiese muerto? Jugaba al tenis dos veces por semana. Estaba más sana y más en forma que Jessica. Probablemente había sido por el estrés por Lucy.

—¿Te acuerdas de la tarjeta que envió? —repitió Ben sin hacerle caso—. ¿Porque estábamos muy mal por lo del robo?

Pobre Ben. Era evidente que estaba desquiciado por la pena y, por alguna razón, se estaba agarrando a ese recuerdo.

—Recuerdo la tarjeta —respondió ella con ternura.

Había llegado con el correo. Tenía un bonito cachorro en la parte delantera con un bocadillo de diálogo que le salía de la boca con el texto: «Siento saber que estás triste», y un billete de lotería en su interior. El mensaje de Donna decía: «Los dos merecéis un poco de buena suerte».

—El billete ha salido premiado —anunció Ben.

—¿Qué le ha pasado a tu madre? —preguntó Jessica.

—Nada. Mi madre está bien —contestó Ben—. Todavía no se lo he contado.

—¿Qué es lo que no le has contado? —El cerebro de Jessica parecía no ir al mismo ritmo que las palabras que oía y, de repente, se enfadó—: Ben, ¿ha muerto alguien o no?

Ben sonrió.

—No ha muerto nadie.

—¿Seguro?

—Todos están perfectamente sanos.

—Vale —repuso ella—. Bueno, bien. —Mientras la adrenalina abandonaba su cuerpo, se sintió repentinamente agotada. No creía que pudiera ir a su clase de spinning.

—El boleto ha salido premiado. El boleto que mamá nos regaló después del robo. Han llamado de la administración de loterías. Hemos ganado el primer premio. Acabamos de ganar veintidós millones de dólares.

—No seas tonto —repuso ella con tono cansado—. No es verdad.

Él se giró para mirarla y sus ojos estaban rojos, llorosos y llenos de miedo.

—Sí que lo es —dijo.

Ojalá lo hubiesen sabido antes: mañana vas a ganar la lotería. Entonces, podrían haber actuado como actúan los ganadores de la lotería. Pero hizo falta un largo rato para que pareciera una realidad. Jessica comprobó una y dos veces los números en internet. Llamó ella misma a la administración de loterías para confirmarlo.

Con cada llamada telefónica que hacían a sus familiares y amigos iba volviéndose más real y, después, empezaron por fin a actuar con los gritos, los saltos, los lloros y las risas que se esperan en unos ganadores de la lotería e invitaron a todos a su casa para celebrarlo con el champán más caro que encontraron en la tienda de licores.

Brindaron por esos tristes ladrones pues, de no haber sido por el robo, nunca habrían ganado la lotería.

La madre de Ben no podía creérselo.

—¡Nunca antes se me había ocurrido regalaros un boleto de lotería! ¡Es el primero que compro en mi vida! ¡Tuve que preguntarle a la señora del quiosco cómo se hacía! —Parecía querer asegurarse de que nadie olvidara que ella había comprado el billete. No quería una parte del premio (aunque evidentemente terminaron regalándole dinero), solo quería que todos conocieran su papel crucial en ese acontecimiento tan extraordinario.

Fue como una versión mejorada del día de su boda. Jessica se sentía especial. El centro de atención. Sonrió tanto que las mejillas le dolían. El dinero la volvió al instante más inteligente, más guapa y más elegante. La gente la trataba de forma diferente porque ella era diferente. Cuando se miró la cara en el espejo del baño esa noche, ya pudo verlo: resplandecía de tanto dinero. La riqueza instantánea era el mejor tratamiento facial del mundo.

Pero incluso aquella primera noche, incluso mientras Ben y sus hermanos discutían entre copas sobre qué coches de lujo debía comprar, Jessica pudo notar el creciente temor de Ben.

—Asegúrame que esto no nos va a cambiar —farfulló justo antes de quedarse dormido esa noche. Y Jessica pensó: «¡Qué estás diciendo! ¡Ya nos ha cambiado!».

Y luego, estaba la madre de Jessica, que actuaba como si ese premio fuese una catástrofe.

—Debes tener mucho cuidado, Jessica —dijo—. Este tipo de dinero puede hacer que la gente se vuelva loca.

Era cierto que se habían presentado dificultades inesperadas en esta nueva vida. Algunas situaciones complicadas que aún trataban de desenmarañar. Amistades que habían perdido. Un distanciamiento familiar. Dos distanciamientos familiares. No. Tres.

El primo de Ben, que pensaba que ellos debían liquidarle la hipoteca. Le regalaron un coche. ¡Jessica pensó que había sido un acto generoso! A Ben le gustaba su primo pero apenas le veía antes de que ganaran la lotería. Al final, le liquidaron la hipoteca, pero «el daño ya estaba hecho». Por el amor de Dios.

La hermana pequeña de Jessica. Le regalaron nada más ni nada menos que un millón de dólares, pero ella no paraba de pedir más, y más y más. Ben decía: «Dáselo y ya está», y eso hicieron, pero entonces, un día, Jessica salió a comer con ella y no se ofreció a pagar la cuenta y ahora no se hablaban. A Jessica se le encogía el corazón al pensarlo. Ella siempre pagaba la cuenta. Siempre. Esa había sido la única vez que no lo había hecho y, al parecer, era algo imperdonable.

El padrastro de Ben, porque el padrastro de Ben era asesor financiero y había supuesto que él se encargaría de todas sus finanzas ahora que tenían finanzas. Pero Ben consideraba que su padrastro era un imbécil y no quería que se acercara a su dinero, así que resultó incómodo. Ben podría haberse guardado en secreto sus opiniones sobre su padrastro durante toda la vida de no haber ganado la lotería.

Y, por supuesto, la hermana de Ben. ¿Cómo iban a darle dinero? ¿Cómo no iban a dárselo? Ben y su madre le dieron mil vueltas a cómo actuar. Trataron de hacerlo bien, con cautela. Establecieron un fideicomiso. Nunca le daban dinero en efectivo, pero lo único que ella quería era dinero en efectivo. Cuando le regalaron un coche, lo vendió a las dos semanas. Vendía todo lo que le regalaban. Le gritaba cosas feas al pobre Ben: «Rico capullo con tu coche de lujo, ni siquiera ayudas a tu propia familia». Gastaron miles de dólares en caros programas de rehabilitación con los que la madre de Ben había soñado, creyendo que esos tratamientos exclusivos serían la respuesta si algún día tenían dinero. Pero cuando tuvieron el dinero, vieron que no eran la respuesta. Todo siguió igual. Ben no paraba de pensar que tenía que haber una solución. Jessica sabía que no había ninguna. Lucy no quería colaborar.

Y no era solo su familia la que pensaba que Ben y Jessica tenían que darles dinero. Cada día aparecían parientes y amigos que hacía tiempo que no veían y amigos de amigos que les pedían préstamos o que les echaran una mano o querían que Ben y Jessica colaboraran con su organización benéfica preferida, su escuela o el equipo de fútbol de sus hijos. Familiares que hacía años que no veían se pusieron en contacto con ellos. Familiares que ni sabían que existían se pusieron en contacto con ellos. Sus peticiones tenían, a menudo, un tono pasivoagresivo: «Puede que diez mil dólares sean calderilla para ti pero para nosotros sería una enorme cantidad de dinero».

«Dáselo y ya está». Ese era el estribillo constante de Ben pero, a veces, Jessica se negaba. Qué caradura la de esa gente.

A Jessica le resultaba desconcertante que ella y Ben se pelearan más por el dinero ahora que lo tenían en abundancia. Era imposible imaginarse siquiera que alguna vez se hubiesen disgustado tanto por la llegada de recibos inesperados.

Hacerse rico de pronto era como empezar un trabajo realmente estresante y glamuroso para el que no tenían formación ni experiencia, pero, aun así, era un trabajo estupendo. No había que quejarse. No había necesidad de echarlo a perder, como parecía que era la intención de Ben.

Ella se preguntaba a veces si Ben se arrepentía de haber ganado ese dinero. Una vez, él le dijo que echaba de menos trabajar. «Pues pon en marcha un negocio propio», le había respondido ella. ¡Podían hacer lo que quisieran! Pero él contestó que no podía competir con Pete, su antiguo jefe. Ben era igual que su hermana. En realidad no quería una solución para sus problemas.

Decía que no le gustaban sus «estirados vecinos nuevos» y Jessica contestó que ni siquiera los conocían y propuso invitar a algunos de ellos a tomar unas copas, pero Ben pareció espantarse ante esa idea. Tampoco conocían de verdad a los vecinos de su antiguo apartamento. Todos se dedicaban a trabajar la mayor parte del día y a ir a lo suyo.

A él le gustaban las vacaciones lujosas que se tomaban, pero ni siquiera esos viajes le hacían feliz de verdad. Jessica recordaba una noche viendo la puesta de sol en Santorini. Fue increíble, precioso, y ella se acababa de comprar una pulsera despampanante y había mirado a Ben, que parecía estar muy sumido en sus pensamientos, y le había preguntado:

—¿En qué piensas?

—En Lucy —respondió—. Recuerdo que antes solía hablar sobre viajar a las islas griegas.

Jessica sintió deseos de gritar sin parar porque podían permitirse enviar a Lucy a Santorini y alojarla en un hotel estupendo, pero eso no era posible porque Lucy prefería meterse jeringuillas en los brazos. Así que, muy bien, que echara a perder su vida, pero ¿por qué tenía que arruinar también la de ellos?

El coche había sido lo único que le había hecho feliz tras ganar la lotería. No la preciosa casa en el mejor barrio de Toorak, las entradas para conciertos, la ropa de marca ni los viajes. Solo el coche. El coche de sus sueños. Dios, cómo odiaba ese coche.

Jessica se dio cuenta de pronto de que la gente se estaba poniendo de pie, colocándose bien las batas tan poco favorecedoras, conteniendo sus bostezos.

Se levantó ella también y dirigió una última mirada hacia el cielo lleno de estrellas, pero no había ninguna respuesta ahí arriba.

17

Frances

No eran más que las ocho de la mañana y Frances estaba haciendo senderismo.

Iba a ser otro día caluroso de verano, pero la temperatura a esa hora era perfecta y el aire de un suave sedoso en su piel. No se oía nada aparte de algún que otro piar agudo de un mielero chillón y los crujidos y chasquidos de palos y piedras bajo sus pies por el sendero rocoso.

Sentía como si llevara horas levantada, cosa que era verdad.

El día, su primera jornada completa en Tranquillum House, había empezado antes del amanecer (¡antes del amanecer!) con un fuerte toque en la puerta de su habitación.

Frances había salido de la cama a trompicones para abrir la puerta y había encontrado el pasillo totalmente vacío y una bandeja de plata en el suelo, con su batido de la mañana y un sobre cerrado que contenía su «plan del día personalizado».

Se había vuelto a meter en la cama para beberse el batido con una almohada levantada por detrás de su espalda mientras leía su programa con placer y espanto a partes iguales:

PLAN DEL DÍA PARA FRANCES WELTY
Amanecer: clase de taichí en el jardín de rosas.
7 de la mañana: Desayuno en el comedor. (Por favor, no olvides seguir guardando silencio).
8 de la mañana: Paseo de meditación. Salida desde el pie de la Colina de la Tranquilidad. (Será una excursión lenta, silenciosa y consciente que te proporcionará tiempo suficiente para detenerte a contemplar las magníficas vistas. ¡Disfrútalo!).
10 de la mañana: Clase de ejercicios individuales. Reúnete con Delilah en el gimnasio.
11 de la mañana: Masaje reparador con Jan en el spa.
12 del mediodía: Almuerzo en el comedor.
1 de la tarde: Sesión de meditación guiada en el estudio de yoga y meditación.
2-4 de la tarde: TIEMPO LIBRE.
5 de la tarde: Clase de yoga en el estudio de yoga y meditación.
6 de la tarde: Cena en el comedor.
7 a 9 de la noche: TIEMPO LIBRE.
9 de la noche: SE APAGAN LAS LUCES.

¡Se apagan las luces! ¿Era una sugerencia o una orden? Frances no se acostaba a las nueve de la noche desde que era niña.

Pero, claro, puede que para entonces ya estuviese dispuesta a meterse en la cama.

Había bostezado durante la clase de taichí en el jardín de rosas con Yao, había tomado en silencio su primer desayuno en el comedor (muy bueno, huevos escalfados y espinacas al vapor, aunque parecían carecer de sentido sin el acompañamiento esencial de una tostada de pan de masa fermentada y un capuchino) y ahora aquí estaba, con los demás huéspedes, participando en el «paseo de meditación», que básicamente era una excursión cuesta arriba por un sendero entre los matorrales a poca distancia de la casa.

Los dos asesores en bienestar, Yao y Delilah, iban con ellos. Delilah caminaba delante del grupo y Yao iba detrás. El ritmo, impuesto por Delilah, era extremadamente lento, casi exasperantemente lento, incluso para Frances, y si a ella le costaba caminar así de despacio, sospechaba que los Marconi —«fanáticos del ejercicio», según Zoe— estarían a punto de volverse locos.

Frances iba en medio del grupo, detrás de Zoe, cuya lustrosa coleta se balanceaba mientras caminaba por detrás de su padre. El asesino en serie iba justo detrás de Frances, posición que no era la ideal para un asesino en serie, pero, al menos, se vería obligado a matarla a cámara lenta y de forma consciente, así que ella tendría tiempo suficiente para huir.

A intervalos irregulares, el grupo se detenía y, a continuación, se quedaban admirando en silencio algún punto fijo del horizonte durante lo que parecía ser un rato increíblemente largo.

Frances disfrutaba mucho con las excursiones sin prisas y con muchos descansos para recrearse con las vistas, pero a ese ritmo jamás llegarían a la cima.

A ritmo lento, lento, lento, subían en fila india por el sendero y, a ritmo lento, lento, lento, Frances sintió que su mente y su cuerpo se acostumbraban a ese paso.

La lentitud era ciertamente… lenta… pero también resultaba bastante… placentera.

Pensó en el ritmo de su vida. El mundo había empezado a moverse cada vez más rápido durante la última década. La gente hablaba más rápido, conducía más rápido, caminaba más rápido. Todo el mundo tenía prisa. Todo el mundo estaba ocupado. Todos exigían su gratificación al instante. Incluso había empezado a notarlo en la edición de sus libros. «¡Ritmo!», había empezado a exigir perentoriamente Jo en sus comentarios de edición, donde antes habría escrito: «¡Bien!».

A Frances le parecía que los lectores de antes tenían más paciencia, aceptaban satisfechos que la historia llevara su tiempo, con algún que otro capítulo que vagabundeara placenteramente por un hermoso paisaje sin que pasara mucho más, salvo quizá el intercambio de alguna mirada cómplice.

El camino se volvió más empinado, pero andaban tan despacio que la respiración de Frances seguía siendo regular. El sendero se curvaba y pequeñas franjas de vistas aparecían entre los árboles como regalos. Estaban ya bastante arriba.

Por supuesto, el trabajo de edición de Jo había adquirido ese tono frenético probablemente como respuesta al descenso de ventas de Frances. Sin duda, Jo había sabido interpretar los malos augurios y eso justificaba sus cada vez más febriles súplicas: «Añade un poco de intriga a este capítulo. Quizá alguna maniobra de distracción para despistar al lector».

Frances no había hecho caso de esos comentarios y había dejado que su carrera fuese muriendo sosegadamente, como una anciana que fallece mientras duerme. Era una imbécil. Una estúpida ilusa.

Caminó más rápido. Se le ocurrió que podría estar caminando demasiado rápido en el momento en que su nariz se dio contra los omoplatos de Zoe.

Zoe se había detenido en seco. Frances la oyó ahogar un grito.

Heather se había salido un poco del sendero y estaba sobre una enorme roca que sobresalía por la ladera empinada de la colina. El terreno caía justo por delante de ella. Otro paso más y se despeñaría.

Napoleon agarró con fuerza el brazo de su mujer. Frances no estaba segura de si había palidecido por la rabia o por el miedo mientras su mano rodeaba el fino antebrazo de su mujer y volvía a tirar de ella hacia el sendero.

Heather no le dio las gracias a su marido ni le sonrió ni le miró siquiera a los ojos. Se soltó de la mano de Napoleon con una sacudida de fastidio del hombro y siguió caminando a la vez que se alisaba la manga de su deshilachada camiseta. Napoleon miró a Zoe y su pecho se infló y desinfló en sintonía con la audible respiración entrecortada de su hija.

Un momento después, tanto el padre como la hija bajaron la cabeza y continuaron con su lenta escalada por el sendero, como si lo que Frances acababa de presenciar no hubiese tenido ninguna importancia.

18

Tony

*T*ony Hogburn acababa de regresar a su habitación tras otra infernal experiencia de «meditación guiada». ¿Cuánta meditación podía llegar a hacer un hombre?

«Aspira como si tomaras aire por una pajita». Por Dios, cuánta gilipollez.

Se sintió humillado al darse cuenta de que le dolían las piernas por el insoportablemente lento paseo de meditación que habían hecho por la mañana. Tiempo atrás podría haber corrido por ese sendero, sin problema alguno, como calentamiento, y ahora sentía las piernas como la gelatina después de haberlo recorrido al paso de un anciano centenario.

Se sentó en el balcón de su habitación y echó de menos una cerveza bien fría y la sensación de la sedosa y dura cabeza de un viejo pastor escocés bajo su mano. Debería haber sido un leve deseo de una cerveza y una triste añoranza de una mascota muy querida pero sentía una sed atroz como si estuviese en el desierto y una pena muy profunda.

Fue a levantarse por enésima vez para aliviar ese dolor con algo del frigorífico antes de recordar por enésima vez que no iba a encontrar alivio alguno. No había nevera. Ni despensa. Ni televisión donde ver un documental que le distrajera. Ni internet para mirar cosas distraídamente. Ni perro al que poder llamar con un silbido solo por escuchar el obediente golpeteo de sus patas.

Banjo había llegado a los catorce años. No estaba mal para un pastor escocés. Tony debería haber estado preparado pero, al parecer, no lo estaba. En la primera semana, grandes ráfagas de pena le azotaban cada vez que metía la llave en la cerradura de su puerta. Una pena lo suficientemente grande como para combarle las piernas. Qué despreciable. Un hombre adulto que cae de rodillas por un perro.

Había perdido perros con anterioridad. Tres perros a lo largo de su vida. Formaba parte de lo que era tener un perro. No entendía por qué se había tomado tan a pecho la muerte de Banjo. Ya habían pasado seis meses, por el amor de Dios. ¿Era posible que estuviese penando la pérdida de ese maldito perro más que la de ningún ser humano que hubiese perdido en su vida?

Sí, era posible.

Recordó cuando los niños eran pequeños y el Jack Russell que le habían regalado a Mimi, la pequeña, por su octavo cumpleaños se escapó del jardín trasero y le atropelló un coche. Mimi se había quedado destrozada, llorando sobre el hombro de Tony en el «funeral». Tony también había llorado, sintiendo la terrible culpa de no haber visto aquel agujero en la valla y la tristeza por aquel pobre y estúpido perrito.

Su hija era en aquel entonces una cosita dulce con sus mejillas redondas y suaves y sus coletitas. Resultaba fácil quererla.

Ahora Mimi era una higienista dental de veintiséis años con el mismo aspecto que su madre: delgada, con cabeza de alfiler y una forma rápida de hablar y andar que agotaba a Tony. Mimi era una persona higiénica y ocupada y quizá no resultara tan fácil quererla. Él habría dado la vida por su hija. Pero, a veces, no cogía el teléfono cuando ella le llamaba. Ser higienista dental implicaba que Mimi estaba acostumbrada a soltar monólogos sin miedo a que la interrumpieran. Estaba más unida a su madre que a él. Les pasaba lo mismo a sus tres hijos. Él no había estado muy presente durante su infancia. De pronto, se habían hecho adultos y, a veces, Tony tenía la sensación de que estaban cumpliendo con su obligación como hijos cuando le llamaban o le hacían una visita. En una ocasión, Mimi le había dejado un mensaje dulce y cariñoso en el teléfono por su cumpleaños y, después, justo al final del mensaje había oído que le decía a otra persona con un tono de voz completamente distinto: «Vale, ya está. ¡Vamos!», mientras colgaba.

Sus hijos varones no se acordaban de su cumpleaños. Tampoco es que él esperara que lo hicieran. Apenas se acordaba él mismo y recordaba el de ellos porque Mimi le enviaba un mensaje para avisarle la mañana de cada cumpleaños de sus hermanos. James vivía en Sídney y salía con una chica distinta cada mes. Y el mayor, Will, se había casado con una chica holandesa y se habían mudado a Holanda. Las tres nietas de Tony, a las que solo veía cada dos años y con las que hablaba por Skype por Navidad, tenían acento holandés. No sentían ningún apego por él. Su exmujer sí que las veía, pues viajaba allí dos veces al año y se quedaba con ellas durante dos o tres semanas. A su nieta mayor se le daba muy bien el «baile irlandés». (¿Por qué hacían baile irlandés precisamente en Holanda? ¿Por qué hacían baile irlandés en cualquier caso? A nadie parecía extrañarle. Según su exmujer, había niños aprendiendo baile irlandés en todo el mundo. Era bueno para su «capacidad aeróbica» y su coordinación o algo así. Tony había visto grabaciones en su teléfono. Su nieta llevaba una peluca y bailaba como si tuviera un palo pegado con cinta adhesiva a la espalda).

Tony no se había imaginado que ser abuelo sería así: niñas con acento raro que le hablaban por una pantalla sobre cosas que él no entendía. Cuando había especulado sobre el hecho de ser abuelo, se había imaginado una mano confiada y pegajosa entre la suya, un caminar lento y rezagado hasta la tienda de la esquina para comprar helados. Eso no había pasado nunca y la tienda de la esquina ni siquiera seguía allí, así que ¿qué narices le pasaba?

Se puso de pie. Necesitaba comer algo. Pensar en sus nietas le había abierto un cráter de tristeza en el estómago que solo podría llenarse con carbohidratos. Se prepararía una tostada de queso. «Dios santo». No había pan. Ni había queso. Ni tostadora. «Quizá sienta algo que llamamos "ansiedad de picoteo"», le había dicho su asesora en bienestar, Delilah, con un destello en los ojos. «No se preocupe. Se le pasará».

Se dejó caer en su silla y pensó en el día en que hizo la reserva para este infierno. Ese momento de locura momentánea. Su cita con el médico de cabecera había sido a las once de la mañana. Incluso recordaba la hora.

«Muy bien, Tony», había dicho el médico. Una pausa. «Veamos los resultados de esos análisis».

Tony debía de haber estado conteniendo la respiración porque tomó una fuerte e involuntaria bocanada de aire. El doctor se quedó mirando los papeles un momento. Se quitó las gafas y se inclinó hacia delante y en sus ojos había algo que hizo que Tony se acordara de la cara del veterinario cuando le dijo que había llegado la hora de dejar marchar a Banjo.

Tony jamás olvidaría la impactante claridad del momento que siguió a aquello.

Fue como si hubiese estado caminando aturdido durante los últimos veinte años y, de repente, se hubiera despertado.

Recordaba que su mente había empezado a dispararse durante el camino de vuelta a casa. Pensaba con claridad y concentrado. Tenía que actuar. Rápido. No podía pasar el poco tiempo que le quedaba trabajando y viendo la televisión. Pero ¿qué podía hacer?

Así que buscó en Google. «¿Cómo cambiar…?». Google terminó la pregunta por él. «¿Cómo cambiar mi vida?». Había un billón de sugerencias, desde religión hasta libros de autoayuda. Fue entonces cuando encontró un artículo sobre balnearios. Tranquillum House encabezaba la lista.

Una purificación de diez días. ¿Qué podía haber de malo en eso? No había tenido vacaciones desde hacía años. Dirigía una consultora de marketing deportivo y había tomado una de las pocas buenas decisiones de su vida cuando contrató a Pippa como asistente ejecutiva. Era mejor que él prácticamente en todos los aspectos de su trabajo.

Perdería algo de peso. Se organizaría. Prepararía un plan de acción. Durante el trayecto desde el aeropuerto casi se había sentido optimista.

Ojalá no hubiese tomado esa tonta decisión en el último momento de abastecerse de provisiones de emergencia. Ya había cogido el desvío hacia Tranquillum House cuando dio media vuelta y se dirigió a la ciudad más cercana, donde había visto una tienda de licores junto a la carretera. Lo único que compró fue un paquete de seis cervezas (cerveza baja en calorías), una bolsa de patatas fritas y unas galletas saladas (¿qué tenían de malo las galletas saladas?).

De no haber dado media vuelta no se habría encontrado con Doña Chiflada, que estaba en el arcén de la carretera. Había creído que tenía algún problema. ¿Qué otro motivo podría haber para estar sentada en el arcén gritando y golpeando el claxon? Cuando abrió su ventanilla y le vio la cara, le había parecido que estaba gravemente enferma. ¿De verdad era tan mala la menopausia o es que esa mujer era una hipocondriaca? Quizá sí fuera tan mala. Cuando saliera de ahí le preguntaría a su hermana.

Ahora parecía completamente normal y sana. Si no la hubiese visto en el arcén de la carretera, la habría tomado por una de esas «supermamás» llenas de entusiasmo y energía que brincaban por todas partes cuando los hijos de Tony iban al colegio.

Sentía cierto terror por ella. Le había hecho sentir como un imbécil. Le devolvió un recuerdo de hacía tiempo de un incidente humillante de su infancia. Había sentido cierta fascinación por una de las amigas de su hermana mayor y algo pasó —había dicho o hecho algo, le costaba recordarlo, pero sabía que estaba relacionado con la regla y los tampones—, algo que a los trece años no entendía, algo inocente y trivial que en su momento le había parecido como si fuese el fin del mundo.

Ahora tenía cincuenta y seis años. ¡Era abuelo! Había visto a su mujer dar a luz a sus tres hijos. Ya no se sentía avergonzado ante los oscuros misterios del cuerpo de las mujeres. Pero así era como le había hecho sentir Doña Chiflada.

Se puso de pie, nervioso. El sillón se echó hacia atrás. Tenía que rellenar dos horas de «tiempo libre» antes de la cena. En casa, las horas entre el trabajo y la cama pasaban en medio de una bruma de cerveza, comida y televisión. Ahora no sabía adónde ir. La habitación se le hacía muy pequeña. Había demasiados adornos cursis. El día anterior se había dado la vuelta y había tirado un jarrón de la mesita, que se había roto en pedazos, y había maldecido con tanta fuerza que quien fuera que estuviera en la habitación de al lado de la suya probablemente le había oído. Esperaba que no fuese una pieza antigua.

Se apoyó sobre la barandilla y examinó el terreno. Había dos canguros junto a la casa. Uno de ellos se estaba acicalando, girándose con movimientos muy humanos para rascarse. El otro estaba sentado e inmóvil, con las orejas alerta. Parecía como si estuviese esculpido en piedra.

Pudo ver el resplandeciente aguamarina de una enorme piscina en forma de riñón. Quizá fuera a darse un baño. No recordaba la última vez que había ido a nadar. La playa había sido una parte importante de su vida cuando los niños eran pequeños. Pasó años llevándose a los tres a Nippers todos los domingos por la mañana para que aprendieran a ser socorristas de surf. Mientras que sus tres nietas de piel pálida probablemente jamás habrían cazado una ola en su triste vida holandesa.

Fue a su maleta y sacó sus bermudas de baño mientras trataba de no pensar en las manos de un desconocido revolviendo su ropa, buscando algún artículo de contrabando y viendo su ropa interior desgastada. Necesitaba ropa nueva.

Antes, su exmujer le compraba toda la ropa. Él nunca le pedía que lo hiciera, era cosa de ella, y él no tenía ningún interés por la ropa, así que, sencillamente, se había acostumbrado. Luego, años después, durante el divorcio, resultó que esa era una de las muchísimas cosas que ella hacía y que sentía que «él daba por sentadas». No le había dado las gracias ni una sola vez. ¿No? ¿Podía ser verdad? Dios mío. Y, si era así, ¿por qué esperar veintidós años para decirlo? Seguro que le había dado las gracias. Pero ¿por qué no decirle que estaba siendo un cerdo desagradecido en su momento, para así no haber tenido que sentirse como el peor hombre del mundo sentado delante de aquel terapeuta tantos años después? Había sentido tanta vergüenza en aquel momento que literalmente se había quedado sin habla. Aquello resultó ser un ejemplo de cómo él «se cerraba», «se mostraba distante emocionalmente», «sin que le importara una mierda nada» y así hasta que ya dejó de importarle una mierda y se puso a firmar los papeles, aturdido.

¿Cuál era la expresión que usaba su mujer para describirle, como si fuese algo divertido? «Ser humano *amateur*». Incluso se lo dijo al terapeuta.

Unos meses después de aquella sesión de terapia se le ocurrió que había varias cosas que había hecho en aquel matrimonio por las que estaba bastante seguro que no había recibido ningún agradecimiento ni reconocimiento. Se ocupaba de todo lo que tenía que ver con el coche de ella, por ejemplo. Ese ser humano *amateur* le llenaba el depósito de gasolina. A menudo, se preguntaba si ella creía que tenía alguna especie de mecanismo para llenarse solo. Le llevaba el coche a revisión una vez al año. Le hacía la declaración de la renta.

¿No era posible que los dos hubiesen dado los gestos del otro por sentados? ¿No era posible que dar por sentados los gestos del otro fuera una de las ventajas del matrimonio?

Pero ya era demasiado tarde.

Ahora habían pasado cinco años desde la separación y habían sido los mejores cinco años en la vida de su exmujer. Había retomado el contacto con su «verdadero yo». Vivía sola y asistía a cursos nocturnos y salía fuera los fines de semana con una pandilla de mujeres felizmente divorciadas. De hecho, a menudo iban a sitios como este. Su ex hacía ahora meditación a diario. «¿Cuánto tiempo hay que practicar hasta hacerlo bien?», le había preguntado Tony, y ella había puesto los ojos en blanco de forma tan exagerada que había sido un milagro que no se le hubieran quedado atascados. Últimamente, siempre que ella hablaba con Tony hacía pausas para respirar hondo. Ahora que lo pensaba, parecía como si respirara a través de una pajita.

Tony se subió las bermudas de baño.

Dios mío.

Debían de haber encogido un montón. Probablemente las había lavado mal. En agua fría. O en agua caliente. El agua que no era. Tiró de la tela con todas sus fuerzas y deslizó el botón por el ojal.

Hecho. Solo que no podía respirar.

Tosió y el botón se soltó, rodando por el suelo. Se rio en voz alta y con incredulidad mientras miraba la enorme y peluda protuberancia de su vientre. Era como si perteneciera a otra persona.

Recordaba un cuerpo distinto. Una época distinta. El todopoderoso rugido de una muchedumbre eufórica. La forma en que ese sonido vibraba en su pecho. Antes no había barrera alguna entre su mente y su cuerpo. Pensaba «corre» y corría. Pensaba «salta» y saltaba.

Tiró hacia abajo de las bermudas, de tal forma que le quedaron por debajo de la barriga, y pensó en su exmujer, embarazada de seis meses, haciendo lo mismo con una falda de cintura elástica.

Cogió la llave de su habitación y se echó una toalla de baño sobre el hombro. ¿Estaba permitido sacar esas toallas? Probablemente, habría una cláusula en el contrato al respecto. El tipo larguirucho se lo podría decir. Debía de ser abogado. Él lo sabía todo sobre los abogados.

Salió de la habitación. La casa estaba tan tranquila y silenciosa como una iglesia. Abrió la puerta de la calle, salió al calor de la tarde y recorrió el sendero pavimentado que llevaba a la piscina.

Una mujer caminaba hacia él en dirección opuesta, vestida con un bañador negro deportivo y un pareo atado a la cintura. La de la trenza gruesa como la cola de un caballo con gafas puntiagudas de color llamativo. Tony ya la había etiquetado: feminista intelectual de izquierdas. Ignoraría a Tony a los cinco minutos de conversación. Aun así, prefería ser ignorado por una feminista que interactuar con Doña Chiflada.

El camino era demasiado estrecho para que pasaran los dos, así que Tony se hizo a un lado, cosa que esperaba que no ofendiera sus principios feministas, como aquella vez que había abierto una puerta para que pasara una mujer y ella le había soltado: «Puedo abrirla yo, gracias». Pensó en cerrársela de golpe en la cara pero no lo hizo, claro, y se limitó a sonreír como un idiota porque no todos los hombres eran capaces de ejercer violencia contra las mujeres, aunque sí tuviesen algún pensamiento violento de vez en cuando.

Esta mujer no le miró a los ojos, pero levantó la mano a modo de agradecimiento, como si la despegara del volante de un coche para darle las gracias por dejarle invadir su carril, y hasta que no hubo pasado por su lado él no se dio cuenta de que iba llorando. Soltó un suspiro. No soportaba ver llorar a una mujer.

La miró alejarse —no tenía mal tipo— y después siguió caminando hacia la piscina, tirándose de las bermudas de baño para asegurarse de que no se le caían.

Abrió la valla.

Joder.

Doña Chiflada estaba en la piscina, flotando como un corcho.

19

Frances

«Cielo santo», pensó Frances. El asesino en serie.

El mecanismo de la valla de la piscina la había tenido enredada durante cinco minutos pero, claro, a él no le costó nada abrirla. Levantó el tirador negro con una mano rolliza y dio una patada fuerte en la puerta con la punta del pie.

Frances ya había tenido que soportar a Gafas Agitadas recorriendo a todo gas la piscina arriba y abajo, dejando tras de sí una estela como si fuese una lancha motora. Y ahora él.

El asesino en serie dejó caer su toalla de baño en una tumbona (se suponía que había que usar las toallas de rayas azules y blancas que daban en recepción, pero las normas no estaban hechas para él), fue directo al borde de la piscina y, sin siquiera molestarse en meter un dedo del pie para comprobar la temperatura, se lanzó. Frances dio una sosegada brazada en la otra dirección.

Ahora estaba atrapada dentro de la piscina porque no quería salir delante de él. Se suponía que era demasiado vieja como para que le preocupara que la miraran y juzgaran su cuerpo en bañador pero, al parecer, esta neurosis empezaba a los doce años y jamás desaparecía.

El problema era que quería transmitir fuerza en todas sus futuras interacciones con aquel hombre, y su cuerpo blanco y blando, sobre todo comparado con el ejemplo amazónico de Masha, maldita fuera, no transmitía otra cosa que el de ser una mujer de cincuenta y dos años con una buena vida y debilidad por los bombones Lindt. El asesino en serie sería sin duda de los que etiquetan a las mujeres basándose en su calificación personal de «¿Me la follaría?».

Se acordó de su primer novio de hacía más de treinta años que le dijo que prefería pechos más pequeños mientras tenía las manos puestas sobre los de ella, como si a Frances le pareciese interesante, como si las partes del cuerpo de las mujeres fuesen los platos de un menú y los hombres fueran los malditos comensales.

Esto es lo que le dijo a aquel primer novio: «Lo siento».

Esta fue la benevolente respuesta de su primer novio: «No pasa nada».

No podía culpar a su educación por su lamentable comportamiento. Cuando tenía ocho años, un hombre le dio una palmada a su madre en el trasero cuando pasó al lado de ellas por una calle de un barrio de las afueras. «Bonito culo», dijo con tono amistoso. Frances recordaba haber pensado: «Qué amable». Y, entonces, vio asombrada cómo su diminuta madre de metro y medio seguía al hombre hasta la esquina y le golpeaba con su pesado bolso lleno de libros de la biblioteca en la parte posterior de la cabeza.

Bueno. Ya estaba bien. Iba a salir de la piscina, a su ritmo. No iría corriendo a coger la toalla para cubrirse el cuerpo.

Un momento.

¡No quería salir de la piscina! Ella había llegado primero. ¿Por qué iba a salir por el mero hecho de que él estuviera allí? Disfrutaría de su baño y, después, saldría.

Se sumergió y nadó por el fondo de guijarros de la piscina, disfrutando de la luz moteada y del dolor de piernas tras la excursión de esa mañana. Sí, resultaba agradable y relajante y se sentía bien. Notaba la espalda bastante mejor —tras su segundo masaje con Jan— y, sin duda, ya se sentía un poco transformada. Después, sin venir a cuento, las palabras de la reseña se arrastraron como una serpiente hacia el interior de su mente: «Basura de aeropuerto misógina que deja un mal sabor de boca».

Frances pensó que Zoe había dicho que leería *El beso de Nathaniel* solo por mostrarse simpática. Lo último que esa triste y preciosa niña necesitaba era leer basura misógina. ¿Había estado Frances escribiendo basura misógina sin querer durante los últimos treinta años? Subió a la superficie en busca de aire con un gemido poco digno que sonó como un sollozo.

El asesino en serie estaba en el lado opuesto de la piscina, respirando con fuerza, con la espalda contra los azulejos y los brazos apoyados en el borde. La miraba directamente con algo parecido a... miedo.

«Por el amor de Dios», pensó Frances. «Puede que no tenga veinte años, pero ¿de verdad resulta mi cuerpo tan poco atractivo como para darte miedo?».

—Eh... —dijo él en voz alta. Hizo una mueca. Hizo una mueca de verdadero desagrado. Así de repugnante la veía.

—¿Qué? —preguntó Frances. Se cuadró de hombros y se acordó de su madre balanceando su bolso como si fuera un lanzador de disco—. Se supone que no debemos hablar.

—Eh..., usted... —Se tocó por debajo de la nariz.

¿Quería decir «usted huele»?

¡Ella no olía!

Frances se llevó los dedos a la nariz.

—¡Ah!

La nariz le sangraba. Jamás en su vida le había sangrado la nariz. Esa reseña le había provocado una hemorragia nasal.

—Gracias —dijo con frialdad. Las dos veces que había interactuado con ese hombre había estado en una terrible y mortificante desventaja.

Echó la cabeza hacia atrás y fue chapoteando hacia los escalones.

—Eche la cabeza hacia delante —dijo el asesino en serie.

—Se supone que hay que echarla hacia atrás —replicó tajante Frances. Subió las escaleras a la vez que intentaba con una mano que el bañador no se le subiera mientras con la otra trataba de detener el fluido de sangre. Unos grandes coágulos se le deslizaron desde la nariz hacia la palma de la mano. Era asqueroso. Increíble. Como si le hubiesen disparado. No se le daba bien la sangre. La verdad era que no se le daba bien nada que estuviese relacionado con cuestiones médicas. Esa era una de las razones por las que nunca le había apetecido tener hijos. Levantó los ojos al cielo azul y sintió una náusea.

—Creo que me voy a desmayar —dijo.

—No, no se va a desmayar.

—Tengo la tensión baja —insistió ella—. Me desmayo mucho. Podría desmayarme fácilmente.

—Yo la sujeto.

Frances se agarró a su brazo mientras él la ayudaba a salir de la piscina. No fue rudo exactamente, pero había indiferencia en su tacto y una especie de esfuerzo con gruñidos, como si estuviese metiendo un mueble grande por una puerta estrecha. Un frigorífico, quizá. Resultaba deprimente ser tratada como un frigorífico.

La sangre seguía saliéndole por la nariz. Él la llevó hasta la tumbona, la sentó, le puso una toalla alrededor de los hombros y la otra delante de la nariz.

—Apriétese con fuerza el puente de la nariz —dijo—. Así. —Le apretó la nariz y, a continuación, le llevó la mano hasta el mismo punto—. Eso es. Se pondrá bien. Parará.

—Estoy segura de que hay que echar la cabeza hacia atrás —protestó Frances.

—Es hacia delante —insistió él—. De lo contrario, la sangre baja por la parte posterior de la garganta. Sé de qué hablo.

Ella se rindió. Quizá tuviese razón. Era una de esas personas seguras. Las personas seguras solían estar irritantemente en lo cierto en muchas cosas.

La náusea y el mareo empezaron a remitir. Siguió apretándose la nariz y se atrevió a levantar la mirada. Él estaba de pie delante de ella de tal forma que sus ojos quedaban al nivel del ombligo del hombre.

—¿Está bien? —preguntó. Tosió con su tos de hombre apestado lleno de flemas.

—Sí, gracias —contestó ella—. Me llamo Frances. —Mantuvo una mano sobre la nariz y extendió la otra. Él se la estrechó. La mano de Frances desapareció en la de él.

—Tony —dijo él.

—Muchas gracias por su ayuda. —Probablemente se tratara de un buen hombre, aunque la hubiese tratado como un frigorífico—. Y, ya sabe…, por haberse parado en la carretera cuando yo estaba…

Él pareció incómodo al recordarlo.

—Nunca antes me había sangrado la nariz —continuó Frances—. No sé qué lo habrá provocado, aunque supongo que he tenido un resfriado fuerte. La verdad es que usted también suena como si hubiese tenido un mal…

—Debo irme ya —la interrumpió Tony con tono impaciente y agresivo, como si se tratara de una anciana que le hubiese abordado en una parada de autobús y no le dejara meter baza.

—¿Tiene que ir a algún sitio? ¿Ver a alguien? —preguntó Frances, profundamente ofendida. Acababa de sufrir una crisis médica.

Tony la miró a los ojos. Los de él eran marrones claros, casi dorados. Le recordaron a un pequeño animal local en peligro. Un bilbi, por ejemplo.

—No —contestó él—. Solo pensaba que debería… vestirme para la cena.

Frances refunfuñó. Quedaba bastante tiempo para la cena. Hubo un incómodo momento de silencio. Él no se fue. Se aclaró la garganta.

—No sé si voy a sobrevivir a esta… experiencia. —Se tocó el vientre—. No va conmigo. No me esperaba tanta cosa de hippies.

Frances se ablandó y sonrió.

—No le pasará nada. Solo son diez días. Nueve ya.

—Sí —repuso Tony. Suspiró y miró con ojos entrecerrados hacia la bruma azul del horizonte—. Esto es muy bonito.

—Sí que lo es —contestó Frances—. Tranquilo.

—Entonces, ¿está bien? Siga apretándose la nariz hasta que pare.

—Sí.

Frances bajó la mirada a las gotas escarlatas de su toalla y buscó otra parte de tela más limpia para taponarse la nariz.

Cuando levantó los ojos Tony ya estaba yendo hacia la valla de la piscina. Al levantar el brazo para abrirla, de repente, las bermudas de baño se le deslizaron hasta las rodillas dejando al aire sus nalgas al completo.

—¡Joder! —exclamó con pesar.

Frances se quedó mirándole. ¿Qué narices…? El hombre tenía tatuajes de emoticonos sonrientes de llamativo color amarillo en sus dos nalgas. Fue magnífico. Como si hubiese descubierto que llevaba un traje de payaso secreto bajo la ropa.

Agachó la cabeza. Un segundo después, oyó que la valla de la piscina se cerraba de golpe. Levantó los ojos y él ya no estaba.

Tatuajes de emoticonos sonrientes. Lo borracho que debía de haber estado. Aquello hizo que cambiara en cierto modo su concepción de ese hombre. Ya no era el hombre arrogante y desdeñoso. Era Tony. Tony el de los tatuajes de emoticonos sonrientes en el culo.

¿Tony, el asesino en serie con tatuajes de emoticonos sonrientes en el culo?

Se rio, se sorbió la nariz y notó el sabor de mucha sangre.

20

Masha

*O*tro correo electrónico de él. En cuestión de días. Masha se quedó mirando el nombre de su exmarido en la pantalla de su ordenador. El asunto decía: «POZHALUYSTA PROCHTI MASHA».

«Ábrelo, por favor, Masha».

Era como si le estuviese hablando directamente. Había un archivo adjunto. Se oyó a sí misma haciendo un ruido, un estúpido y lamentable chillido, como el sonido al pisar un juguete de un niño.

Recordó el peso y la calidez del brazo de él sobre sus hombros mientras estaban sentados en un feo sofá de fabricación soviética en un piso que parecía idéntico al de ellos, salvo que este tenía algo extraordinario: un reproductor de vídeo.

De no haber sido por aquel maravilloso y terrible reproductor de vídeo, ¿dónde estaría ella en ese mismo instante? ¿Quién sería? No estaría ahí. No sería esa persona. Quizá seguirían juntos.

Borró el correo y, a continuación, fue directamente a la carpeta de Elementos eliminados y lo borró también de allí.

Se encontraba en un momento crucial de su vida profesional. Era fundamental mantener la concentración. Había gente que dependía de ella: sus huéspedes, su personal. No tenía tiempo para eso que llamaban…, ¿cómo era esa expresión que usaba Delilah? Explosiones del pasado. No tenía tiempo para explosiones del pasado.

Y, aun así, el estómago no dejaba de darle sacudidas como si fuese el mar. Tenía que practicar el desapego. Primero, debía identificar la emoción que estaba experimentando, observarla, clasificarla, soltarla. Buscó una palabra que pudiera describir lo que sentía y solo se le ocurrió una de su lengua materna: *toska.* No había una traducción adecuada que describiera ese tipo de anhelo angustioso que sentía por algo que no podía tener y que ni siquiera deseaba. Quizá porque los nativos de otros idiomas no experimentaban esa sensación.

¿Qué estaba pasando? ¡Ella no era así! Se levantó y fue a la esterilla de ejercicios que había en el suelo de su despacho para hacer unas flexiones hasta que la frente se le llenó de sudor.

Volvió a su mesa, respirando con fuerza, y abrió la aplicación de vigilancia en su ordenador para ver el paradero y las actividades de sus huéspedes, con su mente concentrada de nuevo. Había instalado cámaras de videovigilancia por toda la finca por motivos de seguridad, y ahora mismo podía ver a la mayoría de sus huéspedes.

La pareja joven caminaba por el sendero de atrás hacia las fuentes termales. Jessica iba delante, con la cabeza agachada. Ben unos pasos por detrás, mirando al horizonte.

La familia Marconi parecía haberse separado. Napoleon estaba en el jardín de rosas. De rodillas, oliendo una de las flores. Masha sonrió. Literalmente se estaba deteniendo a oler las rosas.

Mientras tanto, su mujer había salido a correr. Heather había llegado casi a la cima de la Colina de la Tranquilidad. Masha se quedó mirando un momento, impresionada por su velocidad en la parte más empinada. No tan rápida como Masha, pero rápida.

¿Dónde estaba la hija? Masha pasó por varias imágenes en blanco y negro y la encontró en el gimnasio, levantando pesas.

Tony Hogburn salía de la zona de la piscina, donde estaba Frances Welty sentada en una tumbona, dándose toques en la cara con una toalla.

Lars Lee estaba tumbado en una hamaca en la pérgola con algún tipo de bebida que claramente habría conseguido persuadiendo al personal de cocina. Se habría servido del lenguaje de signos y su atractivo. Masha le tenía calado.

¿Nadie más? Pinchó por los pasillos de arriba y se encontró a una mujer que llevaba un pareo y caminaba con energía. Carmel Schneider. La otra mujer soltera.

Carmel se quitó las gafas y se frotó la cara. ¿Estaría llorando?

—Respira hondo —murmuró Masha mientras Carmel se peleaba con la llave de su habitación y golpeaba con frustración el puño contra la puerta.

Por fin, Carmel logró abrirla y casi cayó en su interior. Ojalá Masha pudiera ver lo que hacía dentro de la habitación. La gente era muy remilgada. Yao y Delilah se alteraban con las cuestiones legales. ¡Masha no tenía interés alguno en ver los cuerpos desnudos de sus huéspedes! Simplemente quería conocer más para así hacer su trabajo lo mejor posible.

Tendría que servirse tan solo de los audios. Giró un dial en su pantalla y pulsó el número de habitación de Carmel.

Una voz llorosa de mujer se oyó alto y claro en el monitor de Masha.

—Cálmate. Cálmate. Cálmate.

21

Carmel

*C*armel estaba de pie en su habitación y se abofeteó su propia cara. Una vez. Dos. Tres veces. La tercera se golpeó con tanta fuerza que las gafas salieron volando.

Las recogió, fue al baño y se miró la mejilla encendida en el espejo.

Por un momento, cuando estaba en la piscina haciendo largos, con las endorfinas recorriéndole el cuerpo tras el fantástico paseo entre matorrales, se había sentido bien, mejor que bien..., se había sentido exultante. Llevaba años sin tener tiempo para hacer unos largos.

Mientras nadaba se regodeó en la idea de que no tenía que estar en ningún sitio, ni nada que hacer, ni nadie de quien preocuparse. Ni recoger a nadie de jazz, ni llevarlo a kárate, ni supervisar tareas, ni tener que comprar regalos de cumpleaños, ni reservar citas con el médico. El sinfín de detalles mínimos que componían su vida. Cada obligación por sí misma parecía de una facilidad irrisoria. Era el volumen de todas lo que amenazaba con sepultarla.

Aquí ni siquiera tenía que lavarse la ropa. Carmel simplemente tenía que dejar la colada fuera de su puerta metida en una bolsa de tela y se la devolverían lavada y planchada a las veinticuatro horas. Literalmente había llorado de felicidad al leer aquello.

Se había impuesto un objetivo de cincuenta largos de estilo libre, más rápido en cada largo. ¡Iba a ponerse de lo más en forma! Casi podía sentir ese exceso de peso cayéndose de su cuerpo. Lo único que había necesitado siempre era tiempo para hacer ejercicio y una despensa sin golosinas. Mientras nadaba, canturreaba en silencio a la vez que daba cada brazada: «Soy muy feliz, soy muy feliz, soy muy feliz», respira, «soy muy feliz, soy muy feliz, soy muy feliz», respira.

Pero entonces había empezado a oír aquella diminuta voz por debajo del jubiloso cántico, un susurro muy débil: «Me pregunto qué estarán haciendo ahora».

Había tratado de no hacerle caso y entonó con más fuerza: «Soy muy FELIZ, soy muy FELIZ».

La voz fue aumentando de volumen hasta que se convirtió en un grito: «No, en serio, ¿qué crees que estarán haciendo AHORA MISMO?».

Fue entonces cuando sintió que perdía la cordura. La sensación de pánico le recordó uno de esos sueños recurrentes en los que perdía a sus cuatro hijas por algún descuido extraño, como dejarlas a un lado de la carretera o simplemente olvidarse de que existían y salir a bailar.

Había tratado de calmarse con pensamientos racionales. No había perdido a sus hijas a un lado de la carretera; estaban con su padre y con Sonia, su nueva y encantadora novia que pronto sería su esposa. Carmel sabía por el itinerario que hoy estaban en París, alojándose en un «maravilloso» apartamento de Airbnb. Sonia, a la que «le encantaba viajar», se había alojado allí antes. Haría frío en enero, claro, pero las niñas tenían abrigos nuevos. Estaban haciendo el viaje de su vida. Iban a vivir una maravillosa experiencia educativa mientras su madre disfrutaba de un maravilloso descanso para «recargar pilas».

Su padre las quería. La nueva novia de su padre las quería. «Sonia dice que nos quiere más que a la misma vida», le había contado Rosie después de haber visto a esa mujer solo por tercera vez, y Carmel le había dicho: «¡Pues eso suena a que está como una auténtica regadera!», pero únicamente en su cabeza. En voz alta dijo: «¡Qué bonito!».

Había sido un divorcio amistoso. Amistoso por parte de Joel, al menos. Por parte de Carmel, había sido como una muerte de la que nadie se había dado cuenta. Él simplemente se había desenamorado de ella, eso era todo. Debía de haber sido muy difícil para él vivir con una mujer a la que ya no quería. Había luchado mucho contra ello, el pobre, pero tenía que ser sincero consigo mismo.

Son cosas que pasan. Pasan mucho. Es fundamental que la esposa despreciada siga manteniendo la dignidad. No debe gemir ni llorar, salvo en la ducha, cuando las niñas están en el colegio y en la guardería, y ella está sola en las afueras con todas las demás esposas que gimen y lloran. La esposa rechazada no debe mostrarse malvada ni desagradable con la nueva y mejorada esposa. Debe aguantarse pero sin poner cara de amargada. Es mejor para todos los implicados si está delgada.

Carmel había llegado al borde y se había girado para hacer otro largo cuando vio que alguien se había metido con ella en la piscina. La mujer mayor de aspecto simpático y cabello rubio rojizo. Carmel estuvo a punto de decirle: «Hola», pero se acordó del silencio y la ignoró.

Siguió nadando y pensó en que el pelo de esa mujer era de un tono parecido al de Sonia. Sin duda, las dos debían de haber pagado una buena factura por ello.

Lulu, la hija de Carmel, era rubia. Lulu no se parecía en nada a Carmel, lo cual nunca le había importado hasta que Lulu le dijo que cuando papi y Sonia las habían sacado a cenar, una señora se había parado junto a la mesa y le había dicho a Lulu: «Tienes un precioso pelo, igualito que el de tu mamá, ¿eh?».

Carmel le contestó con voz aguda y crispada: «Ah, qué gracioso. ¿Le dijiste que Sonia no es tu mamá?».

Lulu explicó que papi había dicho que no era necesario ir contando siempre que Sonia no era su verdadera madre y Carmel le respondió: «Por supuesto que es necesario, cariño, deberías decirlo cada una de las veces y con voz bien alta», pero solo se lo dijo en su cabeza. En voz alta contestó: «Es hora de que te laves los dientes, Lulu».

Al recordar esto, tomó velocidad y sus brazos y piernas empezaron a atravesar el agua cada vez con más fuerza y cada vez más rápido, pero no pudo aguantar, no estaba lo suficientemente en forma, estaba en muy baja forma, y gorda, y era perezosa y asquerosa. Y pensó en sus cuatro hijas al otro lado del mundo, en París, donde Carmel no había estado jamás, siendo peinadas por Sonia, mientras ellas, probablemente, permanecían bien quietas, y, de repente, tragó una enorme bocanada de agua.

Salió de la piscina, sin cruzar la mirada con la señora simpática y rubia, conforme a las normas, por suerte, porque estaba llorando como una tonta, y siguió haciéndolo todo el camino hasta su habitación. No había forma de que el hombre grande que bajaba por el sendero hacia la piscina no se diera cuenta.

—Cálmate —le dijo ahora a su reflejo en el espejo.

Se rodeó el cuerpo con los brazos.

Echaba de menos a sus hijas. Aquello la invadió como una fiebre repentina. Anhelaba el consuelo de sus cuatro preciosos cuerpecitos de niña y el despreocupado y posesivo uso que hacían del cuerpo de ella: su forma de dejarse caer sobre su regazo como si fuese una silla, su forma de meter sus pequeñas cabezas calientes en su estómago, en sus pechos. Ella siempre le gritaba a alguna: «¡Quítate de encima!». Cuando estaba con sus hijas, era necesaria… Esencial, de hecho. Todo dependía de ella. Siempre había alguien diciendo: «¿Dónde está mamá?». «Se lo voy a decir a mamá». «¡Mamaaaaaaá!».

Ahora estaba libre de obligaciones, tan libre como un globo.

Se deshizo el nudo del bañador y lo dejó caer en un montón sobre el suelo del baño mientras observaba su cuerpo desnudo en el espejo.

«Lo siento mucho. Aún me sigues importando profundamente, pero siempre hemos valorado la sinceridad en nuestra relación, ¿no?», había dicho Joel un año antes, mientras le servía una copa de vino. «Me duele de verdad decirte esto, pero la cuestión es que ya no me siento atraído por ti».

De verdad pensaba que estaba siendo amable y ético. Se tenía por un hombre que hacía lo correcto. Jamás la habría engañado. Simplemente la dejó, fue directo a una página web de citas y la sustituyó. Su conciencia estaba completamente limpia. A él siempre le había gustado mantener en buen estado sus posesiones y, si no podían repararse hasta quedar «como nuevas», las actualizaba.

Carmel se levantó los pechos con las dos manos hasta su posición de antes, cuando estaban «como nuevos». Se miró las estrías de su vientre flojo y pensó en una publicación sensiblera de Facebook que había leído sobre que las estrías eran hermosas por lo que representaban, haber creado una nueva vida, bla, bla, bla. Quizá las estrías podrían considerarse hermosas si al padre de tus hijas aún le gustaba tu cuerpo.

Cuando Joel le preguntó si él y Sonia podrían llevarse, por favor, a las niñas de viaje a Europa durante las vacaciones escolares de enero —¡A Disneyland en París! ¡A esquiar en

Austria! ¡A patinar sobre hielo en Roma! —, Carmel había contestado: «¿Estás de broma? ¿Me estás diciendo que vas a hacer el viaje que teníamos planeado? ¿Y que lo vas a hacer sin mí?», pero solo en su cabeza. En voz alta respondió: «¡Será muy divertido!». Y, luego, fue a preparar todos los pasaportes.

Le había dicho a su hermana que iba a pasar el tiempo que estuviesen fuera siguiendo una dieta paleo y haciendo ejercicios de cardio, pesas y yoga. El plan era transformar su cuerpo.

No quería que Joel volviera. Lo único que deseaba era que se sorprendiera cuando la viera. No necesitaba que se quedara boquiabierto, aunque estaría bien. Simplemente quería que su cuerpo tuviera el mejor aspecto físico posible y, después, quizá, posiblemente, no con toda probabilidad, pero sí posiblemente, ella misma podría echar un vistazo a una de esas páginas de citas donde se acudía para sustituir al esposo.

«No le pasa nada malo a tu cuerpo, maldita sea. ¡Tienes una talla media, tonta ilusa! ¡Eres una mujer atractiva e inteligente, idiota! Deberías pasarte el mes de enero tumbada en una hamaca y comiendo queso», había contestado Vanessa, la hermana de Carmel, que estaba furiosa con Joel y con el patriarcado que avergonzaba a personas por su peso.

Carmel dejó caer sus pechos y se puso una mano en la curva del vientre. La media no era suficiente. La media era demasiado grande. Todos lo sabían. ¡Había una crisis de obesidad en el país! Ella no quería que otras personas sufrieran vergüenza por su peso, pero desde luego sí quería sufrir vergüenza ella porque merecía avergonzarse. Antes tenía dos tallas menos y la razón de que ahora tuviese dos tallas más no era por sus cuatro hijas. Era porque «no se cuidaba». Se suponía que las mujeres tenían que «cuidarse». Eso era lo que decían los hombres en las webs de citas: «Busco una mujer que se cuide». Querían decir: «Quiero una mujer delgada».

¡Y no era porque no existiese información sobre cómo había que cuidarse! ¡Todos sabían que simplemente había que eliminar los carbohidratos, el azúcar y las grasas transgénicas de la dieta! Las famosas revelaban generosamente sus secretos. ¡Tomaban como aperitivo un «puñado de nueces» o dos trozos de chocolate rico en antioxidantes! ¡Bebían mucha agua, no se ponían al sol y subían por las escaleras! ¡No era ingeniería aeroespacial! Pero ¿alguna vez subía Carmel por las escaleras? No, nunca.

Era verdad que a menudo llevaba con ella a las niñas y, si subían demasiadas escaleras, fácilmente una se echaría a correr mientras otra se sentaría y anunciaría que ya no le funcionaban las piernas, pero, aun así, debía de haber habido ocasiones en las que Carmel podría haber incluido algo de «ejercicio mínimo» en su estilo de vida. Pero no lo había hecho. Descuidaba su cuerpo, pasaba meses sin cortarse el pelo, no se depilaba las cejas, se olvidaba de afeitarse las piernas, y no era de extrañar que su marido la dejara porque, tal y como ella trataba de enseñar a sus hijas, los actos tienen consecuencias.

Pensó en las largas y esculpidas líneas del cuerpo de Masha.

Se imaginó a Masha viviendo la vida de Carmel, de pie en la puerta cuando Joel y Sonia dejaban a las niñas. Para empezar, Joel no habría dejado a Masha, pero, de haberlo hecho, el corazón de Masha no se aceleraría lleno de dolor y humillación al ver a su exmarido con su nueva novia. Masha no curvaría el cuerpo alrededor de la puerta formando un ángulo extraño como si lo escondiera de Joel. Masha permanecería erguida y orgullosa. No encorvaría su cuerpo para proteger su corazón roto y en carne viva.

Su hermana decía que eso que Joel había llamado «falta de atracción» era problema de Joel, no de ella. Su hermana le decía a Carmel que debía aprender a quererse y le enviaba enlaces sobre «comidas intuitivas» y «cuerpos sanos con cualquier tamaño». Carmel sabía que esos artículos los escribían personas gordas para que otras personas gordas se sintieran mejor con sus tristes y gordas vidas.

Si pudiera transformar su cuerpo, transformaría su vida y podría pasar página tras su matrimonio fracasado. Eso no era ser ilusa. Era una realidad.

Su hermana, que era tan rica como generosa —una mezcla de lo más estupenda—, le regaló a Carmel una tarjeta por su cumpleaños donde decía: «Carmel, yo no creo que necesites perder peso. Eres hermosa y Joel es un idiota integral y debería importarte una MIERDA lo que él piense. Pero si estás decidida a cuidar tu salud, quiero que lo hagas con elegancia y comodidad. Te he hecho una reserva en Tranquillum House para la purificación de diez días mientras las niñas están fuera. ¡Disfruta! Besitos, Ness. PD: Y, después, vuelve a casa a comer queso».

Carmel no se había puesto tan contenta por recibir un regalo desde que era niña.

Ahora pensaba en las palabras de Masha: «Dentro de diez días no seréis la persona que sois ahora». La expresión «por favor» le invadió la mente. «Por favor, por favor, por favor, que sea verdad, por favor, por favor, por favor, que me convierta en otra persona distinta a esta». Miró su rostro estúpido, atontado y suplicante en el espejo. Tenía la piel áspera y roja, como las manos de una vieja lavandera. Había una cerca de líneas diminutas bien marcadas en su labio superior, tan fino que desaparecía al sonreír. La única parte de su cuerpo que estaba delgada era su labio superior. Se suponía que los labios debían ser rollizos capullos de rosa, no unas rayas simples y delgadas que desaparecían.

«¡Ay, Carmel, claro que dejó de sentirse atraído por ti! ¿Qué pensabas? ¿Cómo iba a sentirse atraído por alguien que tiene tu aspecto?». Levantó la mano para darse otra bofetada más.

Alguien llamó suavemente a la puerta. Carmel se sobresaltó. Se puso la bata de Tranquillum House y fue a abrir.

Era Yao. Tenía la cabeza agachada. No la miró a los ojos ni dijo nada. Levantó una pequeña tarjeta.

Carmel la cogió y Yao se alejó de inmediato. Cerró la puerta.

Era un cartón cuadrado, grueso y de color crema como una invitación de boda. La letra estaba escrita con tinta espesa, negra y autoritaria.

> *Querida Carmel:*
>
> *Aunque ahora mismo contabas con tiempo libre según tu horario, te pedimos por favor que acudas de inmediato al spa para la Relajación Definitiva y el Tratamiento de Rejuvenecimiento Facial que son la especialidad de Tranquillum House. Se trata de un tratamiento de noventa minutos que terminará justo antes de la cena. Tu masajista te está esperando.*
>
> *Atentamente,*
>
> *Masha*
>
> *PD: Yao es el asesor en bienestar que se te ha asignado pero quiero que sepas que yo también estaré haciendo todo lo que esté en mis manos para proporcionarte la salud, la sanación y la felicidad que necesitas y mereces.*

Fue en ese momento cuando Carmel Schneider se entregó a Masha con el mismo abandono voluptuoso que las monjas novicias se rendían ante Dios.

22

Yao

*E*ran las nueve de la noche. Los huéspedes ya habían cenado y estaban a salvo en sus habitaciones, con suerte durmiendo a pierna suelta. Yao, Masha y Delilah estaban sentados alrededor de una mesa redonda en un rincón del despacho de Masha con cuadernos delante de ellos. Estaban celebrando su reunión diaria de personal en la que Yao y Delilah tenían que presentar su informe actualizado.

Masha golpeteaba la mesa con la punta de los dedos. Siempre había una patente diferencia en su comportamiento durante estas reuniones. Podía verse su antigua actitud empresarial en las palabras que elegía, en la sequedad de su forma de hablar y en la rigidez de su postura. A Delilah le resultaba ridículo, pero a Yao, que nunca había trabajado en ese mundo, le parecía encantador.

—Bien. El siguiente punto en el orden del día. El silencio. ¿Alguien lo ha incumplido hoy? —preguntó Masha. Parecía crispada. Debían de ser los nervios por el nuevo protocolo. El mismo Yao estaba nervioso.

—Lars lo ha incumplido —respondió Delilah—. Ha tratado de librarse de los análisis de sangre diarios. Yo le he dicho que no se comportase como un niño.

Yao jamás le diría eso a un huésped. Delilah decía lo que pensaba, mientras que él, a veces, se sentía un poco... fraudulento. Como un actor. Por ejemplo, podía estar ayudando a un huésped maleducado a hacer una plancha anaeróbica animándole con amabilidad y paciencia —«¡Ya lo tienes!»— y al tiempo pensar: «Ni siquiera lo estás intentando, cabrón perezoso y grosero».

—Frances me ha escrito una nota —dijo Yao—. Me ha pedido si podía saltarse los análisis de sangre porque ha sangrado por la nariz. Yo le he dicho que eso mismo era razón de más para hacerse el análisis.

Masha refunfuñó.

—A nadie le gustan las extracciones de sangre —dijo—. ¡Ni a mí me gustan! Odio las agujas. —Se estremeció—. Cuando hace tantos años solicitamos venir aquí tuvimos que hacernos muchos análisis de sangre: por el sida, por la sífilis. Vuestro gobierno quería que nuestros cerebros y cuerpos estuviesen también perfectos. Incluso nos miraron los dientes. —Se golpeó los dientes blancos con un dedo—. Recuerdo que mi amigo dijo: «¡Es como si estuviesen eligiendo un caballo!». —Frunció los labios al recordarlo, como si le hubiesen herido en su orgullo—. Pero hay que hacer lo que hay que hacer —añadió, sin mirar a ninguno de los dos. Era como si hablara con otra persona que no estaba en la habitación.

Yao contempló la clavícula de Masha por debajo de los tirantes de su sencilla camiseta sin mangas. Nunca había pensado que una clavícula pudiera ser una parte especialmente sensual del cuerpo de una mujer hasta que conoció a Masha.

—¿Estás enamorado de esa mujer o algo así? —le había preguntado su madre por teléfono apenas hacía una semana—. ¿Es por eso por lo que trabajas como un esclavo para ella?

—Es casi de tu misma edad, mamá —le contestó Yao—. Y no trabajo como un esclavo para ella.

—Más bien como un corderito —le dijo Delilah—. Estás colgado por ella. —Estaban en la cama en ese momento. Delilah era hermosa y muy buena en el sexo y a él le gustaba mucho, pero sus encuentros sexuales siempre eran más como una transacción, aunque no había intercambio de dinero.

—Le estoy agradecido —replicó Yao, con las manos detrás de la cabeza mientras miraba al techo y pensaba—. Me salvó la vida.

—No te salvó la vida. Tú se la salvaste a ella.

—Mi supervisor le salvó la vida —repuso Yao—. Yo no sabía qué narices estaba haciendo.

—Y ahora estás enamoraaaaado de ella —dijo Delilah a la vez que volvía a ponerse el sujetador.

—La quiero como a una hermana —puntualizó Yao.

—Sí, claro.

—Como a una prima.

Delilah soltó un bufido.

Él le tenía un profundo aprecio a Masha. ¿Tan raro era querer a tu jefa? Desde luego, no era tan raro cuando se vive y se trabaja juntos y cuando tu jefa tiene el aspecto físico de Masha. Era una mujer interesante y estimulante. Su exótico acento le parecía tan atractivo como su cuerpo. Podía reconocer que estaba colgado por ella. Quizá su cuelgue resultase raro y fuese indicativo de alguna tara de su personalidad o una consecuencia disfuncional de su infancia, aunque no había sido más que la infancia normal y feliz de un niño tímido y serio que podía ponerse un poco demasiado intenso con algunas cosas pero que, normalmente, pasaba desapercibido. Sus padres eran personas humildes y dulces que jamás le habían presionado. Los padres de Yao creían en que había que mantener las expectativas bajas para evitar las decepciones. Su padre lo había dicho en voz alta una vez y sin ironía: «Piensa que vas a fallar, Yao. Así nunca te sentirás decepcionado». Por eso a Yao le parecía tan estimulante el egocentrismo de Masha. Era impresionante. La baja autoestima era algo que ella jamás había sufrido ni entendía en las demás personas.

Y Masha sí que le había salvado la vida.

Tras su ataque al corazón, les había escrito cartas tanto a Finn como a Yao para darles las gracias y hablarles de cómo su «experiencia cercana a la muerte» la había cambiado para siempre. Dijo que, mientras flotaba sobre ellos, había visto la diminuta mancha roja de nacimiento en el cuero cabelludo de Yao. Lo había descrito a la perfección: con forma de fresa.

Finn nunca respondió a la carta de Masha. «Es una chiflada. No necesitaba flotar por encima de nuestras malditas cabezas para verte la mancha. Probablemente, la vio cuando estaba sentada en su mesa antes de desmayarse».

Pero Yao sintió curiosidad por su experiencia cercana a la muerte. Le envió un correo electrónico y, a lo largo de los años, mantuvieron correspondencia esporádica. Ella le dijo que, después de recuperarse de su operación de corazón, había dejado su «exitosísima» (según sus propias palabras) carrera empresarial y había liquidado sus acciones de la empresa para comprar una famosa casa histórica en el campo. Iba a hacerle una piscina y a restaurarla. Su plan original había sido abrir un hostal exclusivo, pero, a medida que fue creciendo su interés por la salud, cambió de opinión.

«Yao, he transformado mi cuerpo, mi mente y mi alma y quiero hacer lo mismo por otras personas», escribió.

Había un tono de grandiosidad en sus correos electrónicos que a él le resultaba ameno y entrañable pero la verdad era que ella no le parecía especialmente importante. Solo una antigua paciente agradecida con una forma curiosa de expresarse.

Y entonces, justo después de su veinticinco cumpleaños, todas las fichas del dominó se fueron derrumbando: pum, pum, pum. Primero, sus padres anunciaron que se divorciaban. Vendieron la casa familiar y se mudaron a apartamentos separados. Aquello resultó confuso y perturbador. Después, en mitad de todo aquel drama, su prometida, Bernadette, rompió su compromiso. Pasó sin previo aviso. Él creía que estaban profundamente enamorados. Habían reservado la boda, el banquete y la luna de miel. ¿Cómo era posible? Era como si los cimientos de su vida estuviesen hundiéndose bajo sus pies. Una ruptura no era ninguna tragedia y, sin embargo, para su propia vergüenza, lo vivió como un cataclismo.

Le robaron el coche.

Empezó a sufrir dermatitis por el estrés.

Finn se mudó a otro estado y el servicio de ambulancias trasladó a Yao a una zona del interior donde no conocía a nadie, donde las salidas de emergencia estaban, sobre todo, relacionadas con violencia y drogas. Una noche, un hombre le puso un cuchillo en la garganta y le dijo: «Si no la salvas te corto el cuello». La mujer ya estaba muerta. Cuando llegó la policía, el hombre los embistió con el cuchillo y respondieron disparándole. Yao terminó salvándole la vida a él.

Volvió al trabajo. Dos días después se despertó apenas unos minutos antes de que sonara el despertador, como era habitual, pero en el momento en que este empezó a pitar, algo catastrófico le pasó a su cerebro. Sintió que explotaba. Fue como algo físico. Pensó que era una hemorragia cerebral. Terminó en un centro psiquiátrico.

—Parece que ha estado bajo mucha presión —dijo un médico con oscuras manchas bajo los ojos.

—No ha muerto nadie —respondió Yao.

—Pero siente como si así hubiese sido, ¿no?

Así era exactamente como se sentía: como si se hubiese producido una muerte tras otra y tras otra. Finn ya no estaba.

Su prometida ya no estaba. La casa de su familia ya no estaba. Incluso su coche ya no estaba.

—Antes llamábamos a esto crisis nerviosa —dijo el médico—. Ahora lo llamamos episodio depresivo grave.

Derivó a Yao a un psiquiatra y le recetó antidepresivos.

—Una crisis bien atendida puede resultar algo bueno —le explicó a Yao—. Intente verlo como una oportunidad. Una oportunidad para crecer y aprender de sí mismo.

Al día siguiente de regresar a casa del hospital recibió un correo electrónico de Masha en el que le decía que, si alguna vez necesitaba escapar del «mundo competitivo», le encantaría que la visitara y probara sus nuevas habitaciones.

Fue como una señal.

«No puedes ser más oportuna. Últimamente, no he estado muy bien», le escribió. «Quizá vaya unos días para descansar».

No reconoció a Masha cuando llegó a la casa y una diosa vestida de blanco salió al porche; una diosa que le acogió en sus brazos y le dijo al oído: «Haré que te sientas bien».

Cada vez que Yao salía de Tranquillum House para recibir a nuevos huéspedes se esforzaba en provocarles la misma sensación: como cuando se ve tierra tras haber estado perdido en el mar.

Masha cuidó de Yao como si fuese un pájaro enfermo. Cocinó para él y le enseñó a hacer meditación y yoga. Aprendieron juntos taichí. Estuvieron solos en esa casa durante tres meses. No se acostaron juntos, pero compartían algo. Una especie de viaje. Un rejuvenecimiento. Durante aquella época, el cuerpo de Yao cambió. Se endureció y se volvió más fuerte mientras su mente se curaba. Se convirtió en otra persona completamente distinta mientras experimentaba una especie de paz y seguridad que jamás en su vida había conocido. Se deshizo del viejo Yao como quien muda de piel.

El antiguo Yao solo hacía ejercicio de forma esporádica y consumía demasiada comida procesada. El antiguo Yao se preocupaba mucho y era un insomne que a menudo se despertaba en medio de la noche pensando en todas las cosas que podrían haber salido mal durante su jornada laboral.

El nuevo Yao dormía toda la noche y se despertaba por la mañana renovado. El nuevo Yao ya no se obsesionaba pensando que su prometida estaría en la cama con otro hombre. El nuevo Yao rara vez pensaba en Bernadette y, al final, terminó erradicándola por completo de sus pensamientos. El nuevo Yao vivía el momento y era un apasionado del «bienestar», inspirado por la visión que Masha tenía para Tranquillum House. En lugar de hacer remiendos a la gente, como Yao había hecho siendo enfermero de emergencias, el plan era transformar a las personas, igual que se había transformado él mismo. Era como algo religioso, solo que todo lo que hacían se basaba en la ciencia y la investigación con base empírica.

Sus padres le visitaron por separado y le dijeron que había llegado el momento de regresar a Sídney y retomar su trabajo, pero, a los seis meses de su llegada, Masha y Yao abrieron las puertas de Tranquillum House para sus primeros huéspedes. Fue un éxito. Y divertido. Mucho más divertido que ser enfermero de emergencias.

Lo que iba a ser unos días se convirtió en cinco años. Hacía cuatro años que Delilah había pasado a formar parte del equipo y los tres juntos habían aprendido mucho, limando y mejorando sus retiros. Masha pagaba sueldos generosos. Era un trabajo de ensueño.

—Mañana empiezo con las sesiones de terapia individual —dijo Masha—. Compartiré con vosotros mis notas.

—Bien, porque cuanto más sepamos de nuestros huéspedes, mejor —respondió Yao.

Este retiro en particular sentaría un nuevo precedente en su forma de hacer su trabajo. Era normal estar nerviosos.

—Quiero saber más sobre el pasado de Tony Hogburn —comentó Delilah—. Hay algo en él. No sé muy bien qué.

—Todo irá bien —murmuró Yao, casi diciéndoselo a sí mismo.

Masha extendió una mano por encima de la mesa y le agarró del brazo, con sus increíbles ojos verdes ardiendo con aquella energía y pasión que a él tanto inspiraban.

—Va a ir mejor que bien, Yao —dijo—. Va a ser hermoso.

23

Frances

ra ya el cuarto día del retiro.

Frances se había acomodado al suave ritmo de la vida en Tranquillum House con sorprendente facilidad. Rara vez tenía que tomar ninguna decisión sobre cómo pasar el rato.

Cada mañana empezaba con taichí en el jardín de rosas con Yao. Su rutina diaria siempre incluía al menos un masaje correctivo con Jan y, a veces, dos. Algunos días tenía que acudir al spa varias veces; si, por ejemplo, le «asignaban» un tratamiento facial. No le resultaba pesado. Los tratamientos faciales eran unas experiencias de ensueño de aromas maravillosos que dejaban a Frances sonrosada y resplandeciente, con los pelos de punta como si fuesen los pétalos de una flor. Había clases de yoga en el estudio de yoga y meditación y paseos de meditación por los alrededores. Los paseos de meditación eran cada día más dinámicos, rápidos y empinados.

Al atardecer, cuando refrescaba, algunos huéspedes salían a correr con Yao (la familia Marconi parecía no hacer otra cosa que correr, incluso durante sus ratos libres; Frances se sentaba en su balcón y los veía a los tres subiendo a toda velocidad por la Colina de la Tranquilidad como si sus vidas dependieran de ello), mientras otros asistían a una «agradable» clase de ejercicios en el jardín de rosas con Delilah. Esta parecía haberse impuesto la misión personal de conseguir que Frances hiciese flexiones sobre las puntas de sus pies como si fuese un hombre y, como a Frances no se le permitía hablar, no podía decirle: «No, gracias, nunca le he visto el sentido a hacer flexiones». Ahora entendía que la razón de hacer flexiones estaba en «trabajar cada músculo de su cuerpo», lo cual supuestamente era algo bueno.

Frances dejaba dócilmente que Yao le sacara sangre y le comprobara la tensión arterial todos los días, antes de subir en silencio a la báscula para que él registrara su peso, cosa que aún seguía evitando mirar aunque suponía que estaría bajando, probablemente en caída libre, con tanto ejercicio y ausencia de calorías y vino.

El noble silencio, que al principio había parecido tan inconsistente y estúpido, tan arbitrario y fácil de incumplir, de algún modo había ganado fuerza y sustancia a medida que pasaban los días, como cuando se asienta una ola de calor, y, de hecho, el calor del verano se había intensificado. Era un calor seco e inmóvil, de un blanco luminoso, como el silencio mismo.

Al principio, sin las distracciones del ruido y la conversación, los pensamientos de Frances daban vueltas sin parar en un remolino loco, infinito y repetitivo: Paul Drabble, el dinero que había perdido, la sorpresa, el dolor, la rabia, la sorpresa, el dolor, la rabia, el hijo de Paul, que probablemente ni siquiera era su hijo, el libro que había escrito con un amor ilusorio en su corazón y que posteriormente habían rechazado, la carrera profesional que posiblemente habría terminado, la reseña que nunca debió haber leído. No es que hubiese encontrado ninguna solución ni experimentado ninguna revelación trascendental, pero el acto de observar el remolino de sus pensamientos pareció reducir su velocidad hasta que por fin se detuvo del todo, y había descubierto que durante algunos momentos pensaba en… nada. Nada en absoluto. Su mente estaba completamente vacía. Y esos momentos eran maravillosos.

Los demás huéspedes eran silenciosos, no figuras desagradables dentro de su visión periférica. Se volvió del todo normal no hacer caso a la gente, no decir «hola» cuando veía a otra persona sentada en la fuente de aguas termales a la que había ido, sino meterse en silencio en el agua burbujeante con olor a huevos podridos con la cabeza vuelta hacia otro lado.

En una ocasión, ella y el hombre alto, moreno y guapo estuvieron sentados juntos en la fuente termal de la Gruta Secreta durante lo que pareció una eternidad, ambos admirando las vistas de los valles, perdidos en sus propios e íntimos pensamientos. Aunque no habían hablado ni se habían mirado siquiera, fue como si hubiesen compartido algo espiritual.

Hubo también otras agradables sorpresas.

Por ejemplo, el día anterior por la tarde, al adelantarla en las escaleras, Zoe había pasado junto a ella rozándola y le había colocado algo en la mano apretándosela contra la palma. Frances consiguió mantener la vista hacia el frente sin decir nada (lo cual era de extrañar, pues se le daban muy mal ese tipo de cosas; sus dos exmaridos le habían informado de que no sabían de nadie que pudiera ser peor espía que ella, mientras que ambos, a pesar de sus personalidades dispares, estaban de lo más cualificados, al parecer, para entrar en la CIA en cualquier momento), y cuando llegó a su habitación vio una tartaleta de mantequilla de cacahuete Reese en su mano. Nunca había comido algo tan divino. Aparte de Zoe, Frances no tenía muchas más interacciones con los demás. Ya no se sobresaltaba cuando Napoleon estornudaba. Vio que la tos seca de Tony había ido remitiendo de forma gradual hasta desaparecer y, de hecho, su propia tos también había desaparecido más o menos a la vez. La respiración se le había vuelto agradablemente clara. No quedaba rastro de su corte en el dedo y el dolor de espalda mejoraba cada día. Era de verdad un «viaje curativo». Cuando volviera a casa iba a enviar a Ellen una efusiva tarjeta de agradecimiento por haberle sugerido que viniera a este lugar.

Según el plan de ese día, tenía una sesión de terapia individual con Masha justo después del almuerzo. Frances no había asistido a ningún tipo de terapia en su vida. Para eso, ya tenía a sus amigas. Todas se aconsejaban entre sí y, generalmente, era un proceso bidireccional. Frances no podía imaginar cómo sería sentarse a contarle a alguien sus problemas sin, después, escuchar los suyos y ofrecer a cambio sus sabios consejos. Generalmente, pensaba que los consejos que ofrecía eran mejores que los que recibía. Los problemas de los demás eran muy simples. Los propios solían tener muchos más matices.

Pero el silencio, el calor y los masajes diarios se habían mezclado entre sí para crear una sosegada sensación de resignación. Masha podía aconsejar a Frances si eso la hacía feliz.

El almuerzo de Frances ese día consistió en un curri vegetariano. Había dejado de notar el sonido de los demás al masticar y había empezado a ser consciente del extraordinario placer de su comida —¡extraordinario porque ella ya pensaba que obtenía un placer importante con la comida!—. El curri, que saboreó con un diminuto bocado tras otro diminuto bocado, tenía un toque de azafrán que estuvo a punto de volverle loca. ¿El azafrán estaba siempre así de bueno? No lo sabía pero era parecido a una experiencia religiosa.

Después del almuerzo, mientras aún reflexionaba sobre las maravillas del azafrán, Frances abrió la puerta con el rótulo de PRIVADO y, a continuación, subió dos tramos de escaleras hasta la torre de princesa que estaba en lo alto de la casa y llamó a la puerta del despacho de Masha.

—Adelante —dijo una voz, con cierto tono perentorio.

Frances entró en la habitación, y se acordó de las visitas al despacho del director cuando estaba en el internado.

Masha estaba escribiendo algo y señaló el asiento que tenía delante para indicar a Frances que se sentara mientras terminaba lo que estaba haciendo.

Su comportamiento habría enfurecido a Frances en condiciones normales y aún no estaba tan zen como para no darse cuenta del hecho de que tenía derecho a enfadarse. Ella era la huésped que pagaba y que llegaba a la hora establecida, muchas gracias, no la empleada doméstica. Pero no resopló ni se aclaró la garganta ni se revolvió porque era una mujer casi transformada, más delgada, sin duda, y ayer había hecho dos flexiones *seguidas* sobre las puntas de los pies. Probablemente, tendría un aspecto muy parecido al de Masha en poco tiempo.

Un ataque de risa fue formándose en su pecho y se distrajo observando la habitación.

Le habría encantado tener un despacho así. Si tuviese un despacho así, probablemente escribiría una obra de arte sin chocolatinas. Había enormes ventanales a los cuatro lados que proporcionaban a Masha unas vistas de trescientos sesenta grados del mullido y ondulado paisaje verde. Desde ahí arriba parecía un cuadro renacentista.

Del mismo modo que el silencio no era obligatorio para Masha, parecía que tampoco lo era la norma de «nada de aparatos electrónicos». Masha no parecía reacia a la tecnología más puntera. No tenía una, sino dos pantallas de ordenador gigantes y muy elegantes en su mesa, así como un portátil.

¿Entraba en internet ahí arriba mientras sus huéspedes se sometían a una desintoxicación digital? Frances notó un tic en la mano derecha. Se imaginó agarrando un ratón, dándole la vuelta a una pantalla para ponérsela delante y entrando en una página de noticias. ¿Qué había pasado en los últimos cuatro días? Podría haber ocurrido un apocalipsis de zombis o una importante pareja de famosos podría haber roto sin que Frances tuviera ni idea.

Apartó los ojos de las seductoras pantallas del ordenador y miró los pocos objetos que había sobre el escritorio de Masha. No había ningún marco de fotos que mostrara nada personal. Había algunas preciosas antigüedades que Frances codició. Acercó la mano disimuladamente para tocar un abrecartas. El mango de oro tenía un diseño elaborado con imágenes de… ¿elefantes?

—Cuidado —dijo Masha—. Ese abrecartas está afilado como una navaja. Podrías asesinar a cualquiera con eso, Frances.

La mano de Frances se apartó tan rápido como la de un chaval al que pillan robando en una tienda.

Masha cogió el abrecartas y lo sacó de su funda.

—Tiene doscientos años, por lo menos —añadió. Apretó el pulgar sobre la afilada punta—. Lleva mucho tiempo en mi familia.

Frances emitió un murmullo de interés. No estaba segura de si se le permitía romper el silencio y, de pronto, se sintió irritada.

—Supongo que ahora no es obligatorio respetar el noble silencio —dijo, y su voz desacostumbrada le sonó extraña y desconocida a sus oídos. ¡Lo había hecho muy bien! Ni siquiera había hablado consigo misma cuando estaba a solas en la habitación, y normalmente era muy parlanchina cuando estaba sola y se contaba alegremente sus propios actos y entablaba un amistoso diálogo con objetos inanimados. «¿Dónde te escondes, querido pelador de zanahorias?».

—Ah, eres una persona a la que le gusta cumplir las normas, ¿verdad? —Masha apoyó el mentón en sus dos manos y se quedó observándola. Sus ojos tenían un tono verdoso realmente increíble.

—Normalmente —respondió Frances.

Masha no dejó de mirarla.

—Como estoy segura de que ya sabes, tenía algunos artículos prohibidos en mi equipaje —dijo Frances. Estaba contenta de su tono relajado, pero sentía calor en la cara.

—Sí —contestó Masha—. Estoy enterada.

—Y sigo leyendo —continuó Frances con tono desafiante.

—¿Sí?

—Sí —respondió.

—¿Algo bueno? —Masha volvió a dejar el abrecartas sobre su mesa.

Frances se quedó pensando. Se suponía que el libro era otra novela de misterio, pero el autor había introducido demasiados personajes demasiado pronto y, hasta ahora, todos seguían vivitos y coleando. El ritmo se había ralentizado. Venga ya. Acelera y mata a alguien.

—Es bastante bueno —le dijo a Masha.

—Dime, Frances. ¿Quieres ser una persona distinta cuando salgas de aquí?

—Bueno —repuso Frances. Cogió una bola de cristal de colores de la mesa de Masha. Le pareció de cierta mala educación (no hay que coger las cosas de otras personas) pero no pudo evitarlo. Quería sentir el peso frío en su mano—. Supongo que sí.

—Yo creo que no —repuso Masha—. Creo que has venido aquí a descansar un poco y que estás bastante contenta con cómo te encuentras ahora. Creo que para ti esto es algo así como una broma. Prefieres no tomarte las cosas demasiado en serio en la vida, ¿verdad? —Su acento se había intensificado.

Frances se recordó a sí misma que esta mujer no tenía autoridad alguna sobre ella.

—¿Importa si solo he venido a «descansar un poco»?
—Frances volvió a dejar la bola de cristal y la apartó de ella, creando un momento de pánico cuando empezó a rodar. La detuvo con los dedos y colocó las manos sobre su regazo. Esto era absurdo. ¿Por qué se sentía avergonzada, como una adolescente? Esto era un balneario.

Masha no respondió a su pregunta.

—Me pregunto si crees que alguna vez en tu vida te han puesto de verdad a prueba.

Frances se removió en su asiento.

—He sufrido pérdidas —contestó a la defensiva.

Masha sacudió la mano.

—Por supuesto que sí —dijo—. Tienes cincuenta y dos años. No es esa mi pregunta.

—He tenido suerte —continuó Frances—. Sé que he tenido mucha suerte.

—Y vives en el «país afortunado». —Masha levantó los brazos para abarcar el paisaje que las rodeaba.

—Bueno, esa expresión de que somos el país afortunado se usa erróneamente. —Frances notó que en su voz aparecía un tono pedante y se preguntó por qué estaría imitando a su primer marido, Sol, que siempre sentía la necesidad de dejar claro aquello con tono engreído cada vez que alguien decía que Australia era el país afortunado—. El autor que escribió eso quería dar a entender que no nos hemos ganado nuestra prosperidad.

—Entonces, ¿Australia no es tan afortunada?

—Bueno, no, sí que lo es, pero... —Frances se detuvo. ¿Era ahí exactamente adonde quería llegar Masha? ¿A que Frances no se había ganado su prosperidad?

—No has tenido hijos —dijo Masha mirando una carpeta que tenía ante ella en su mesa. Frances se descubrió alargando el cuello para mirar, como si su expediente desvelara algún secreto. Masha solo sabía que no tenía hijos porque Frances lo había indicado al rellenar el formulario de la reserva—. ¿Ha sido por decisión propia? ¿O te has visto obligada por las circunstancias?

—Elección propia —contestó Frances. «Esto no es asunto suyo, señora».

Pensó en Ari y en los juegos de la PlayStation que él iba a enseñarle cuando llegara a Estados Unidos. ¿Dónde estaba Ari ahora? ¿O el chico que fingía ser Ari? ¿Estaba al teléfono con alguna otra mujer?

—Entiendo —dijo Masha.

¿Creía Masha que era egoísta por no querer hijos? No sería la primera vez que escuchara esa acusación. Nunca le había molestado especialmente.

—¿Tú tienes hijos? —preguntó Frances a Masha. Se le permitía hacer preguntas. Esta mujer no era su terapeuta. ¡Probablemente no tendría titulación alguna! Se inclinó hacia delante, curiosa por saberlo—. ¿Tienes alguna relación?

—No tengo ninguna relación y no tengo hijos —contestó Masha. Se había quedado muy quieta. Miraba a Frances fijamente, tanto que esta no pudo evitar preguntarse si estaría mintiendo, aunque era imposible imaginarse a Masha con una relación. Nunca podría ser la mitad de ninguna relación—. Has hablado de pérdidas —continuó—. Háblame de esas pérdidas.

—Mi padre murió cuando yo era muy joven —respondió.

—El mío también —dijo Masha.

Frances se quedó asombrada ante aquella revelación personal que no había preguntado.

—Lo siento —repuso. Pensó en el último recuerdo que tenía de su padre. Fue en verano. Un sábado. Ella iba a salir hacia su trabajo de media jornada como cajera en Target. Él estaba sentado en la sala de estar escuchando *Hot August Night,* fumándose un cigarro, con los ojos cerrados y tarareando con gran sentimiento junto a Neil Diamond, a quien consideraba un genio. Frances le dio un beso en la frente. «Hasta luego, cariño», dijo él sin abrir los ojos. Para ella, el olor del tabaco era el olor del amor. Había salido con muchísimos fumadores por esa razón—. Una señora que iba en coche no se detuvo en un paso de peatones —explicó Frances—. Le daba el sol en los ojos. Mi padre había salido a dar un paseo.

—A mi padre le disparó en un mercado un matón de la mafia rusa —dijo Masha—. También un accidente. Le confundió con otra persona.

—¿En serio? —Frances trató de no parecer muy ávida por saber más detalles morbosos.

Masha se encogió de hombros.

—Mi madre decía que mi padre tenía un rostro muy común. Demasiado vulgar. Como el de cualquiera, como el de todos. Se enfadó mucho con él por su cara tan vulgar.

Frances no sabía si sonreír. Masha no sonrió, así que Frances tampoco lo hizo.

—Mi madre se enfadó con mi padre por salir a pasear —explicó en cambio—. Durante años decía: «¡Hacía mucho calor ese día! ¿Por qué no se quedó en casa como una persona normal? ¿Por qué tenía que dar paseos por todas partes?».

Masha asintió. Solo una vez.

—Mi padre no debería haber estado en el mercado —dijo—. Era un hombre muy listo, tenía un puesto muy importante en una empresa que fabricaba aspiradoras, pero tras la caída de la Unión Soviética, cuando la inflación fue… —Hizo un movimiento hacia arriba con un silbido—. ¡Todos nuestros ahorros, desaparecidos! La empresa de mi padre no pudo pagarle en dinero. Le pagó con aspiradoras. Así que… fue al mercado a vender las aspiradoras. No debería haberlo hecho. Era una labor por debajo de la suya.

—Es terrible —dijo Frances.

Por un momento, sintió como si el abismo gigante que separaba sus distintas culturas, infancias y tipos de cuerpo pudiese salvarse por la experiencia común de haber perdido a sus padres por una casualidad terrible, y por la amargura y dolor de sus madres. Pero entonces Masha aspiró por la nariz, como si de repente le hubiera disgustado algún comportamiento innombrable. Cerró la carpeta que tenía delante.

—Bueno, ha sido agradable charlar contigo, Frances, conocerte un poco.

Hizo que sonara como si ahora supiese todo lo que había que saber sobre Frances.

—¿Cómo terminaste en Australia? —preguntó Frances deseando, de repente, que la conversación no terminara. No quería volver al silencio ahora que había experimentado el placer de una interacción humana, y si Masha no quería saber más cosas de Frances, de acuerdo, pero sin duda Frances sí que quería saber más sobre ella.

—Mi exmarido y yo presentamos solicitudes en varias embajadas —contestó Masha con frialdad—. Estados Unidos. Canadá. Australia. Yo quería Estados Unidos, mi marido quería Canadá, pero Australia nos quiso a nosotros.

Frances trató de no tomárselo como algo personal, aunque tuvo la sensación de que Masha quería que sí se lo tomara como algo personal.

¡Además, exmarido! ¡También tenían el divorcio en común! Pero Frances sabía que no iba a conseguir nada si trataba de intercambiar anécdotas de sus divorcios. Había en Masha algo que recordaba a Frances a una amiga de la universidad que era tan tremendamente egocéntrica como tremendamente insegura. La única forma de hacer que se abriera era a través de la adulación. Una adulación de lo más cuidadosa. Era como desactivar una bomba. Se les podía ofender sin querer en cualquier momento.

—Creo que es algo muy valiente —dijo Frances—. Empezar una vida nueva en un país nuevo.

—Bueno, no es que tuviéramos que viajar por los mares en una barca endeble, si es eso lo que estás pensando. El gobierno australiano nos pagó los pasajes de avión. Nos recogieron en el aeropuerto. Nos costearon el alojamiento. Nos necesitabais. Los dos éramos personas muy inteligentes. Yo estoy licenciada en matemáticas. Mi marido era un científico de primer orden y con talento. —Sus ojos se volvieron hacia un pasado que Frances deseaba ver—. Con muchísimo talento.

Su forma de decir «muchísimo talento» no pareció la de una mujer divorciada. Parecía una viuda.

—En ese caso, tuvimos suerte de que vinierais —dijo Frances con humildad en nombre del pueblo australiano.

—Sí que la tuvisteis. Mucha suerte —convino Masha. Se inclinó hacia delante, su rostro iluminado de repente—. ¡Te voy a contar por qué vinimos! Por un reproductor de vídeo. Todo comienza con ese reproductor de vídeo. ¡Y, ahora, ya nadie tiene siquiera un reproductor de vídeo! La tecnología...

—¿Un reproductor de vídeo? —preguntó Frances.

—Nuestros vecinos del piso de al lado tenían uno. Nadie podía permitirse algo así. Heredaron dinero de un pariente que había muerto en Siberia. Estos vecinos eran buenos amigos nuestros y nos invitaban a su casa a ver películas. —Dejó la mirada perdida mientras volvía a recordar.

Frances no se movió. No quería que Masha dejara este repentino relato de confidencias. Era como cuando tu estirado jefe va contigo al pub, se suelta con una copa y, de repente, empieza a hablarte como a un igual.

—Era una ventana a otro mundo. A un mundo capitalista. Todo parecía muy diferente, muy sorprendente, muy...

abundante. —Masha sonrió distraída—. *Dirty Dancing, Buscando a Susan desesperadamente, El club de los cinco...* No muchas, porque las películas eran increíblemente caras, por lo que la gente tenía que intercambiárselas. Todas las voces las hacía la misma persona, que se apretaba la nariz para disimular su voz porque era ilegal. —Se apretó la nariz y empezó a hablar con voz nasal para hacer una demostración—. De no ser por aquel reproductor, por aquellas películas, quizá no habríamos trabajado tan duro para marcharnos. No era fácil marcharse.

—¿La realidad estuvo a la altura de vuestras expectativas? —preguntó Frances pensando en el mundo lustroso y de colores llamativos de las películas de los ochenta y en lo insulsa y de clase media que parecía Sídney cuando ella y sus amigos salían pestañeando de los cines—. ¿Era tan maravilloso como en las películas?

—Era igual de maravilloso —respondió Masha. Cogió la bola de cristal que Frances había dejado en la mesa y la sostuvo en la mano con la palma bien estirada como si la retara a salir rodando. La bola se quedó completamente quieta—. Y no lo era.

Volvió a dejar la bola con decisión. De repente, pareció recordar su estatus superior. Como cuando tu jefe recuerda que tenéis que trabajar juntos al día siguiente.

—Bueno, Frances, mañana romperemos oficialmente el silencio y podrás conocer a los demás huéspedes.

—Estoy deseándolo...

—Disfruta de la cena, porque mañana no se servirán comidas. Vas a empezar el ayuno suave.

Extendió la mano de tal forma que Frances se puso automáticamente de pie, sin darse cuenta.

—¿Has hecho muchos ayunos antes? —preguntó Masha levantando la vista hacia ella. Pronunció «ayuno» como si se tratara de una práctica exótica y placentera, como una danza del vientre.

—La verdad es que no —confesó Frances—. Pero es solo un ayuno suave, ¿no?

Masha la miró con una sonrisa radiante.

—Quizá mañana te parezca un poco duro, Frances.

24

Carmel

*V*eo que ya has perdido algo de peso. —Masha abrió la carpeta de Carmel para empezar con su sesión de terapia.

—¿Sí? —preguntó Carmel. Se sintió como si acabase de ganar un premio—. ¿Cuánto?

Masha no hizo caso de la pregunta. Pasó un dedo por el papel del expediente.

—Pensaba que había perdido algo, pero no estaba segura. —Carmel oyó que su voz desacostumbrada temblaba de placer. No se había atrevido a tener esperanzas. Parecía como si Yao se colocara deliberadamente de tal forma que ella no pudiera ver el temido número en la báscula cada día.

Se puso una mano en el vientre. ¡Había sospechado que se iba poniendo más plano, que la ropa le quedaba más suelta! Se había estado tocando discretamente el estómago, como cuando estuvo embarazada por primera vez. Este retiro estaba siendo igual que aquel momento de euforia: la sensación de que su cuerpo cambiaba de una forma nueva y milagrosa.

—Supongo que perderé aún más cuando empecemos mañana con el ayuno. —Carmel quería mostrar su entusiasmo y compromiso con el retiro. Haría lo que fuese necesario.

Masha no dijo nada. Cerró la carpeta de Carmel y apoyó el mentón sobre sus manos juntas.

—Espero que no sea solo pérdida de líquidos —continuó Carmel—. Dicen que los primeros días de una dieta se pierde, sobre todo, líquidos.

Masha siguió guardando silencio.

—Sé que las comidas de aquí tienen control de calorías. Supongo que el reto estará en mantener la pérdida de peso cuando vuelva a casa. Te agradeceré mucho cualquier consejo sobre nutrición que me puedas dar para que lo siga. ¿Quizá un plan de comidas?

—No necesitas ningún plan de comidas —contestó Masha—. Eres una mujer inteligente. Sabes qué hacer para perder peso, si es eso lo que quieres. No estás especialmente gorda. Ni especialmente delgada. Quieres estar más delgada. Eso es decisión tuya. A mí eso no me parece muy interesante.

—Ah. Perdón —contestó Carmel.

—Cuéntame algo de ti que no esté relacionado con tu peso —dijo Masha.

—Pues… tengo cuatro hijas —respondió Carmel. Sonrió al pensar en ellas—. Tienen diez, ocho, siete y cinco años.

—Eso ya lo sé. Eres madre. Cuéntame algo más.

—Mi marido me dejó. Ahora tiene una novia nueva. Así que eso ha sido…

Masha movió la mano en el aire con gesto de irritación, como si eso no tuviera importancia.

—Otra cosa.

—Ahora mismo no hay nada más —contestó Carmel—. No hay tiempo para nada más. No soy más que una madre normal y ocupada. Una madre de un barrio residencial de clase media, estresada y con sobrepeso. —Mientras hablaba, buscaba fotos de familia en el escritorio de Masha. No debía de tener hijos. De tenerlos, sabría que la maternidad te consumía por completo—. Tengo un trabajo de media jornada —trató de explicar—. Y una madre anciana que no está bien. Siempre estoy cansada. Siempre, siempre cansada.

Masha suspiró, como si Carmel no estuviese comportándose como debía.

—Sé que tengo que... ¿introducir más ejercicio en mi rutina? —se aventuró a decir Carmel. ¿Era eso lo que quería oír?

—Sí —repuso Masha—. Sí que tienes que hacerlo. Pero esto tampoco me parece muy interesante.

—Cuando las niñas sean mayores tendré más tiempo para...

—Háblame de cuando ibas al colegio —la interrumpió Masha—. ¿Cómo eras? ¿Lista? ¿La mejor de la clase? ¿La última? ¿Traviesa? ¿Chillona? ¿Tímida?

—Era casi siempre de las mejores de la clase —contestó. Siempre—. No era traviesa. No era tímida. No era chillona. —Se quedó pensando—. Aunque sí que podía ser chillona. Si había algo que me importara mucho.

Recordó una discusión acalorada con un profesor que escribió «el trueno retumbó, los relámpagos destellearon» en la pizarra. Carmel se puso de pie para corregir al profesor por haber escrito mal «destellaron». El profesor no creyó que estuviera mal escrito. Carmel no reculó, ni siquiera cuando el profesor le gritó. Se volvía todopoderosa cuando sabía sin ninguna duda que tenía razón. Pero ¿con qué frecuencia se está seguro de que se tiene razón? Casi nunca.

—Interesante —dijo Masha—. Porque ahora mismo no pareces una persona muy chillona.

—Deberías verme por la mañana cuando les grito a mis hijas —repuso Carmel.

—¿Por qué no he visto a esa Carmel «chillona»? ¿Dónde está?

—Porque... ¿no se nos permite hablar?

—Esa es una buena razón, pero, ¿ves?, incluso entonces, cuando dices algo acertado, lo dices como si fuese una pregunta. Pones esa entonación interrogativa al final de tus frases. ¿Así? ¿Tu voz se eleva? ¿Como si no estuvieses segura? ¿De todo lo que dices?

Carmel se avergonzó ante la imitación que hizo Masha sobre su forma de hablar. ¿De verdad sonaba así?

—Y tu forma de andar —dijo Masha—. Esa es otra: no me gusta tu forma de andar.

—¿No te gusta mi forma de andar? —farfulló Carmel. ¿No estaba siendo un poco maleducada?

Masha se puso de pie y salió de detrás de su mesa.

—Así es como caminas ahora. —Bajó los hombros, dejó caer el mentón y empezó a andar de forma apresurada y casi de lado por la habitación—. Como si esperaras que nadie te viera. ¿Por qué haces eso?

—No creo que haga exactamente...

—Sí que lo haces. —Masha volvió a sentarse—. No creo que hayas caminado siempre así. Creo que en el pasado andabas bien. ¿Quieres que tus hijas caminen como lo haces tú? —Evidentemente, era una pregunta retórica—. ¡Eres una mujer que está en lo mejor de la vida! ¡Deberías entrar en los sitios con la cabeza alta! ¡Como si caminaras por un escenario o un campo de batalla!

Carmel se quedó mirándola.

—¿Lo intentaré? —dijo. Tosió y se acordó de convertirlo en una afirmación—. Lo intentaré. Intentaré hacerlo.

Masha sonrió.

—Bien. Al principio, te parecerá raro. Tendrás que simularlo. Pero, después, lo recordarás. Pensarás. Ah, eso es, así es como hablo, así es como camino. Esta soy yo, Carmel. —Se dio un golpe con el puño cerrado sobre el corazón—. Esta soy yo.

Se inclinó hacia delante y bajó la voz.

—Te voy a contar un secreto. —Movió los ojos—. ¡Parecerás más delgada si caminas así!

Carmel le devolvió la sonrisa. ¿Estaba de broma?

—Todo se volverá más claro durante los próximos días —dijo Masha con un gesto que hizo que Carmel se pusiera de pie rápidamente, como si hubiese abusado de su hospitalidad.

Masha se acercó un cuaderno y empezó a escribir algo.

Carmel vaciló. Trató de echar los hombros hacia atrás.

—¿Puedes decirme cuánto peso he perdido hasta ahora? Masha no levantó la vista.

—Cierra la puerta al salir.

25

Masha

asha se quedó mirando al hombre grande que estaba al otro lado de su mesa, con los pies apoyados con firmeza sobre el suelo, las manos apretadas formando puños rollizos sobre los muslos, como si fuese un prisionero en espera de la libertad condicional.

Masha recordó que Delilah había dado a entender que había algo raro u oculto en Tony Hogburn. Masha no estaba de acuerdo. Ese hombre no era particularmente complejo. A ella le parecía un tipo sencillo y gruñón. Ya había perdido peso. Los hombres que bebían mucha cerveza siempre perdían peso cuando lo dejaban, mientras que las mujeres como Carmel, que tenían mucho menos peso que perder, tardaban mucho más tiempo. En realidad, Carmel no había perdido nada de peso, pero no servía de nada que ella lo supiera.

—¿Cómo diste con Tranquillum House, Tony? —le preguntó Masha.

—Busqué en Google «¿Cómo cambiar mi vida?» —respondió Tony.

—Ah —repuso ella. Como experimento, apoyó la espalda, cruzó las piernas y esperó a que los ojos de él recorrieran su cuerpo, cosa que hicieron, por supuesto (ese hombre aún no estaba muerto), pero no durante mucho tiempo—. ¿Por qué quieres cambiar tu vida?

—Bueno, Masha, la vida es corta. —Sus ojos miraron por detrás de ella, hacia la ventana que tenía detrás. Masha notó que parecía mucho más calmado y seguro que cuando se había quejado por la confiscación de su contrabando. ¡Los efectos positivos de Tranquillum House!—. No quería desperdiciar el tiempo que me queda.

Volvió a mirarla.

—Me gusta tu despacho. Esto es como estar en la cima del mundo. Siento claustrofobia en el estudio de yoga.

—¿Y cómo esperas cambiar tu vida?

—Solo quiero estar más sano y en mejor forma —respondió Tony—. Bajar algo de peso.

Los hombres solían usar esa expresión: «Bajar algo de peso». La decían sin vergüenza ni emoción, como si el peso fuese un objeto que pudieran reducir fácilmente cuando quisieran. Las mujeres decían que necesitaban «perder peso», con la mirada hacia abajo, como si el peso de más formara parte de ellas, un horrible pecado que hubiesen cometido.

—Antes estaba muy en forma. Debería haber hecho esto antes. La verdad es que lamento… —Tony se interrumpió, se aclaró la garganta como si hubiese dicho más de lo que quería.

—¿Qué lamentas? —preguntó Masha.

—No es nada que yo haya hecho. Es más bien todo lo que no he hecho. Simplemente, he estado de bajón durante veinte años.

Le hizo falta una fracción de segundo para traducir «de bajón», una expresión que ella no había oído mucho.

—Veinte años es mucho tiempo de bajón —dijo Masha. Qué hombre tan tonto. Ella nunca había estado de bajón. Ni una sola vez. El bajón era cosa de débiles.

—Se puede decir que me acostumbré —replicó Tony—. No estaba seguro de cómo parar.

Ella esperó a oír qué iba a decir a continuación. A las mujeres les gustaba que se les hicieran preguntas sobre ellas mismas pero con los hombres era mejor ser paciente, guardar silencio y ver qué ocurría.

Esperó. Pasaron los minutos. Estaba pensando en rendirse cuando Tony se removió en su silla.

—Tu experiencia cercana a la muerte —murmuró él sin mirarla—. Dijiste que ya no temes a la muerte o algo así.

—Eso es —repuso Masha. Se quedó mirándolo mientras se preguntaba por su interés en ese asunto—. Ya no le tengo miedo. Fue hermoso. La gente cree que la muerte es como quedarte dormida, pero para mí fue como despertar.

—¿Un túnel? —preguntó Tony—. ¿Es eso lo que viste? ¿Un túnel de luz?

—Un túnel no. —Hizo una pausa y pensó en cambiar de tema y poner el foco de nuevo en él. Ya había contado demasiadas cosas sobre su vida personal delante de Frances Welty, con su espeso pelo y su rojo lápiz de labios, que casi había tirado la bola de cristal del escritorio de Masha, como una niña, haciéndole preguntas ávidas e indiscretas y consiguiendo que Masha se olvidara de cuál era su sitio.

Resultaba difícil creer que Frances fuera exactamente de la misma edad que Masha. A Masha le recordaba a una niña pequeña de su clase de segundo. Una niña rolliza, guapa y vanidosa que siempre tenía el bolsillo lleno de caramelos Vzletnaya. La gente como Frances vivía vidas llenas de caramelos.

Pero no creía que Tony hubiese tenido una vida llena de caramelos.

—No era un túnel, sino un lago —le dijo—. Un lago enorme de resplandeciente luz de color.

Nunca antes le había contado esto a un huésped. Se lo había contado a Yao, pero no a Delilah. Mientras Tony se pasaba una mano por la mandíbula sin afeitar, pensando en lo que ella le había dicho, Masha volvió a ver aquel increíble lago de color: escarlata, turquesa, limón... No solo había visto el lago, sino que lo había experimentado con todos sus sentidos: lo había respirado, oído, olido y saboreado.

—¿Viste... a seres queridos? —preguntó Tony.

—No —mintió Masha, pese a que vio la imagen de un hombre joven que caminaba hacia ella a través del lago de luz, derramando color de su cuerpo como si fuese agua.

Un hombre normal pero exquisito. Llevaba una gorra de béisbol, como tantos jóvenes. Se la quitó y se rascó la cabeza. Solo lo había visto de bebé, su precioso bebé mofletudo y sin dientes, pero supo de inmediato que era su hijo, que ese era el hombre que habría sido, en que debería haberse convertido, y todo ese amor seguía estando dentro de ella, tan puro, poderoso e impactante como cuando lo había tenido por primera vez en brazos. No sabía si había sido un precioso regalo o un castigo cruel haber experimentado de nuevo ese amor. Quizá las dos cosas.

Vio a su hijo durante lo que podría haber sido toda una vida o lo que pudieron ser unos segundos. No tenía noción del tiempo. Y, después, desapareció y ella se quedó flotando cerca del techo de su despacho, por encima de los dos hombres que trabajaban sobre su cuerpo sin vida. Pudo ver un botón en el suelo donde le habían rasgado la camisa de seda. Pudo ver una de sus piernas extendida en un ángulo extraño, como si hubiese aterrizado allí tras caer desde una gran altura. Pudo ver la parte de arriba de la cabeza de otro joven, con la raya de su pelo negro mostrando una diminuta marca de nacimiento con forma de fresa, la humedad de su frente mientras lanzaba latidos eléctricos por su cuerpo, y, de algún modo, sintió todo lo que él sentía: su miedo, su concentración.

Su siguiente recuerdo consciente era del día después. Estaba de vuelta en los anodinos confines de su cuerpo y una enfermera alta y guapa decía: «¡Hola, bella durmiente!». Era como haber regresado a la cárcel.

Solo que no era una enfermera. Aquella mujer era la doctora que le había realizado la operación del corazón: un baipás cuádruple. Durante los siguientes años, Masha pensó a menudo en lo diferente que habría sido su vida si quien le hubiese operado hubiera sido como la mayoría de los cirujanos cardiovasculares. Sus prejuicios habrían hecho que ignorara todo lo que dijera, por muy acertado que fuera. Lo habría incluido en la misma categoría de hombres de pelo gris que trabajaban para ella. Masha sabía más que ninguno de ellos. Pero esa mujer hizo que le prestara atención. Se sintió curiosamente orgullosa de ella. Era también una mujer en la cúspide de su profesión en un mundo de hombres y era alta. De algún modo, era importante que fuese alta, como Masha. Así que esta la escuchó con atención mientras hablaba de reducir los factores de riesgo en lo concerniente a la dieta, el ejercicio y el tabaco, y la escuchó cuando la doctora dijo: «No permita que su corazón sea víctima de su cabeza». Quería que Masha entendiera que su estado mental era tan importante como el corporal. «Cuando estaba de prácticas en mi primer trimestre en cirugía cardiovascular contábamos con algo llamado "síntoma de la barba". Significaba que si uno de nuestros pacientes hombres estaba tan deprimido que ni siquiera se molestaba en afeitarse, sus posibilidades de recuperación no eran muy buenas. Hay que cuidarse en todos los aspectos, Masha». Masha se depiló las piernas al día siguiente por primera vez en años. Asistió al programa de ejercicios de rehabilitación cardiaca que le sugirió la doctora, decidida a ser la mejor de la clase. Se enfrentó al reto de su salud y su corazón del mismo modo que antes lo había hecho con los retos de su trabajo y, sin más, superó con creces todas las expectativas. «Dios santo», dijo la cirujana cuando Masha fue a su primer chequeo.

Ni una sola vez había sentido un bajón. Había vuelto a crearse. Lo hizo por la alta y atractiva cirujana. Lo hizo por el joven del lago.

—Mi hermana tuvo también una experiencia cercana a la muerte —dijo Tony—. Un accidente montando a caballo. Después de su accidente, cambió. Su profesión. Toda su vida. Se puso a cuidar plantas. —Miró a Masha con incomodidad—. A mí no me gustó aquello.

—¿No te gustan las plantas? —preguntó Masha con cierta burla.

Él la miró con media sonrisa y ella vio el destello de un hombre más atractivo.

—Creo que simplemente no quería que mi hermana cambiara —contestó—. Era como si se hubiese convertido en otra persona. Quizá me pareció como si hubiese experimentado algo que yo no podía entender.

—La gente siente miedo por lo que no entiende —dijo Masha—. Yo jamás creí en la vida después de la muerte antes de aquello. Ahora sí. Y tengo una vida mejor gracias a ello.

—Bueno —dijo Tony—. Sí.

De nuevo, Masha esperó.

—En fin... —Tony soltó el aire y se dio unas palmaditas en las piernas, como si hubiese terminado. Masha no iba a sacarle nada más de interés. No importaba. En las siguientes veinticuatro horas sabría mucho más sobre este hombre. Sabría cosas que ni él conocía de sí mismo.

Una extraordinaria sensación de calma la invadió mientras lo miraba salir de la habitación, sujetándose los pantalones con una mano. Los últimos resquicios de duda habían desaparecido. Quizá fuera por haber pensado en su hijo.

Había calculado los riesgos. Estaban justificados.

Nadie subía nunca una montaña sin correr ningún riesgo.

26

Napoleon

Amanecía en Tranquillum House. El quinto día del retiro.

Napoleon hizo el movimiento de separar la crin del caballo salvaje tres veces hacia ambos lados.

Le gustaban los suaves movimientos del taichí y este era uno de sus preferidos, aunque oía que las rodillas le crujían como neumáticos sobre la grava al doblar las piernas. Su fisio decía que no tenía por qué preocuparse: la gente de la edad de Napoleon crujía. No era más que los cartílagos de la mediana edad.

Yao dirigía la clase de esa mañana en el jardín de rosas, dando el nombre de cada movimiento con voz baja y calmada para los nueve huéspedes que formaban un semicírculo alrededor de él, todos vestidos con sus batas verdes de Tranquillum House. Parecía que ahora llevaban esas batas casi en todo momento. En el horizonte, por detrás de Yao, dos globos aerostáticos ascendían tan despacio por encima de los viñedos que parecía una pintura. Napoleon y Heather lo habían hecho una vez en un viaje de fin de semana romántico: cata de vinos, antigüedades; muchas vidas atrás, antes de tener hijos.

Resultaba interesante: cuando se tienen hijos piensas que la vida te ha cambiado para siempre y es verdad, hasta cierto punto, pero no es nada comparado a cómo te cambia la vida después de perder un hijo.

Cuando Masha, una mujer con una extraordinaria condición física y aspecto sano, claramente apasionada por lo que hacía (su mujer no se fiaba de las pasiones y Zoe era aún bastante joven como para que le pareciera bochornoso, pero Napoleon lo encontraba admirable), les había dicho el primer día que esta experiencia los cambiaría «en aspectos que jamás habrían imaginado», Napoleon, que antes creía en la superación personal, había tenido una inusual sensación de amargo cinismo. Él y su familia ya habían quedado transformados en aspectos que jamás habrían imaginado. Lo único que necesitaban era paz y tranquilidad y, sin duda, una mejora en sus dietas.

«Aunque admiro tu pasión, Masha, no buscamos ni deseamos más transformaciones».

—La grulla blanca despliega sus alas —dijo Yao, y todos se movieron elegantemente y al unísono con él. Resultaba bastante bonito de ver.

Napoleon, que estaba en la parte de atrás, como siempre (había aprendido a colocarse al fondo de cada auditorio al llegar al metro noventa), observaba a su mujer y su hija levantar los brazos juntas. Las dos se mordían el labio inferior como ardillitas cuando estaban concentradas.

Oyó que las rodillas del hombre que tenía al lado también crujían, lo cual resultó agradable, pues Napoleon suponía que era, al menos, diez años más joven que él. Incluso Napoleon podía ver que se trataba de un tipo notablemente guapo. Miró a Heather para ver si quizá ella se fijaba en el hombre atractivo, pero los ojos de su mujer estaban opacos, como los de una muñeca; como era habitual, su atención estaba en un lugar profundo y triste de su interior.

Heather estaba destrozada.

Siempre había sido frágil. Como un delicado objeto de porcelana.

Al comienzo de su relación, él pensaba que era enérgica, divertida, una chica dura, atlética y capaz, la clase de chica que podías llevar al fútbol australiano y de acampada, y tenía razón. Ella era exactamente ese tipo de chica. Le gustaba el deporte, le encantaba salir de acampada y nunca se mostraba caprichosa, exigente ni dependiente. Al contrario: le costaba admitir que necesitara a alguien o algo. Cuando empezaron a salir, ella se rompió una vez un dedo del pie al tratar de mover sola una estantería, cuando Napoleon iba hacia su casa y podría haber levantado ese trasto de madera contrachapada con una mano. Pero no, tenía que hacerlo ella.

La fragilidad que subyacía bajo ese comportamiento enérgico fue saliendo despacio, de distintas y extrañas maneras: una actitud peculiar con respecto a ciertas comidas que podían ser simplemente síntoma de un estómago sensible pero que también podían indicar algo más; una incapacidad de mirar a los ojos si alguna discusión se volvía demasiado intensa o de decir «te quiero» sin tensar la mandíbula, como si se preparara para que le dieran un puñetazo. Él había tenido la creencia romántica de que podría proteger aquel corazoncito frágil y divertido, como un pájaro diminuto en la palma de su mano. Había creído, rebosante de amor y testosterona, que protegería a su mujer de los hombres malos, los muebles pesados y la comida fuerte.

Cuando conoció a los padres raros y distantes de Heather supo que se había criado sedienta de amor, y cuando se está sediento de algo que debes recibir en abundancia nunca terminas de fiarte del todo. Los padres de Heather no eran agresivos, pero sí lo suficientemente gélidos como para provocar escalofríos. Napoleon se volvió excesivamente cariñoso cuando ellos estaban presentes, como si de algún modo pudiese obligarles a querer a su mujer como debían hacerlo. «¿No está Heather estupenda con este vestido?», decía. «¿Os ha contado Heather que ha sacado la mejor nota en su examen de obstetricia?». Hasta que un día Heather le dijo en voz baja: «Para ya». Así que él paró pero, aun así, la acariciaba más de lo habitual cuando visitaban a su familia, desesperado por expresar a través de su tacto: «Tienes amor, tienes amor, tienes mucho, mucho amor».

Él era demasiado joven y feliz como para saber que el amor no bastaba; demasiado joven como para saber de cuántas formas la vida podía destrozarte.

La muerte de su hijo la destrozó.

Puede que la muerte de un hijo destroce a todas las madres.

El aniversario era al día siguiente. Napoleon sentía su sombra oscura y malvada. Era irracional sentir miedo de un día. No era más que un día triste, un día que nunca iban a olvidar. Se recordó a sí mismo que era normal. La gente se sentía así en los aniversarios. Había tenido esa misma sensación de fatalidad inminente el año anterior. Casi como si fuese a ocurrir otra vez, como si fuese una historia que hubiese leído antes y supiera lo que venía después.

Había esperado que este retiro le hiciera sentir más calmado en cuanto a la llegada del aniversario. Era una casa maravillosa, muy apacible y, sí, «tranquila», y el personal parecía amable y cariñoso. Pero Napoleon se sentía inquieto. Durante la cena de la noche anterior, la pierna derecha había empezado a temblarle sin control. Se había puesto una mano en el muslo para pararla. ¿Era solo por el aniversario? ¿O por el silencio?

Probablemente por el silencio. No le gustaba pasar todo ese tiempo a solas con sus pensamientos, sus recuerdos y sus remordimientos.

El sol se elevó en el cielo mientras los huéspedes de Tranquillum House se movían al unísono con Yao.

Napoleon atisbó el perfil del hombre grande y robusto que había tratado de introducir los artículos de contrabando. Le había parecido que podría ser un alborotador, y Napoleon había mantenido sus ojos vigilantes de profesor sobre él, pero parecía haberse calmado, como uno de esos estudiantes que parece que va a ser tu némesis durante todo el año pero que, después, resulta ser un buen chico. Había algo en el perfil de ese hombre que a Napoleon le recordaba a alguien o algo de su pasado. ¿Quizá un actor de alguna serie antigua de televisión que le gustara de pequeño? Parecía como un buen recuerdo, había algo agradable en la sensación que le provocaba, pero Napoleon no sabía qué era.

En algún lugar a lo lejos se oyó una zordala: el largo y musical chasquido del látigo que era tan común en el paisaje australiano que había que irse del país para darse uno cuenta de lo mucho que se le echaba de menos, de cómo apaciguaba el alma.

—Rechazo del mono —dijo Yao.

Napoleon apartó al mono y se acordó de tres años antes: ese día, esa hora. El día antes.

Fue sobre esa hora tres años atrás cuando Napoleon hizo el amor con su adormilada mujer por última vez en su matrimonio. (Suponía que era la última vez, aunque no había tirado la toalla del todo. Sabría si ella estaba preparada. Solo necesitaría una mirada. Lo entendía. El sexo parecía ahora algo ordinario, de mal gusto y chabacano, pero él aún estaba dispuesto a algo de sexo ordinario y chabacano). Ella se había vuelto a quedar dormida —en aquel entonces, le encantaba volver a quedarse dormida— y Napoleon había salido en silencio de la casa para dirigirse a la bahía. Llevaba la tabla de surf sobre la baca del coche durante las largas vacaciones de verano. Cuando volvió, Zach estaba desayunando junto al fregadero, sin camisa —siempre iba sin camisa— con el pelo disparado hacia arriba en mechones. Levantó los ojos, sonrió a su padre y dijo: «No hay leche», queriendo decir que se la había bebido toda. Dijo que quizá iría a remar con Napoleon al día siguiente. Después de aquello, Napoleon estuvo trabajando unas horas en el jardín y limpiando la piscina y Zach fue a la playa con su amigo Chris y, luego, Napoleon se quedó dormido en el sofá y las chicas salieron: Heather a trabajar y Zoe a una fiesta. Cuando Zach volvió a casa, Napoleon preparó costillas en la barbacoa para los dos y, después, se dieron un baño en la piscina y hablaron del Open de Australia, de las posibilidades de Serena Williams y de teorías conspiranoicas (a Zach le gustaban las teorías conspiranoicas) y de que Chris le había dicho a Zach que quería entrar en medicina digestiva. Zach se había quedado alucinado por la extraña precisión de los planes de Chris para su carrera porque Zach ni siquiera sabía qué quería hacer al día siguiente, mucho menos el resto de su vida, y Napoleon le dijo que no pasaba nada, que tenía tiempo de sobra para elegir una carrera y que, de todos modos, hoy en día ya nadie escogía solo una carrera (no tenía duda de que le dijo que no pasaba nada; había repasado aquel recuerdo unas mil veces) y, después, jugaron al ping pong como homenaje al tenis, tres partidas. Napoleon ganó dos y, luego, vieron una película, *Los Tenenbaums*. A los dos les encantó. Se rieron muchísimo. Se quedaron despiertos hasta tarde viendo la película. Por eso estaba cansado Napoleon a la mañana siguiente. Por eso pulsó el botón de repetición de alarma de su teléfono.

Fue una decisión que tomó en una milésima de segundo y de la que se arrepentiría hasta el día de su muerte.

Napoleon lo sabía todo de aquel día porque había examinado sus recuerdos una y otra vez, como un detective de homicidios que busca pruebas. Lo veía una y otra vez: su mano hacia el teléfono, su pulgar sobre el botón. Una y otra vez veía la otra vida, donde tomaba una decisión distinta, la decisión correcta, la decisión que tomaba normalmente, en la que no pulsaba el botón de repetición, en la que apagaba la alarma y se levantaba de la cama.

—Agarrad la cola del pájaro —dijo Yao.

Fue Heather la que encontró a Zach.

El sonido del grito de su mujer aquella mañana no se parecía a ningún otro sonido que hubiese oído nunca.

Su recuerdo corriendo escaleras arriba: pareció como si tardara una eternidad, como si corriera por el barro, como si fuese cosa de un sueño.

Zach había usado su cinturón nuevo para hacer el nudo.

Era un cinturón de piel marrón de R. M. Williams que Heather le había regalado por Navidad, apenas unas semanas antes. Había costado noventa y nueve dólares, lo cual resultaba absurdo. «Un cinturón caro», le había dicho Napoleon a Heather cuando se lo enseñó. Recordaba haber cogido el recibo de la bolsa de plástico con las cejas levantadas. Ella se encogió de hombros. Zach había dicho en una ocasión que le gustaba. Ella siempre gastaba de más cada Navidad.

«Destrozaste a tu madre, amigo mío».

El chico no dejó una nota ni un mensaje. Decidió no explicar sus actos.

—Llevad el tigre a la montaña —dijo Yao, que era un hombre joven, quizá solo diez años mayor que Zach. Zach podría haber trabajado en un sitio como este. Podría haberse dejado el pelo largo. Podría haber estado guapo con una de esas barbas que llevaban todos ahora. Podría haber tenido una vida fantástica. Cuántas oportunidades. Tenía inteligencia, belleza, vello facial. Era bueno con las manos. ¡Podría haber tenido un oficio! Podría haber estudiado derecho, medicina o arquitectura. Podría haber viajado. Podría haberse dado a las drogas.

¿Por qué no se dio a las drogas sin más? Qué maravilloso era tener un hijo que tomaba malas decisiones pero no irreversibles; un hijo que tomara drogas, que incluso traficara con drogas, que fuese arrestado, que se extraviara. Napoleon podría haberlo vuelto a llevar al buen camino.

Zach no había tenido nunca coche propio. ¿Por qué decidiste morir antes de conocer el placer, el magnífico placer, de tener un coche propio?

Al parecer, ese joven que tenía delante conducía un Lamborghini.

Zach había decidido darle la espalda a este hermoso mundo de zordalas y Lamborghinis, de chicas de piernas largas y hamburguesas con todos los acompañamientos. Había decidido aceptar un regalo de su madre y usarlo como arma asesina.

«Esa fue una mala elección, hijo. La peor. Fue una elección realmente mala».

Oyó un sonido y se dio cuenta de que era él mismo. Zoe se giró para mirarle. Trató de sonreír para tranquilizarla. «Estoy bien, Zoe. Solo le gritaba a tu hermano». Los ojos se le nublaron.

—Aguja en el fondo del mar —dijo Yao.

«Mi chico. Mi chico. Mi chico».

Él no estaba destrozado. Nunca dejaría de llorar la muerte de Zach, pero había tomado una decisión la semana después del funeral. «No debía romperse». Era su deber curarse, estar al lado de su mujer y su hija, superar aquello. Así que se documentó, compró libros por internet y se leyó cada palabra, se descargó archivos multimedia, investigó en Google. Asistió al grupo de Supervivientes de Suicidios los martes por la noche con la misma fe con que su madre iba antes a misa los domingos, y ahora dirigía el grupo. (Heather y Zoe pensaban que hablaba demasiado, pero eso era solo cuando socializaban. Los martes por la noche apenas decía una palabra; escuchaba una y otra vez sentado en su silla plegable y no pestañeaba mientras un tsunami de dolor le rodeaba). Daba conferencias a grupos de padres y en colegios, concedía entrevistas a radios, editaba un boletín electrónico y ayudaba a recaudar fondos.

«Es su nuevo pasatiempo», había oído decir una vez a Heather por teléfono una noche que hablaba con alguien. Nunca supo con quién porque jamás lo mencionó, pero no lo olvidó. Tampoco el tono amargo. Parecía cercano al odio. Le dolió porque era una mentira malvada tanto como una vergonzosa verdad.

Él también podría encontrar odio hacia ella en su corazón, si lo buscara. El secreto de un matrimonio feliz estaba en no buscarlo.

Vio que los brazos delgados de su mujer se curvaban hacia arriba en dirección al sol «para controlar su fuerza vital» y su corazón se vio invadido por una dolorosa ternura hacia ella. Heather no podía curarse y se negaba siquiera a intentarlo. Nunca acudía a grupos de apoyo, salvo aquella única vez. No quería saber nada de otros padres que hubiesen perdido a sus hijos porque creía que Zach estaba por encima de sus estúpidos hijos. Napoleon pensaba también que Zach estaba por encima de sus estúpidos hijos pero, aun así, encontraba consuelo al devolver algo a una comunidad a la que nunca había pedido pertenecer.

—La grulla blanca despliega sus alas.

A veces, no hay señales.

Eso es lo que les decía a los nuevos padres afligidos que asistían al grupo de los martes por la noche. Les decía que había estudios que indicaban que el suicidio entre adolescentes era, a menudo, la consecuencia de una decisión impulsiva. Muchos tenían pensamientos suicidas tan solo durante ocho horas antes de la tentativa. Algunos niños idiotas se lo piensan solo cinco minutos antes de tomar su catastrófica decisión.

No les decía otras cosas que había averiguado en su investigación, como que los supervivientes de un suicidio declaraban a menudo que su primer pensamiento tras haberse tragado las pastillas, tras haber saltado, tras haberse cortado, era una versión de: «Dios mío, ¿qué he hecho!». No les decía que muchos supervivientes de un suicidio se ven transformados tras su experiencia y llevan una vida feliz, a veces con algo de intervención psiquiátrica. No les decía que si la decisión de quitarse la vida se veía frustrada de algún modo, si se les privaba del medio, sus pensamientos suicidas solían desaparecer con el tiempo para no volver jamás. No les decía que el índice nacional de suicidios en Gran Bretaña había caído en una tercera parte cuando se fue eliminando el gas de hulla, porque una vez que la gente ya no tenía la opción de meter de forma impulsiva la cabeza en el horno, tenían tiempo para que se les pasaran esos impulsos oscuros y terribles. No creía que les sirviera a los padres saber la mala suerte que había rodeado a la pérdida de sus hijos; que quizá lo único que hubieran necesitado era una interrupción, una llamada de teléfono o una distracción oportuna.

Pero Napoleon sí lo sabía porque así era Zach. Impulsivo. La clara personificación de la impetuosidad. Nunca pensaba dos veces las cosas. Nunca pensaba en las consecuencias de sus acciones. Vivía el momento, como se supone que hay que hacer. Practicaba la consciencia plena. Ni ayer. Ni mañana. Solo ahora. «Siento esto ahora, así que haré esto ahora».

Si persigues las olas por la playa, se te mojarán las zapatillas nuevas y seguirán mojadas el resto del día. Si corres por ahí cuando el nivel de polen es alto (aun cuando te dijimos que te quedaras en casa), sufrirás un ataque de asma. Si renuncias a la vida, no la recuperarás, hijo. Habrá desaparecido.

«¡Zach, tienes que pensar!», solía gritarle Napoleon.

Por eso, Napoleon sabía sin lugar a dudas que si se hubiese levantado a la hora que había tenido prevista desde el principio, si no hubiese pulsado el botón de repetición de su alarma esa mañana, si hubiese llamado a la puerta de Zach y le hubiese dicho: «Ven a remar conmigo», entonces, en ese momento, él tendría una mujer que no estaría destrozada y una hija que cantaría en la ducha y un hijo a punto de celebrar su veintiún cumpleaños.

Se suponía que era Napoleon el que conocía y entendía a los chicos. Tenía un cajón lleno de tarjetas y cartas de los chavales a los que había dado clase a lo largo de los años, y de sus padres, todos diciéndole lo especial que era, lo mucho que había contribuido a sus vidas, que nunca le olvidarían, que los había apartado de alguna decisión terrible, del camino equivocado, que estarían eternamente agradecidos a su maravilloso profesor, el señor Marconi.

Pero, de alguna forma, le había fallado a su propio hijo. El único muchacho que de verdad le importaba en el mundo.

Durante un año había estado buscando respuestas. Había hablado con cada amigo, con cada compañero de deportes, con cada profesor, con cada entrenador. Ninguno de ellos tenía respuestas. No había nada más que saber.

—Abanico por la espalda —dijo Yao.

Napoleon se abanicó la espalda y sintió los músculos al estirarse y el sol cálido sobre su rostro mientras saboreaba el mar en las lágrimas que le corrían sin control por la cara.

Pero no estaba destrozado.

27

Zoe

*Z*oe vio cómo las lágrimas se deslizaban por la cara de su padre y se preguntó si él sabría que estaba llorando. Su padre lloraba mucho sin que aparentemente fuera consciente de que lo estaba haciendo, como si fuese un corte que no supiera que le sangraba, como si su cuerpo segregara la pena sin su conocimiento.

—Tocad el cielo —dijo Yao.

Zoe siguió el elegante arco de los brazos de Yao, se giró ahora en dirección a su madre, vio sus profundas grietas y oyó de nuevo el sonido de su grito aquella espantosa mañana. Como el grito de un animal apresado en una trampa. Un grito que partió en dos la vida de Zoe como una cuchilla afilada.

Al día siguiente se cumplirían tres años. ¿Alguna vez se les haría más fácil a sus padres? Porque, desde luego, no parecía que eso estuviese sucediendo. No servía de nada esperar que cuando pasaran ese nuevo aniversario las cosas irían mejor, porque ya había pensado eso en los dos anteriores. Sabía que, cuando regresaran a casa, todo seguiría siendo lo mismo.

Parecía como si sus padres sufriesen una espantosa e incurable enfermedad que deterioraba sus cuerpos. Era como si les hubiesen atacado. Como si alguien hubiese ido a por ellos con un bate de béisbol. Ella no había sabido antes que la pena podía ser tan física. Antes de que Zach muriera, pensaba que la pena estaba en la cabeza. No sabía que todo el cuerpo sufría, que hacía polvo el sistema digestivo, el ciclo menstrual, los hábitos de sueño, la piel. No se lo deseaba ni a su peor enemigo.

A veces, era como si Zoe simplemente estuviese esperando a que pasara la vida, soportándola, tachando acontecimientos, días, meses y años de la lista, como si tuviese que superar algo indeterminado y, después, todo iría mejor, salvo que nunca lo superaba y nunca mejoraba y ella jamás le perdonaría. Su muerte había sido el «que te jodan» definitivo.

—Al menos, no estabais muy unidos —dijo su amiga Cara dentro de su cabeza.

«Al menos, no estábamos muy unidos. Al menos, no estábamos muy unidos. Al menos, no estábamos muy unidos».

28

Heather

eather no vio las lágrimas de Napoleon cuando estaban haciendo taichí.

Estaba recordando una cosa que había pasado la semana anterior, después de un largo y agotador turno de noche en el que había ayudado al parto de dos niños.

Era imposible no pensar en Zach cada vez que sostenía otro niño recién nacido en brazos y miraba esos ojos tristes e inteligentes. Todos los niños tenían esa misma mirada inteligente, como si acabaran de llegar desde otro mundo donde habían aprendido una hermosa verdad que no podían contar. Cada día traía una corriente infinita de nueva vida.

Heather había ido a por un café a la cafetería del hospital después de su turno y se había encontrado con un rostro familiar del pasado. No había tiempo de darse la vuelta y fingir que no la había visto. La reconoció al instante. Una de las madres del fútbol. Antes de que Zach lo dejara. Lisa Nosequé. Una señora simpática y alegre. Habían pasado varios años. La cara de Lisa

Nosequé se iluminó cuando vio a Heather. «¡Ah, yo te conozco!». Y entonces, como solía pasar tan a menudo, un momento después, su rostro se puso serio al recordar lo que le habían contado. Prácticamente podía leerle el pensamiento: «¡Joder, es esa madre pero no tengo tiempo de mirar hacia otro lado!».

Había gente que cruzaba a la otra acera para apartarse de ella. Les había visto hacerlo. Algunos reculaban. Literalmente, reculaban, como si lo que le había pasado a la familia de Heather fuese vil y vergonzoso. Esta mujer fue una de las valientes. No se agachó, ni se escondió ni fingió.

—Sentí mucho cuando me enteré de lo de Zach —dijo. Incluso pronunció su nombre sin bajar la voz.

—Gracias —respondió Heather, deseando tomarse un café. Miró al chico que estaba a su lado con muletas—. Este debe de ser... ¿Justin? —El nombre le llegó con un torrente de recuerdos de mañanas de sábado temblando en el campo de fútbol y, de repente, sin previo aviso, la rabia explotó dentro de su pecho y este chico, este estúpido chico vivo fue su objetivo—. Yo te recuerdo —le siseó—. ¡Eras el chico que nunca le pasaba el balón a Zach!

Él se quedó mirándola espantado y boquiabierto.

—¡Nunca le pasabas el balón a Zach! ¿Por qué no lo hacías? —Heather miró a Lisa—. ¡Deberías haberle obligado a que se lo pasara! —Su voz se elevó por encima de lo que se consideraba aceptable en un lugar público.

La mayoría de la gente se habría excusado y se habría ido corriendo. Alguna gente quizá habría respondido: «Que tu hijo haya muerto no te da derecho a ser maleducada». Pero esta tal Lisa, esta mujer a la que Heather apenas conocía, una mujer que (acababa de recordarlo) había llevado una vez a Zoe a su casa y le había dado de comer después de que Zach tuviera un ataque de asma en el campo, se limitó a mirar a Heather a los ojos con tristeza y dijo:

—Tienes razón, Heather, debería haberle obligado a que lo hiciera.

Y entonces Justin, que tenía nueve años cuando jugaba con Zach, habló con su voz profunda de hombre joven:

—Zach era un delantero estupendo, señora Marconi. Debería haberle hecho más pases. A mí se me daba muy mal pasar el balón.

La generosidad, la amabilidad, la madurez que ese joven demostró ese día. Heather le había mirado a la cara —las pecas de su nariz, los diminutos pelos negros alrededor de su boca de adolescente— y había visto la cara grotesca de su hijo en su último día de vida.

—Lo siento mucho —dijo, con voz débil y temblorosa por el remordimiento, y se fue sin mirar de nuevo a ninguno de los dos, sin ir a por su café. De nuevo, había lanzado hacia otra persona la rabia que solo debería dirigir contra ella misma.

—La serpiente se arrastra por la hierba —dijo Yao.

Se vio a sí misma sentada a solas en la habitación de Zach, con la mano abriendo el cajón de su mesita de noche. Heather era la serpiente que se arrastraba por la hierba.

29

Frances

Eran casi las tres de la tarde y Frances bajaba, con cierto
ímpetu, al estudio de meditación para la ruptura del silencio. No había comido nada sólido desde la noche anterior y tenía
mucha hambre. Cuando habían sonado las campanadas del desayuno y del mediodía, Frances había ido al comedor y había
visto una fila de batidos dispuestos en el aparador, etiquetados
con nombres. Frances encontró el suyo, trató de bebérselo despacio y con plena consciencia, pero se había acabado antes de
darse cuenta y el estómago había empezado a hacerle ruidos fuertes y bochornosos.

La verdad era que no estaba hambrienta, pero sí ansiosa. No
tanto por la comida, sino por el ritual de esta. Quizá estando en
casa, corriendo de un sitio a otro haciendo recados, habría sido
más fácil saltarse unas cuantas comidas (no es que lo hubiese hecho
nunca, pues siempre le había costado entender la expresión: «Me
he olvidado de almorzar»), pero aquí, sobre todo durante el silencio, las comidas eran fundamentales para fragmentar el día.

Había tratado de distraerse leyendo en la hamaca, pero su libro había dado un giro extraño al que no sabía enfrentarse con el estómago vacío.

Se animó al entrar en el estudio. Habían apagado las luces y la sala estaba iluminada por conjuntos de parpadeantes velas. Ahí abajo se estaba fresco; una especie de quemador de aceites esenciales bombeaba un vapor embriagador y una música conmovedora salía de los altavoces invisibles.

Frances siempre apreciaba los pequeños esfuerzos en materia de ambientación. Vio una especie de camastros que habían colocado a los lados de la sala, con mantas y almohadas. Sobre las almohadas habían dejado auriculares y antifaces, junto con botellas de agua, como asientos de clase preferente cuidadosamente dispuestos para un vuelo de larga distancia.

Masha, Yao y Delilah estaban sentados con las piernas cruzadas en el centro de la sala junto a los tres miembros de la familia Marconi y el hombre alto, moreno y guapo.

—Bienvenidos. Por favor, uníos al círculo —dijo Masha a medida que más gente entraba en la sala detrás de Frances.

Masha llevaba un vestido de encaje y satén sin mangas, blanco y largo, una mezcla de vestido de novia y camisón. Se había maquillado los ojos, de tal forma que resaltaban aún más. Yao y Delilah, unos jóvenes increíblemente atractivos, parecían casi vulgares y descoloridos al lado de aquella criatura celestial.

Unos momentos después, habían llegado todos. Frances estaba sentada con Heather a un lado y el joven Ben al otro. Se preguntó cómo se sentiría Ben. Probablemente echando de menos su coche. Observó su pierna bronceada y peluda bajo la luz de las velas, no en plan sexual, gracias a Dios, sino solamente con una especie de fascinación, porque toda esa meditación consciente y silenciosa de los últimos días hacía que todo resultara fascinante. Cada uno de los pelos de la pierna de Ben era como un árbol diminuto dentro de un bosquecito encantador...

Ben se aclaró la garganta y movió la pierna. Frances enderezó la espalda y cruzó la mirada con el hombre alto, moreno y guapo situado al otro lado del círculo. Estaba sentado con la espalda recta en actitud solemne, pero, en cierto modo, de una forma que dejaba ver que no se estaba tomando nada de eso demasiado en serio. Ella fue a apartar la mirada de forma automática pero él la miró fijamente y le guiñó el ojo. Frances le devolvió el gesto y él pareció asustarse. A Frances se le daba fatal guiñar los ojos. Le costaba cerrar un solo ojo y le habían dicho que cuando lo intentaba parecía como si tuviera un exagerado espasmo facial.

—Y por fin hemos llegado al final de nuestro noble silencio —dijo Masha. Sonrió y levantó un puño en el aire—. ¡Lo conseguimos!

Nadie dijo nada, pero se oyeron ciertos murmullos: exhalaciones, movimientos de cuerpos y medias sonrisas cómplices.

—Me gustaría que ahora volviésemos a reintroducir despacio la conversación y las miradas a los ojos. Vamos a presentarnos por turnos y a hablar unos momentos sobre lo que se nos venga a la mente, como por qué habéis decidido venir a Tranquillum House, qué es lo que más os está gustando hasta ahora de la experiencia y qué os ha parecido más difícil. ¿Os morís por un capuchino o una copa de *sauvignon blanc*? ¡Es comprensible! ¡Compartid vuestro dolor con el grupo! ¿Echáis de menos a algún ser querido? ¡Habladnos de ello! O puede que simplemente queráis aportar información directa: vuestra edad, profesión, pasatiempos favoritos, signo del zodiaco...

Masha los miró con una increíble sonrisa y todos le sonrieron a su vez.

—O recitar un verso de algún poema, si lo preferís —continuó—. No importa lo que digáis. Simplemente, disfrutad de la experiencia de hablar, de conectar, de mirar a los ojos a los demás huéspedes.

Algunos se aclararon la garganta, cambiaron de postura y se acariciaron el pelo preparándose para hablar en público.

—Mientras nos vamos conociendo, Yao y Delilah van a repartir vuestros batidos de la tarde —anunció Masha.

Era tal el encanto y carisma de Masha que Frances ni siquiera se había dado cuenta de que Yao y Delilah se habían puesto de pie. Empezaron a deslizarse por la habitación repartiendo vasos altos. Los batidos de esa tarde eran todos del mismo color verde esmeralda. «¿Espinacas?», pensó Frances alarmada, pero cuando cogió el suyo y dio un sorbo, le supo a manzana, melón dulce y pera, con toques de musgo y corteza. Le recordó a un paseo junto al murmullo de un riachuelo en medio de un bosque verde moteado con rayos de luz. Se lo bebió de un trago como si fuese un tequila.

—¿Por qué no empiezas tú, Frances? —preguntó Masha.

—Ah. Vale. Bueno, yo soy Frances. Hola. —Dejó su vaso vacío, bajó la cabeza y se lamió los dientes por si los tenía manchados de lápiz de labios. Se dio cuenta de que estaba adoptando de forma automática su imagen profesional para hablar en público: cálida, humilde, elegante, pero un poco distante para evitar abrazos en la cola de las firmas—. He venido a Tranquillum House porque estaba un poco mal: mi salud, mi vida personal, la profesional… —Dejó que su mirada recorriera el círculo. Tuvo una extraña sensación de intimidad al mirarlos de nuevo a los ojos—. Me gano la vida escribiendo novelas románticas y la última me la han rechazado. También he salido escaldada de una estafa amorosa por internet. En fin.

¿Por qué les estaba contando lo de la estafa? Bla, bla, bla.

Tony se quedó mirándola fijamente. La barba le había crecido más y su rostro parecía más definido. Los hombres siempre perdían peso con mucha facilidad, los muy cabrones.

Frances titubeó un poco. ¿La estaba mirando otra vez con desdén? ¿O simplemente... la miraba?

—Y, bueno, ¡los primeros cinco días han estado bien! —De repente, estaba desesperada por hablar. No le importaba si les daba «demasiada información». Las palabras salían disparadas de su boca. Era como esa glotona sensación de sentarse ante una estupenda comida cuando se tiene mucha hambre y, de repente, tras el primer bocado, empiezas a engullir como si fueses una máquina.

—He disfrutado del silencio más de lo que había imaginado. Sí que ha parecido calmar mis pensamientos. Además de por el rechazo, estaba muy molesta por una reseña muy mala y, al principio, pensaba en ella de forma obsesiva, pero ya ni siquiera me acuerdo, así que eso es bueno y..., en fin, echo de menos el café, el champán, internet y... —«Cierra el pico, Frances»—. Ya sabéis, los caprichos habituales de la vida.

Se echó hacia atrás sintiendo calor en la cara.

—Ahora voy yo —dijo el hombre alto, moreno y guapo—. Soy Lars. Soy un yonqui de los balnearios. Cedo a las tentaciones y luego expío, cedo y expío. A mí me funciona.

Frances miró sus pómulos cincelados y su piel dorada. «Desde luego que te funciona, hermoso Lars».

—Soy abogado de familia, por lo que necesito tomar mucho vino después del trabajo. —Hizo una pausa como para permitir que su público se riera, pero nadie lo hizo—. Siempre hago un retiro en enero porque febrero es mi mes del año con más trabajo. El teléfono empieza a sonar el día que comienza el nuevo año escolar. Ya sabéis, mamá y papá se dan cuenta de que no pueden pasar otro verano más juntos.

—Vaya —dijo Napoleon con tono sombrío.

—Con respecto a Tranquillum House, me encanta la comida, me encanta el entorno y me siento muy bien. No echo de menos nada, salvo mi cuenta de Netflix. —Levantó su vaso de batido como si fuese un cóctel y brindó por todos.

A continuación, habló Doña Agitada con Gafas, aunque estaba mucho menos agitada que el primer día.

—Yo soy Carmel. He venido para perder peso. Evidentemente.

Frances soltó un suspiro. ¿Qué quería decir con lo de «evidentemente»? Carmel estaba más delgada que ella.

—Me encanta todo lo que hay en este lugar —continuó Carmel—. Todo. —Miró a Masha con tanta intensidad que resultó perturbador. Levantó su vaso de batido y le dio un buen trago.

Jessica fue la siguiente en hablar, impaciente, como si estuviese deseando que llegara su turno.

—Bueno, yo me llamo Jessica.

Estaba sentada con las piernas cruzadas y las manos colocadas sobre las rodillas, como una niña en la foto del colegio, y Frances pudo ver a la niña encantadora que debía de haber sido no mucho tiempo atrás, antes de sucumbir a la tentación de todas esas operaciones estéticas.

—Hemos venido aquí porque hemos estado pasando por problemas muy serios en nuestro matrimonio.

—No hace falta que le contemos eso a todo el mundo —murmuró Ben con la cabeza agachada.

—No, cariño, pero ¿sabes una cosa? Tenías razón cuando dijiste que estoy muy obsesionada con las apariencias. —Se giró para mirarle a los ojos—. ¡Tenías razón, cariño! —Su voz se elevó hasta un incómodo tono agudo.

—Sí, pero… Bueno, Dios. —Ben se quedó callado. Frances pudo ver cómo la nuca se le ponía roja.

—Íbamos camino del divorcio —continuó Jessica, con una franqueza conmovedora, como si la palabra «divorcio» resultara impactante a todos.

—Puedo darte mi tarjeta —dijo Lars.

Jessica no le hizo caso.

—Este noble silencio ha sido realmente bueno para mí, ha sido estupendo de verdad, de lo más esclarecedor. —Miró a Masha—. Es como si hubiese tenido mucho ruido en la cabeza antes de venir aquí. Estaba como obsesionada con las redes sociales, lo confieso. Estaba todo el rato con ese parloteo constante. —Abrió y cerró la mano junto a su oído para describirlo—. Y ahora lo veo todo con más claridad. Todo empezó con el dinero. Nos tocó la lotería, ¿sabéis? Y todo cambió y nos jodió de verdad.

—¿Os tocó la lotería? —preguntó Carmel—. Nunca he conocido a nadie que le haya tocado la lotería.

—La verdad es que íbamos a mantenerlo como... en secreto —contestó Jessica. Se llevó la punta del dedo a los labios—. Pero cambiamos de opinión.

—Ah, ¿sí? —dijo Ben.

—¿Cuánto os tocó? —quiso saber Lars, aunque inmediatamente levantó una mano—. ¡Qué impertinencia! ¡No me respondas! No es de mi incumbencia.

—¿Cómo os enterasteis de que os había tocado? —preguntó Frances—. Cuéntanos cómo fue. —Quería conocer la historia del momento en que sus vidas cambiaron para siempre.

—Me alegra mucho saber que el silencio te ha aportado claridad, Jessica —la interrumpió Masha antes de que la conversación girara hacia ese lado. Tenía una capacidad increíble de no hacer caso de aquello que no le interesaba—. ¿Quién más?

Habló Ben.

—Sí. Yo soy Ben. El marido de Jessica. Jessica ha contado ya por qué hemos venido. Estoy bien. El silencio ha estado bien. La comida es mejor de lo que esperaba. No estoy seguro de qué vamos a sacar, pero todo es bueno. Supongo que echo de menos mi coche nuevo.

—¿Qué tipo de coche es, colega? —preguntó Tony.

—Un Lamborghini —respondió Ben con mirada tierna, como si le hubiesen preguntado por el nombre de su hijo recién nacido.

Tony sonrió. Era la primera vez que Frances le veía sonreír y resultó ser una sonrisa inesperada de mejillas redondeadas. Transformó su rostro por completo. Era como una sonrisa de bebé. Sus ojos desaparecieron en medio de una masa de arrugas.

—No me extraña que lo eches de menos —dijo.

—Si me tocara a mí la lotería siempre he pensado que me compraría un Bugatti —musitó Lars.

Ben negó con la cabeza.

—Sobrevalorado.

—¡Sobrevalorado, dice! ¡El coche más impresionante del mundo está sobrevalorado!

—Si alguna vez me tocara la lotería yo me compraría un bonito Ferrari pequeño y rojo —intervino Zoe.

—Sí, bueno, el Ferrari es…

Masha interrumpió la conversación sobre coches deportivos.

—¿Quién no ha hablado todavía? ¿Tony?

—Todos me conocéis como el bandido que trató de meter cosas de contrabando —dijo. Volvió a sonreír—. He venido para perder peso. Echo de menos la cerveza, la pizza, las costillas con salsa de ciruela, la tarta con crema agria, las chocolatinas de tamaño familiar…, ya os podéis imaginar. —Su entusiasmo inicial decayó y bajó los ojos, claramente deseando que todos dejaran de mirarle—. Gracias —concluyó con tono solemne, mirando al suelo.

Frances no le creyó. Había alguna razón más para venir aparte de la pérdida de peso.

Napoleon levantó la mano.

—Adelante, Napoleon —dijo Masha.

Levantó el mentón y recitó:

—«No importa cuán estrecho sea el portal, cuán cargada de castigos la sentencia, soy el amo de mi destino: soy el capitán de mi alma». —Sus ojos relucieron entre las sombras con la luz de las velas—. Es del poema preferido de Nelson Mandela, «Invictus». —Pareció vacilar un momento—. Has dicho que podríamos recitar un poema.

—Claro que sí —respondió Masha con voz cálida—. Me encanta la sensibilidad.

—Sí, bueno, me ha venido a la cabeza. Soy profesor de instituto. A los chicos les gusta oír que son los dueños de su propio destino, aunque... —Soltó una especie de extraña carcajada. Heather, que estaba sentada a su lado, colocó suavemente la mano sobre su rodilla en movimiento. Él no pareció darse cuenta—. Mañana es el tercer aniversario de la muerte de nuestro hijo. Por eso hemos venido. Se quitó la vida, así es como mi hijo decidió ser dueño de su propio destino.

La sala se quedó en completo silencio, como si, por un momento tan solo, todos hubiesen contenido la respiración. Las diminutas llamas doradas de las velas temblaban.

Frances apretó los labios para que no se le escapara ni una palabra. Notaba como si todas las sensaciones de su cuerpo resultasen demasiado grandes y difíciles de manejar, como si pudiera echarse a llorar o estallar con una carcajada, como si pudiera decir algo excesivamente sensiblero o íntimo. Era como si hubiese bebido demasiado en un entorno inadecuado, una reunión de negocios con los ejecutivos de una editorial.

—Lo siento mucho, Napoleon —dijo Masha a la vez que extendía una mano como si quisiera tocarle, pero él estaba demasiado lejos—. Lo siento muchísimo.

—Bueno, gracias, Masha —respondió Napoleon con tono desenfadado.

De no ser porque la vida ya le había enseñado unas cuantas cosas, Frances podría haber llegado a pensar que estaba borracho. ¿Se habría tropezado con el vino de contrabando de Zoe? ¿Estaba sufriendo una crisis nerviosa? ¿O era sin más la reacción lógica a la ruptura del silencio?

Zoe miró a su padre, con la frente arrugada como la de una anciana, y Frances trató de imaginarse al chico desaparecido que debería haber estado sentado a su lado. «Ay, Zoe», pensó Frances. Había sospechado que podría haber sido un suicidio cuando Zoe no dijo nada de cómo había muerto. Su amiga Lily, que antes escribía preciosas novelas históricas de amor, había perdido a su marido diez años antes y lo único que ella decía era que «Neil había muerto inesperadamente» y todos entendían qué quería decir. Lily no había escrito desde entonces.

—¿Quién más quiere…?

Pero Napoleon interrumpió a Masha.

—¡Ya! —gritó—. ¡Ya sé quién eres! —le dijo a Tony—. Me he estado volviendo loco. Heather, cariño, ¿sabes quién es? —Napoleon miró a su mujer.

Heather levantó los ojos del vaso vacío de batido que había estado mirando fijamente.

—No.

—Yo sé quién es —dijo Lars, orgulloso—. Lo adiviné el primer día.

Frances miró a Tony, que contemplaba incómodo su vaso con una expresión de malestar, pero no de confusión, como si supiera de qué estaban hablando. ¿Quién era? ¿Un asesino en serie famoso?

—¡Heather! —exclamó Napoleon—. ¡Tú le conoces! ¡Te prometo que le conoces!

—¿Del… instituto? ¿Del trabajo? —Heather negó con la cabeza—. Yo no…

—Te daré una pista —canturreó Napoleon—: «¡Somos los Navy Blues!».

Heather se quedó mirando a Tony. Su expresión se aclaró.

—¡Sonrisas Hogburn!

Napoleon apuntó a Heather con el dedo como si hubiese averiguado su acertijo.

—¡Exacto! ¡Es Sonrisas Hogburn! —Entonces, pareció dudar—. ¿No lo eres?

Tony le miró con expresión tensa.

—Lo fui años atrás —dijo—. Treinta kilos atrás.

—Pero Sonrisas Hogburn jugaba en el Carlton —dijo Jessica—. ¡Yo soy seguidora del Carlton! ¿No eres como una especie de leyenda absoluta? —Lo dijo como si creyera que debía de haberse producido algún error.

—Eso fue probablemente antes de que tú nacieras —respondió Tony.

—El Carlton es un equipo de fútbol, ¿no? De fútbol australiano —susurró Frances a Ben. Era muy ignorante en todo lo relacionado con los deportes. Un amigo le dijo una vez que era como si hubiese vivido toda la vida encerrada en un búnker.

—Sí —respondió Ben—.

—¿Es ese donde dan tantos saltos?

Ben se rio.

—Sí que dan saltos, sí.

«Sonrisas Hogburn», pensó Frances. Había algo en ese nombre que le resultaba extrañamente familiar. Sintió que su percepción de Tony cambiaba. Era un hombre que hacía un tiempo había alcanzado la fama, igual que Frances. Tenían eso en común. Aunque la carrera de Frances se estaba diluyendo despacio mientras que se suponía que la de Tony estaba oficialmente acabada, probablemente por algún tipo de lesión —¡por tanto saltar!—, y ya no andaba dando brincos por el campo de fútbol.

—¡Yo sabía que eras Sonrisas Hogburn! —volvió a decir Lars. Parecía estar buscando alguna especie de reconocimiento que no estaba recibiendo—. Normalmente, no se me dan bien las caras pero supe quién eras enseguida.

—¿Tuviste que dejar de jugar por alguna lesión deportiva? —preguntó Frances. Pensó que era una pregunta bastante docta y empática como para hacérsela a un deportista. Probablemente, sería algo relacionado con ligamentos.

A Tony pareció hacerle algo de gracia.

—Tuve muchas lesiones.

—Ah —dijo Frances—. Siento oír eso.

—Dos reconstrucciones de rodilla, prótesis de cadera… —Tony parecía estar haciendo una triste valoración de su cuerpo. Soltó un suspiro—. Problemas de tobillo crónicos.

—¿Te llamaban Sonrisas Hogburn porque sonreías mucho o porque no lo hacías? —preguntó Zoe.

—Porque sonreía mucho —respondió Tony, sin sonreír—. En aquel entonces era una especie de hombre sencillo. Despreocupado.

—¿En serio? —preguntó Frances, incapaz de ocultar su sorpresa.

—Sí —contestó Tony. Le sonrió. Parecía encontrarla divertida.

—¿No eras el de los tatuajes de los emoticonos sonrientes en el trasero? —preguntó Lars.

—¡Yo los he visto! —exclamó Frances sin poder evitarlo.

—Ah, ¿sí? —preguntó Lars con tono provocador.

—Frances —dijo Tony mientras se ponía un dedo en los labios como si tuviesen algo que ocultar. ¡Un momento! ¿Estaba flirteando con ella?

—Ah, no. No en ese sentido —repuso Frances. Miró nerviosa a Masha—. Los he visto sin querer.

—¡Mi hermano tenía un póster tuyo en su habitación!
—Fue Delilah, saltándose los rangos y hablando como un ser humano—. ¡Ese en el que estás saltando casi dos metros en el aire y el otro jugador tira de tus pantalones y se te ven los tatuajes! ¡Graciosísimo!

—Qué curioso. Tenemos un deportista famoso entre nosotros. —Había cierto tono de aspereza en la voz de Masha. Quizá quería ser la única atleta del grupo.

—Exdeportista —la corrigió Tony—. Fue hace mucho tiempo.

—Bueno..., ¿quién no ha hablado todavía? —preguntó Masha, claramente deseando cambiar de tema.

—Depresión posdeportiva —dijo Napoleon—. ¿Es eso lo que tienes? He leído sobre ello. Afecta a muchos deportistas de élite. Tienes que concentrarte en tu salud mental, Tony..., Sonrisas..., Tony..., espero que no te importe si te llamo Sonrisas... Tienes que hacerlo porque la depresión es traicionera...

—¿Quién es el siguiente? —le interrumpió Masha.

—Yo —respondió Zoe—. Soy Zoe.

Parecía estar ordenando sus pensamientos. ¿O es que estaba nerviosa? «Ay, cariño».

—Como ha dicho ya mi padre, hemos decidido venir a Tranquillum House porque no soportamos estar en casa en enero, porque es allí donde mi hermano se ahorcó.

Masha emitió un extraño sonido de sorpresa y se llevó una mano a la boca. Era la primera vez que Frances veía a Masha mostrar algún síntoma de debilidad. Incluso cuando había hablado de su padre, cuya muerte claramente sentía, había seguido controlándose.

Frances vio cómo Masha tragaba saliva de forma convulsiva durante unos segundos, como si estuviese atragantándose, pero enseguida recuperó la compostura y continuó escuchando a Zoe, aunque sus ojos parecían algo vidriosos, como si de verdad se hubiese atragantado con algo.

Zoe miró al techo. El círculo de personas pareció inclinarse hacia ella con el peso de su inútil compasión.

—Ah, bueno, probablemente mi padre no ha dicho que Zach se ahorcó, pero por si os estabais preguntando cuál había sido el método elegido... ¡fue ese! Es muy popular.

Sonrió y se balanceó en diminutos círculos. Los pendientes de plata de sus orejas resplandecieron.

—Uno de sus amigos dijo que había sido muy «valiente» por parte de Zach elegir esa forma de matarse. En lugar de pastillas. Como si hubiese hecho *puenting*. ¡Dios mío! —Soltó un resoplido y el pelo se le levantó de la frente—. En fin, que después de convertirnos en algo así como verdaderos expertos en suicidio, dejamos de contarle a la gente cómo lo había hecho. Por el efecto contagio. El suicidio es muy contagioso. A mis padres les aterraba que yo también me contagiara. Como si fuera varicela. Ja, ja. Pero no me he contagiado.

—¿Zoe? —dijo Napoleon—. Cariño, quizá con eso es suficiente.

—No estábamos muy unidos —continuó Zoe hablando al grupo. Se miró las manos y lo repitió—: A veces la gente cree que, como éramos mellizos, estábamos muy unidos, pero íbamos a institutos diferentes. Teníamos diferentes intereses. Valores diferentes.

—Zoe —dijo su madre—. Quizá no es ahora el...

—Esa mañana se levantó muy temprano. —Zoe no hizo caso a su madre. Jugueteó con uno de los muchos pendientes del lóbulo de su oreja. Su vaso vacío de batido estaba tumbado a su lado, pegado a su muslo—. Casi nunca se levantaba temprano. Sacó el cubo del reciclaje, porque le tocaba a él, y, a continuación, volvió a subir y se ahorcó. —Suspiró, como si estuviese aburrida—. Nos turnábamos para sacar los cubos.

No sé si estaba queriendo expresar algo al hacer aquello. A mí me cabreó mucho. Fue como, muchas gracias, Zach, bien hecho, con eso compensas que te mates.

—Zoe —dijo Heather con brusquedad.

Zoe se giró hacia su madre, pero muy despacio, como si tuviese la espalda rígida.

—¿Qué?

Heather cogió el vaso de batido y lo enderezó sobre el suelo, apartado. Se inclinó hacia su hija y le retiró un mechón de pelo de los ojos.

—Hay algo que no... —La mirada de Heather recorría el círculo de personas—. Que no va bien.

Miró a Masha.

—¿Nos has estado medicando?

30

Masha

«Concéntrate. Solo. En tu respiración. Concéntrate. Solo. En tu respiración».

Masha estaba bien, perfectamente bien, lo tenía todo bajo control. Por un momento, cuando Zoe dijo lo que dijo, Masha casi había perdido la concentración por completo; un salto en el tiempo. Pero ahora había vuelto, su respiración era regular, tenía el control.

Esa información sobre su hermano debería haber salido en sus sesiones de terapia individual con la familia Marconi. Todos habían dicho libremente que habían ido por el aniversario de su muerte, pero nadie había mencionado que se había quitado la vida. Masha debería haberlo adivinado por su comportamiento evasivo. No era propio de ella haber pasado eso por alto. Era extremadamente perspicaz. La habían despistado deliberadamente y, como consecuencia, no había estado preparada. La habían pillado por sorpresa.

Y ahora esa pregunta de Heather: «¿Nos has estado medicando?».

Antes de que Heather hablara, Masha había estado observando al grupo, viendo cómo sus gestos se volvían más libres, cómo se les dilataban las pupilas y se les soltaba la lengua. Claramente estaban perdiendo sus inhibiciones, hablando con fluidez, con una estimulante sinceridad. Algunos, como Napoleon, se movían inquietos mientras que otros, como Frances, estaban inmóviles. Algunos se sonrojaban, otros estaban pálidos.

En ese mismo instante, Heather estaba de las dos formas: pálida con puntos rojos febriles por sus mejillas.

—¿Lo has hecho? —insistió—. ¿Nos has estado medicando?

—En cierto sentido —contestó Masha con voz calmada.

La pregunta de Heather no era la ideal ni estaba prevista, aunque quizá debería haberlo estado, porque Heather era comadrona, la única de los huéspedes, por lo que Masha sabía, con conocimientos médicos. Pero Masha sabría encargarse de la situación.

—¿Qué quieres decir con «en cierto sentido»?

A Masha no le gustó el tono de Heather. Enérgico. Irrespetuoso.

—Bueno, la medicación implica... —Masha buscó las palabras correctas—. Una atenuación de los sentidos. Lo que aquí estamos haciendo es intensificarlos.

—¡Tienes que decirnos exactamente qué es lo que nos has estado dando! ¡Ahora mismo! —Heather se levantó sobre sus rodillas, como si estuviese preparada para ponerse de pie de un salto. A Masha le recordó a un perrito feroz. Un perrito al que le habría gustado dar una patada.

—Un momento, ¿qué está pasando aquí? —le preguntó Napoleon a Heather.

Masha lanzó una mirada a Yao y Delilah: «Estad listos por si os necesito». Ellos asintieron de forma casi imperceptible, ambos sujetándose las discretas bolsitas de medicinas que llevaban abrochadas a la cintura.

No era así como se suponía que tenía que ir esto.

31

Lars

En su largo historial de balnearios Lars había experimentado algunas prácticas extrañas e inusuales, pero esto era distinto. Resultaba irónico, porque uno de los beneficios indirectos de acudir a ese lugar era acabar con su consumo de estupefacientes en momentos de ocio.

—Se llama microdosificación y es completamente segura —dijo su apreciada líder, que, como siempre, estaba sentada con las piernas cruzadas y la espalda recta, con sus increíbles y largas piernas tan entrelazadas que, a veces, Lars se distraía tratando de averiguar dónde empezaba y terminaba cada pierna—. Aporta múltiples ventajas: altos niveles de creatividad, mayor concentración, intensificación de la conciencia espiritual, mejora de las relaciones... y un largo etcétera. Básicamente, hace que funcionemos un poco mejor que una persona normal. Las dosis son como una décima parte de una dosis habitual de LSD.

—Un momento..., ¿qué? —preguntó Frances. Se rio insegura, como si hubiese escuchado un chiste que no había pillado del todo. A Lars le gustó de inmediato—. Perdón. No nos estarás diciendo que hemos estado tomando LSD.

Lars vio que la mayoría de los demás huéspedes miraban a Masha casi sin comprender. Seguramente, era un grupo de personas demasiado conservadoras como para entender una revelación sobre drogas, aun teniendo en cuenta la popularidad de la cocaína en los barrios residenciales. El mismo Lars hacía incursiones en la coca, el éxtasis y la hierba, pero nunca en el LSD.

—Como he dicho, se llama microdosificación —dijo Masha.

—Se llama echar drogas alucinógenas en nuestros batidos —espetó Heather.

«Heather». Hasta ese día, Lars no habría adivinado que se llamaba Heather. Era un nombre demasiado blando para esa mujer tan delgada y bronceada con unos cuádriceps que parecían piezas de maquinaria y unos ojos permanentemente entrecerrados, como si estuviese mirando directamente al sol. Cada vez que Lars la había mirado durante el silencio, se había imaginado apretándole los pulgares contra el entrecejo y diciéndole: «Relájate». Ahora se sentía mal por esa exasperación porque ella había perdido a su hijo. Esa mujer tenía derecho a fruncir el ceño.

—Se llama indignante —continuó Heather. Ya no entrecerraba los ojos. Tenía los ojos en llamas y llenos de furia.

—No lo entiendo —dijo su adorablemente confundido esposo, un hombre largo como un apio, tan tonto que resultaba agradable. Se llamaba Napoleon, lo cual le hacía aún más maravilloso.

Lars no creía estar colocado. Se había sentido de maravilla, pero normalmente se sentía bien en cualquier tipo de purificación. Quizá las dosis eran demasiado pequeñas como para que le afectaran o se había vuelto tolerante. Pasó disimuladamente un dedo por el borde del vaso de batido y se lo lamió.

Recordó que el primer día se había bebido el batido y le había dicho a Delilah: «Esto está muy bueno. ¿Qué lleva?», y que Delilah le había contestado: «Le pasaremos la receta cuando se vaya». Lars se había imaginado que las recetas especificarían el número de cucharaditas de chía, no los miligramos de LSD.

—¡Pero..., pero... si hemos venido a desintoxicarnos! —dijo Frances a Masha—. ¿Nos estás diciendo que nos quitemos la cafeína y la sustituyamos por ácido?

—No puedo creerme que me hayáis confiscado la cerveza y ahora me hayáis dado drogas. ¡Yo nunca he tomado drogas! —protestó Tony, alias Sonrisas Hogburn.

—¿No crees que el alcohol es una droga? —preguntó Masha—. ¡Se ha demostrado que el LSD es una décima parte menos dañino que el alcohol! ¿Qué opinas de eso?

—Supongo que el LSD no tiene calorías —dijo Carmel. Le resultaba fácil recordar su nombre porque Lars tenía una amiga que se llamaba así y que también estaba tediosamente convencida de que estaba gorda. Carmel tenía las gafas torcidas pero no parecía haberse dado cuenta. Había estado paseándose por allí durante los últimos cinco días con ese aspecto de haber recibido recientemente una patada en la cara que Lars conocía muy bien por sus clientes. Ese aspecto que encendía una profunda llama de rabia en su estómago: la rabia que había alimentado toda su carrera. Apostaría un millón de dólares a que su marido la había dejado por una mujer florero—. ¿El LSD acelera también el metabolismo? —preguntó Carmel con voz esperanzada—. Siento como si mi metabolismo se hubiese acelerado. Yo tampoco he tomado drogas nunca, pero me parece perfectamente bien. Siento un respeto absoluto por ti y por tus métodos, Masha.

«Adelgazar no va a servir para que te sientas mejor, querida. Deja a ese cabronazo sin blanca». Lars hablaría más tarde con ella. Vería quién la representaba.

—No me puedo creer que hayas estado dando LSD a mi hija menor de edad —dijo Heather.

—No soy menor de edad, mamá —la corrigió Zoe—. Ahora mismo me siento bastante bien; mejor de lo que me he sentido en mucho tiempo. Solo son microdosis. No pasa nada.

—¡Sí que pasa! —protestó su madre con un resoplido—. Por el amor de Dios.

—Escucha, Masha —dijo Napoleon con tono serio—. Yo sufrí una terrible experiencia con las drogas cuando fui adolescente. Fue un «mal viaje», como dicen. Una de las peores experiencias de mi vida, y siempre les he dicho a mis chicos que fue entonces cuando juré dejar las drogas para siempre. Así que agradezco lo que dices, pero no voy a tomarlas.

—¡Dios mío, Napoleon, ya las has tomado! —exclamó Heather con los dientes apretados—. ¿No estás escuchando?

—Esto es una mierda —dijo el chico al que le había tocado la lotería. ¿Cómo se llamaba? Era un nombre de chico bueno, sano y hetero. ¿Cómo era? Ese chico temblaba con tanta rabia que parecía como si estuviese sufriendo una convulsión y hablaba con los dientes apretados—. Yo no elegí esto.

—Ben es antidrogas total —explicó su joven esposa.

«Ben», pensó Lars. Eso era. Ben, y su estéticamente mejorada esposa era... Jessica. Ben y Jessica. No había posibilidad de que esos dos tuvieran un acuerdo prenupcial y ahora había una importante cantidad de dinero en peligro si el matrimonio se separaba. Serían de los que lo perderían todo en abogados.

—Ni siquiera le gusta tomar aspirinas —añadió Jessica—. Su hermana es drogadicta. Drogadicta de verdad. Esto no está bien. —Colocó una mano sobre el hombro de su marido—. No sé cómo va a ayudar esto a nuestro matrimonio. Yo tampoco estoy muy contenta con esto. No estoy nada contenta.

Su pobre carita de muñeca Barbie parecía realmente descontenta. Lars sintió que algo se abría dentro de su pecho: un gran torrente de compasión por la pobre Jessica. La pobrecita y plastificada Jessica. La niña rica confundida. Todo ese dinero y no tenía ni idea de cómo gastarlo, salvo en operaciones de estética que no le estaban haciendo ningún favor.

—Entiendo tu temor —dijo Masha—. Nos han lavado el cerebro con la desinformación difundida por los gobiernos.

—A mí no me han lavado el cerebro —replicó Ben—. Lo he visto con mis propios ojos.

—Sí, pero eso son drogas de la calle, Ben —contestó Masha—. El problema con esas drogas es que no controlas el contenido ni la dosis.

—No puedo creerme esto. —Ben se puso de pie.

—Lo cierto es que el LSD se ha usado para tratar la drogadicción —dijo Masha—. Tu hermana podría beneficiarse de él. En el lugar adecuado.

Ben se abofeteó la cara con las dos manos.

—Increíble.

—¿Sabes? Hubo un hombre estupendo que se llamaba Steve Jobs.

Lars, que había estado esperando que dijera el Dalái Lama, se rio disimuladamente.

—Yo siempre le admiré muchísimo —continuó Masha.

—Entonces, no sé por qué nos quitasteis los iPhones a todos —murmuró Tony.

—¿Sabes qué decía Steve Jobs? Decía que tomar LSD había sido una de las experiencias más importantes y profundas de su vida.

—Ah, entonces, muy bien —intervino Lars, de lo más divertido—. ¡Si Steve Jobs decía que todos deberíamos tomar LSD, tenemos que hacerlo!

Masha los miró negando con la cabeza y con gesto de tristeza, como si fuesen niños mal informados pero encantadores.

—Los efectos secundarios de las drogas psicodélicas son mínimos. ¡Investigadores muy respetados de universidades de la Ivy League están haciendo ensayos clínicos en este mismo instante, mientras tenemos esta conversación! La microdosificación os ha permitido concentraros en vuestra práctica de meditación y yoga durante la última semana, además de haber aliviado los síntomas de abstinencia que, de lo contrario, habríais sufrido al interrumpir la toma de sustancias mucho más peligrosas, como el alcohol y el azúcar.

—Sí, Masha, pero... —dijo Heather. Parecía más calmada que antes. Abrió los dedos de las dos manos, como si estuviese esperando a que se le secara una manicura que le acabaran de aplicar—. Los efectos que estoy sintiendo ahora mismo, los que sospecho que todos estamos empezando a sentir, tienen que ser por algo más que una simple microdosis.

Masha sonrió a Heather, como si no pudiera estar más contenta con ella.

—Ay, Heather —dijo—. Eres una mujer inteligente.

—Este último batido era distinto —continuó Heather—. ¿Verdad?

—Tienes razón, Heather —contestó Masha—. ¡Estaba a punto de explicarlo, pero no dejáis de hacerme la delantera! —Corrigió la expresión casi de inmediato—. ¡Tomarme la delantera! —Sus fuertes dientes blancos resplandecían con la luz de las velas. Costaba saber si era una sonrisa o una mueca de dolor—. Lo que está sucediendo ahora es el siguiente paso de un nuevo protocolo rigurosamente planeado y ejecutado. —Miró alrededor de la sala dedicando a cada uno diminutos gestos de asentimiento, como si dispensara respuestas afirmativas a sus preguntas mudas. «Sí, sí, sí», parecía estar diciendo—. Estáis a punto de embarcaros en una experiencia verdaderamente transformadora. Nunca antes hemos hecho esto en Tranquillum House y todos estamos muy emocionados por ello. Sois los primeros nueve huéspedes que van a tener esta extraordinaria oportunidad.

Una magnífica sensación de bienestar se extendió como la miel por el cuerpo de Lars.

—Para la mayoría de vosotros, vuestro último batido contenía tanto una dosis de LSD como psilocibina en forma líquida, una sustancia natural que se encuentra en ciertos hongos.

—Setas alucinógenas —dijo Tony con desagrado.

—Ay, Dios mío —añadió Frances—. Es como si estuviera de vuelta en la universidad.

Lars estaba muy contento de haber elegido Tranquillum House para su purificación. Qué lugar tan increíblemente maravilloso. Qué innovador y vanguardista.

—Pero eso fue lo que provocó mi mala experiencia —protestó Napoleon—. Aquel mal viaje. Fue una seta alucinógena.

—No dejaremos que eso pase, Napoleon —contestó Masha—. Somos profesionales de la medicina con experiencia y estamos aquí para ayudaros y guiaros. Las drogas que habéis tomado han sido probadas para garantizar que están en su forma más pura.

«Estupendas drogas puras de la mejor calidad», pensó Lars viviendo una ensoñación.

—Se llama terapia psicodélica guiada —explicó Masha—. A medida que vuestro ego se disuelva, tendréis acceso a un nivel de conciencia más alto. Se descorrerá una cortina y veréis el mundo de una forma que nunca antes habéis visto.

Lars tenía un amigo que había viajado varios días por el Amazonas para formar parte de una ceremonia de ayahuasca, donde había vomitado varias veces y unos bichos le habían comido vivo mientras él buscaba la iluminación. Esto resultaba deliciosamente civilizado en comparación. ¡Una iluminación de cinco estrellas!

—Qué cantidad de gilipolleces —dijo Tony.

—Pero a mí se me fue la cabeza —insistió Napoleon—. Se me fue la cabeza de verdad y no me gustó que me ocurriera.

—Eso fue porque no estabas en un entorno seguro. Los expertos lo llaman «predisposición y contexto» —dijo Masha—. Para que se dé una experiencia positiva se necesita el estado mental adecuado y un entorno controlado como el que hemos creado hoy aquí. —Señaló hacia la sala—. Yao, Delilah y yo estamos aquí para guiaros y cuidar de vuestra seguridad.

—Sabes que te vamos a denunciar por esto —dijo Heather con tono sereno.

Masha le sonrió con ternura.

—Dentro de un momento voy a pedirte que vayas a una de las camillas donde podrás tumbarte y disfrutar de lo que te aseguro que va a ser una experiencia realmente trascendental.

—¿Y qué pasa si no quiero esta experiencia? —preguntó Tony.

—Creo que ahora estamos todos dentro de la nave espacial. —Lars golpeó el gran hombro carnoso de Tony con el suyo—. Lo único que podemos hacer es sentarnos y disfrutar del viaje. Tu sonrisa me parece encantadora, por cierto.

—¡Ah, a mí también! —exclamó Frances—. ¡Me encanta su sonrisa! Es como si toda la cabeza se le arrugara como un…, como un… pañuelo arrugado.

—Dios mío —murmuró Tony.

—Y tú eres muy guapo —le dijo Frances a Lars—. Arrebatadoramente guapo, de hecho.

Lars siempre sentía cariño por la gente que era tajante a la hora de reconocer su aspecto.

—Eres muy amable —dijo con modestia—. No es mérito mío. Vengo de un largo linaje de hombres arrebatadoramente atractivos.

—Yo creo que eso de que nos den drogas sin nuestro permiso debe de ser ilegal —dijo Jessica.

«Claro que es ilegal, boba», pensó Lars.

—Por favor, no me llames boba —dijo Jessica.

A Lars se le heló la sangre. Jessica podía leerle la mente y era increíblemente rica. Ahora tenía la capacidad de dominar el mundo para sus viles propósitos.

—Nosotros hemos venido para hacer terapia de pareja —le dijo Jessica a Masha—. Hemos pagado para una terapia de pareja. Para nosotros, esto no tiene ningún sentido.

—Esto provocará un importante impacto en vuestro matrimonio —contestó Masha—. Ben y tú no estaréis separados en vuestro viaje. Os sentaréis juntos y experimentaréis esto como pareja. —Masha señaló hacia uno de los montones de cojines que había en el rincón—. Vuestros batidos contenían una fórmula distinta a la de todos los demás. Hemos investigado con atención y hemos visto que la MDMA era el mejor...

—Éxtasis —espetó Heather—. Está hablando del éxtasis. Os ha dado una droga recreativa. Increíble. Cada año mueren chicos después de tomar pastillas de éxtasis, pero no dejéis que eso os preocupe.

—Estás siendo un poco deprimente con todo esto, mamá —intervino Zoe.

—Vámonos —le dijo Ben a Jessica. Extendió la mano hacia su mujer y miró a Masha—. Nos marchamos.

—Pero... espera. —Jessica no le agarró la mano.

—Os repito que, cuando se usa en un entorno controlado, la MDMA es totalmente sana. ¡Se ha probado en psicoterapias con gran éxito para tratar trastornos de estrés postraumático, ansiedad social y en terapias de parejas! —explicó

Masha—. No ha habido una sola muerte ni una sola reacción adversa en dosis de MDMA administradas clínicamente.

—¡Este no es un entorno clínico! —gritó Heather.

Masha no le hizo caso.

—La MDMA es un empatógeno. Provoca sensaciones de empatía y receptividad.

—Sí que es una experiencia muy agradable, chicos —intervino Lars con tono cariñoso.

Masha le lanzó una mirada de desaprobación.

—Pero aquí no se trata de pasar toda la noche bailando en una discoteca. Esto es una terapia guiada. Vais a ver, Ben y Jessica, que os volvéis más sensibles a las sensaciones y más abiertos a la visión de cada uno. Estáis a punto de comunicaros de una forma que probablemente no hayáis experimentado antes.

—Consentimiento —intervino Napoleon—. Creo que eso es lo que falta aquí. Creo... Estoy bastante seguro... —Levantó un dedo—. He leído la documentación atentamente y estoy seguro de que no hemos dado nuestro consentimiento para esto.

—Claro que no, joder —dijo Tony.

Jessica se metió una de sus largas y falsas uñas en la boca y la mordió.

«Cuidado», pensó Lars. «Esas cosas parecen afiladas».

—¿Qué cosas parecen afiladas? —Jessica miró con el ceño fruncido a Lars y, a continuación, miró a Ben—. Quizá deberíamos probar.

Ben, que seguía de pie, negó con la cabeza, con la mirada fija en un horizonte lejano que solo él podía ver.

—Yo no he elegido esto —dijo de nuevo—. Las drogas son peligrosas. Las drogas son malas. Las drogas destrozan vidas.

—Lo sé, cariño —contestó Jessica levantando los ojos hacia él—. Pero quizá deberíamos hacerlo sin más.

—Yo creo que los dos deberíais hacerlo —dijo Lars—. He visto muchos matrimonios malos, pero creo que el vuestro tiene... —Había una bonita palabra que necesitaba para terminar su bonita frase pero se le escapaba.

La palabra revoloteó entre Jessica y Ben como una mariposa juguetona antes de aterrizar, temblorosa, sobre la mano de Tony. Lars se inclinó hacia delante y la leyó.

—¡Potencial! —exclamó—. Creo que vuestro matrimonio tiene potencial.

El tiempo se detuvo y, a continuación, volvió de repente a su ritmo normal.

Delilah estaba de pie justo delante de él. Se había teletransportado, la muy lista.

—Es hora de tumbarse, Lars —dijo Delilah. La teletransportación era una destreza muy útil que a Lars le gustaría desarrollar. Tenía que comprarse *Teletransportación para tontos.* Pensó que ese era el tipo de ocurrencia que su nueva amiga Frances sabría apreciar, pero vio que Frances estaba con Yao, tumbada en una de las camillas, levantando confiada la cabeza mientras Yao le colocaba un antifaz sobre los ojos—. Levántate. —Delilah le ofreció una mano. Lars se quedó por un momento hipnotizado por un denso y lustroso rizo de pelo negro que caía sobre el hombro de ella. Se quedó mirándolo durante una hora y, a continuación, le agarró la mano.

—Lo sé todo sobre los matrimonios malos —le explicó Lars mientras dejaba que ella le levantara. Delilah era tan fuerte y poderosa como Wonder Woman y, además, se parecía muchísimo a Wonder Woman. Era maravillosa en muchos aspectos, aunque no iba a dejar que se acercara a su pelo.

—Hablaremos más de eso dentro de un momento —dijo Delilah mientras le conducía a la camilla—. Podemos explorarlo durante tu terapia guiada.

—No, gracias, querida. Ya he hecho muchos años de terapia —contestó Lars—. La verdad es que no hay nada que no sepa ya de mi psique.

Pensó en todas esas carpetas llenas de páginas con palabras escritas a mano sobre los Grandes Misterios de Lars que, en realidad, podrían resumirse en unos pocos y míseros párrafos.

Cuando Lars tenía diez años, su padre dejó a su madre por una mujer que se llamaba Gwen. Puede que haya habido muchas Gwen buenas en el mundo, pero Lars lo dudaba. Su madre se quedó arruinada tras el acuerdo financiero. Ahora Lars pasaba sus días destripando a hombres ricos que dejaban a sus esposas: una infinita fantasía vengativa y sin sentido contra su padre, fallecido tiempo atrás, un trabajo que le parecía emocional y económicamente satisfactorio.

Era un maniático del control porque había perdido el control de su vida cuando era niño, y tenía una extraña actitud hacia el dinero porque se había criado sin él, y no era suficientemente vulnerable en sus relaciones porque... no quería ser vulnerable. Amaba a Ray, pero había una parte de sí mismo que ocultaba, porque Ray había tenido una infancia feliz y funcional y parecía que, inconscientemente, Lars quería darle un puñetazo en la cara por haber disfrutado de lo que él no había tenido. Eso era todo. No había nada más que saber ni que averiguar. Unos cuantos años atrás, Lars había sustituido la terapia por los balnearios y a Ray le había dado por el ciclismo, y estaba muy delgado y obsesionado, como todos los ciclistas urbanos. Le gustaba su vida.

—Este tipo de terapia no lo has hecho —dijo Delilah.

—No, gracias —respondió Lars con firmeza y cortesía—. Me quedo solo con el viaje.

Lars se tumbó y se acomodó. El gran Tony, Sonrisas Hogburn, se tumbó en la camilla de al lado. Masha se arrodilló a su lado y le arropó con movimientos seguros y rápidos como si fuese un bebé gigante de pelo canoso. Lars cruzó la mirada con Tony justo antes de que Masha le pusiera un antifaz. Fue como mirar los ojos aterrados de un prisionero. Pobre Tony. «Limítate a relajarte y disfrutar, grandullón».

Delilah se inclinó sobre Lars, su aliento cálido y dulce.

—Te dejo un momento, pero volveré para ver cómo estás y hablar de lo que sea que te pase por la mente.

—No hay nada en mi mente —respondió Lars—. No me toques el pelo mientras duermo, «Dalila».

—Muy gracioso. Nunca antes me habían hecho esa broma. Masha y Yao están aquí también. No estás solo. Estás en buenas manos, Lars. Si hay algo que necesites, pídelo.

—Qué bonito —contestó Lars.

Delilah le colocó el antifaz sobre los ojos y unos auriculares en las orejas.

—Busca las estrellas —dijo Delilah.

Una música clásica salía de los auriculares directamente hacia su cerebro. Podía oír cada nota por separado, en su totalidad, con absoluta pureza. Era increíble.

Un niño de pelo oscuro y cara sucia le habló a Lars:

—Ven conmigo. Tengo que enseñarte una cosa.

—No, gracias, amigo —dijo Lars—. Ahora mismo estoy ocupado.

Reconoció a aquel niño. Era él mismo de pequeño, el pequeño Lars, tratando de transmitirle un mensaje.

—Por favor —insistió el niño, y le cogió de la mano—. Hay una cosa que te tengo que enseñar.

—Más tarde, quizá —contestó Lars, tirando de la mano para soltarse—. Ahora estoy ocupado. Ve a jugar.

«Recuerda esto», pensó. «Recuérdalo todo». Se lo contaría todo a Ray cuando volviera a casa. A Ray le interesaría. Siempre le interesaba todo lo que le pasara a Lars. Su rostro serio, receptivo y esperanzado.

Ray no quería tomar nada suyo. Lo único que Ray quería era su amor.

Por un momento, ese sencillo pensamiento lo fue todo, se quedó suspendido en su conciencia, la respuesta a cada pregunta, la llave de cada cerradura, pero después su mente explotó en mil millones de pétalos de color rosa púrpura.

32

Zoe

El padre de Zoe se negaba a tumbarse y ponerse los auriculares y esas eran las normas, pero su padre no quería cumplirlas y era la primera vez en su vida que Zoe veía a su padre saltarse las normas y aquello resultaba divertido e increíble.

Zoe apretaba con cuidado cada dedo contra sus pulgares mientras veía cómo Masha trataba de convencer a su padre de que se tumbase. Su madre gritaba: «¡Ilegal…, inadmisible! ¡Espantoso!».

Era una pequeña bola de rabia salvaje. Resultaba bonito. ¿Qué solía decir Zach cuando mamá se enfadaba? «Mamá se ha puesto como una berza salvaje».

«Ahora mismo mamá se está poniendo como una auténtica berza salvaje».

«Creía que no me hablabas». Su voz se oyó clara como una campanilla en su oído.

«Y no te hablo. Te odio. No te soporto».

«Sí. Yo tampoco te soporto a ti. ¿Por qué no dejas de decirle a la gente que no estábamos unidos?».

«Porque no lo estábamos. Antes de que murieras llevábamos como un mes sin hablarnos».

«Porque estabas siendo una zorra».

«No, porque tú estabas siendo un pringado total».

«Vete a la mierda».

«Vete tú a la mierda. Me descargué tu Generador de Insultos Shakespearianos».

«Ya lo sé. Es gracioso, ¿verdad? ¿Te gusta? Arpía pendenciera desdichada».

«Y te rompí la guitarra eléctrica».

«Lo vi. La lanzaste al otro lado de la habitación. Lasciva melancólica timorata».

«Estoy muy enfadada contigo».

«Lo sé».

«Lo hiciste a propósito. Para vengarte de mí. Para ganar».

«Sí, no. Ni siquiera recuerdo por qué habíamos discutido».

«Te echo de menos cada día, Zach. Cada día».

«Lo sé».

«Nunca volveré a ser una persona normal. Eso me lo has arrebatado. Me convertiste en ANORMAL y cuando se es anormal se está muy solo».

«Ya eras un poco anormal».

«Muy gracioso».

«Creo que nuestros padres quieren que volvamos».

«¿Qué?».

Zoe abrió los ojos y el estudio de yoga tenía una anchura de un millón de kilómetros y sus padres eran puntos diminutos a lo lejos que le hacían señales para que fuera con ellos.

—Ven a sentarte con nosotros.

33

Frances

*F*rances sentía el suave y frío cosquilleo de unos copos de nieve sobre su cara mientras ella y su amiga Gillian volaban por un cielo salpicado de estrellas en un trineo tirado por caballos blancos.

Llevaba un montón de libros en el regazo. Eran todos los que ella había escrito, incluidas las ediciones en otros idiomas. Los libros estaban abiertos por arriba, como cajas de cereales. Frances metía la mano en cada uno y sacaba grandes puñados de palabras para esparcirlas por el cielo.

—¡Ahí va uno! —exclamó Sol desde la parte posterior del trineo, donde él y Henry estaban sentados fumando cigarros y eliminando adjetivos innecesarios con tirachinas.

—Dejadlos en paz —dijo Frances con voz enérgica.

—¡Vamos a darles también a esos adverbios! —dijo Sol con voz alegre.

—¿También a los que riman? —preguntó Henry con tono afable.

—Son rimas imperfectas —apuntó Frances.

—No son más que palabras, Frances —dijo Gillian.

—Qué profunda, Gillian —repuso Sol.

—Cierra el pico, Sol —contestó Gillian.

—Nunca le has gustado —le dijo Frances a Sol.

—Ese tipo de mujeres en el fondo lo que quieren es un macho alfa —respondió Sol.

Frances le sonrió con cariño.Ególatra pero increíblemente sexi.

—Tú fuiste mi primer marido.

—Yo fui tu primer marido —repitió Sol—. Y tú fuiste mi segunda mujer.

—Las segundas esposas son muy jóvenes y guapas —dijo Frances—. A mí me gustaba ser una segunda esposa.

—Por cierto, Gillian me besó una vez —intervino Henry—. En la fiesta del treinta cumpleaños de alguien.

—Estaba borracha —observó Frances—. Que no se te suban los humos.

—Estaba borracha —confirmó Gillian—. Me sentí mal por ello hasta el día en que morí.

—Henry, tú fuiste mi segundo marido —dijo Frances—. Pero yo fui tu primera esposa. Por lo tanto, no era tan guapa.

—¿Por qué no dejas de identificar a tus maridos? —preguntó Gillian.

—Los lectores se impacientan si les cuesta adivinar qué personaje es cada uno —explicó Frances—. Tienes que ayudarles. No tenemos todo el tiempo del mundo.

—Solo que esto no es un libro —dijo Gillian.

—Yo creo que vas a ver que sí lo es —repuso Frances—. Yo soy la protagonista, claro está.

—Me siento como esa señora rusa y alta que te está dando un buen repaso —dijo Gillian.

—No está haciendo eso —contestó Frances—. Todo esto trata de mí. No estoy segura todavía de quién va a ser el hombre que me interese.

—Dios mío, es evidente —dijo Gillian—. Hasta Rompetechos puede verlo. —Gritó al cielo—. Lo sabíais desde el primer día, ¿no?

—¡Gillian! ¿Acabas de intentar romper la cuarta pared? —Frances estaba escandalizada.

—No es verdad —contestó Gillian, pero con expresión culpable—. Seguro que nadie lo ha notado.

—Qué vulgar —dijo Frances—. Eso es muy efectista.

Se atrevió a mirar hacia arriba y las estrellas eran un montón de ojos esquivos que vigilaban que hubiese algún incumplimiento de reglas en su historia: discriminación por sexo, por edad, por raza, cortinas de humo, discriminación por discapacidad, plagios, apropiación cultural, burla de alguien por su sobrepeso, por su cuerpo, por puta, por ser vegetariano, por ser agente inmobiliario. La voz de internet todopoderoso resonó desde el cielo: «¡Avergüénzate!».

Frances dejó caer la cabeza.

—Solo es una historia —susurró.

—Eso es lo que estoy tratando de decirte —señaló Gillian.

Una oración infinita como de telaraña adornada con metáforas como joyas, demasiadas subordinadas y con un significado tan oscuro que tenía que ser profunda se envolvió alrededor del cuello de Frances, pero lo cierto era que no le quedaba bien, así que se la quitó y la lanzó al espacio, donde se quedó volando libremente hasta que por fin un autor tímido que iba camino de una feria literaria para recoger un premio la cogió del cielo y la usó para amordazar a uno de sus preciosos cadáveres. Le quedaba muy bien. Críticos de barba gris aplaudieron aliviados, agradecidos de que no terminara en una lectura para la playa.

—¿Los lectores más jóvenes reconocerán el término «Rompetechos»? —preguntó Jo, que flotaba junto a Frances haciendo correcciones. Estaba sentada a lomos de un lápiz gigante—. ¿Podría considerarse una burla a un discapacitado?

—Lo interesante es que soy un personaje de ficción —dijo su estafador de internet desde la parte de atrás del trineo, donde iba sentado entre Henry y Sol, con los brazos por encima de sus hombros—. Y, aun así, me amó más que a ninguno de vosotros.

—No eres más que un estafador —contestó Sol—. ¡Ni siquiera llegó a conocerte en persona y mucho menos a follar contigo, soplapollas!

—¡¡¡!!! —gritó Jo.

—Estoy de acuerdo. Bórralo —le aconsejó Gillian—. Mi madre lee tus libros.

—Como exmaridos suyos, es nuestro deber hacerte papilla —le dijo Henry a Paul Drabble—. Lárgate, tío fraude.

—La vida no es más que un fraude —dijo Gillian—. No es más que una ilusión gigante.

—Tío fraude —se rio Sol—. Muy bueno.

Él y Henry chocaron los puños.

—Sois los dos demasiado viejos como para chocar los puños —resopló Frances, pero sus exmaridos estaban ocupados haciéndose amigos. Ella siempre había sabido que se caerían bien si alguna vez se conocían. Debería haber invitado a los dos a su cincuenta cumpleaños.

Se dio cuenta de que Paul Drabble había desaparecido, así de fácil. No había dolor en el espacio vacío que había dejado. Resultó que él no había significado nada. Nada en absoluto.

—No ha sido más que un abono en mi cuenta bancaria —le dijo a Gillian.

—Un adeudo, tonta —la corrigió Gillian.

—Un abono, un adeudo —replicó Frances—. Da igual. Lo he superado del todo.

—Fui yo el que sí significó algo —dijo la voz de un niño. Era Ari, el hijo de Paul Drabble.

Frances no se dio la vuelta. No podía mirarle.

—Creía que iba a ser su madre —le dijo a Gillian—. Ha sido la única vez en mi vida que me he planteado ser madre.

—Lo sé —repuso Gillian.

—Qué vergüenza —susurró Frances—. Estoy profundamente avergonzada.

—Has sufrido una pérdida, Frances —dijo Gillian—. Tienes derecho a llorar tu pérdida aunque resulte vergonzoso.

La nieve estuvo cayendo en silencio varios días mientras Frances lloraba la pérdida de un hijo imaginario y Gillian permanecía sentada a su lado, con la cabeza inclinada con gesto de compasión, hasta que se quedaron congeladas, como figuras cubiertas de nieve.

—¿Qué pasa con mi padre? —preguntó Frances en primavera, cuando la nieve se derritió y las mariposas danzaban y las abejas zumbaban—. ¿Por qué no ha venido a mi viaje? Yo soy la que escribe esto, Gillian, no tú. Subamos a mi padre a bordo.

—Estoy aquí —dijo su padre desde la parte de atrás del trineo.

Estaba solo, vestido con el traje de safari color caqui que se puso para la comida de Navidad de 1973, capturado para siempre en la fotografía que Frances tenía enmarcada sobre su escritorio. Echó la mano hacia atrás y le agarró la mano.

—Hola, papá.

—Siempre te han vuelto loca los chicos. —Su padre negaba con la cabeza. Frances olió su loción de afeitar Old Spice.

—Moriste cuando yo era demasiado joven —dijo Frances—. Por eso he tomado tantas malas decisiones con los hombres. Estoy intentando sustituirte.

—¿Un cliché? —preguntó Jo montada en su lápiz, que corcoveaba como un caballo—. ¡So, muchacho!

—Deja de corregirme —le dijo Frances a Jo—. Te has jubilado. Ve a cuidar de tus nietos.

—No finjas que tienes cuestiones sin resolver con tu padre. No las tienes —comentó Gillian—. Asume tu responsabilidad.

Frances dio un pellizco a Gillian en el brazo.

—¡Ay! —protestó Gillian.

—Perdona. Pensé que no te iba a doler. Nada de esto parece real —dijo Frances—. No es más que una historia que me estoy inventando sobre la marcha.

—A propósito, siempre he pensado que tus tramas podrían estar mejor estructuradas —apuntó Gillian—. Lo mismo digo de tu vida. Tanto cambiar constantemente de maridos. Quizá podrías pensar en hacer planes para los últimos capítulos. Nunca tuve el valor de decírtelo cuando estaba viva.

—La verdad es que sí lo dijiste cuando estabas viva —repuso Frances—. Más de una vez, de hecho.

—Siempre actúas como si fueses la heroína de una de tus novelas. Caes sin más en los brazos del siguiente hombre que el narrador te pone delante.

—¡Eso también me lo dijiste!

—¿Sí? —preguntó Gillian—. Qué grosería por mi parte.

—Siempre lo he pensado —contestó Frances.

—Podría haber sido más amable —dijo Gillian—. Quizá estaba en el arco de mi personaje.

—No pienses que tu personaje va a seguir avanzando ahora que estás muerta —protestó Frances—. Ya no estás. Concentrémonos en el desarrollo de mi personaje.

—Tú eres fácil: eres la princesa —dijo Gillian—. La princesa pasiva que espera a otro príncipe más.

—Podría matar al emú —rebatió Frances.

—Bueno, ya veremos, ¿no, Frances? Ya veremos si puedes matar al emú.

—Tal vez. —Frances observó al emú, vivo de nuevo, pero todavía incapaz de volar, corriendo por el cielo salpicado de estrellas—. Te echo mucho de menos, Gillian.

—Gracias —respondió Gillian—. Yo podría decir también que te he echado de menos, pero eso no sería exactamente verdad, pues lo cierto es que me encuentro en un estado constante de dicha.

—No me sorprende. Es muy bonito —dijo Frances—. Es algo así como la aurora boreal, ¿no?

—Siempre está ahí —contestó Gillian.

—¿El qué? ¿La aurora boreal? No siempre está. Ellen pagó una fortuna y no vio nada.

—Esto, Frances. Esta belleza. Solo que al otro lado. Tienes que estar muy callada. Inmóvil. Deja de hablar. Deja de desear. Limítate a ser. La oirás o la sentirás. Cierra los ojos y la verás.

—Interesante —dijo Frances—. ¿Te he contado lo de mi reseña?

—¡Frances, olvídate de la reseña!

Dios. Gillian parecía enfadada para tratarse de alguien que no tenía nada que hacer aparte de estar tumbada y disfrutar de la exquisita belleza del más allá.

34

Yao

*D*ónde estás ahora, Frances? —preguntó Yao.

Se sentó en el suelo junto a su camilla y le quitó los auriculares para que pudiera oírle.

—Estoy en una historia, Yao —respondió Frances. Él no podía verle los ojos por el antifaz, pero su cara parecía animada—. Estoy escribiendo la historia y estoy dentro de ella. Es una historia bastante bonita. Estoy inmersa en una especie de realismo mágico, algo nuevo para mí. ¡Me gusta! No es necesario que nada tenga sentido.

—Vale —repuso Yao—. ¿Quién más está en esa historia contigo?

—Mi amiga Gillian. Murió. Mientras dormía, a los cuarenta y nueve años. Se llama Síndrome de Muerte Súbita en Adultos. Yo creía que solo les pasaba a los bebés. Ni siquiera sabía que era posible.

—¿Gillian tiene algo que decirte?

—La verdad es que no. Le he hablado de la reseña.

—¡Frances, olvídate de la reseña!

No fue profesional, pero Yao no podía ocultar su frustración. Frances no paraba de hablar una y otra vez de la reseña. ¿No deberían estar los escritores acostumbrados a las malas críticas? ¿Acaso no era más que un gaje del oficio?

«Prueba a ser enfermero de emergencias. A ver qué te pasa cuando un marido psicópata te ponga un cuchillo en el cuello mientras estás tratando de salvarle la vida a su mujer, y no lo puedes hacer porque ya está muerta. Inténtalo, Frances».

Frances se levantó el antifaz y miró a Yao. El pelo se le había levantado de forma cómica, como si acabara de salir de la cama.

—Tomaré los linguini con marisco. Muchas gracias. —Cerró un menú imaginario, volvió a ponerse el antifaz sobre los ojos y empezó a tararear *Amazing grace.*

Yao le tomó el pulso y pensó en una noche mucho tiempo atrás, después de una fiesta en la universidad, cuando había cuidado de una chica borracha en el dormitorio de alguien. Yao pasó horas escuchando sus divagaciones incoherentes arrastrando las palabras y se aseguró de que no se ahogara con los vómitos antes de quedarse por fin dormido y despertar al amanecer con la cara de ella a pocos centímetros de la suya, su dulce mal aliento sobre sus fosas nasales.

«Vete», dijo ella.

«No te he tocado», repuso Yao. «No ha pasado nada».

«Que te vayas, joder», exigió ella.

Él sintió como si se hubiese aprovechado de ella, como si hubiese violado a una chica inconsciente. No importaba que nunca fuera a hacer algo así, que quisiera estudiar una carrera relacionada con la medicina. En aquel momento, era el representante de su género y tenía que recibir el castigo por todos sus pecados.

Guiar a Frances en su viaje psicodélico terapéutico no se parecía en nada a cuidar de una chica borracha. Y sin embargo…, sentía como si estuviese haciendo justo eso.

—Llevo mucho tiempo sin tener sexo —dijo Frances. En la comisura de su boca apareció saliva blanca.

Yao se sintió un poco mal.

—Qué pena —murmuró.

Miró hacia Masha, que estaba sentada con Ben y Jessica, sus tres sombras enormes en la pared. Masha asentía mientras la pareja hablaba. Parecía como si su terapia estuviese yendo bien. Delilah hablaba con Lars, que se había incorporado en su camilla y charlaba tranquilamente con ella, como si fuesen los invitados de una fiesta.

Todos sus pacientes estaban bien. Tenía un desfibrilador preparado. Todos estaban monitorizados. No había de qué preocuparse y, sin embargo, resultaba muy extraño porque en ese mismo momento todos sus sentidos le gritaban una palabra inexplicable: «Corre».

35

Tony

Tony corría por un campo infinito verde esmeralda llevando en las manos un balón de fútbol australiano con forma rara y que pesaba como tres ladrillos. Le dolían los brazos. Los balones de fútbol australiano normalmente no pesaban tanto.

Banjo corría a su lado, era de nuevo un cachorro, dando saltos a su lado con el mismo abandono feliz que un niño pequeño, metiéndose entre las piernas de Tony y meneando la cola.

Tony entendía que, si quería volver a ser feliz, solamente necesitaba dar una patada a ese balón deforme y meter un gol. El balón representaba todo lo que odiaba de sí mismo: todos sus errores, sus remordimientos y su vergüenza.

—¡Siéntate! —le dijo a Banjo.

Banjo se sentó. Sus grandes ojos marrones miraron hacia arriba a Tony con confianza.

—Quédate ahí.

Banjo permaneció quieto. Su cola se balanceaba adelante y atrás entre la hierba.

Tony vio los postes blancos de la portería como rascacielos que se elevaban sobre él.

Levantó el pie, golpeó el balón. Este salió formando un arco perfecto por el cielo azul claro. Supo de inmediato que iba bien. Aquella sensación de montaña rusa en el estómago. No había nada mejor. Mejor que el sexo. Había pasado mucho tiempo.

La multitud rugía mientras el balón pasaba justo por en medio de los postes y la euforia estalló como el combustible por su cuerpo mientras daba un salto en el cielo con un puño levantado, como un superhéroe.

36

Carmel

armel estaba sentada en un mullido sofá de terciopelo de una elegante tienda de ropa especializada en lo último en cuerpos de marca.

Carmel no llevaba cuerpo. Era maravilloso y relajante ir así. Sin muslos. Sin estómago. Sin trasero. Sin bíceps. Sin tríceps. Sin celulitis. Sin patas de gallo. Sin líneas de expresión. Sin cicatriz de la cesárea. Sin daños por el sol. Sin arrugas. Sin los siete síntomas de la vejez. Sin cabello seco. Sin cabello encrespado. Sin cabello gris. Nada que tener que quitar con cera, ni teñir ni acondicionar. Nada que alargar ni alisar, ocultar ni disimular.

Solo era Carmel, sin su cuerpo.

«Enséñame tu rostro original, el que tenías antes de que tus padres nacieran».

Sus hijas estaban sentadas en el sofá a cada lado de ella, esperando a que eligiera un cuerpo nuevo. Todas estaban leyendo libros infantiles de calidad y adecuados a su edad y comían fruta recién cortada. Sin dispositivos electrónicos. Sin chucherías azucaradas. Sin pelearse. Carmel era la mejor madre de la historia de la maternidad.

—Vamos a buscarte un cuerpo nuevo divino para tu nueva y divina vida —dijo Masha, que era la encargada de la tienda. Iba vestida como una princesa Disney.

Masha pasó el dedo por un perchero lleno de cuerpos distintos colgados de perchas.

—No, no, quizá…, ah, ¡este sí que es bonito! —Echó el cuerpo sobre un brazo—. Este te quedaría precioso. ¡Se lleva mucho y tiene una figura que queda muy bien!

Era el cuerpo de Sonia. Su pelo rubio y liso. Su cintura delgada.

—No me gustan los tobillos —dijo Carmel—. Prefiero unos más finos. Además, la nueva novia de mi marido tiene exactamente ese mismo cuerpo.

—Entonces, no queremos este —respondió Masha. Lo volvió a colgar y escogió otro del perchero—. ¿Qué te parece este? Es impresionante. La gente se girará para verte si llevas este.

Era el cuerpo de Masha.

—Es increíble pero, sinceramente, no creo que sepa llevarlo —respondió Carmel—. Es demasiado exagerado para mí.

Su hija Lulu dejó su libro. Tenía manchas de melocotón alrededor de la boca. Carmel fue a limpiárselo pero, entonces, recordó que no tenía dedos. Los dedos eran útiles.

—Ese de ahí es tu cuerpo, mami —dijo Lulu apuntando al cuerpo de Carmel que colgaba sin vida del pomo de una puerta sin siquiera una percha.

—Ese es mi antiguo cuerpo, cariño —respondió Carmel—. Mami necesita uno nuevo.

—Es el tuyo. —Lulu se mostraba implacable, como siempre.

Masha levantó en el aire el antiguo cuerpo de Carmel.

—Parece muy cómodo —dijo.

—¿Puedes, por lo menos, meterle unos centímetros? —preguntó Carmel.

—Claro que sí. —Masha le sonrió—. Lo dejaremos precioso. Toma. Pruébatelo.

Carmel suspiró y volvió a ponerse su antiguo cuerpo.

—La verdad es que te queda bien —dijo Masha—. Solo unos cuantos arreglos sin importancia.

—Me gustan bastante los tobillos —admitió Carmel—. ¿Qué opináis, chicas?

Sus hijas se lanzaron hacia ella. Carmel se asombró al ver las venas azules de sus manos mientras abrazaba las cabezas de sus hijas, al notar los latidos de su corazón y la fuerza de sus brazos mientras se subía una niña a cada cadera.

—Me lo quedo —dijo.

—Te va a encantar tu cuerpo —respondió Masha.

37

Masha

«Dios mío, está yendo todo increíblemente bien», pensó Masha. La terapia estaba funcionando exactamente como decían los estudios. Carmel Schneider acababa de lograr un avance en lo concerniente a sus problemas con la imagen de su cuerpo. Hubo un momento en el que, por algún motivo, había estado tratando de quitarse la ropa, pero Masha le había puesto fin y acababa de tener una muy buena conversación con ella sobre la aceptación de su cuerpo.

El triunfo era tan tangible como un trofeo, sólido y de un dorado reluciente en manos de Masha.

38

Napoleon

apoleon estaba sentado con la espalda contra la pared
del estudio, mirando cómo el suelo inspiraba y ex-
pulsaba el aire con la vulnerabilidad rápida y desgarradora de
un bebé dormido.

«Esto pasó la última vez», recordó. No era más que una
ilusión óptica. Las paredes y los suelos no respiran. ¿Y qué pasa
si respiran? ¿Qué tiene de malo?

Las paredes de aquel club sórdido y lleno de humo también habían respirado y él se había llegado a convencer de que
estaba atrapado dentro de una ameba precipitándose por el
espacio. En aquel momento había tenido todo el sentido. La
ameba le había tragado entero como la ballena lo había hecho
con Jonás y estaría atrapado en aquella ameba durante mil años.

Veinte años de edad y estaba seguro de que se le había
frito el cerebro, y él se enorgullecía mucho de su cerebro, y la
única forma de consolarse durante los lúgubres días que siguieron fue entonando: «Nunca más, nunca más, nunca más».

Y, sin embargo, aquí estaba, atrapado de nuevo.

«No estoy en una ameba», se decía. «Estoy en un balneario. Me han drogado sin mi permiso y solo voy a esperar a que esto pase».

Al menos, se encontraba en ese estudio agradable que olía tan bien y que estaba iluminado con velas, no en aquel bar lleno de gente con todas aquellas caras cerniéndose sobre él.

Estaba agarrado a las manos de sus chicas. La mano de Heather a su izquierda. La de Zoe a su derecha. Napoleon se había negado a tumbarse en una de aquellas camillas y a ponerse el antifaz y los auriculares. Sabía que la única forma de mantenerse aferrado a su mente era sentarse derecho y con los ojos abiertos.

Masha fingió que le parecía bien, pero Napoleon sabía que estaba molesta porque no estaba siguiendo el procedimiento correcto para obtener unos «resultados óptimos».

Napoleon reconoció el momento en que ella tomó la decisión de no insistir con el tema. Era como si pudiera leerle la mente. «Escoge tus batallas», pensó ella. Napoleon había tenido que escoger sus batallas con sus estudiantes. Se le daba bien escoger sus batallas. Solía hacer lo mismo con sus hijos.

—Escoged vuestras batallas —dijo con ternura—. Escogedlas con cuidado.

—Yo sé qué batalla voy a escoger. No pienso descansar hasta ver a esa mujer tras unos barrotes —dijo Heather. Estaba mirando a Masha moverse por la habitación, charlando con sus huéspedes, colocando la parte posterior de su mano sobre sus frentes—. Mírala, contoneándose como si fuese Florence Nightingale, joder —dijo Heather—. Terapia psicodélica, y unas narices.

Napoleon se preguntó si había ahí algún tipo de celos profesionales.

—¿Podéis ver respirar a las paredes? —preguntó para distraerle la mente.

—No es más que el efecto de las drogas —respondió Heather.

—Bueno, eso ya lo sé, cariño —dijo Napoleon—. Solo me preguntaba si tú estabas experimentando los mismos efectos.

—Yo veo a las paredes respirar, papá —intervino Zoe—. Son como peces. Es increíble. ¿Ves los colores? —Deslizaba las manos adelante y atrás como si estuviese en el agua.

—¡Sí! —respondió Napoleon maravillado—. Es como fosforescente.

—Estupendo, una bonita experiencia afectiva entre padre e hija con drogas —protestó Heather.

Napoleon notó que su mujer estaba de muy mal humor.

—A Zach le parecería graciosísimo —dijo Zoe—. Todos colocándonos juntos.

—La verdad es que está aquí —repuso Napoleon—. Hola, Zach.

—Hola, papá. —Ni siquiera parecía muy de extrañar que Zach estuviese sentado justo delante de él, vestido con pantalones cortos y sin camisa. Ese chico nunca llevaba camisa. Era como si todo fuese bien de nuevo, tal y como solía ser, los cuatro saliendo juntos, dando por hecha la existencia de cada uno de ellos, siendo una familia sin más, una familia normal y corriente.

—¿Le veis? —preguntó Napoleon.

—Sí —contestó Zoe.

—Yo también le veo —respondió Heather con la voz llena de lágrimas.

—Te toca sacar el reciclaje, Zach —dijo Zoe.

Zach le hizo a su hermana una peineta y Napoleon soltó una carcajada.

39

Frances

Frances se incorporó en su camilla, se apartó los auriculares y se bajó el antifaz al cuello.

—Gracias —le dijo a Delilah, que estaba sentada a su lado, sonriéndole de una forma que, de hecho, podría decirse que era condescendiente—. Ha sido precioso. Menuda experiencia. Siento como si hubiese aprendido muchas cosas. ¿Cuánto te debo?

—Creo que aún no has terminado —respondió Delilah.

Frances miró por la sala.

Lars y Tony estaban tumbados en unas camillas, uno al lado del otro. La cabeza de Tony estaba girada hacia un lado, los pies abiertos en forma de uve. Por el contrario, el perfil de Lars parecía el de un dios griego y tenía los pies cuidadosamente cruzados por los tobillos, como si estuviese echando una siesta en un tren mientras escuchaba la radio.

Ben y Jessica estaban en un rincón de la sala besándose como unos jóvenes amantes que acabaran de descubrir los besos y tuvieran todo el tiempo del mundo. Sus manos se movían por encima del cuerpo del otro con apasionada y lenta reverencia.

—Dios mío —dijo Frances—. Parece que se están divirtiendo.

Continuó observando la habitación.

Carmel estaba tumbada en su camilla, con su denso pelo negro extendido como un alga marina alrededor de su cabeza. Levantó las manos y movió los dedos, como si estuviese tratando de ver a través de su antifaz.

Napoleon, Heather y Zoe estaban sentados en fila con la espalda contra la pared, como viajeros jóvenes varados en un aeropuerto. Había un muchacho sentado delante de ellos. Le hizo una peineta con un dedo a Zoe.

—¿Quién es ese chico? —preguntó Frances—. ¿El que no lleva camisa?

—No hay ningún chico —respondió Delilah. Fue a coger los auriculares de Frances.

—Se está riendo. —Trató de agarrar a Delilah por el brazo sin conseguirlo para que no le pusiera el antifaz sobre los ojos—. Creo que voy a ir a saludarlo.

—Quédate aquí, Frances —dijo Delilah.

40

Heather

eather se concentró en su respiración. Estaba decidida a mantener una diminuta parte de su cerebro a
salvo y sobria y controlando los efectos de la psilocibina y el
LSD; la ventana de un despacho bien iluminado en una torre
de oficinas oscura.

Sabía, por ejemplo, que su hijo estaba, en realidad, pu-
driéndose bajo tierra. No estaba de verdad ahí con ellos. Y, sin
embargo, parecía muy real; cuando extendió la mano para tocarle el brazo, era su carne: firme, suave y bronceada. Se quemaba fácilmente y resultaba imposible ponerle protector solar,
por mucho que ella se quejara.

—No te vayas, Zach. —Napoleon se incorporó con una
sacudida y fue a agarrarle de las manos.

—No se va, papá —dijo Zoe. Apuntó con el dedo—.
Sigue ahí.

—Mi chico —sollozó Napoleon. Su cuerpo se movía con
convulsiones—. Se ha ido. —Sus gemidos eran guturales, incon-
trolados—. Mi chico, mi chico, mi chico.

—Basta ya —dijo Heather. Este no era el lugar ni el momento.

Eran las drogas. No todos reaccionaban de la misma forma. Algunas madres que estaban dando a luz se ponían como una cuba con apenas oler óxido nitroso. Otras le gritaban a Heather que no les hacía efecto.

Napoleon siempre había sido muy sensible. Ni siquiera aguantaba el café. Un café solo y largo y cualquiera pensaría que había tomado speed. Un analgésico de los que se dan sin receta podía dejarle atontado. La única vez en su vida que le habían puesto anestesia general, para una reconstrucción de rodilla el año anterior a la muerte de Zach, había tenido una mala reacción al despertar y le había dado a una pobre enfermera joven un susto de muerte cuando, aparentemente, empezó a hablar «en otras lenguas» sobre el Jardín del Edén, aunque no quedó claro cómo entendía lo que él decía si estaba «hablando en otras lenguas». «Deben dársele bien los idiomas», había dicho Zach, y Zoe se había reído muchísimo y no había mayor placer en la vida de Heather que ver a sus hijos hacerse reír el uno al otro.

«Vigila a tu marido», pensó. «Contrólale». Entrecerró los ojos y apretó la mandíbula para mantener la concentración, pero sintió que se iba a la deriva sin remedio, alejándose sin poder evitarlo en un mar de recuerdos.

«Está caminando por la calle empujando el carrito grande y doble con sus dos niños y todas las señoras mayores se paran para hacer algún comentario y Heather no va a conseguir llegar a la tienda».

«Es una niña pequeña que mira el vientre de su madre y desea mucho que le pueda crecer un bebé ahí dentro para poder tener un hermano o una hermana, pero el deseo no funciona, desear nunca funciona, y cuando crezca jamás tendrá un hijo único, un hijo solitario».

«Está abriendo la puerta del dormitorio de su hijo porque va a hacer la colada y más le vale recoger parte de toda la ropa que tiene en el suelo y todo su cuerpo se resiste a lo que está viendo y piensa: voy a poner la lavadora, no hagas esto, Zach, quiero hacer la colada, quiero mantener esta vida, por favor, por favor, deja que siga con esta vida. Pero se oye a sí misma gritar porque sabe que es demasiado tarde, que ya no se puede hacer nada, que la vida de un segundo antes ya no existe».

«Está en el funeral de su hijo y su hija está leyendo un panegírico y, después, la gente no deja de acariciar a Heather, muchas caricias, todos quieren tocarla, resulta repulsivo, y todos dicen: debes de estar muy orgullosa, Zoe ha dicho cosas preciosas, como si fuese un puto discurso de fin de curso y no el funeral de su hijo, no veis que mi hija está ahora sola, cómo podrá vivir sin su hermano, nunca ha existido sin él, a quién le importa que haya dicho cosas bonitas, ni siquiera puede mantenerse en pie, su padre la sostiene, mi hija ni siquiera puede andar».

«Está viendo a Zoe dar sus primeros pasos tan solo con once meses y Zach, que ni siquiera se ha planteado hacerlo, se queda impresionado, casi no puede creérselo, está sentado en la alfombra con sus pequeñas piernas regordetas extendidas delante de él y levanta la vista hacia su hermana con ojos grandes de asombro y se puede ver que está pensando: ¿Qué está HACIENDO? Y ella y Napoleon se ríen a carcajadas y quizá los deseos sí se hacen realidad porque esta familia, esto, es lo que ella nunca tuvo, nunca conoció, nunca soñó, y es un momento perfecto y muy divertido y esta es ahora su vida, solo una sucesión de momentos perfectos y divertidos uno tras otro, como una cadena de cuentas que se extiende hasta el infinito».

«Solo que no será así».

«Está sola, en la habitación de Zach, llorando, y piensa que Napoleon y Zoe están en algún sitio de la casa también llorando, todos llorando a solas en distintas habitaciones, y piensa que probablemente las familias deben llorar juntas pero ellos no lo están haciendo bien y, para distraerse, registra los cajones de Zach por enésima vez, aunque sabe que no va a encontrar nada, ninguna nota, ninguna explicación, sabe exactamente qué va a encontrar..., solo que esta vez sí que encuentra algo».

Heather estaba de vuelta.

Napoleon seguía balanceándose y sollozando.

¿Había estado ida un segundo, una hora o un año? No lo sabía.

—¿Cómo se siente la familia Marconi ahora mismo? —Masha estaba sentada delante de ellos—. ¿Es posible que esta sea una buena oportunidad para una sesión de terapia familiar en la que tratar vuestra pérdida?

Masha tenía múltiples brazos y piernas, pero Heather se negaba a reconocer esos múltiples miembros porque no era real, la gente no tenía tantos brazos y piernas. Heather no había traído ni una sola vez al mundo a un bebé con tantos miembros. No se lo estaba tragando.

—Napoleon, cuando dices que es culpa tuya, ¿te refieres a Zach? —preguntó Masha con falsa preocupación.

Heather se oyó a sí misma refunfuñar: «Por Dios, joder».

Heather era una serpiente con una larga lengua bífida que podía salir de su boca y atravesar la piel de Masha envenenando sus venas, intoxicándola, igual que Masha había intoxicado a la familia de Heather.

—¡No te atrevas a hablar de nuestro hijo! No sabes nada de nuestro hijo.

—Es culpa mía, es culpa mía, es culpa mía. —Napoleon se golpeaba la cabeza contra la pared. Corría peligro de provocarse alguna contusión.

Heather reunió toda su fuerza mental para concentrarse y se dio la vuelta arrastrándose a cuatro patas para ponerse enfrente de Napoleon. Le agarró la cabeza entre las manos. Pudo notar sus orejas bajo las palmas, el calor de su piel sin afeitar.

—Escúchame —le dijo con la voz alta y aguda que ponía para hacerse oír entre los gritos de una mujer que está dando a luz.

Napoleon movía a un lado y a otro los ojos, saltones e inyectados en sangre, como los de un caballo asustado.

—Pulsé el botón de repetición de mi alarma —dijo. Lo decía una y otra vez—. Pulsé el botón de repetición de mi alarma. Pulsé el botón de repetición de mi alarma.

—Sé que lo hiciste —repuso Heather—. Me lo has contado muchas veces, cariño, pero eso no habría cambiado nada.

—No fue culpa tuya, papá —intervino Zoe, su única y solitaria hija, y a Heather le pareció que hablaba con voz parecida a la de un zombi, no con la de una estudiante de universidad, y que su mente joven y hermosa ya se había frito como un huevo, chisporroteando hasta volverse crujiente—. Fue culpa mía.

—Bien —dijo Masha. La Envenenadora—. ¡Eso está muy bien! Los tres estáis hablando desde vuestro corazón.

Heather se giró y le gritó:

—¡Vete a la mierda!

Un perdigón de saliva de Heather salió volando con un lento arco desde su boca y fue a dar de lleno sobre el ojo de Masha.

Masha sonrió. Se limpió el ojo.

—Estupendo. Suelta toda esa rabia, Heather. Sácalo todo. —Se puso de pie y sus múltiples miembros se movieron alrededor de ella como los tentáculos de un pulpo—. Volveré en un momento.

Heather volvió a mirar a su familia.

—Escuchad —dijo—. Escuchadme.

Napoleon y Zoe la miraron. Los tres estuvieron en una momentánea burbuja de claridad. No duraría mucho. Heather tenía que hablar con rapidez. Abrió la boca y empezó a tirar de una tenia infinita que le salía de lo más profundo de la garganta y que le hacía dar arcadas y vomitar, pero también sentía alivio, porque por fin estaba sacándola de su cuerpo.

41

Zoe

*L*as paredes ya no respiraban. Los colores se iban apagando. Zoe sintió como si se estuviese despejando. Era como esa sensación al final de una fiesta en la que sales de una habitación cargada al aire de la noche y la mente se te aclara.

—Zach estaba tomando medicación —dijo la madre de Zoe—. Por el asma.

¿Qué importaba eso? Zoe estaba segura de que su madre estaba contándoles algo trascendental, pero ya había aprendido que lo que resulta trascendental para tus padres a menudo no lo es tanto para ti y que, muchas veces, lo que es trascendental para ti no lo es tanto para tus padres.

—Me gusta llamarlo Teoría de la Trascendental-idad de Zachariah —dijo Zach, que seguía allí con ellos.

—No me vengas con tus teorías, estoy completamente sola cuidando de nuestros padres —repuso Zoe—. Y sabed vos que es una pesada obligación, majadero, porque los dos están chiflados.

—Lo sé, lo siento, merluza chismosa mutilada por viruelas —respondió Zach.

—Tienes que concentrarte, Zoe —dijo su madre.

—Sé que estaba con medicación para el asma —dijo su padre—. Para prevenirla. ¿Y qué?

—Uno de los efectos secundarios puede ser la depresión y los pensamientos suicidas —contestó Heather—. Te dije que el especialista quería recetárselo y tú preguntaste: «¿Tiene efectos secundarios?», y yo te dije..., te dije: «No».

El remordimiento apareció en su rostro como si fuesen marcas de zarpas.

—Dijiste que no —repitió el padre de Zoe.

—Dije que no —confirmó su madre. Sus ojos suplicaban perdón—. Lo siento mucho.

La pared de un barranco de trascendental-idad se alzó delante de Zoe.

—Yo ni siquiera leí el prospecto de la caja —dijo su madre—. Sabía que el doctor Chang era el mejor, sabía que no le iba a recetar nada con efectos secundarios peligrosos, me fiaba de él, así que dije simplemente: «No. No pasa nada. Lo he comprobado». Pero te mentí, Napoleon. Te mentí.

El padre de Zoe pestañeó.

Un rato después, contestó despacio:

—Yo también me habría fiado de él.

—Tú habrías leído el prospecto. Lo habrías leído con atención, cada palabra, me habrías hecho preguntas, me habrías vuelto loca. Soy yo la que tiene conocimientos médicos, pero ni siquiera lo leí. En aquel entonces pensaba que estaba muy ocupada. No sé qué pensaba que me tenía tan ocupada. —Su madre se frotó las mejillas con las manos, como si tratara de borrarse—. Leí el prospecto unos seis meses después de que muriera. Lo encontré en el cajón de su dormitorio.

—Bueno, cariño, eso no habría cambiado nada —dijo su padre sin entusiasmo—. Teníamos que controlar esa asma.

—Pero, si hubiésemos sabido que la depresión era una posibilidad, lo habríamos vigilado —protestó la madre de Zoe. Parecía desesperada por hacerle entender la magnitud de su culpa—. Tú lo habrías hecho, Napoleon. ¡Sé que lo habrías hecho!

—No hubo ningún síntoma —dijo su padre—. A veces, no hay síntomas. Ninguno en absoluto. Parecía completamente feliz.

—Sí que hubo síntomas —replicó Zoe.

Sus padres la miraron y sus rostros eran como esas caras de payasos que hay en los parques de atracciones moviéndose adelante y atrás con las bocas abiertas esperando a que caiga la bola.

—Yo sabía que estaba disgustado por algo.

Recordó pasar junto a su habitación y ver que Zach estaba tumbado en su cama, pero no mirando su teléfono ni escuchando música ni leyendo, sino simplemente tumbado ahí, y eso no era propio de él. Zach no se tumbaba en la cama sin más para mirar al techo.

—Pensé que le habría pasado algo en clase —les dijo a sus padres—. Pero estaba enfadada con él. No nos hablábamos. No quería ser yo la primera en hablar. —Zoe cerró los ojos para no contemplar la decepción y el dolor en el rostro de sus padres. Susurró—: Era una competición a ver quién sería el primero en hablar.

—Ay, Zoe, cariño —dijo su madre desde muy lejos—. No es culpa tuya. Sabes que no es culpa tuya.

—Iba a hablarle el día de nuestro cumpleaños —continuó Zoe—. Iba a decirle: «Feliz cumpleaños, pringado».

—Ay, Zoe, cabeza hueca —dijo Zach.

Le pasó un brazo por encima. Nunca se abrazaban. No eran ese tipo de hermanos. A veces, cuando se cruzaban por el pasillo, se empujaban sin ningún motivo. Con fuerza suficiente como para hacerse daño. Pero, ahora, él la estaba abrazando y le hablaba al oído, y era él, era Zach, era él, sin duda, olía a ese estúpido gel Lynx que decía que usaba por hacer gracia pero que en realidad utilizaba porque se creía los anuncios que decían que resultabas más atractivo para las chicas.

Zach la atrajo hacia él y le susurró al oído:

—No tuvo nada que ver contigo. No lo hice para vengarme de ti. —La agarró del brazo para asegurarse de que le escuchaba—. No estaba siendo yo.

42

Napoleon

Haría lo que fuera por sus chicas, lo que fuera. Así que tomó los terribles y pesados secretos que habían estado guardándose y vio el alivio con el que ellas se los entregaban, y ahora él tenía su propio secreto, porque jamás les contaría lo furioso que sus secretos le hacían sentir, nunca jamás de los jamases.

Las paredes seguían palpitando mientras su mujer y su hija le agarraban de las manos y supo que esa pesadilla duraría una eternidad.

43

Masha

$\mathcal{B}$en y Jessica estaban sentados con las piernas cruzadas sobre unos cojines, uno frente al otro. Sus manos agarraban el brazo del otro como si estuviesen sobre una barra estrecha tratando de mantener el equilibrio. Resultaba maravilloso verlos. Ben hablaba desde el corazón y Jessica le escuchaba, cautivada por cada una de sus palabras.

Masha los guiaba solamente cuando era necesario. La MDMA estaba haciendo exactamente lo que se suponía que haría: derribar barreras. Podrían haber pasado meses de terapia hasta llegar a este punto. Esto suponía un atajo instantáneo.

—Echo de menos tu cara —le dijo Ben a Jessica—. Tu preciosa cara. No te reconozco. No nos reconozco a nosotros ni a nada de nuestras vidas. Echo de menos nuestro viejo piso. Echo de menos mi trabajo. Echo de menos a los amigos que perdimos por esto. Pero, sobre todo, echo de menos tu cara.

Sus palabras sonaban claras y nítidas. No arrastraba la voz. No hablaba con ambigüedades.

—Bien —dijo Masha—. Maravilloso. Jessica, ¿qué quieres decir tú?

—Creo que Ben se burla de mi físico —respondió Jessica—. Sigo siendo yo. Sigo siendo Jessica. ¡Sigo estando aquí! Así que ¿qué pasa si parezco un poco distinta? Es la moda. No es más que moda. ¡No es importante!

—Es importante para mí —dijo Ben—. Es como si hubieses cogido algo valioso y lo hubieses jodido.

—Pero yo me siento guapa —repuso Jessica—. Me siento como si antes fuera fea y ahora fuera guapa. —Estiró los brazos por encima de la cabeza como una bailarina—. La cuestión es: ¿quién decide si soy guapa o no? ¿Tú? ¿Yo? ¿Internet?

En ese momento, sí que pareció hermosa.

Ben se quedó pensando un momento.

—Es tu cara —respondió Ben—. Así que supongo que eres tú quien debe decidirlo.

—¡Pero espera! La belleza es... —Jessica apuntó hacia su ojo. Empezó a reírse—. La belleza está en los ojos de quien mira.

Ben y ella empezaron a reírse. Se abrazaron con fuerza mientras repetían una y otra vez: «La belleza está en los ojos de quien mira», y Masha les sonrió indecisa. ¿Qué tenía eso de gracia? Quizá se tratara de una broma de ellos dos. Empezó a impacientarse.

Por fin dejaron de reírse y Jessica enderezó la espalda y se tocó el labio inferior.

—Mira. Siendo justos, igual me pasé con los labios la última vez.

—A mí me gustaban tus labios de antes —dijo Ben—. Creía que tenías unos labios bonitos.

—Sí. Lo entiendo, Ben —contestó Jessica.

—Me gustaba nuestra vida de antes —continuó Ben.

—Era una vida de mierda —repuso Jessica—. Una vida vulgar y de mierda.

—Yo no creo que fuera una mierda.

—Siento que quieres más a tu coche que a mí —dijo Jessica—. Siento celos de tu coche. Fui yo la que le hizo el arañazo. Fui yo. Porque siento como si tu coche fuese una zorra que está teniendo una aventura con mi marido, así que le hice un arañazo en su cara de zorra.

—Vaya —dijo Ben. Se puso las dos manos sobre la cabeza—. Vaya. Eso es… Vaya. No me puedo creer que hicieras eso. —No parecía enfadado. Solo sorprendido.

—Me encanta el dinero —añadió Jessica—. Me encanta ser rica. Pero ojalá pudiera ser rica y que siguiéramos siendo los mismos.

—El dinero —dijo Ben despacio— es como un perro.

—Eh…

—Un perro grande y descontrolado.

—Sí —respondió Jessica—. Sí. Tienes razón. —Hizo una pausa—. ¿Por qué es como un perro?

—Pues es como si tuviéramos un perro y fuera el perro que siempre hemos querido, hemos soñado con ese perro, ese perro es el perro de nuestros sueños, pero ha cambiado toda nuestra vida. Es como muy molesto, ladra toda la noche para llamar nuestra atención, no nos deja dormir, no podemos hacer nada sin tener que pensar en el perro. Tenemos que pasearlo, darle de comer y preocuparnos por él y… —Arrugó la cara mientras buscaba las palabras—. El problema con ese perro es que muerde. Nos muerde y muerde a nuestros amigos y a nuestra familia. Ese perro tiene una vena malvada.

—Pero, aun así, lo queremos —señaló Jessica—. Queremos al perro.

—Sí, pero creo que deberíamos desprendernos del perro. Creo que no es el perro adecuado para nosotros.

—Podríamos tener un labradoodle —dijo Jessica—. Los labradoodles son muy bonitos.

Masha se recordó a sí misma que Jessica era muy joven.

—Creo que Ben está usando al perro como... una anécdota para explicar el impacto que ha provocado en vuestras vidas haber ganado la lotería —explicó—. Es decir, una metáfora. —La palabra «metáfora» vino a su mente una fracción de segundo después de lo que le habría gustado.

—Sí —dijo Jessica. Lanzó a Masha una mirada maliciosa y astuta y se tocó la nariz con el dedo índice—. Si vamos a tener un perro deberíamos traerlo antes de que llegue el bebé.

—¿Qué bebé? —preguntó Masha.

—¿Qué bebé? —preguntó Ben.

—Estoy embarazada —respondió Jessica.

—¿Sí? —preguntó Ben—. ¡Pero eso es increíble!

Masha vaciló.

—Pero tú nunca...

—Le has dado drogas a mi mujer embarazada —le dijo Ben a Masha.

—Sí, yo creo que eso me enfada mucho —le dijo Jessica a Masha—. Creo que deberías pasar mucho tiempo en la cárcel por esto.

44

Heather

*H*eather se despertó pero no abrió los ojos.

Estaba tumbada de costado, sobre algo fino y suave, con las manos metidas debajo de la cabeza.

Su reloj biológico le indicó que era por la mañana. Quizá sobre las siete, supuso.

Ya no estaba colocada. Sentía que la mente se le había aclarado. Estaba en el estudio de yoga y meditación de Tranquillum House y ese día era el aniversario de la muerte de Zach.

Tras varios años de náuseas había vomitado su secreto y ahora se sentía temblorosa, extraña y vacía, pero también mejor. Se sentía purificada, lo cual, curiosamente, era lo que Tranquillum House le había prometido. Heather tendría que escribirles una buena crítica: «¡Me siento mucho mejor después de mi estancia en Tranquillum House! Disfruté especialmente del "viaje" con mi marido y mi hija».

Evidentemente, se marcharían de ese lugar de inmediato. No comerían ni beberían nada de lo que Masha les diera. Irían directos a sus habitaciones, harían las maletas, se meterían en el coche y se marcharían. Quizá irían a una cafetería de la ciudad más cercana y pedirían un gran desayuno con huevos fritos en honor de Zach.

Heather quería pasar el aniversario de ese año a solas con su familia hablando de Zach y, al día siguiente, quería pasar el veintiún cumpleaños de sus hijos de una forma que no estuviera invadida por la vergüenza y la pena y sin que todos fingieran que habían olvidado que era también el cumpleaños de Zoe. Napoleon llevaba mucho tiempo diciéndolo: tenemos que separar a Zach de la forma en que decidió acabar con su vida. Zach era muchas más cosas aparte de su suicidio. Un solo recuerdo no debería eclipsar a todos los demás. Pero ella no le había hecho caso. En cierto modo, había pensado que la infelicidad de su hijo ese día anulaba todo lo demás que había hecho durante su vida.

Ahora, de repente, veía que Napoleon tenía razón. Hoy festejarían el aniversario de su muerte con una puesta en común de sus mejores recuerdos de los dieciocho años de vida de Zach, y la pena sería insoportable, pero Heather sabía mejor que nadie que lo insoportable podía sobrellevarse. Durante los últimos tres años había estado llorando el suicidio de Zach. Ahora había llegado por fin el momento de llorar su pérdida. La pérdida de un muchacho guapo, estúpido, listo e impetuoso.

Esperaba que su hermana pudiese enfrentarse a ese día. Toda esa tontería de «no estar muy unida» a Zach. El corazón de Heather sentía dolor por su hija. Esa niña adoraba a su hermano. Hasta los diez años no dejaron de meterse en la cama del otro por las noches cuando tenían pesadillas. Heather tenía que decirle una y otra vez que no era culpa suya. Había sido un fallo solo de Heather. Su fallo por no ver el cambio en el comportamiento de su hijo y su fallo de no haber dado a todos, incluido el mismo Zach, un motivo para buscarlo.

Y, en algún momento de ese día, irían a denunciar los actos de esa loca a la policía.

Heather abrió los ojos y vio que estaba tumbada sobre una esterilla de yoga, cara a cara con su hija dormida. Seguía dormida y los párpados se le movían. Heather estaba lo suficientemente cerca como para notar el aliento de Zoe sobre su cara. Le puso una mano en la mejilla.

45

Frances

Frances se quitó los auriculares de la cabeza. Se le habían enganchado en el pelo. Los soltó con los ojos aún cerrados.

Estaba en un avión. La última vez que se había quedado dormida con unos auriculares puestos había sido en un avión.

Podía oír el sonido de unas obras a lo lejos. Una taladradora. Un martillo neumático. Una excavadora. Algo así. Era un rugido intermitente y mecánico. ¿Un cortacésped? Un soplador de hojas. Estaba tumbada de lado, se subió la manta por encima de los hombros y trató de volver a zambullirse en un sueño profundo y delicioso. Pero no, ahí estaba ese sonido otra vez, tirando de ella inexorablemente hacia arriba, arriba, arriba, y no era una máquina, era el sonido de un hombre roncando.

¿Se había emborrachado anoche y se había acostado con un desconocido? Dios mío, seguro que no. De eso habían pasado décadas. No sentía ninguno de los síntomas de la resaca ni la vergüenza de un sórdido encuentro sexual. Notaba la mente clara y luminosa, como si se la hubiesen limpiado a presión.

Su memoria volvió a su sitio formando un bloque sólido.

Estaba en el estudio de yoga y meditación de Tranquillum House y el día antes se había bebido un batido delicioso que contenía drogas alucinógenas que habían dado lugar a un sueño precioso y especialmente vívido que había durado una eternidad, con Gillian, su padre y sus exmaridos, con muchos símbolos y metáforas visuales que estaba deseando interpretar. Yao, y a veces Delilah, y otras Masha, habían estado interrumpiendo su maravilloso sueño haciéndole preguntas molestas y tratando de dirigirla en ciertas direcciones. Frances no les había hecho caso. Se lo estaba pasando demasiado bien y ellos estaban sacándola de quicio. Notó que, al rato, la habían dejado en paz.

Había estado en el espacio.

Había sido una hormiga.

¡También una mariposa!

Había estado viajando en trineo con Gillian por un increíble cielo lleno de estrellas y más, mucho más.

Fue como despertar la primera mañana después de volver a casa, a tu propia cama, tras unas largas vacaciones por otros países y montones de lugares exóticos.

Abrió los ojos a la oscuridad y se acordó de su antifaz. El sonido de los ronquidos se volvió aún más fuerte cuando se lo quitó. No sentía los ojos arenosos y nublados. Todo tenía colores definidos. Pudo ver el techo de piedra abovedado por encima de ella. Filas de luces. Estaban todas encendidas.

Se sentó y miró a su alrededor.

El hombre que roncaba era Lars. Estaba tumbado en la camilla al lado de la suya, boca arriba, aún con el antifaz puesto, con una manta hasta la barbilla, la boca abierta. Su cuerpo se movía a la vez que cada ronquido. Era agradable comprobar que alguien tan atractivo roncara de una forma tan fuerte y desagradable. Casi equilibraba la balanza.

Frances estiró su pie desnudo y le dio un pequeño empujón a la pierna de Lars. Henry roncaba. Una vez, casi al final de su matrimonio, él llevaba puestos unos pantalones cortos, bajó la mirada y dijo confuso: «No sé por qué tengo siempre estos moretones en la pantorrilla. Es como si no dejara de darme golpes con algo». «Con mi pie derecho», pensó Frances. Se sintió fatal por aquello hasta el último día que pasaron juntos, cuando discutieron por cómo repartirse la cubertería.

Observó la habitación.

Tony —no pensaba llamarle «Sonrisas»— acababa de incorporarse en su camilla. Parecía como si tuviese dolor de cabeza por la forma en que apoyaba la frente sobre las manos.

Carmel también se había incorporado y estaba tratando de peinarse pasándose los dedos por su pelo negro y encrespado, que se le había levantado por encima de la cabeza formando una gran aureola.

Miró a los ojos a Frances.

—¿El baño? —preguntó en un murmullo, aunque había ido al estudio las mismas veces que Frances.

Frances señaló hacia los aseos del fondo del sótano y Carmel se puso de pie, tambaleándose un poco.

Ben y Jessica estaban sentados hombro con hombro con la espalda contra la pared, bebiendo agua embotellada.

Heather y Zoe estaban tumbadas una enfrente de la otra sobre una esterilla de yoga en el lugar donde se habían quedado dormidas. Heather acariciaba distraída el pelo de Zoe.

—¿Quieres agua? —Napoleon se acuclilló doblando con dificultad sus largas piernas delante de Frances y le ofreció una botella—. Supongo que no llevará drogas —dijo—. Imagino que, si nos preocupa, podríamos beber del grifo, aunque nada impide que hagan algo con el suministro de agua si quieren.

—Gracias. —Frances aceptó el agua, repentinamente desesperada por beber, y se acabó casi toda la botella de un solo trago—. Justo lo que necesitaba —dijo.

—Supongo que es buena señal que nos hayan dejado agua —comentó Napoleon. Se enderezó—. Nos han dejado completamente abandonados.

—¿Qué quieres decir? —preguntó Frances. Se estiró complacida. Estaba deseando desayunar.

—Estamos encerrados —dijo Napoleon como pidiendo disculpas, como si fuese el responsable—. Parece que no hay salida.

46

Carmel

Estoy segura de que todo esto forma parte del procedimiento —dijo Carmel. No entendía por qué todos parecían tan preocupados—. No van a dejarnos aquí abajo mucho tiempo más. No va a pasar nada.

La hora, según Napoleon, el único entre todos ellos que llevaba reloj, se acercaba a las dos de la tarde y aún no habían tenido ninguna noticia del personal de Tranquillum House. Llevaban ahí abajo casi veinticuatro horas ya.

Estaban todos sentados formando un círculo similar al del día anterior, cuando se estuvieron presentando. Todos parecían agotados y mugrientos. Los hombres necesitaban un afeitado. Carmel estaba deseando lavarse los dientes, pero no estaba especialmente hambrienta, aunque no había comido desde hacía casi cuarenta y ocho horas, así que podía decirse que eso era maravilloso. Si la eliminación del apetito era uno de los efectos secundarios de la absolutamente agradable experiencia con las drogas, a ella le parecía bien.

Cada uno de ellos se había asegurado personalmente de que el único punto de acceso a la sala era la pesada puerta de roble al fondo de las escaleras y que la puerta estaba innegable e irrefutablemente cerrada con lo que parecía ser un panel numérico de seguridad dorado y nuevo situado junto al picaporte. Supuestamente había un código que abría la puerta, pero habían probado con múltiples combinaciones de números sin ningún éxito.

Frances había sugerido que el código podría ser el mismo que el que habían puesto en la cancela de entrada de Tranquillum House.

Napoleon dijo que él ya lo había pensado pero no recordaba el número.

Carmel tampoco lo recordaba. Estaba llorando cuando llegó a Tranquillum House, sobrecogida de repente por un recuerdo de su luna de miel cuando se habían alojado en un hotel con un interfono similar. Ahora le parecía una estupidez. Su luna de miel no había sido tan estupenda. Había sufrido una espantosa infección de orina.

Ben creía recordar el código de acceso de la puerta de entrada pero el número no funcionó, si es que era ese.

Tony creía acordarse también, aunque su recuerdo variaba en un dígito del de Ben, pero ese número tampoco funcionó.

Carmel sugirió el número de teléfono de Tranquillum House que, por alguna razón, era capaz de recordar, pero no tuvieron suerte.

Frances se preguntó si el código estaría relacionado con las letras del alfabeto. Probaron con varias palabras: Tranquillum. Purificación. Masha.

Zoe pensó si aquello sería una especie de juego. Un *escape room*. Les contó que había una moda extraña por la que la gente dejaba que la encerraran en una habitación por el simple placer de averiguar cómo escapar. Zoe había estado en uno. Dijo que había sido muy divertido, con muchas pistas escondidas en lo que parecían ser objetos normales. Por ejemplo, Zoe y sus amigos tenían que encontrar y juntar las partes de una linterna que estaban ocultas por toda la habitación. La linterna podía después ser utilizada para arrojar luz sobre un mensaje secreto en la parte posterior de un armario con nuevas instrucciones. Un cronómetro en una pared hacía la cuenta atrás de los minutos y Zoe dijo que salieron apenas unos segundos antes de que el cronómetro llegara al final.

Pero si este era un juego de escape parecía muy complicado. El estudio de yoga estaba prácticamente vacío. Había toallas, esterillas de yoga, camillas, botellas de agua, auriculares, antifaces y velas gastadas la noche antes. Eso era todo. No había estanterías con mensajes en libros. Ni cuadros en la pared. No había nada que pudiera representar una pista.

No había ventanas que poder romper en los baños de los hombres ni en los de las mujeres. Ninguna alcantarilla ni conductos de aire acondicionado.

—Es como si estuviésemos atrapados en una mazmorra —dijo Frances, de quien Carmel pensaba que estaba siendo exagerada; pero, por otra parte, esa mujer se ganaba la vida escribiendo novelas románticas, por lo que había que suponerle una imaginación extremadamente activa.

Al final, se volvieron a sentar, desanimados y desaliñados.

—Sí, todo esto no es más que parte del procedimiento —le dijo Heather a Carmel—. Meter drogas ilegales en nuestras bebidas, encerrarnos y todo lo demás. No hay de qué preocuparse, todo va bien.

Estaba usando un tono muy sarcástico y familiar para tratarse de alguien a quien Carmel acababa de conocer.

—Yo solo digo que debemos confiar en el procedimiento. —Carmel trataba de mantener la sensatez.

—Tú eres tan ingenua como ella —repuso Heather.

Eso sí que había sido una clara grosería. Carmel se recordó a sí misma que Heather había perdido a su hijo. Le contestó con tono sereno.

—Sé que estamos todos cansados y estresados, pero no hay necesidad de hacer alusiones personales.

—Es que esto es personal —gritó Heather.

—Cariño. No —dijo Napoleon. La ternura con la que reprendió a su mujer hizo que a Carmel se le rompiera el corazón.

—¿Tienes hijos, Carmel? —preguntó Heather con un tono más civilizado.

—Tengo cuatro hijas pequeñas —respondió Carmel con cautela.

—¿Y cómo te sentirías si alguien le diera drogas a tus hijas?

Era verdad que no querría que una sola droga cruzara sus preciosos labios.

—Mis hijas son muy pequeñas. Es evidente que Masha nunca...

—¿Tienes idea de las graves consecuencias a largo plazo para nuestra salud a las que nos podríamos estar enfrentando todos? —la interrumpió Heather.

—Nunca en mi vida me he sentido peor —dijo Jessica.

—Ahí lo tienes —repuso Heather con satisfacción.

—Pues yo no me he sentido mejor en toda mi vida —contestó Carmel. No era del todo verdad, estaba lo de los dientes sucios, pero sí que se sentía bastante bien. Su mente estaba llena de imágenes que aún no había tenido oportunidad de interpretar, como si acabara de pasar el día en una increíble exposición de arte multisensorial.

—Yo me siento bastante bien por ahora —admitió Frances.

—Yo tengo un dolor de cabeza importante —dijo Lars.

—Sí, yo también —añadió Tony.

—Pues yo me siento como si hubiese reducido una talla de ropa. —Carmel se tiró de la cintura suelta de sus mallas. Frunció el ceño mientras trataba de recordar alguna revelación importante a la que había llegado la noche anterior con respecto a su cuerpo. No importaba…, sí que importaba…, ¿solo había tenido esa? En cierto modo, no parecía una revelación tan profunda y trascendental cuando intentaba describirla con palabras normales—. Aunque no estoy tratando de cambiar mi cuerpo por completo. Solo he venido para estar más sana.

—¿Más sana? —Heather se dio una palmada en la frente—. ¡Este sitio ha ido mucho más allá de las malditas dietas!

—Mamá. —Zoe colocó una mano sobre la rodilla de su madre—. No se ha muerto nadie. Seguimos todos aquí. Por favor, cálmate.

—¿Que me calme? —Heather cogió la mano de Zoe entre las suyas y la agitó—. ¡Tú podrías haber muerto! ¡Cualquiera de nosotros podría haber muerto! ¡Si alguno hubiese tenido problemas de salud mental ocultos podrían haberse agravado! ¡O problemas cardiacos! ¡Tu padre tiene la tensión alta! No deberían haberle dado drogas.

—Es probable que la gente piense que eres tú la que tiene problemas mentales —murmuró Zoe.

—No la estás ayudando —dijo Napoleon.

—¿No podemos quitar la cerradura de la puerta sin más? —preguntó Frances y miró a Tony esperanzada.

—¿Por qué me miras a mí? ¿Tengo pinta de tener mucha experiencia en forzar cerraduras? —exclamó él.

—Lo siento —respondió Frances. Carmel la entendía. Tony sí parecía tener pinta de haber sido un poco aficionado a forzar puertas de joven.

—Podríamos probar. Necesitaríamos algo con lo que romperla —propuso Ben. Se cacheó las piernas pero no encontró nada.

—Estoy seguro de que no es necesario que entremos en pánico todavía —intervino Napoleon.

—Está claro que se trata de una especie de ejercicio sobre resolución de problemas y que al final ella va a ver que no podemos resolverlo —dijo Lars con un bostezo antes de tumbarse en una esterilla de yoga y taparse los ojos con el brazo.

—Yo creo que nos están viendo aquí dentro —dijo Jessica. Apuntó hacia un rincón del techo—. ¿No es una cámara eso de ahí arriba?

Todos levantaron la vista hacia la diminuta cámara de vigilancia con una luz roja sobre la pantalla apagada de televisión.

—Yao me contó que tienen una especie de sistema interno de seguridad —dijo Frances.

—A mí también —confirmó Carmel—. El primer día.

Era como si hubiesen pasado cien años.

Heather se puso de pie de un salto y miró hacia la cámara.

—¡Dejadnos salir inmediatamente! —gritó—. ¡No hemos venido a pasar el aniversario de la muerte de nuestro hijo encerrados en una habitación con unos desconocidos!

Carmel se estremeció. Había olvidado que el aniversario era ese día. Esa mujer tenía derecho a protestar y gruñir todo lo que quisiera.

Hubo un silencio. No pasó nada.

Heather dio un pisotón con el pie.

—No me puedo creer que estemos pagando para esto.

Napoleon se levantó y atrajo a Heather hacia sus brazos.

—No importa dónde estemos hoy —dijo.

—Sí que importa. —Heather lloraba en silencio contra su pecho. De repente, parecía haberse apagado, sin nada de rabia, solo una madre diminuta, triste y traumatizada.

—Ya, ya... —dijo Napoleon.

Ella no paraba de repetir algo una y otra vez y Carmel tardó en distinguir sus palabras.

—Lo siento, lo siento, lo siento.

—No pasa nada —contestó Napoleon—. Estamos bien. No pasa nada.

Todos apartaron la mirada de lo que parecía un momento insoportablemente íntimo. Zoe evitó también mirar a sus padres. Fue a un rincón de la sala, puso una mano contra la pared, se apoyó en una pierna y se agarró el tobillo con la otra mano. Una clase de yoga individual.

Carmel miró hacia la pantalla apagada, desesperada de repente por estar muy lejos de aquel dolor familiar que tanto empequeñecía el de ella. Sintió una estocada afilada de nostalgia. Su hogar era hermoso. Recordó esto como si se tratara de un dato nuevo. No era una mansión ni mucho menos, pero sí una casa familiar cómoda y llena de luz, aun estando destrozada por cuatro niñas pequeñas. Había sido ella la que la había arreglado y la había dejado bonita. La gente decía que tenía buen ojo. Cuando volviera a casa se recordaría que debía disfrutarla.

—Voy a ver si puedo tirar la puerta abajo de una patada —propuso Tony.

—Buena idea —contestó Carmel. En las películas la gente siempre derribaba puertas de una patada. Parecía bastante sencillo.

—Yo lo hago —se ofreció Ben.

—O puedo embestir contra ella. —Tony calentó los hombros con un movimiento circular.

—Yo la empujaré —insistió Ben.

—La puerta se abre hacia dentro —dijo Lars.

Hubo una pausa.

—¿Eso importa? —preguntó Frances.

—Piénsalo, Frances —respondió Lars.

Tony pareció desinflarse.

—Entonces, vamos a tratar de sacar la cerradura. —Se llevó la punta de los dedos a la frente—. Empiezo a sentir un poco de... claustrofobia. Quiero salir de aquí.

Carmel también.

47

Frances

Cogieron todo lo que encontraron que pudiera servir para sacar la cerradura: una horquilla, la hebilla de un cinturón, una pulsera. Era la pulsera de Frances y no tenía nada más con lo que colaborar aparte de su ignorante entusiasmo, así que se quitó de en medio y el comité para sacar la cerradura quedó compuesto por Ben, Jessica, Napoleon, Tony y Carmel. Parecían estar pasándolo bien destrozando su pulsera y detallando exactamente qué era lo que necesitaban: «dientes para sacar los clavos» o algo así.

Decidió ir a hablar con Zoe, que estaba sentada en el rincón de la sala abrazándose las rodillas.

—¿Estás bien? —preguntó Frances a la vez que se sentaba a su lado y colocaba una mano tímida sobre la curva de su espalda.

Zoe levantó la cabeza y sonrió. Su mirada era limpia. Estaba guapa. No parecía haber pasado la noche anterior alucinando.

—Estoy bien. ¿Qué tal ha ido tu... experiencia de anoche?

Frances bajó la voz.

—No apruebo lo que ha hecho Masha, me parece escandaloso y todo lo demás, tu madre tiene razón, las drogas son malas, ilegales, inapropiadas, hay que decir no a las drogas y todo eso..., pero tengo que admitir que estoy con Steve Jobs: ha sido una de las experiencias más fantásticas de mi vida. ¿Qué tal la tuya?

—Ha habido partes buenas y malas —contestó Zoe—. He visto a Zach. Todos lo hemos visto. Ya sabes..., lo hemos imaginado, no lo hemos visto de verdad.

—A mí también me pareció verlo —dijo Frances sin pensar.

Zoe giró la cabeza.

—Vi a un chico —añadió Frances—. Contigo, con tu madre y con tu padre.

—¿Has visto a Zach? —El rostro de Zoe se iluminó.

—Lo siento —se disculpó Frances—. Espero que no lo consideres una falta de respeto. Es evidente que yo no conocía a tu hermano. Solo fue mi imaginación, creando su imagen.

—No pasa nada —dijo Zoe—. Me alegra que lo hayas visto. Te habría gustado. Él te habría hablado. Hablaba con cualquiera. —Hizo una pausa—. No lo digo en el mal sentido...

—Sé qué quieres decir —sonrió Frances.

—Mostraba interés por todo el mundo —continuó Zoe—. Era como mi padre. Hablador. Te habría preguntado por..., no sé, la industria editorial. Era muy friki. Le gustaba ver documentales. Escuchar programas de radio sobre cosas extrañas. Tenía fascinación por el mundo. Por eso... —Su voz se quebró—. Por eso no podré creer nunca que decidiera rendirse.

Golpeó el mentón contra sus rodillas levantadas.

—Cuando murió no nos hablábamos. Llevábamos como varias semanas sin hablarnos. Teníamos discusiones enormes por... muchas cosas: el baño, la televisión, el cargador. Ahora todo me parece una estupidez.

—Eso es lo que hacen los hermanos —dijo Frances, viendo un destello de los labios fruncidos de su propia hermana.

—Teníamos la costumbre de que si la pelea se ponía bastante fea dejábamos de hablarnos y era como un concurso a ver quién hablaba primero, y quien lo hiciera era como si pidiera perdón sin pedir perdón, no sé si me entiendes, así que yo no quería ser la primera en hablar. —Miró a Frances como si le estuviese contando algo realmente espantoso.

—Yo tenía un acuerdo muy parecido con mi primer exmarido —dijo Frances.

—Yo estaba segura de que le pasaba algo —continuó Zoe—. Esa semana. Estaba segura. Pero no le pregunté. No dije nada. Me limité a no hacerle caso.

Frances mantuvo una expresión neutra. No tenía sentido decir: «No debes sentirte responsable». Por supuesto que se sentía responsable. Negar su remordimiento sería como negar su pérdida.

—Lo siento mucho, cariño. —Quiso envolver a esa niña con un abrazo fuerte y probablemente no bien recibido, pero se conformó con colocarle la mano en el hombro.

Zoe miró hacia su madre.

—He estado muy enfadada con él. Pensaba que lo había hecho a propósito solo para hacerme sentir mal toda la vida y no podía perdonárselo. Me parecía la cosa más malvada y cruel que me había hecho nunca. Pero anoche... Esto parece una tontería, pero anoche fue como si volviésemos a hablar.

—Lo sé —dijo Frances—. Yo hablé con mi amiga Gillian, que murió el año pasado. Y con mi padre. No parecía un sueño. Parecía muy real. Mucho más real que la vida real, si te soy sincera.

—¿Crees que a lo mejor sí que los hemos visto? —Había en el rostro de Zoe una enorme y trémula esperanza.

—Puede ser —mintió Frances.

—Es que he estado pensando en que Masha dijo que después de su experiencia cercana a la muerte se dio cuenta de que había otra realidad y simplemente he pensado que... quizá hemos tenido una especie de acceso a ella.

—Puede ser —repitió Frances. No creía en las realidades paralelas. Creía en el poder trascendental del amor, el recuerdo y la imaginación—. Todo es posible.

Zoe bajó tanto la voz que Frances tuvo que inclinarse para oírla más de cerca.

—Siento como si ahora le hubiese recuperado, de alguna extraña forma. Como si pudiera enviarle un mensaje de móvil si quisiera.

—Ah —dijo Frances.

—No me refiero a que vaya a hacerlo de verdad —aclaró Zoe.

—No. Claro que no. Entiendo lo que quieres decir. Sientes como si ya no estuvieseis peleados.

—Sí —respondió Zoe—. Hemos hecho las paces. Antes siempre me sentía muy aliviada cuando hacíamos las paces.

Se quedaron sentadas en silencio durante unos cómodos minutos viendo cómo los que forzaban la cerradura se agachaban junto a la puerta.

—Por cierto, me olvidé de decírtelo: he leído tu libro durante el silencio —dijo Zoe—. Me ha encantado.

—¿Te ha encantado? —preguntó Frances—. ¿En serio? No pasa nada si me dices que no te gusta.

—Frances —insistió Zoe con firmeza—. Sí que me ha gustado. Me ha encantado.

—Ah —respondió Frances. Sintió un escozor en los ojos porque podía ver que Zoe estaba diciéndole la verdad—. Gracias.

48

Zoe

*H*abía mentido. El libro era de lo más ñoño.
Lo había terminado la mañana antes (no había otra
cosa que hacer ahí) y no ocurría nada; siguió pasando las páginas, pero desde el principio se sabía que la chica iba a terminar con el chico, aunque se odiaban al principio, y pasarían
por vicisitudes pero todo se solucionaría al final, así que ¿qué
sentido tenía leerlo? Había una parte en la que la chica se desmayaba en los brazos del chico como si eso fuese romántico
o algo así, pero ¿alguna vez se desmayaba alguien en la vida
real? Y, si lo hacía, ¿había de verdad alguien al lado para sujetarle?

Además, ¿dónde estaba el sexo? Hicieron falta como trescientas páginas hasta llegar al primer beso y el libro se llamaba
El beso de Nathaniel.

Zoe prefería libros de espionaje internacional.

—Me ha parecido un libro fantástico —le dijo a Frances
con gesto impertérrito. «El país depende de ti, Zoe».

—A lo mejor sigues estando colocada —contestó Frances.

Zoe se rio. Quizá lo estuviera.

—No lo creo.

No podía creer que se hubiese colocado con sus padres. Eso había sido lo más raro de todo. El hecho de que su madre y su padre estuviesen ahí con ella. «Vaya», pensaba todo el rato. «Ahí está mamá. Vaya. Ahí está papá». Las palabras colisionaban como chispas de un volcán y bombas supersónicas.

Sentía como si fuese a pasar el resto de su vida recordando todo lo que había sucedido la noche anterior. O quizá todo desaparecería. Cualquiera de las dos cosas era posible.

Pero una cosa que no cambiaría cuando saliera de ahí era la revelación de su madre.

Ella y su madre apenas se habían hablado esa mañana. Ahora mismo estaba haciendo abdominales, aunque Zoe notó que las hacía con menos... *agresividad* de lo habitual. De hecho, mientras Zoe la miraba, se detuvo y se quedó tumbada boca arriba con las manos sobre el vientre, mirando al techo.

Todos esos años Zoe había deseado que hubiese alguien más a quien culpar aparte de a sí misma. Después de que Zach muriera había revisado toda su tecnología: su teléfono, sus cuentas de correo electrónico, sus redes sociales... Quería encontrar pruebas de que le habían acosado en clase, de que estaba pasando algo en su vida que no tuviese nada que ver con ella y que pudiera explicar su decisión. Pero no encontró nada. Su padre también lo había hecho. Se estuvo reuniendo con todos y cada uno de los amigos de Zach para entrevistarlos, para tratar de entender. Pero nadie entendía nada. Todos sus amigos estaban destrozados, igual de perplejos que su familia.

Ahora parecía posible que no estuviera pasando nada en el mundo exterior. Estaba todo en su mente. Eran los efectos de la medicación para el asma lo que le había provocado que perdiera la cabeza por un momento.

Podía ser. Nunca lo sabría de verdad.

La revelación de su madre no exoneraba a Zoe, pero sí le proporcionaba a alguien con quien compartir la culpa. Solo por un momento, se permitió el placer de odiar a su madre. Su madre no debería haber permitido que tomara esas estúpidas pastillas. Su madre debería haber leído el prospecto *como cualquier madre responsable.* Como una madre con formación médica.

Pero, entonces, recordó el sonido del grito de su madre esa mañana y supo que nunca podría culparla de verdad.

Había estado mal y casi había sido infantil por parte de su madre ocultar un secreto así, pero ese mismo infantilismo había hecho que Zoe se sintiera mejor. Por primera vez en su vida veía a su madre como una chica más: una chica como ella que cometía errores, que metía la pata, que simplemente iba improvisando a medida que avanzaba.

Sí, su madre debería haber leído el prospecto sobre los efectos secundarios, igual que Zoe debería haber entrado en el dormitorio de su hermano cuando le vio tumbado en la cama. Debería haber entrado en su habitación, haberse sentado en la cama, haberle agarrado de su pie gigante, habérselo agitado y haberle dicho: «¿Qué te pasa, pringado?».

Quizá él se lo hubiese contado y, si él se lo hubiese contado y hubiese hecho que pareciera lo suficientemente grave, ella habría ido a su padre para decirle: «Arréglalo», y su padre lo habría arreglado. Miró a su padre, el único inocente de la familia, observando la cerradura a cuatro patas. Él las sacaría de ahí. Podía arreglar lo que fuera si se le daba la oportunidad. Simplemente no le habían dado la oportunidad de arreglar a Zach.

No estaba resuelto, nunca lo estaría, pero sentía como si los fuertes nudos de su estómago se estuvieran aflojando y ella no se resistía. Otras veces en las que había empezado a sentirse mejor, cuando se descubría riéndose o incluso deseando algo, se frenaba de inmediato. Había creído que sentirse mejor significaba olvidarle, traicionarle, pero ahora parecía que podía haber una forma de recordar no solo las veces en que se peleaban, sino también cuando se reían tanto que les dolía la cara, recordar las veces que dejaban de hablarse pero también las veces que hablaban de cualquier cosa y de todo, recordar los secretos que se ocultaban el uno al otro pero también los que compartían.

Zoe observó el perfil de Frances mientras esta miraba al grupo que se afanaba con la cerradura. Frances parecía hoy más joven, sin todo ese llamativo lápiz de labios rojo que se ponía cada día incluso en clase de gimnasia. Era como si pensara que su lápiz de labios rojo era una prenda de ropa sin la que nadie podría verla.

Zoe se sintió de inmediato como si fuese Frances, una señora de mediana edad que escribía novelas de amor pero que había sufrido una estafa amorosa; y era su padre, que lloraba a todas horas sin tan siquiera saber que lo hacía y que ahora estaba de rodillas tratando de abrir una cerradura; y era su madre, tan enfadada con el mundo pero, sobre todo, consigo misma por los errores que había cometido; y era el tío bueno al que le había tocado la lotería pero no parecía nada contento por ello; y era su mujer con su increíble cuerpo; y era el atractivo abogado de divorcios gay; y era la señora que creía estar gorda; y era el hombre que antes sonreía y jugaba al fútbol. Era todos ellos y era Zoe.

Vaya. Quizá sí que siguiera estando colocada.

—Significa mucho para mí que te haya gustado mi libro —dijo Frances girando la cara hacia ella, con ojos brillantes. Resultaba agradable. Era como si la opinión de Zoe le importara de verdad.

«Bien hecho, chica», dijo Zach. «Zarzamora zumbona con corazón de perro».

Zach seguía ahí. No se iba a ir a ninguna parte. Iba a quedarse con ella mientras terminaba la universidad y viajaba y conseguía un trabajo y se casaba y se hacía vieja. Solo porque él eligiera la muerte no quería decir que Zoe no pudiera elegir la vida. Él seguía estando en su corazón y su recuerdo, y se iba a quedar a su lado, haciéndole compañía hasta el final.

49

Ben

No iban a conseguir sacar la cerradura. Ben estaba seguro de que no iba a servir de nada. No tenían las herramientas apropiadas y el mecanismo de la cerradura estaba recién instalado. Hubo maldiciones y comentarios de fastidio: «¡Pues inténtalo tú!».

No paraban de hacer sugerencias sobre el código de seguridad pero esa luz roja seguía emitiendo su pequeña y malvada señal negativa de «os jodéis». Ben odiaba esa luz roja.

Pensaba que ni siquiera su amigo Jake, cerrajero, podría hacerlo. Una vez le preguntó a Jake si podría abrir cualquier tipo de cerradura. «Con las herramientas adecuadas», había respondido Jake.

No tenían las herramientas adecuadas.

Al fin, Ben se rindió. Dejó a Carmel y a los hombres mayores, Napoleon y Tony, con sus inútiles tentativas y fue a acomodarse contra una pared con Jessica, que estaba sentada mordiéndose sus uñas falsas. Ella le miró y le sonrió tímidamente.

Tenía los labios secos y agrietados. Se habían estado besando toda la noche, delante de la gente. A veces, Masha había estado ahí, sentada al lado de ellos, y habían continuado besándose, como dos adolescentes calenturientos en un transporte público.

Pero la sensación había sido distinta a la de ser un adolescente calenturiento porque no había un objetivo final. No se estaban besando para llegar al sexo. Los besos eran el objetivo. Ben sentía que podría haber seguido así eternamente. No eran como los besos babosos de los borrachos, eran hiperrealistas, como si cada parte de su cuerpo hubiera participado. No podía fingir que hubiese odiado su primera experiencia con las drogas. Había sido increíble. ¿Era por esto por lo que su hermana había destrozado su vida?

¿Llegaría Ben a robar para volver a experimentarlo?

Se quedó pensándolo. No. Seguía sin querer repetir, gracias a Dios. Así que no era un adicto por culpa de esa única vez que había probado las drogas.

Su madre no había dejado de decírselo desde que Ben había cumplido diez años, su rostro demacrado por la preocupación por su hermana: «Solo con que pase una vez, Ben, solo una, tu vida se echará a perder». Lo había oído una y otra vez, como un cuento antes de dormir. El cuento era sobre cómo una preciosa princesa, su hermana, había sido secuestrada por el malvado monstruo de las drogas. «No debes probarlas nunca jamás, nunca jamás, nunca jamás», le decía su madre agarrándole el brazo con tanta fuerza que le hacía daño y mirándole con una intensidad tan aterradora que siempre deseaba apartar la vista, pero tenía que seguir mirándola a los ojos porque, si apartaba la vista, ella empezaría otra vez con el soniquete del *nunca jamás, nunca jamás, nunca jamás.*

No necesitaba que su madre le dijera que las drogas podían destrozarle la vida. La prueba la tenía justo delante de los ojos. Apenas tenía diez años cuando empezó y Lucy tenía cinco años más, pero aún recordaba a la antigua Lucy, la primera Lucy, la Lucy de verdad a la que se habían llevado. La Lucy de verdad jugaba al fútbol y se le daba realmente bien. Se sentaba a la mesa y cenaba y decía cosas que tenían sentido y se reía cuando algo era gracioso de verdad, no durante horas enteras por nada, y si perdía los estribos era por un enfado normal, no con la rabia que le ponía ojos rojos de malvada, como los ojos del diablo. No robaba, ni rompía cosas ni traía a casa a chicos delgados con cara de rata y también con ojos rojos de diablo. No hacía falta que a él le dijeran nunca jamás, nunca jamás. Ya sabía lo que hacía ese monstruo.

A la pobre madre de Ben le daría un ataque de pánico si se enteraba de que le habían drogado.

—No pasa nada, Ben —dijo Jessica en voz baja, como si pudiera leerle la mente—. No es que ahora seas un adicto.

—Ya lo sé. —Colocó la mano sobre la de ella y se preguntó si quizá habría funcionado la terapia de pareja. Aunque, de ser así, ¿por qué no estaba más eufórico? Quizá fuese la caída después del subidón. Los subidones eran estupendos y las bajadas eran tal mierda en comparación que te arriesgabas a hacer lo que fuera por volver a estar arriba.

Jessica y él habían hablado. Eso lo recordaba. Habían hablado de muchas cosas. De todo. Quizá más de lo que lo habían hecho durante toda su relación. Hablaron de dinero. Recordaba haberle dicho que no le gustaba cómo se había cambiado la cara y el cuerpo. Era raro, porque eso le había parecido de gran importancia antes, como lo más importante de todo, y ahora no le parecía absolutamente nada. ¿Por qué le había importado tanto? Vale, no le gustaban sus labios inflados de ahora. Pero ¿acaso era eso el fin del mundo?

Y el coche. Había sido ella la que se lo había rayado. Eso tampoco parecía importarle mucho ahora. Era como si esos batidos les hubiesen sacado todo el aire a sus discusiones y ahora estuviesen arrugadas y desinfladas y parecieran un poco bochornosas. Como si los dos hubiesen montado demasiado escándalo por nada.

Había también algo más de lo que habían hablado. Algo que él pensaba que podría ser importante. Lo recordaría en un momento.

Jessica se tiró hacia fuera de la camiseta y se olió el escote.

—Apesto. Voy a intentar limpiarme con la esponja en el lavabo del baño.

—Vale —contestó él.

—Necesito lavarme la cara —dijo Jessica. Se pasó una mano por la mejilla.

—Vale —contestó Ben. La miró—. A ni una sola persona de esta habitación le va a importar que no lleves maquillaje.

—Habrá una persona a la que sí —dijo Jessica mientras se ponía de pie—. Yo. A mí me importa. —Pero no parecía enfadada.

Él la vio dirigirse hacia los baños.

«¿Nos hemos arreglado? ¿Tenemos ahora las herramientas adecuadas?».

Quería un McMuffin de huevo y beicon. Quería estar en el trabajo con los chicos escuchando la radio, haciendo que los coches volvieran a ser bonitos. Iba a volver a trabajar cuando regresaran a casa. No le importaba que no les hiciera falta el dinero. Necesitaba trabajar.

¿Cuánto tiempo más los iban a dejar ahí abajo? Tenía que ver el cielo. Incluso cuando trabajaba, jamás pasaba un día entero sin salir al exterior a comerse su almuerzo.

Recordaba un programa de televisión que había visto sobre un tipo que estaba en prisión y que podría haber sido encarcelado por equivocación y le decía a su madre que no había visto la luna desde hacía siete años. Ben sintió un escalofrío por todo el cuerpo al oír aquello. Ese pobre, pobre imbécil.

—Hola. ¿Te importa si me siento aquí?

Era Zoe, la chica que había venido con sus padres.

Se sentó a su lado.

Cuando la había visto durante los últimos días se había preguntado por qué alguien de su edad y que claramente estaba en buena forma iba a querer venir a un sitio así. Ahora lo sabía.

—Siento lo de tu hermano —dijo él.

Ella le miró.

—Gracias. —Se tiró de la coleta—. Yo siento lo de tu hermana.

—¿Cómo sabes lo de mi hermana? —preguntó Ben.

—Lo mencionó tu mujer… cuando supo lo que había en los batidos de ayer. Dijo que era drogadicta.

—Es verdad —contestó Ben—. Lo había olvidado.

—Debe de ser duro —dijo Zoe. Dobló los dedos de los pies.

—Es duro para Jessica —repuso Ben—. Es como si tuviera que oír la misma historia siempre. Nunca conoció a Lucy antes de las drogas, así que, para ella, no es más que una yonqui con problemas.

—Nunca se conoce de verdad a la familia de los demás —comentó Zoe—. Yo rompí con mi novio porque él quería ir a Bali esta semana y yo le dije que no podía irme a ningún sitio, que tenía que estar con mis padres por el aniversario de la muerte de mi hermano. Y él me respondió: «¿Y vas a tener que pasar esa semana de enero con tus padres el resto de tu vida?». Y yo le contesté: «Pues sí».

—Pues me parece un gilipollas —dijo Ben.

—Cuesta reconocer a los gilipollas —contestó Zoe.

—Apuesto a que tu hermano habría sabido que era un gilipollas —repuso Ben, porque para un tío no era difícil reconocer a un gilipollas, pero entonces deseó darse un puntapié a sí mismo. ¿Había sido una falta de sensibilidad decir eso el día del aniversario? Y podía darse el caso de que su hermano no fuera de esos que vigilan a sus hermanas.

Pero Zoe sonrió.

—Es probable.

—¿Cómo era tu hermano?

—Le gustaban la ciencia-ficción, las teorías conspiranoicas, la política y la música que nadie había oído nunca —respondió Zoe—. Nunca era aburrido. Disentíamos en prácticamente todo lo que se puede disentir. —Durante un espantoso momento, él pensó que se iba a echar a llorar, pero no lo hizo—. ¿Cómo era tu hermana? Antes de las drogas. Sin las drogas.

—Sin las drogas —repitió Ben. Se quedó pensándolo: «Lucy sin las drogas»—. Era la persona más graciosa que he conocido. A veces, sigue siéndolo. Sigue siendo una persona. La gente trata a los drogadictos como si ya no fuesen personas de verdad, pero ella todavía…, todavía sigue siendo una persona.

Zoe asintió, solo una vez, casi con formalidad, como si oyera lo que él decía y lo entendiera.

—Mi padre solo deseaba alejarla —dijo Ben—. No tener nada más que ver con ella. Hacer como que… nunca hubiera existido. Decía que era una cuestión de supervivencia.

—¿Y le salió bien a tu padre? —preguntó.

—Le salió de maravilla —contestó Ben—. Se fue. Mi madre y mi padre se divorciaron. Él ni siquiera me pregunta por Lucy cuando le veo.

—Supongo que cada uno tiene distintas formas de enfrentarse a las cosas —dijo Zoe—. Después de que Zach muriera, mi padre quería hablar de él a todas horas y mi madre no soportaba pronunciar su nombre, así que…

Se quedaron sentados en silencio unos momentos.

—¿Qué crees que está pasando aquí? —preguntó Zoe.

—No lo sé. La verdad es que no lo sé.

Ben vio cómo Jessica salía del baño. Ella miró a Ben y sonrió, con cierta timidez. Sería porque no llevaba maquillaje. Últimamente, casi nunca la veía sin ese mejunje cubriéndole la cara.

Miró a su mujer y supo que la quería pero, al mismo tiempo, se le vino un pensamiento a la mente. Todos aquellos besos no eran para volver a conectar. Eran una despedida.

50

Frances

No vino nadie. Las horas pasaban tan despacio como si fuesen pasajeros encerrados en un avión que no se movía de la pista.

Todos seguían volviendo una y otra vez al panel para probar combinaciones de números al azar.

Frances probó el código alfabético con múltiples palabras: LSD, psicodelia (con p y sin p). Abrir. Apertura. Llave. Salud.

Aquella luz roja volvía a iluminarse una y otra vez y empezó a parecer una cuestión personal.

Los ánimos comenzaron a cambiar de formas extrañas e inesperadas.

Heather se volvió callada y reservada, con los brazos y piernas sin fuerzas. Fue a un rincón de la sala, colocó tres esterillas de yoga una sobre otra, se acurrucó de lado y se quedó dormida.

Lars cantaba. Sin parar. Tenía una voz profunda y melódica, pero cambiaba de una canción a otra como si alguien moviera el dial en busca de una emisora de radio en particular.

Al final, Tony exclamó de forma brusca: «Por Dios Todopoderoso, cierra la boca, chaval», y Lars pareció sobresaltarse y dejó de cantar en mitad de *Lucy in the sky with diamonds*, como si no se hubiese dado cuenta de que había estado todo el tiempo cantando.

Carmel hacía un extraño sonido parecido a «cuac» chasqueando la lengua y Frances se retó a sí misma a ver cuánto tiempo podría soportarlo. Había llegado a treinta y dos cuacs cuando Lars dijo: «¿Cuánto tiempo tienes pensado seguir con eso?».

Algunos hacían ejercicio. Jessica y Zoe practicaban posturas de yoga juntas. Ben hizo una cantidad increíble de flexiones y, al final, paró con la respiración entrecortada y empapado en sudor.

—Deberías reservar tus energías —le sugirió amablemente Napoleon—. Estamos en ayunas.

Ayuno no le parecía a Frances la palabra adecuada. Ayunar implicaba un elemento de decisión propia.

Napoleon no hablaba tanto como Frances había esperado. Desde su primer encuentro, ella había creído que era muy hablador, pero estaba callado y contemplativo, frunciendo el ceño al mirar su reloj y, a continuación, levantando los ojos a la cámara del techo con expresión perpleja, como si dijera: «¿En serio?».

—¿Y si les ha pasado algo? —preguntó Frances por fin—. ¿Y si los han asesinado o secuestrado a todos o han caído enfermos?

—Nos han dejado encerrados —respondió Lars—. Así que a mí me parece que lo tenían planeado.

—Puede que lo tuvieran planeado, pero que solo pretendieran hacerlo durante una hora o así —rebatió Frances—. Y quizá después les haya pasado algo horrible.

—Si ese es el caso, al final nos encontrarán —dijo Napoleon—. Nuestros amigos y familiares se darán cuenta cuando no volvamos del retiro.

—Entonces podríamos pasar aquí..., ¿cuánto? ¿Otros cuatro o cinco días? —preguntó Frances.

—Nos vamos a quedar muy delgados —apuntó Carmel.

—A mí se me puede ir la cabeza —dijo Ben, y su voz sonó temblorosa, como si ya estuviese pasando.

—Al menos, tenemos agua corriente —observó Napoleon—. Y baños. Podría ser peor.

—Podría ser mejor —replicó Tony—. Un servicio de habitaciones vendría bien.

—A mí me encanta el servicio de habitaciones —dijo Frances.

—Servicio de habitaciones y una película —añadió Tony.

Se miraron a los ojos y Frances apartó la mirada porque, sin querer, se estaba imaginando en una habitación de hotel con él. Aquellos tatuajes en su culo cuando salía de la ducha. Aquella sonrisa.

Se dio una bofetada imaginaria y pensó en su padre resoplando: «Siempre te han vuelto loca los chicos». Cincuenta y dos años y aún una insensata. Solo porque a los dos les gustara el servicio de habitaciones no quería decir que fuesen compatibles. ¿De qué hablarían mientras comían lo que les traía el servicio de habitaciones? ¿De fútbol australiano?

—Les ofreceremos dinero —propuso Jessica, de repente—. ¡Para que nos dejen salir! Todo el mundo tiene un precio, ¿no?

—¿Cuánto? —preguntó Ben—. ¿Un millón? ¿Dos millones?

—Tranquilos —dijo Lars.

—No van a dejarte salir porque les prometas algo —intervino Tony, pero Jessica ya había ido hasta el centro de la sala para dirigirse a la cámara.

—¡Estamos dispuestos a pagar por salir de aquí, Masha! —Se puso de jarras—. El dinero no es problema para nosotros.

No nos falta. La verdad es que estaríamos encantados de pagar por..., eh..., una mejora. Queremos saltarnos esta parte del programa, gracias, y estamos dispuestos a pagar un recargo. —Miró por la sala con incomodidad—. Por todos, quiero decir. Pagaremos el precio para que todos salgan.

No pasó nada.

—No creo que a Masha le motive el dinero —dijo Napoleon en voz baja.

«¿Qué es lo que le motiva?», pensó Frances.

Recordó su sesión de terapia y la forma en que se iluminaron los ojos de Masha cuando habló de que el reproductor de vídeo había sido una ventana a otro mundo pero, al parecer, las películas ya no le interesaban. No había duda de que quería que Frances supiera que Australia necesitaba de su inteligencia. ¿Aprobación? ¿Admiración? ¿Qué era?

¿O era el amor? ¿Sería así de sencillo? Simplemente quería amor, como todo el mundo. Pero algunas personas tenían una forma muy peculiar de expresar esa necesidad.

—Ni siquiera sabemos si nos están viendo —dijo Lars—. Quizá estén todos con los pies en alto en algún sitio viendo *Orange is the new black*.

—¡No hemos pagado por alojamiento compartido! —exclamó Jessica con un dedo levantado hacia la cámara—. ¡No voy a dormir otra vez aquí esta noche! ¡Hemos pagado por una habitación doble y quiero volver a la mía! ¡Tengo hambre y estoy cansada! —Se levantó un mechón de pelo y lo olió—. ¡Y necesito lavarme el pelo ahora mismo!

—Dios mío. —Ben se puso las dos manos en las sienes. Las movió con un cómico semicírculo—. ¡Acabo de recordar lo que dijiste! ¡Estás embarazada! ¡Anoche dijiste que estabas embarazada!

—Ah, sí —dijo Jessica mirando a su marido—. Se me había olvidado.

51

Delilah

*N*o está embarazada. —La cara de Yao estaba pálida con una expresión de pánico—. No está para nada embarazada.

Delilah y Yao estaban en el despacho de Masha, viendo los tres la imagen del circuito de vigilancia con sus huéspedes en la sala de meditación.

—Yo jamás habría permitido que una mujer embarazada tomara esas sustancias —continuó Yao—. Jamás.

—Entonces, ¿por qué sigue diciendo que lo está? —preguntó Masha.

Llevaban varias horas ahí. Masha y Yao estaban de pie y paseaban mientras miraban la pantalla, pero Delilah había terminado sentándose en el sillón de Masha.

Delilah estaba agotada, tenía hambre y se sentía un poco harta. Quizá estaba algo cansada de ser asesora en bienestar. Cuatro años ya y los huéspedes empezaban a mezclarse. Estaban todos completamente absortos en sí mismos y ella se sentía a veces como si fuese un personaje secundario en una historia que hablaba de todo el mundo menos de ella.

A lo largo de los años, solo un puñado de huéspedes le habían hecho a Delilah una pregunta sobre su vida. Vale, no pasaba nada, los huéspedes no tenían por qué hablar con ella en absoluto si no querían, ¡pero todos daban por sentado que se quedaría fascinada con ellos! Las cosas que le contaban: sobre sus matrimonios, su vida sexual... ¡Sus intestinos! Si tenía que escuchar otra historia más sobre el síndrome de colon irritable de alguien, se cortaría las venas.

Y luego estaban las quejas que llegaban rápidamente: lo mullido de sus almohadas, la temperatura de sus habitaciones, incluso el clima, como si ella pudiese controlar el clima.

Resultaba agradable cuando alguien parecía creer de verdad que había quedado «transformado» al final de un retiro, pero Delilah no era tan fanática en este asunto de la transformación como Masha y Yao.

Sí, le gustaba el yoga, la fuerza de su core era excelente, tenía un vientre de tableta de chocolate y le gustaba tenerlo, la meditación era relajante, la consciencia plena era estupenda y no le suponía ningún problema incluir drogas en la ecuación, pues eso hacía la vida interesante y, desde luego, le daba a la gente un acceso a sus psiques, aunque, sinceramente, la mayoría de sus psiques no parecían muy..., en fin, muy complejas. Esto no era una labor divina. Era un balneario.

Delilah sabía dar la impresión de que se preocupaba tanto como Masha y Yao. Sabía predicar con el ejemplo. Dios, lo había hecho con productos lácteos cuando había sido la asistente personal de Masha. «Sí, sí, siento pasión por el yogur». Luego, tras el infarto de Masha, había dejado los lácteos y había pasado a los seguros. Todos esos años trabajando como asistente personal habían supuesto una formación estupenda para ser asesora en bienestar: asiente, sonríe, aprueba, haz que las cosas pasen sin que se vea y no hagas preguntas a menos que sea absolutamente necesario. Masha pagaba bien. Delilah casi había llegado a su objetivo con respecto a sus ahorros. Iba a pasar un año viajando.

—Les hice pruebas de embarazo a todas las mujeres —dijo Yao—. Incluso a las mayores. No está embarazada.

—Entonces, ¿por qué ha dicho que lo está? —volvió a preguntar Masha.

—No lo sé —contestó Yao. Estaba muy disgustado. Casi a punto de llorar.

—Para poder denunciarnos por darle drogas —dijo Delilah.

—No necesita dinero. —Masha señaló la pantalla—. Como ha dicho antes, el dinero no es problema.

Delilah se encogió de hombros y suspiró.

—Puede que solo quiera dejar clara esa idea, en plan: «¿Qué pasaría si estuviera embarazada y me hubierais dado drogas?».

—No está embarazada —insistió Yao.

—No sabe que nosotros lo sabemos —dijo Delilah—. Y la hermana de su marido es una drogadicta, así que…, ya ves, son verdaderos antidrogas. Una pena que no lo supiéramos antes.

Masha se giró.

—¡Pero deberían estar contentos! ¡La terapia ha ido muy bien! ¡Se besaron!

—Eso fue porque estaban colocados —respondió Delilah. A veces, Masha mostraba una inocencia extraña. ¿De verdad pensaba que los besos entre esos dos significaban algo?

—Se han estado besando durante mucho rato —le dijo Masha a Delilah.

—Sí. Eso es lo que pasa cuando tomas éxtasis. Por eso lo llaman la droga del amor.

La primera vez que Delilah tomó éxtasis besó a Ryan, su novio de entonces, durante más de dos horas sin parar, los mejores besos de toda su vida hasta la fecha, pero eso no quería decir que deseara casarse con ese gilipollas británico y pretencioso con sus camisas ajustadas de color morado. Solo fueron besos.

—No ha sido solo la droga —dijo Masha—. Yo los he guiado hacia avances muy importantes.

—Ajá —repuso Delilah.

Como todos los jefes de Delilah, Masha era una absoluta narcisista. A Delilah le hacía mucha gracia cuando Masha hablaba con tanta solemnidad a los huéspedes sobre la «disolución del ego», como si su gigantesco ego pudiera disolverse alguna vez. Durante los últimos años, Delilah había observado cómo el ego de Masha florecía, nutrido por los huéspedes que se enganchaban a cada una de sus palabras y por la devoción perruna de Yao.

—Yo tengo un don para esto —aseveró con gesto serio, cuando, a ver, ¿qué narices iba a saber Masha sobre relaciones? En todos esos años, Delilah no había visto que tuviese ninguna. Delilah no podía decir si era heterosexual o gay o bi o si no tenía orientación sexual alguna—. Creía que iban a estar más positivos en esta etapa de sus viajes —añadió Masha—. Más agradecidos.

Delilah intercambió una mirada con Yao. Vaya. Eso era casi reconocer un error. Como poco, era el reconocimiento de un momento de duda.

Yao parecía aterrado, como si todo su mundo se estuviese viniendo abajo. Ese chico estaba obsesionado con Masha, probablemente enamorado de ella. Delilah no podía saber con seguridad si su interés era sexual. Era más como el comportamiento de un superfan cuando está junto a una estrella del rock, como si no se pudiera creer que se le permitiera estar en la misma habitación que ella.

—No va a pasar nada —le dijo Masha a Yao—. Solo tenemos que pensar bien cómo seguimos.

—Deberíamos darles de comer —dijo Delilah. Sabía esto desde su época de camarera. Llevar un poco de pan de ajo gratis a la mesa. Meterles carbohidratos para que dejaran de quejarse por la larga espera de sus platos principales.

—¡Ni siquiera han pasado cuarenta y ocho horas todavía! —exclamó Masha—. Todos sabían que en el retiro habría ayuno.

—Sí, pero no sabían que habría LSD —repuso Delilah—. Ni que se les iba a dejar encerrados.

Pensaba que Masha había sobrestimado el compromiso de sus huéspedes con la transformación. Cuando la gente decía que acudía a Tranquillum House para «ser iluminados», lo que en realidad querían decir era «adelgazar».

En fin, por lo que Delilah podía ver, ninguno de los que estaban en esa sala parecía especialmente transformado. No había posibilidad alguna de que cuando Heather Marconi saliera de ahí les diera una crítica de cinco estrellas en TripAdvisor.

Masha, como era típico en ella, nunca había dudado de que este nuevo protocolo iba a ser un éxito. No le preocupaba el detalle del consentimiento. Decía que era demasiado arriesgado pedirlo, porque los que más ayuda necesitaban serían probablemente quienes más se opondrían. El magnífico fin justificaría los medios. ¡Nadie se quejaría cuando hubiesen experimentado su transformación personal!

—Concentrémonos en las soluciones —dijo Masha mientras observaba a sus huéspedes moviéndose por su prisión temporal. Ni siquiera parecía tan cansada.

Delilah recordó una noche diez años atrás, cuando trabajaba como asistente personal de Masha. Alguien había descubierto un error importante en su análisis del presupuesto que iban a presentar al consejo de administración al día siguiente. Masha había trabajado treinta horas seguidas, incluso por la noche, sin parar, para rectificar ese error. Delilah se había quedado con ella en el despacho, pero se había echado un par de siestas para poder retomar fuerzas. La presentación había sido un éxito.

Seis meses después, Masha sufrió el infarto.

Cinco años después de aquello, cuando Delilah casi se había olvidado de la existencia de Masha, esta la llamó para preguntarle si quería formarse como asesora en bienestar en un balneario que iba a poner en marcha.

A Masha le gustaba decir a sus huéspedes que les contaría cómo había sido el supuesto «viaje hacia el bienestar» de Delilah, pero nunca lo contaba porque no había ningún viaje hacia el bienestar. Delilah había dejado su trabajo como asistente personal de un alto ejecutivo imbécil en una compañía de seguros. Su viaje hacia el bienestar había sido básicamente un viaje en tren desde la Estación Central hasta Jarribong.

—Yo creo que deberíamos dejarles salir —dijo Yao—. Se supone que ya deberían estar fuera.

—Tenemos que estar listos para la adaptación —respondió Masha—. Os lo expliqué al principio. Para resultados impactantes hace falta una acción impactante. Sé que esto es incómodo para ellos, pero es la única forma de que la gente cambie. Tienen agua. Tienen un techo. Los estamos sacando de su zona de confort, eso es todo. Es ahí cuando ocurre el crecimiento.

—Es que no estoy seguro de que esto esté bien —se preocupó Yao.

—Enciende los altavoces —ordenó Masha.

—Es evidente que tenemos la obligación de denunciar esto a la policía en cuanto salgamos —dijo una mujer.

—¿Quién es esa? —preguntó Masha.

—Frances —respondió Yao con los ojos en la pantalla. Frances estaba de espaldas a ellos. Hablaba con Lars.

—¡Frances! —exclamó Masha—. Disfrutó de su experiencia. Pareció que obtenía mucho de ella.

—La obligación moral —estaba diciendo Lars—. La obligación legal. Tenemos un deber de asistencia. Terminarán matando a alguien si no lo hacemos.

—No sé si quiero que de verdad terminen en la cárcel —contestó Frances—. Yo creo que su intención era buena.

—Ahora mismo, me han privado de mi libertad, Frances —replicó Lars—. No me preocupa mucho si alguien termina en la cárcel por ello.

—Dios mío —gimió Yao con los nudillos sobre la boca—. Es un desastre. ¡Ni siquiera lo están… intentando!

—No es un desastre —contestó Masha—. Lo conseguirán. Solo que van a tardar un poco más de lo que esperábamos.

—No parecen haber cambiado después de la terapia —dijo Yao—. Solo parecen muy… enfadados.

Delilah ahogó un suspiro. «Se llama resaca, estúpidos».

—¿A alguien le apetece un té verde? —ofreció.

—Gracias, Delilah. Es todo un detalle —respondió Masha agradecida mientras acariciaba el brazo de Delilah y ponía esa sonrisa tan cálida.

Incluso antes, cuando Masha no se parecía en nada a una diosa, cuando no era más que una desaliñada ejecutiva de alto nivel a la que se le daba realmente bien su trabajo, tenía carisma. Uno deseaba agradarla. Delilah había trabajado más duro para Masha de lo que lo había hecho nunca para nadie, pero había llegado el momento de cerrar ese capítulo de su vida.

Estaba claro que la policía iba a intervenir. Había sido Delilah la que había tenido acceso a las drogas en la internet oscura, un proceso que había disfrutado y una nueva destreza que añadir a su currículum junto al PowerPoint. Pensaba que probablemente sus actos no serían suficientes para enviarla a la cárcel, pero quizá sí lo fueran, y sintió que no le iba a gustar ir a prisión.

Una parte de ella había sabido en todo momento que iba a llegar ese instante. Había una especie de previsibilidad en ello, desde el momento en que Masha le había dado por primera vez el libro sobre terapia psicodélica y había dicho: «Esto va a revolucionar la forma de desarrollar nuestro negocio». Delilah recordaba haber pensado: «Esto no va a terminar bien». Pero llevaba un tiempo sintiéndose aburrida. Experimentar con drogas resultaba interesante y casi había deseado ver cómo el tren descarrilaba.

Habían introducido microdosis en los batidos de los huéspedes durante más de un año sin efectos negativos. La gente no tenía ni idea. Creían que era la comida orgánica y la meditación lo que les hacía sentir tan bien. Volvían a hacer reservas porque querían volver a sentirse así de bien.

Entonces, Masha había decidido que quería hacer algo más que aplicar las microdosis. Quería hacer algo «revolucionario». Quería «ir más allá». Decía que iban a cambiar el curso de la historia. Yao había expresado sus dudas. No quería cambiar el curso de la historia. Solo quería «ayudar a la gente». Masha le había respondido que aquello iba a ayudar a la gente de una forma que cambiaría de verdad sus vidas para siempre.

El momento decisivo había tenido lugar cuando él probó la terapia psicodélica en persona con Masha como guía. Delilah no había estado presente —era su fin de semana libre—, pero la siguiente vez que había visto a Yao estaba aún más loco, con un destello más obsesivo en sus ojos que antes, y citaba el estudio como si hubiese sido eso lo que le había hecho cambiar de idea, cuando solo había sido el poder de las drogas alucinógenas y el poder de Masha.

Evidentemente, Delilah también había probado la terapia psicodélica. Su experiencia había sido increíble, pero no era tan estúpida como para pensar que ninguna de esas sensaciones o lo que llamaban «revelaciones» fuesen reales. Era como confundir lujuria con amor o pensar que los sentimientos que puede llegar a despertar una determinada canción fueran auténticos. Había que abrir los ojos. Esos sentimientos estaban manufacturados.

Al ver que Yao seguía hablando de lo que supuestamente había aprendido en su terapia psicodélica, ella casi deseó darle una bofetada. No era más que otro ejemplo de cómo ese chico estúpido y dulce era adicto a Masha. Era una causa perdida. Nada iba a cambiar nunca en ese aspecto.

Delilah no fue a la cocina para preparar el té verde. Fue directa a su habitación para recoger su documento de identidad. El resto de cosas de esa vida —los uniformes blancos, el aroma a sándalo, su esterilla de yoga— las dejó allí.

Desde que había empezado a trabajar había sabido esto de sí misma: en el fondo, era una asistente personal. Lo menos conflictivo. Como un mayordomo o una dama de compañía. Alguien a quien se ve y no se oye. No era el capitán de ese barco y, desde luego, no se iba a hundir con él.

En cinco minutos estaba tras el volante del Lamborghini de Ben, conduciendo hacia el aeropuerto regional cercano, donde tomaría el primer vuelo disponible, adondequiera que fuese.

Conducir ese coche era una maravilla.

52

Jessica

*D*e cuánto tiempo estás? —preguntó Heather desde el rincón de la sala. Se incorporó y se frotó los nudillos con tanta fuerza contra las cuencas de los ojos que Jessica hizo una mueca de dolor. Había que tener cuidado con la piel delicada que rodea los ojos.

—Eh…, a ver… De dos días —respondió Jessica. Se puso una mano en el vientre.

—¿De dos días? —preguntó Carmel—. ¿Quieres decir que tienes dos días de retraso en el periodo?

—No, aún no tengo ninguna falta —contestó Jessica.

—Entonces, ¿no te has hecho ninguna prueba?

—No —respondió. Dios, ¿qué era eso? ¿La Santa Inquisición?—. ¿Cómo iba a hacérmela?

Esto resultaba raro, todos alrededor de esa pequeña sala como si estuviesen en una fiesta de la oficina, pero hablando de sus periodos.

—Entonces, ¿puede ser que no estés embarazada? —preguntó Ben. Jessica no sabía seguro si Ben había dejado caer los hombros por el alivio o por la decepción.

—Sí que lo estoy —contestó Jessica.

—¿Qué te hace pensar que sí? —preguntó Carmel.

—Simplemente lo sé —respondió Jessica—. Estoy segura. Desde el momento en que pasó.

—¿Quieres decir que lo supiste en el momento de la concepción? —preguntó Carmel. Jessica vio su intercambio de miradas con Heather, como si dijeran: «¿Tú te crees esta mierda?». Las mujeres mayores podían ser muy condescendientes.

—Bueno, ya se sabe, algunas madres dicen que estuvieron seguras de que estaban embarazadas en el momento de la concepción —dijo Heather con tono amable—. Puede que lo esté.

—Apuesto a que muchas mujeres creen «saberlo» y luego resulta que estaban equivocadas —repuso Carmel.

—¿Qué problema hay? —preguntó Jessica. ¿Por qué esa mujer rara de pelo rizado parecía estar tan enfadada con ella?—. Es decir, ya sé que se suponía que no debíamos tocarnos durante el silencio. —Levantó la vista hacia el ojo silencioso y oscuro de la cámara que los vigilaba—. Tampoco debíamos tomar drogas.

El sexo había tenido lugar en la oscuridad de su segunda noche de retiro. No habían pronunciado ni una palabra. Fueron todo caricias ciegas y silenciosas y había sido salvaje y real y, después, ella se había quedado despierta y había sentido que una oleada de paz la invadía, porque, si su matrimonio había terminado, que así fuera, pero ahora iba a haber un bebé y, aunque ya no se amaran, el bebé se había creado en un instante de amor.

—Un momento, pero está tomando la píldora —le dijo Ben a Heather y Carmel, como si Jessica no estuviese allí—. ¿Eso puede pasar?

—Solo la abstinencia es cien por cien efectiva, pero si está... —Heather miró a Jessica—. Si has estado tomando la píldora todos los días, a la misma hora, es poco probable que estés embarazada.

Jessica suspiró.

—Dejé la píldora hace dos meses.

—Ah —respondió Heather.

—Sin decírmelo —protestó Ben—. Dejaste la píldora sin decírmelo.

—Oh-oh —dijo Lars en voz baja.

—No lo mencionaste anoche, cuando estuvimos «hablando desde el corazón».

Citó con tono sarcástico las palabras de Masha, con el gesto duro, y Jessica pensó en la noche anterior, en cómo las palabras de los dos habían fluido como el agua. Pero esa noche no le había contado lo de la píldora. Seguía ocultando secretos aunque estuviese colocada. Porque sabía que era una traición.

Debería habérselo dicho la noche anterior, cuando el rostro de él era todo ternura y ella pensaba que eran las dos mitades de una misma persona. Había sentido que era una hermosa verdad que las drogas la habían ayudado a descubrir, pero había sido una hermosa mentira.

—Ya —contestó Jessica. Levantó el mentón y recordó los besos y que, mientras se habían besado, un único pensamiento se encendía y apagaba como un cartel de neón en su cabeza: «Estamos bien. Estamos bien. Estamos bien».

Pero no estaban bien. Nada de lo que había creído la noche anterior era real. Solo habían sido las drogas. Las drogas mentían. Las drogas te jodían. Ella y Ben lo sabían mejor que nadie. La madre de Ben se sentaba a llorar mirando las fotos de Lucy antes de que se hundiera por las mentiras de las drogas. Eso sí que había sido una «transformación».

«No malgastéis el dinero en ese estúpido retiro», había dicho la madre de Jessica antes de que partieran hacia el balneario. «Destinad todo ese dinero a la beneficencia y volved al trabajo. Así es como vuestro matrimonio estará bien. Tendréis algo de lo que hablar al final de la jornada».

Su madre creía seriamente que Jessica podría volver a ese trabajo de mierda cuando ganaba más en intereses del banco en un solo mes de lo que antes cobraba en todo un año. Jessica no conseguía hacer que su madre entendiera que cuando se tiene tanto dinero cambias para siempre. Tu valor aumenta. Eres mejor. No puedes volver atrás porque jamás podrías verte así de nuevo. Si lo pensaba, sabía que solo había sido la casualidad lo que la había vuelto rica pero, muy en el fondo, una voz insistente en su cabeza le decía: «Me merezco esto, estaba destinada a esto, YO SOY esta persona, siempre he sido esta persona».

—Cariño, haz caso a alguien que sabe de esto: quedarse embarazada no es la mejor forma de intentar salvar un matrimonio —dijo Carmel.

—Bueno, pues gracias, pero no estaba tratando de salvar mi matrimonio —respondió Jessica.

—¿Qué intentabas hacer, Jess? —preguntó Ben en voz baja y, por un momento, fue como la noche anterior, solos los dos juntos en su pequeña barca flotando por un río de éxtasis.

—Quería un hijo —contestó Jessica.

Iba a documentar su viaje por Instagram. Fotos de perfil de su «tripa de embarazada». Una elegante fiesta para revelar el género. Unos globos azules o rosas saldrían de una caja. Ojalá que rosas. La gente pondría emoticonos de corazones en los comentarios.

—Me daba miedo que dijeras que no —le explicó a Ben—. Pensé que si íbamos a romper más me valía darme prisa para quedarme embarazada.

—¿Y por qué iba a decir que no? Siempre hablamos de tener hijos —repuso Ben.

—Sí, ya lo sé, pero eso era antes de que empezáramos a tener... problemas —respondió Jessica. No podría haber soportado que le dijera: «¿Estás de broma? ¿Nosotros?».

—Entonces, este bebé no tiene nada que ver conmigo —replicó Ben—. ¿Suponías que íbamos a romper y querías tener este bebé tú sola?

—Claro que tiene que ver contigo. Yo solo quería un hijo tuyo.

Vio cómo el rostro de él se enternecía pero, entonces, tontamente y sin pensar, añadió:

—Eres el padre. Puedes verlo siempre que quieras.

—¡Que puedo verlo siempre que quiera! —explotó Ben. Cualquiera habría pensado que ella había dicho la peor cosa del mundo—. Vaya, muchas gracias.

—No, no quería decir... Solo quería decir... Dios.

Sus palabras ya no fluían como el agua. Ahora sus conversaciones se detenían y empezaban a trompicones.

—Quizá sea algo prematuro hablar del régimen de visitas —intervino Lars.

—Yo incluso dudo que esté embarazada —dijo Carmel.

—Sí que estoy embarazada —insistió Jessica—. Solo espero que estas drogas no hayan hecho daño al bebé.

—No serás la primera ni la última que se haya emborrachado o colocado durante los primeros días de su embarazo —dijo Heather—. Soy comadrona y no sabes las cosas que algunas madres me han contado. ¡Sobre todo, cuando sus parejas han salido de la sala! Si estás embarazada, hay muchas posibilidades de que tu bebé esté bien.

—Y aquí termina tu cruzada contra las drogas, mamá —observó Zoe.

—Bueno, ya no se puede hacer nada —respondió Heather en voz baja, aunque Jessica pudo oírla perfectamente bien.

—He estado tomando pastillas de ácido fólico —le dijo Jessica.

—Eso es estupendo —contestó Heather.

—Sí, estupendo: ácido fólico, un poco de LSD y algo de éxtasis —señaló Ben cortante—. La mejor forma de empezar a vivir.

—No te preocupes por eso. Es probable que ni siquiera esté embarazada —insistió Carmel en voz baja.

—¿A ti qué te pasa, joder? —La voz de Jessica se elevó hasta un tono vergonzosamente agudo. Sabía que no debía decir palabrotas ni mostrar así sus emociones pero, de repente, estaba muy enfadada.

—Tranquila —dijo Napoleon con tono apaciguador.

Frances, la escritora de novelas de amor, se dejó caer y se puso completamente roja, como si nunca en su vida hubiese oído aquella palabrota.

—Lo siento —se disculpó Carmel. Bajó la cabeza—. Probablemente, solo sea envidia.

—¿Envidia? ¿Es que estás celosa de mí? —preguntó Jessica. ¿No era esa mujer demasiado vieja como para estar celosa?—. ¿Por qué?

—Bueno... —Carmel se rio un poco.

«Por el dinero», pensó Jessica. «Está celosa por el dinero». Había tardado un poco en darse cuenta de que la gente de cualquier edad, personas a quienes consideraba adultas, de la generación de sus padres, de las que cabría pensar que no le darían mucha importancia al dinero porque sus vidas estaban prácticamente acabadas, aún pudieran sentirse celosas y mal por ello.

—Es que eres delgada y guapa —explicó Carmel—. Sé que es vergonzoso decir esto a mi edad... Tengo cuatro hijas preciosas, debería estar por encima de estas cosas..., pero mi marido me dejó por una...

—¿Chica mona y tonta? —sugirió Lars.

—Por desgracia, no. Tiene un doctorado —respondió Carmel.

—Ay, querida, se puede seguir siendo una chica mona y tonta aunque se tenga un doctorado —repuso Lars—. ¿Quién fue tu abogado? Supongo que aún sigues en la casa familiar.

—No hay ningún problema. Gracias. No me quejo por el acuerdo de divorcio. —Hizo una pausa y miró a Jessica—. ¿Sabes una cosa? Probablemente tenga celos porque estés embarazada.

—¿No has tenido cuatro hijas? —preguntó Lars—. A mí me parece más que suficiente.

—No quiero tener más hijos —respondió Carmel—. Solo quiero volver al momento en que todo estaba empezando. Los embarazos son el comienzo definitivo. —Se puso una mano en el vientre—. Siempre me sentía guapa cuando estaba embarazada, aunque debo confesar que mi pelo estaba terrible. Tengo un pelo denso y negro de rumana, así que, cuando estaba embarazada, se descontrolaba.

—Espera, ¿por qué se descontrolaba? —preguntó Jessica. No estaba preparada para que el pelo se le descontrolara, muchas gracias. Seguro que había algún champú y acondicionador que lo solucionara.

—El pelo deja de caerse cuando se está embarazada —contestó Heather—. Se vuelve más denso. —Se tocó el pelo—. A mí me encantaba mi pelo cuando estuve embarazada.

—Estoy segura de que sí estás embarazada, Jessica —dijo Carmel—. Y te pido perdón. —Hizo una pausa—. Enhorabuena.

—Gracias —respondió Jessica. Quizá no estaba embarazada. Quizá hubiese quedado como una tonta delante de esas personas. Miró a Ben. Él se estaba observando los pies desnudos, como si en ellos estuviese la respuesta. Tenía unos pies enormes. ¿Su bebé tendría también los pies enormes? ¿Podrían de verdad ser padres juntos? No eran demasiado jóvenes. Podían permitirse tener un bebé. Podían permitirse tener una docena de bebés. ¿Por qué parecía tan difícil de imaginar?

Tony había ido al baño y volvió con una toalla húmeda que le pasó a Frances sin decir nada. Ella se la apretó contra la frente. Estaba sudando.

—¿No te encuentras bien, Frances? —preguntó Carmel.

Todos miraron a Frances.

—No —contestó Frances. Movió una mano lánguida por delante de su cara—. Es solo que estabais hablando de lo mucho que os gustan los comienzos. Yo estoy viviendo ahora un final.

—Ah —dijo Heather, como si eso tuviera sentido—. No pienses que es un final. Piensa que es un comienzo.

—Cuando yo era adolescente, mi madre se ponía una chapa que decía: «No son sofocos, son sobrecargas de energía». A mí me abochornaba —añadió Carmel.

Las tres se rieron con esa risa autocomplaciente de las mujeres de mediana edad que hacen que quieras seguir siendo siempre joven.

53

Frances

*E*stás bien?

Tony se sentó en el suelo junto a Frances, de esa forma incómoda en que se sientan los hombres en los pícnics, como si estuviesen buscando un lugar donde esconder las piernas.

—Estoy bien —respondió Frances. Se apretó la toalla húmeda contra la frente y la oleada de calor siguió engulléndola. Se sentía curiosamente animada, aunque se encontrara encerrada en una habitación con desconocidos y estuviese sufriendo un sofoco—. Gracias por la toalla.

Se quedó mirándole. Tenía la cara pálida y gotas de sudor en la frente también.

—¿Tú estás bien?

Él se dio toques en la frente.

—Es solo un poco de claustrofobia.

—¿Quieres decir que sufres claustrofobia de verdad? ¿No solo la claustrofobia de «quiero salir de aquí»? —Frances dejó caer la toalla sobre su regazo.

Tony trató de doblar las rodillas para subírselas al pecho, se rindió y volvió a extenderlas.

—Soy un poco claustrofóbico. No es muy grave. No me gustaba estar aquí abajo aun antes de que nos dejaran encerrados.

—En ese caso, tendré que distraerte —dijo Frances—. Alejar tu mente de eso.

—Pues adelante —contestó Tony. Esbozó una vaga versión de su sonrisa completa.

—Muy bien... —empezó Frances. Pensó en lo que Napoleon había dicho el día anterior, antes de que los batidos hiciesen efecto—. ¿Sufriste «depresión posdeportiva» cuando dejaste el fútbol?

—Ese sí que es un chispeante tema de conversación para entablar amistad —respondió Tony.

—Lo siento —se disculpó Frances—. No estoy en mi mejor momento. Además, siento interés. Puede que mi carrera esté terminándose en este momento.

Tony hizo una mueca.

—Bueno, dicen que las estrellas del deporte mueren dos veces. La primera es cuando se retiran.

—¿Y fue como morirse? —preguntó Frances. Para ella lo sería si tuviera que dejar de escribir.

—Bueno, sí, algo parecido. —Cogió una vela medio derretida y le arrancó un trozo de cera—. No quiero ponerme muy dramático, pero el fútbol fue durante años lo único que yo conocía, lo que yo era. Era un niño recién salido del instituto cuando empecé a jugar profesionalmente. Mi exmujer diría que seguía siendo un niño cuando terminé. Ella decía que el deporte me había atrofiado. Decía una frase que había visto en algún sitio: «Deportista profesional, ser humano *amateur*». —Volvió a dejar la vela en el suelo y lanzó el trozo de cera con un capirotazo de los dedos—. Lo repetía cada vez que yo... mostraba la forma *amateur* con la que me enfrentaba a la vida.

Había una expresión de dolor en sus ojos que ocultó el ligero toque de humor de su voz. Frances decidió que su exmujer tenía que ser una bruja.

—Además, yo no estaba preparado para terminar. Creía que aún me quedaba una temporada más, pero mi rodilla derecha tenía otra opinión. —Levantó la pierna y apuntó hacia la rodilla conflictiva.

—Estúpida rodilla derecha —dijo Frances.

—Sí, me cabreé mucho. —Tony se masajeó la rodilla—. Un médico deportivo me dijo que retirarse era como quitarse de la cocaína. El cuerpo está acostumbrado a todos esos químicos que producen bienestar: serotonina, dopamina, y..., pum..., de repente desaparecen y tu cuerpo tiene que reajustarse.

—Creo que nunca he experimentado esos químicos que producen bienestar al hacer ejercicio —confesó Frances. Cogió la vela que él había dejado y hundió la uña en la suave cera cerca de la mecha.

—Probablemente sí —la corrigió Tony—. Al hacer cierto tipo de ejercicios. —Hizo una pausa.

Ella pestañeó. Un momento. ¿Eso era una insinuación?

Él continuó hablando. Quizá le había malinterpretado.

—Tal vez te parezca ridículo pero había algunos partidos en los que lo dábamos todo cuando teníamos que darlo y hacíamos todo lo que teníamos que hacer, y todo eso se unía como una obra musical o un poema o... no sé. —La miró a los ojos y puso una mueca de dolor, como si se preparara para una mofa—. A veces, me parecía algo trascendental. Como las drogas. En serio.

—Eso no tiene nada de ridículo —contestó Frances—. Eso hace que yo quiera entrar en la Liga de Fútbol Australiano.

Él se rio agradecido.

—Mi exmujer decía que en lo único que yo pensaba era en el fútbol. Probablemente no resultara muy divertido estar casada conmigo.

—Estoy segura de que sí lo era —dijo Frances sin pensar y se sorprendió mirando fijamente sus enormes hombros. Cambió rápidamente de tema—. ¿Y qué hiciste cuando dejaste de jugar? ¿Cómo te rehiciste?

—Abrí una agencia de marketing deportivo —respondió Tony—. Ha ido bien, ya sabes, para tratarse de un negocio dirigido por un ser humano *amateur*. Creo que me fue mejor que a muchos de mis compañeros de equipo. Algunos la cagaron bien…, quiero decir, la fastidiaron.

—Creo que la expresión correcta en este caso es la cagaron —dijo Frances.

Él la miró con su sonrisa completa de emoticono sonriente. Realmente era una sonrisa muy divertida.

—Parece que estás aniquilando esa vela —dijo él.

Ella miró el montón de cera que tenía en su regazo con expresión culpable.

—Has empezado tú. —Se limpió la cera—. Continúa. Así que abriste una agencia.

—Tenía un amigo que me decía: «¿No te desagrada que todo el mundo solo te hable de lo que eras antes?», pero, sinceramente, nunca me importó. Me gustaba que la gente me reconociera. No me importaba hablar del hombre que había sido antes. En fin…, a finales del año pasado empecé a sentir ciertos síntomas, una fatiga increíble, notaba que algo iba mal, antes incluso de consultar al doctor Google.

Frances sintió que se enfriaba. Estaba en una edad en la que la gente de su círculo no imaginaba enfermedades graves, las sufría.

—¿Y…?

—Y fui a mi médico de cabecera, me hizo muchas pruebas y vi que se lo tomaba muy en serio, así que le pregunté: «¿Cree que tengo cáncer de páncreas?». Porque eso era lo que yo pensaba. Así fue como perdí a mi padre y sé que se hereda.

Y el médico me miró de una forma…, le conocía desde hacía años…, y me dijo: «Estoy agotando todas las posibilidades».

«Ay, qué mierda».

—Era justo antes de Navidad y me citó para darme los resultados. Sacó el informe y, después, me di cuenta de que yo tenía unas palabras en mi cabeza y que me las decía a mí mismo y… me sorprendió que las estuviese pensando.

—¿Qué palabras? —preguntó Frances.

—Pensaba: «Que sea terminal».

Frances se quedó pálida.

—¿Y…, pero… lo es?

—Ah, estoy bien —contestó Tony—. No me pasa nada malo, salvo que es evidente que no llevo una vida sana.

Frances expulsó el aire de los pulmones. Esperaba que no se le hubiese notado mucho.

—Vaya, menos mal.

—Pero aquello me sacudió, pensar aquello, tener la esperanza de que se tratara de un diagnóstico terminal. Pensé: «Tío, qué mal tienes la cabeza».

—Sí, eso es malo —convino Frances. Se sintió revitalizada con aquella autoridad femenina que sabía que volvía locos a los hombres, pero lo cierto era que no se podía hacer nada al respecto una vez que te invadía esa sensación de superioridad moral por que fueran tan tontos—. Vale, tienes que arreglar eso. Tienes que…

Él levantó una mano en el aire.

—Lo tengo controlado.

—¡Es muy malo que pensaras eso!

—Ya lo sé. Por eso he venido aquí.

—Pues probablemente necesites…

Él se llevó un dedo a los labios.

—*Shhh*.

—Terapia —se apresuró a añadir.

—Calla.

—Y...

—Cierra el pico.

Frances cerró el pico. Se llevó la toalla a la cara para ocultar su sonrisa. Por lo menos, él ya no estaba pensando en su claustrofobia.

—Háblame de ese cabrón que te ha estafado —dijo Tony—. Y, luego, dime dónde vive.

54

Yao

Qué le pasa ahora a esta? ¿Está enferma? ¿Por qué se está dando esos toques en la cara?

El acento de Masha, normalmente ligero, le parecía a Yao más pronunciado de lo habitual. A los padres de Yao les pasaba lo mismo. Parecían aún más chinos cuando estaban estresados por la conexión a internet o por la salud.

Debería llamar a sus padres.

«¡Estás malgastando tu vida con esa mujer!», le había dicho su madre la última vez que habían hablado.

—¿Yao? —dijo Masha. Se había sentado en la silla que Delilah había dejado vacía y tenía la mirada levantada hacia él, con una expresión de preocupación y vulnerabilidad en sus ojos grandes y verdes. Rara vez se mostraba vulnerable. Era una exquisita tortura verla así.

—Frances tiene la menopausia —respondió Yao.

Masha se estremeció.

—¿Sí?

Yao sabía que Masha era de una edad parecida a la de Frances, también en la cincuentena, pero, al parecer, no estaba sufriendo los síntomas de la menopausia. Masha era un enigma que Yao jamás podría resolver. A ella le gustaba hablar de las complejidades más íntimas del sistema digestivo, no sentía vergüenza en lo concerniente a la desnudez (¿por qué la iba a sentir?) y, a menudo, iba por ahí desnuda cuando no había ningún huésped en la casa, pero la palabra «menopausia» le daba escalofríos, como si algo tan desagradable jamás le pudiera ocurrir a ella.

Yao miró la nuca de Masha y vio un pequeño bulto inflamado: una picadura de mosquito. Era raro ver cualquier tipo de imperfección en su hermoso cuerpo.

Ella echó la mano hacia atrás y se rascó.

—Te vas a hacer sangre —dijo él. Puso una mano sobre la de ella.

Masha se la retiró con fastidio.

—Delilah está tardando mucho —dijo Yao.

—Delilah se ha ido —respondió Masha, con los ojos en la pantalla.

—Sí, ha ido a traerte el té —repuso Yao.

—No, se ha ido. No va a volver.

—¿Qué estás diciendo?

Masha soltó un suspiro. Le miró.

—¿Todavía no te has dado cuenta? A Delilah solo le preocupa Delilah. —Volvió a mirar a la pantalla—. Tú también puedes marcharte, si quieres. Yo asumiré toda la responsabilidad. El protocolo nuevo fue idea mía, mi decisión.

Nunca habría podido aplicar el nuevo protocolo sin los conocimientos médicos de Yao. Si alguien debía pagar, era él.

—Yo no me voy a ninguna parte —respondió—. Pase lo que pase.

Hacía ya más de un año que Masha había encontrado un artículo sobre el uso de microdosis en Silicon Valley. Profesio-

NUEVE PERFECTOS DESCONOCIDOS

nales administrativos se servían de microdosis de LSD para aumentar su productividad, lucidez y creatividad. Las microdosis se usaban con cierto éxito para tratar enfermedades mentales como la ansiedad y la depresión.

Masha mostró su fascinación de esa forma tan típica de ella. A Yao le encantaba su repentino entusiasmo y su valentía a la hora de adentrarse en terreno desconocido. Localizó a la persona que había escrito el artículo y le telefoneó. Así fue como terminó conociendo las terapias psicodélicas, donde a la gente se les daba «dosis completas» de drogas psicodélicas. En muy poco tiempo, se obsesionó con aquello. Pidió libros por internet. Hizo llamadas de teléfono a expertos de todo el mundo.

Ahí estaba la respuesta, dijo. Eso era lo que los llevaría al siguiente nivel. La terapia psicodélica, decía, era el atajo mágico hacia la iluminación. Los escáneres mostraban que la actividad cerebral de alguien que había tomado psilocibina tenía sorprendentes similitudes con el cerebro de un experimentado meditador durante un estado de meditación profunda.

Al principio, Yao se había reído, incrédulo. No le interesaba. En su etapa como enfermero de emergencias, había visto el terrible impacto de las drogas ilegales. El hombre que le había puesto el cuchillo en el cuello estaba sufriendo los efectos psicóticos del cristal. Yao había tratado a muchos yonquis. No eran una buena publicidad de los maravillosos efectos de las drogas.

Pero Masha le había ido minando, día tras día.

—No me estás escuchando. Esto no se parece en nada —dijo—. ¿No usarías la penicilina por culpa de la heroína?

—La penicilina no afecta a la química del cerebro.

—Muy bien, ¿y los antidepresivos? ¿Y los antipsicóticos?

Esa voz grave, persuasiva y de acento extranjero en su oído, esos ojos verdes mirando a los suyos, ese cuerpo, ese hermoso dominio que tenía sobre él.

—Al menos, consulta los estudios —dijo ella.

Y eso hizo. Estudió los ensayos clínicos aprobados por el gobierno con drogas psicodélicas que se usaban para aliviar la ansiedad en pacientes con cáncer terminal. Los resultados eran abrumadoramente positivos. Como también lo eran otros ensayos con veteranos de guerra que sufrían trastorno de estrés postraumático.

Yao sintió curiosidad e interés por ellos. Al final, estuvo de acuerdo en probar la terapia en persona.

Delilah consiguió los productos en la internet oscura, incluidos los equipos para detección de drogas. Yao se sometió a todas las pruebas.

Tanto él como Delilah aceptaron ser los conejillos de indias. Masha llevaría a cabo la terapia psicodélica. Por su historial médico, ella no podía someterse a la terapia, pero eso no era problema porque ya había tenido experiencias trascendentales a través de la meditación y su famosa experiencia cercana a la muerte.

La terapia psicodélica había sido, tal y como Masha había prometido, transformadora.

Aunque medicar a los huéspedes resultara ser un error, él nunca se arrepentiría.

Empezó con un viaje por un túnel que posiblemente fuera un tobogán acuático (pero el agua no estaba húmeda, lo cual suponía una idea brillante) que al final le llevó al interior de un cine donde estaba sentado sobre un asiento de terciopelo rojo comiendo palomitas de mantequilla mientras veía cómo toda su vida se proyectaba ante él, fotograma a fotograma, desde el instante de su nacimiento, pasando por el colegio y la universidad, hasta el momento en que llegó a Tranquillum House, salvo que no solo la veía, sino que volvía a experimentar cada incidente, cada fracaso, cada éxito, y esta vez lo había entendido todo.

Entendió que había amado a Bernadette, su prometida, más de lo que ella le había amado nunca y que jamás iba a ser la mujer adecuada para él. Entendió que sus padres tampoco habían estado nunca hechos el uno para el otro. Entendió que no tenía la personalidad apropiada para ser enfermero de emergencias (los estallidos de adrenalina le dejaban más agotado que estimulado).

Y lo más importante de todo, había aprendido que su fobia por los errores había empezado cuando era niño.

Fue un incidente del que estaba seguro que nunca le habían hablado sus padres y que tampoco había recordado antes, pero bajo la influencia de las drogas psicodélicas volvió a experimentarlo con todo lujo de detalles.

No tenía más de dos o tres años y estaba en la cocina de su antigua casa. Su madre había salido un momento de la habitación y él pensó: «¡Ya sé! Voy a ayudar a remover la comida», y, con cuidado, acercó una silla a la cocina, encantado por que se le hubiera ocurrido una solución tan inteligente. Se había subido a la silla y estaba a punto de tocar la burbujeante cacerola cuando su madre volvió a la cocina y le gritó con tanta fuerza que el corazón se le salió del pecho y se cayó de la silla hacia el espacio infinito y su madre lo cogió y lo agitó con tanta fuerza que los dientes le castañetearon. Por fin entendió que había interiorizado el terror de su madre por un error que había cometido ella, no él.

Delilah, que se negaba a dar mucha información sobre sus experiencias, no se había mostrado muy impresionada por las revelaciones de Yao.

—Entonces, ¿es culpa de tu madre que seas un manojo de nervios? ¿Porque te salvó de terminar escaldado? Qué madre tan horrible. No me extraña que estés tan mal, Yao.

Yao no le hizo caso. A veces, Delilah parecía estar enfadada con él. No sabía por qué ni le importaba, porque al día siguiente de su terapia psicodélica se había levantado embriagado por una nueva sensación de libertad: la libertad de cometer errores.

Quizá ese había sido su primer error.

Miró a la pantalla que mostraba a nueve personas que no parecían transformadas en modo alguno. Parecían cansadas, nerviosas y enfadadas. Se suponía que ya deberían haber salido para iniciar la siguiente fase de su «renacimiento».

El «acertijo para descifrar códigos» debería haber durado una hora como mucho. Se suponía que tenía que ser divertido, estimular la actividad grupal para ayudarles a crear un vínculo entre todos. En la época en que Masha trabajaba como empresaria, había asistido a un retiro para fomentar el espíritu de equipo y habían hecho un ejercicio similar que había encantado a todos. Decía que la gente había salido de la habitación riéndose y chocando las manos en el aire.

Masha dijo que se le había ocurrido algo sofisticado, sutil y simbólico que se integraría a la perfección con sus experiencias psicodélicas. («Nunca le da miedo echarse flores, ¿verdad?», le había dicho Delilah a Yao. Él había achacado el comentario a los celos. ¿Qué mujer no iba a sentir celos de Masha?).

A Yao le había preocupado que quizá fuese demasiado sutil, pero ¿qué importaba? Descifrar el código no formaba una parte esencial en la transformación de los huéspedes. Si no sabían descifrar el código en una hora, les dejarían salir y los llevarían directos al comedor a disfrutar de un desayuno de bandejas de fruta fresca y chocolate caliente orgánico y sin azúcar. Yao había estado deseando que llegara ese momento, imaginándose cómo se iluminarían las caras de todos mientras él, Masha y Delilah entraban en el comedor con las bandejas en alto. Había pensado que se pondrían a aplaudir.

Yao se había comido una nectarina después de su sesión de terapia psicodélica y aún recordaba la sensación de sus dientes hundiéndose en aquella carne dulce.

Una vez hubiesen comido, el grupo debía compartir lo que habían aprendido mediante sus experiencias. Después de eso, les repartirían unos preciosos diarios de tapa dura para que cada uno pudiese escribir cómo pensaban integrar lo que habían aprendido de sí mismos en sus vidas cuando volvieran a casa.

Pero nada estaba saliendo según el plan.

Parecía que todo se había empezado a descarrilar con la inesperada pregunta de Heather: «¿Nos has estado medicando?», lo que había supuesto que la presentación que Masha iba a hacer del tratamiento empezara con un tono a la defensiva pese a que había respondido de manera brillante, incluso siendo atacada. Todos se habían enfadado mucho, como si de verdad creyeran que algo siniestro estaba pasando, cuando todo aquello era por su propio bien.

Yao había comprobado una y otra vez las dosis, los posibles efectos secundarios, los historiales médicos de los huéspedes, sus análisis de sangre diarios. Solo deberían haberse producido resultados positivos. Había comprobado las constantes vitales de todos por la noche. Nada había ido mal. No había habido ningún efecto secundario inesperado. Napoleon se había puesto nervioso, pero Yao le había dado una dosis de lorazepam y se había calmado.

Era cierto que, al menos desde el punto de vista de Yao, la parte de la terapia había sido un poco torpe. Hubo cierta trivialidad decepcionante en algunas de las percepciones que habían experimentado los huéspedes, sobre todo en comparación con las revelaciones trascendentales del propio Yao. Pero Masha estaba encantada. Después de que todos los huéspedes se quedaran dormidos, había cerrado con el código la puerta del estudio de meditación, eufórica por el éxito.

No se habían imaginado esto.

A medida que había pasado el tiempo, tanto Yao como Delilah habían empezado a decir: «Creo que deberíamos dejarles salir. O darles alguna pista».

Pero Masha estaba convencida de que lo conseguirían.

—Esto es esencial para su renacimiento —había dicho—. Tienen que esforzarse para poder salir igual que un bebé se retuerce en su salida por el canal de parto.

Delilah había emitido un pequeño sonido como una tos o un ronquido.

—Les hemos dado muchas pistas —no dejaba de decir Masha—. Seguro que no son tan estúpidos.

El problema era que, cuanto más tiempo permanecían encerrados, más enfadados y rabiosos se ponían y más estúpidos se volvían.

—Aunque consigan averiguarlo —dijo ahora Yao—, creo que su principal sensación va a seguir siendo la rabia.

—Puede que tengas razón —respondió Masha. Se encogió de hombros—. Quizá necesitemos ser más creativos después. Ya veremos qué pasa.

Yao se vio a sí mismo en aquella silla, con su mano pequeña y rechoncha tocando la cacerola de agua hirviendo.

—¡Mira! —dijo Masha apuntando a la pantalla—. Por fin hay avances.

55

Frances

*F*rances y Tony estaban sentados el uno junto al otro
en un cómodo silencio. Ahora estaban casi todos sentados, salvo Napoleon, que no dejaba de caminar de un lado a
otro. Nadie estaba tratando de descifrar el código del cierre de
seguridad de la puerta del sótano.

Alguien tarareaba *Estrellita, ¿dónde estás?* Frances creyó
que era Napoleon. Ella se puso a cantar la letra en su cabeza al
compás que él: «En el cielo o en el mar, un diamante de verdad».

Pensó en la noche de la meditación de la luz estelar y en
su viaje en trineo por el cielo plagado de estrellas con Gillian.
Lars había estado cantando antes *Lucy in the sky with diamonds.* Esa era la canción que había estado sonando al principio de estar tumbada en la camilla. Enumeró de memoria las
demás canciones que habían sonado por los auriculares.

Vincent.
La estrella azul.

La sonata *Claro de luna* de Beethoven.

Todas estaban relacionadas con las estrellas, el cielo o la luna.

¿Qué había dicho Masha la noche anterior? Algo como: «Habéis pasado toda la vida mirando hacia abajo. Tenéis que mirar hacia arriba».

—Creo que se supone que tenemos que mirar hacia arriba —dijo. Se puso de pie.

—¿Qué? —Lars se levantó sobre sus codos—. ¿Mirar adónde?

—Todas las canciones eran sobre estrellas, la luna y el cielo —contestó—. Y Masha dijo que teníamos que mirar arriba.

Los más jóvenes fueron los primeros en entenderlo. Zoe, Ben y Jessica se pusieron de pie de un salto y empezaron a caminar por la sala, estirando los cuellos para observar el techo abovedado de piedra con las vigas curvadas de madera. Los mayores se levantaron después más despacio y con más cautela.

—¿Qué crees que estamos buscando? —preguntó Napoleon.

—No lo sé —respondió Frances. Un momento después, añadió con tono de tristeza—: Quizá me equivoque.

—¡Ahí! —señaló Heather—. ¿Lo veis? ¿Lo veis?

—¡Yo lo veo! —respondió Jessica.

Frances miró hacia donde señalaba.

—La verdad es que yo no veo nada —dijo—. Mi vista es espantosa.

—Es una pegatina —le informó Tony—. Una pegatina de una estrella dorada.

—¿Y de qué nos sirve una pegatina? —preguntó Carmel.

—Hay algo encima de la pegatina, sobre la viga de ahí —dijo Zoe.

—Es un paquete —aclaró Napoleon.

—Sigo sin poder verlo —dijo Frances.

—Está envuelto en papel marrón. —Heather agarró la mano de Frances y señaló hacia el techo para que mirara en la dirección correcta—. Está metido en el pequeño triángulo, donde se juntan las dos vigas, camuflado entre la madera.

—Ah, sí. Ya lo veo —dijo Frances, aunque no era verdad.

—Vale, pues vamos a bajarlo —le dijo Jessica a Ben—. Súbeme a hombros.

—No te voy a subir. Estás embarazada —respondió Ben—. Es posible que estés embarazada.

—Súbeme, papá —dijo Zoe a su padre—. Tú eres el más alto.

—No creo que lleguemos tan alto. —Napoleon echó la cabeza hacia atrás para calcular la distancia—. Aunque te pusieras de pie sobre mis hombros no llegarías.

—Lo más lógico es lanzar algo para hacerlo caer —propuso Lars.

—Yo puedo saltar y derribarlo —dijo Tony. Miró hacia la viga con un brillo en los ojos—. Solo necesito que dos de vosotros, chicos, me hagáis de palanca.

—Es imposible que saltes tan alto —contestó Frances.

—Hice la mejor marca del año durante tres temporadas seguidas —repuso Tony.

—No sé qué significa «la mejor marca del año», pero es imposible —insistió Frances. Era como una broma pensar que alguien pudiese saltar tan alto—. Te vas a hacer daño.

Tony la miró.

—¿Has visto alguna vez en tu vida un partido de fútbol australiano, Frances?

—Sé que van por ahí saltando con energía...

—En serio —dijo Lars—. Solo hay que lanzar algo hasta ahí arriba para sacarlo de las vigas.

—Vamos por ahí saltando —repitió Tony como si lo dijese para sí mismo—. Vamos por ahí saltando con energía.

—Son saltos muy impresionantes —rectificó Frances. Recordaba haber cometido el error de mofarse cuando Henry había empezado a hablar de que quería aprender a volar en ala delta a los cincuenta años. Todas sus amigas la miraron negando con la cabeza: «Ay, Frances, nunca hay que decirle a un hombre en plena crisis de la mediana edad que no puede hacer algo». Henry hizo un curso de tres meses de vuelo en ala delta y sufrió una lesión crónica de cadera antes de sentir que había demostrado lo que quería.

—Mi marca más alta llegó casi a los tres metros y medio. —Tony levantó los ojos hacia la viga—. Puedo llegar ahí sin problema.

—Por encima de aquel jugador del Collingwood, ¿verdad? —preguntó Heather—. Jimmy Moyes. Napoleon y yo estuvimos en aquel partido.

Napoleon empezó a recitar:

—«... el salto al cielo, a la fama, a la leyenda. Después, la caída a la tierra (pobre Ícaro) con el estridente piar del silbato».

—¿Eso es un poema sobre fútbol? —preguntó Frances.

—Efectivamente, Frances —respondió Napoleon con tono de profesor—. Se llama *The High Mark, La alta marca*, de Bruce Dawe. Describe cómo la marca, la pugna por atrapar el balón en el aire, es la manifestación de la aspiración humana a poder volar.

—Es realmente bonito —repuso Frances.

—Dios mío, ¿podemos dejar la poesía y el fútbol y concentrarnos en cómo salir de aquí? —preguntó Lars a la vez que cogía una botella de agua vacía, apuntaba con ella como si fuera una jabalina y la lanzaba hacia el techo. Dio en la viga y rebotó hacia atrás.

—Yo bajaré ese paquete —dijo Tony mientras hinchaba el pecho y echaba los hombros hacia atrás como un superhéroe que sale de una cabina de teléfono.

56

Yao

Se puede saber qué están haciendo? —preguntó Masha.
—Creo que Tony va a tratar de propulsarse sobre sus espaldas para saltar como en un partido de fútbol australiano —respondió Yao con preocupación.

—Eso es una locura —dijo Masha—. ¡Pesa mucho! ¡Les va a hacer daño!

—Tienen hambre y están cansados. No piensan con claridad.

—Es tan evidente lo que deberían hacer —dijo Masha.

—Sí —contestó Yao. Lars había tenido la idea correcta.

—¿Por qué no forman una sencilla pirámide humana? —preguntó Masha.

Yao la miró para ver si hablaba en serio.

—Al final, no son tan listos —dijo Masha—. Este es el problema al que nos enfrentamos, Yao. No son personas listas.

57

Frances

*N*apoleon y Ben se habían colocado debajo de la viga, con las cabezas agachadas y los cuerpos en tensión.

—¿Deberíamos saltar nosotros a la vez? —sugirió Napoleon—. ¿Para darte más altura?

—No —respondió Tony—. Quedaos quietos.

—Yo no creo que sea muy buena idea —dijo Carmel.

—Es una idea absurda —convino Lars.

—Ahora que lo mencionas... —empezó a decir Heather, pero ya era demasiado tarde.

Tony echó a correr desde la puerta a toda velocidad.

Dio un salto en vertical, hundió una rodilla en la espalda de Napoleon, la otra en el hombro de Ben. Por una fracción de segundo, Frances vio al joven que se escondía dentro del más viejo. El atleta que había sido seguía allí, en la longitud de su cuerpo y la determinación de su mirada.

¡Se elevó! ¡A una altura imposible! ¡Iba a conseguirlo! ¡Qué héroe! Una mano dio contra la viga pero, a continuación, cayó al suelo de lado con un tremendo golpe sordo. Napoleon y Ben se tambalearon en direcciones opuestas, reprimiendo maldiciones.

—Eso no era nada previsible —resopló Lars.

Tony se sentó en el suelo, apoyándose en un codo, con la cara tan blanca como la pasta de dientes.

Frances se puso de rodillas a su lado, para ayudarle, aunque las rodillas le crujieron.

—¿Estás bien?

—Estoy bien —respondió él con los dientes apretados—. Creo que me he dislocado el hombro.

A Frances se le revolvió el estómago al ver que el hombro le sobresalía formando un ángulo extraño y preocupante.

—No lo muevas —dijo Heather.

—No —respondió Tony—. Tengo que moverlo. Volverá a su sitio cuando lo mueva.

Movió el brazo. Se oyó un chasquido.

Frances cayó desmayada sobre el regazo de él.

58

Zoe

*E*l pobre padre de Zoe se sujetaba la espalda por el punto donde había soportado todo el peso de Sonrisas Hogburn. A ella le sorprendía un poco que su madre hubiese permitido que aquel pequeño ejercicio siguiera adelante. Quizá fueran las drogas, o su loca furia contra las drogas, o quizá fuera solo que ella y su padre estaban deslumbrados por haber conocido a una leyenda de la Liga de Fútbol Australiano.

—Perdonad todos —dijo Tony—. Anoche soñé que jugaba otra vez. Me había parecido…, me había parecido que sería fácil. —Dio suaves palmadas a la pobre Frances en la mejilla—. Despierta, señora escritora.

Frances se incorporó tímidamente desde el regazo de Tony y se apretó la punta de un dedo contra el centro de la frente. Miró a su alrededor.

—¿Hemos hecho caer el paquete?

—Casi —respondió el padre de Zoe, que nunca deseaba que nadie se sintiera fracasado—. ¡Hemos estado a punto!

Zoe miró a su alrededor buscando algo que lanzar a la viga. Cogió una botella de agua que estaba llena en tres cuartas partes, la sostuvo en la palma de la mano y apuntó.

Dio directamente contra el paquete. Cayó en las manos de Ben.

—Buen tiro. —Se lo pasó.

—Gracias —respondió ella.

—Ábrelo —le ordenó Jessica, como si Zoe hubiese considerado la posibilidad de quedarse mirándolo sin más durante un rato.

El paquete tenía la consistencia firme y suave de algo que está envuelto en plástico de burbujas. Forcejeó con la cinta adhesiva y rompió el papel marrón.

—Cuidado —dijo su madre—. Puede ser frágil.

Zoe tiró de la cinta adhesiva del envoltorio de burbujas y aquello le recordó a cuando abría un regalo de cumpleaños, rodeada de gente en una fiesta, todas las miradas posadas sobre ella y Zach. Al día siguiente era su veintiún cumpleaños. Podría haber llegado el momento de reclamarlo. Pensó que quizá, cuando estuviesen de vuelta en Melbourne, les diría a sus padres que quería ir a La Fattoria a comer pizza para celebrar sus veintiún años. De repente, le pareció posible hacer algunas de las cosas a las que había renunciado tras la muerte de Zach. No sería lo mismo sin él, jamás sería lo mismo, pero parecía posible. Seguiría quitando las aceitunas y dejándolas en el borde de su plato para Zach.

Y ahora deseaba muchísimo comerse una pizza. La boca se le hizo agua al pensar en el *pepperoni*. Nunca más volvería a subestimar el *pepperoni*.

Desenvolvió el plástico de burbujas. Dentro había una pequeña muñeca de madera pintada que representaba una niña con un pañuelo alrededor de la cabeza y un delantal en la cintura. Tenía círculos rojos en las mejillas y unas cejas angulosas

con gesto inquisitivo. Parecía estar diciéndole a Zoe: «Eh...,
¿hola?».

Zoe le dio la vuelta y la puso boca abajo.

—Es una muñeca rusa —dijo su madre.

—Ah, sí. —Zoe giró la mitad superior y la inferior de la
muñeca en direcciones opuestas y apareció dentro la muñeca
más pequeña.

Le pasó las dos mitades a su madre y abrió la siguiente
muñeca.

Momentos después, había entre ellas en el suelo una fila
de cinco muñecas de tamaños cada vez más pequeños.

—Espera, ¿esa es la última? —preguntó Carmel—. Está
vacía. Normalmente, hay una última muñeca diminuta que no
se puede abrir.

—¿No hay mensaje? —preguntó Frances—. ¡Creía que
el código de seguridad estaría dentro de la última!

—Entonces, ¿qué narices quiere decir eso? —preguntó
Ben.

—No lo sé. —Zoe trató de contener un bostezo. De repente, estaba agotada. Sintió deseos de estar en su cama, de
tener su teléfono, de una pizza, de que todo aquello terminara.

—Vale, esto está empezando a cabrearme de verdad —dijo
Lars.

59

Masha

Masha vio que la sonrisa de alivio de Yao desaparecía de su cara mientras miraba la pantalla.

—Pero ¿por qué no está el código dentro de la muñeca? —Se giró hacia Masha—. ¡El plan era meter el código de seguridad en la muñeca!

Masha levantó la última muñeca diminuta de donde estaba en el teclado y la sostuvo entre las puntas de los dedos.

—Sí, tienes razón, ese era el plan original.

—Entonces..., ¿por qué no está? —Las cejas de Yao se habían juntado como las de la muñeca.

—Tuve una epifanía —respondió Masha—. Mientras meditaba. De repente, supe lo que había que hacer para que llegaran a una verdadera transformación tras sus experiencias psicodélicas. Esto, lo que les está pasando a estas nueve personas ahora mismo, es casi literalmente un koan. Es un koan puesto en práctica. —Sin duda, Yao debía ver que era una genialidad.

Yao la miraba sin entender nada.

—¡Un koan es una paradoja que conduce a la iluminación! —exclamó Masha—. ¡El koan les demuestra la ineptitud de su pensamiento lógico!

—Ya sé lo que es un koan —dijo Yao despacio.

—Cuando se rindan y acepten que no hay solución, entonces estarán libres. Esa es la paradoja esencial de este koan —le explicó Masha—. La solución está en que no hay solución.

—La solución está en que no hay solución —repitió Yao.

—Exacto. ¿Recuerdas este koan? A un maestro que vivía como ermitaño en una montaña un hombre le preguntó: «¿Cuál es el camino?», y el maestro respondió: «Qué buena montaña es esta». El hombre se sintió frustrado. «¡No te estoy preguntando por la montaña, sino por el camino!», le dijo. El maestro respondió: «Mientras no puedas ir más allá de la montaña, hijo mío, no podrás llegar al camino».

—Así que, en este caso, la montaña es... ¿la puerta de seguridad?

—Toma nota de todos los detalles —dijo Masha con impaciencia. Apuntó hacia la pantalla y al cuaderno de Yao—. No lo olvides. Esto es muy importante para el libro que vamos a escribir.

—Llevan ahí dentro demasiado tiempo —señaló Yao—. Tienen hambre y están cansados. Van a perder la cabeza.

—Exacto —contestó Masha. Ella misma llevaba ya más días sin comer de lo que podía recordar y no había dormido desde la noche anterior a las sesiones de terapia. Tocó suavemente a Yao en el centro de su pecho con un dedo. Masha conocía el poder de su tacto sobre él. Aún no había explotado del todo ese poder, pero lo haría en caso de ser necesario—. Exacto. ¡Tienen que perder la cabeza! Ya lo sabes. El ego es una ilusión. El ego no existe.

—Sí, vale —repuso Yao—. Pero, Masha...

—Deben rendirse —insistió Masha.

—Creo que nos van a denunciar a la policía —dijo Yao. Masha se rio.

—Recuerda la cita de Rumi, Yao. «Más allá de la idea de lo que es incorrecto y correcto existe un campo. Allí me reuniré contigo». ¿No es preciosa?

—No creo que al sistema judicial le interesen los campos —respondió Yao.

—No podemos rendirnos con ellos, Yao. —Masha señaló a la pantalla—. Todos han avanzado mucho.

—¿Y cuánto tiempo piensas mantenerlos encerrados? —La voz de Yao sonaba débil y cansada, como si se hubiese convertido en un anciano.

—Esa no es la pregunta —respondió Masha con ternura y los ojos puestos en la pantalla del ordenador mientras algunos de los huéspedes se reunían alrededor de la puerta del estudio. Se estaban turnando para marcar distintas combinaciones de números. Lars dio un puñetazo en la puerta como un niño malcriado.

—Yo creo que debería dejarles salir ya —dijo Yao.

—Deben abrir la puerta por sí mismos —repuso ella.

—No pueden.

—Sí pueden.

Masha pensó en la vida soleada en Australia que estas personas habían recibido al nacer. Solo habían conocido estantes de supermercados rebosantes de todo tipo de productos. Nunca habían visto una tienda vacía, sin otra cosa que cajas de té indio. No necesitaban cualidades como ingenio o habilidad. El reloj daba las cinco y apagaban sus ordenadores y se iban a la playa porque no tenían cien candidatos de formación universitaria deseando quitarles el trabajo.

«Ah, sí, yo hice eso una vez por unas entradas para U2», había dicho una mujer australiana en el trabajo de Masha cuando esta le describió las espantosas colas que se formaban durante días en las embajadas y cómo ella y su marido se habían turnado para esperar. Masha le había respondido: «Sí, muy parecido».

Recordó que, cuando estaban justo en medio del proceso de solicitud, su marido recibió una tarjeta en el correo para presentarse ante la oficina del KGB.

—No va a pasar nada —había dicho su marido—. No hay problema.

Era como si ya fuese australiano. La expresión «no hay problema» había entrado en su psique antes incluso de conocer esas palabras, pero en la época soviética había gente que había recibido esas tarjetas y jamás había regresado.

Cuando Masha le dejó en la puerta de aquel edificio alto y gris, él le dio un beso y le dijo: «Vete a casa», pero ella no le obedeció. Se quedó sentada en aquel coche cinco horas, con el latente terror en su corazón empañando las ventanillas, y nunca olvidaría el alivio que le recorrió el cuerpo cuando le vio caminar por la calle hacia ella, sonriendo como un niño de una playa australiana.

Apenas unos meses después, ella y su marido estaban en el aeropuerto con dólares americanos escondidos en los calcetines mientras un desdeñoso agente de aduanas daba la vuelta a todo el contenido de sus ordenadas maletas, porque eran unos ingratos que traicionaban a su país al marcharse, y el collar de su abuela se rompió y las cuentas salieron rodando como trozos de su corazón.

Solo los que han temido perderlo todo sienten verdadera gratitud por sus vidas afortunadas.

—Tenemos que aterrorizarlos —le dijo a Yao—. Eso es lo que necesitan.

—¿Aterrorizarlos? —La voz de Yao sonaba temblorosa. Probablemente estuviese también cansado y hambriento—. No creo que debamos aterrorizar a nuestros huéspedes.

Masha se puso de pie. Él la miró, como si fuese su hijo, como si fuese su amante. Masha pudo notar la inquebrantable conexión espiritual que había entre ellos. Él nunca la desafiaría.

—Hoy van a vivir su noche oscura del alma —dijo ella.

—¿Su noche oscura del alma?

—La noche oscura del alma es esencial para un rápido avance espiritual —le explicó Masha—. Tú has sufrido tu propia noche oscura del alma. Yo he tenido la mía. Debemos romperlos antes de poder volver a juntarlos. Eso ya lo sabes, Yao.

Vio un destello de duda en sus ojos. Se acercó a él, tan cerca que casi se tocaban.

—Mañana habrán renacido —dijo.

—Es que no sé...

Masha se acercó aún más y durante una milésima de segundo posó la mirada sobre los labios de él. Dejó que ese niño inocente creyera que lo imposible era posible.

—Vamos a hacer algo extraordinario por estas personas, Yao.

—Voy a dejarles salir —dijo Yao, pero no había convicción en su voz.

—No. —Masha levantó la mano suavemente hasta su cuello, con cuidado de no mostrar el destello plateado de la jeringa—. No vas a hacerlo.

60

Frances

*F*rances hacía girar una botella de agua vacía en su dedo, una y otra vez, hasta que salió disparada y rodando por el suelo.

—Déjalo ya —dijo Carmel con voz seria, y Frances estuvo segura de que esa era la voz que Carmel usaba cuando una de sus hijas estaba molestando.

—Lo siento —respondió a la vez que Carmel decía: «Lo siento».

Según el reloj de Napoleon, eran las nueve de la noche. Llevaban ya ahí más de treinta horas. No habían comido desde hacía más de cuarenta y ocho.

La gente había empezado a quejarse de dolores de cabeza, mareos, fatiga y náuseas. Unas oleadas de irritabilidad invadían la sala por intervalos. Discutían, después se disculpaban y, luego, volvían a gritarse. Las voces temblaban llenas de emoción y pasaban a una risa histérica. Algunos se dejaban llevar por el sueño y, después, se despertaban con un fuerte jadeo.

Napoleon era el único que permanecía constantemente en calma. Era como si de forma no oficial le hubiesen designado su líder, aunque no estaba dando ninguna orden.

—No bebas mucha agua —le había dicho Heather a Frances cuando la vio volver del baño tras llenar otra vez su botella—. Bebe solo cuando tengas sed. Te puedes morir por beber demasiada agua porque sacas toda la sal de tu sistema. Puedes sufrir un paro cardiaco.

—Vale —respondió Frances con resignación—. Gracias.

—Había creído que beber mucha agua evitaría las punzadas de hambre, aunque no tenía tanta como había esperado. El deseo de comida había llegado a su culmen justo antes de encontrar el paquete de la inútil muñeca rusa y, después, había empezado poco a poco a menguar hasta que se había convertido en algo más abstracto; sentía como si necesitara algo, pero la comida no parecía ser la respuesta.

Su amiga Ellen era aficionada al ayuno intermitente y le había dicho a Frances que siempre experimentaba sentimientos de euforia. Frances no se sentía eufórica, pero notaba su mente bien limpia, clara y luminosa. ¿Era por las drogas o por el ayuno?

Cualquiera que fuera la causa, la clarividencia era una ilusión, porque a ella le costaba diferenciar lo que había pasado de verdad y lo que no desde que había llegado allí. ¿Había soñado que había sangrado por la nariz en la piscina? No había visto de verdad a su padre la noche anterior, ¿no? Claro que no. Pero el recuerdo de haber hablado con él parecía más vívido que el de haber sangrado por la nariz en la piscina.

¿Cómo podía ser eso?

El tiempo iba más lento.

Y más lento.

Más.

Hasta.

Llegar.

Un.

Momento.

En.

Que.

Era.

Tan.

Lento.

Que.

Resultaba.

Insoportable.

Pronto, el tiempo se detendría, literalmente, y todos quedarían atrapados en un único momento para siempre. No le parecía un pensamiento muy extraño después de la experiencia de la noche anterior con el batido, cuando el tiempo se había alargado y contraído, una y otra vez, como un trozo de goma que se estira y se afloja.

Hubo una larga y acalorada discusión sobre si debían apagar las luces y cuándo.

A Frances no se le había ocurrido que no había ahí abajo ninguna luz natural. Fue Napoleon quien lo pensó. Había sido él quien había encontrado el interruptor por la mañana al despertarse. Dijo que había ido arrastrándose por la sala a cuatro patas y pasando las manos por las paredes hasta dar con él. Cuando pulsó el interruptor para demostrárselo, la sala quedó en una oscuridad densa e impenetrable que se parecía a la muerte.

Frances votó por que las luces se apagaran a medianoche. Quería dormir: durmiendo pasaría el tiempo y ella sabía que nunca lo haría con esas centelleantes luces. Otros pensaban que no debían arriesgarse a dormir, que deberían estar «listos para la acción».

—¿Quién sabe qué tienen pensado ahora? —Jessica lanzó una mirada hostil a la cámara. En algún momento se había lavado todo el maquillaje. Parecía diez años más joven, incluso más que Zoe; demasiado joven para estar embarazada, demasiado joven para ser rica. Sin el maquillaje, las mejoras estéticas parecían acné: una plaga adolescente que se le pasaría cuando creciera.

—Yo no creo que vaya a ocurrir nada siniestro en mitad de la noche —dijo Carmel.

—Nos despertaron para la meditación de la luz estelar —rebatió Heather—. Es absolutamente posible.

—A mí me gustó la meditación de la luz estelar —repuso Carmel.

Heather soltó un suspiro.

—Carmel, en serio, tienes que replantearte la idea que te has formado de lo que está pasando aquí.

—Yo voto por que apaguemos las luces —dijo Frances en voz baja. Napoleon les había enseñado dónde estaban instalados los micrófonos en los rincones de la sala. Les había dicho a todos entre susurros que, si deseaban hablar de algo que no querían que se oyera, debían sentarse en el centro de la sala de espaldas a la cámara y mantener la voz lo más baja posible—. Creo que deberíamos dar a Masha la impresión de absoluta aceptación.

—Estoy de acuerdo —convino Zoe—. Es exactamente como mi profesora de matemáticas cuando tenía once años. Siempre debías lograr que pensara que había ganado ella.

—Yo preferiría tener las luces encendidas —dijo Tony—. Estaremos en desventaja si no podemos ver.

Al final, fueron más los que estaban a favor de las luces encendidas.

Así que ahí estaban todos sentados. Con las luces encendidas. Con alguna que otra conversación entre murmullos como las que se oyen en una biblioteca o en la sala de espera de un médico.

Largos ratos de silencio.

El cuerpo de Frances no paraba de moverse nerviosamente y, entonces, recordó que no había ningún libro que llevarse a las manos, ninguna película que poner ni ninguna lámpara de mesita de noche que apagar. A veces, casi se ponía de pie antes de darse cuenta de que lo que pensaba hacer era salir de la habitación. Su subconsciente se negaba a aceptar la encarcelación.

Carmel fue a sentarse al lado de Frances.

—¿Crees que hemos llegado ya a la cetosis? —preguntó.

—¿Qué es la cetosis? —preguntó a su vez Frances. Sabía perfectamente bien lo que era.

—Es cuando tu cuerpo empieza a quemar grasa porque...

—No necesitas perder peso —la interrumpió Frances. Intentó no hablar con brusquedad, pero antes no estaba pensando en comida y ahora sí que lo estaba.

—Yo era más delgada antes —dijo Carmel. Extendió sus piernas perfectamente normales por delante de ella.

—Todos éramos antes más delgados —contestó Frances con un suspiro.

—Anoche tuve la alucinación de que no tenía cuerpo. Creo que quizá era un mensaje que mi subconsciente trataba de hacerme llegar.

—Eso es muy raro. ¿Qué mensaje podría ser? —musitó Frances.

Carmel se rio.

—Sí, ya sé. —Se agarró la carne del vientre y la apretó—. Estoy atrapada en este ciclo de autodesprecio.

—¿Qué hacías antes de tener a tus hijas? —preguntó Frances. Quería saber si había algo en el interior de Carmel aparte del odio hacia su cuerpo y el hecho de tener cuatro hijas. Al comienzo de la carrera de Frances, una amiga se había quejado de que las madres de sus libros eran demasiado unidimensionales y Frances había pensado: «¿Es que no tienen una sola dimensión?». Después de aquello, había tratado de proporcionarles más profundidad. Incluso les dio papeles protagonistas, aunque resultaba difícil saber dónde dejar a los hijos mientras sus madres se enamoraban. Cuando recibió las notas de la editorial, Jo había escrito por todos los márgenes: «¿Quién está cuidando de los hijos?». Frances tuvo que revisar el manuscrito para introducir a niñeras. Fue un fastidio.

—Trabajaba en capital inversión —respondió Carmel.

Dios. Frances jamás lo habría imaginado. Ni siquiera estaba segura de qué era. ¿Cómo iban a encontrar un punto de conexión entre el capital inversión y la literatura romántica?

—¿Y... te gustaba? —Era una pregunta segura.

—Me encantaba. Me gustaba mucho. Claro que de eso hace ya mucho tiempo. Ahora tengo un puesto básico a media jornada que prácticamente consiste en introducir datos para tratar de garantizarme el ingreso de dinero. Pero en aquel entonces yo era bastante ambiciosa o me encaminaba a serlo. Trabajaba largas jornadas, me levantaba a las cinco todos los días, nadaba unos largos en la piscina antes de ir a trabajar, comía lo que me daba la gana y las mujeres que hablaban de su peso me parecían insoportablemente aburridas.

Frances sonrió.

—Ya, ya lo sé. Y, después, me casé y tuve a las niñas y me vi engullida por todo este personaje de la «mamá». Se suponía que solo íbamos a tener dos, pero mi marido quería un hijo, así que seguimos intentándolo y terminé con cuatro hijas... Y luego, de repente, mi marido dijo que ya no se sentía atraído por mí y se fue.

Frances no dijo nada por un momento, mientras pensaba en la especial crueldad de este tipo de rupturas tan comunes en la mediana edad y en cómo destrozaba la autoestima de las mujeres.

—¿Tú seguías sintiendo atracción por él?

Carmel se quedó pensando.

—Algunos días. —Puso el pulgar sobre el punto vacío de su dedo anular—. Aún le amaba. Sabía que le amaba porque algunos días pensaba que era un alivio seguir queriéndole y que sería un problema no quererle.

Frances pensó en todas las cosas que podía decir: Conocerás a otra persona. No necesitas que ningún hombre te complete. Tu cuerpo no te define. Necesitas enamorarte de ti misma. Hablemos de otra cosa que no sean los hombres, Carmel, antes de que suspendamos el test de Bechdel.

—¿Sabes qué? —preguntó—. Creo que está claro que has llegado a la cetosis.

Carmel sonrió y, en ese momento, la habitación quedó a oscuras.

61

Napoleon

—¿Quién ha apagado las luces?

Era su voz de profesor cuando más se enfadaba; la que hacía que incluso el chico de peor comportamiento de la clase se sentara y se quedara callado. Habían acordado que las luces seguirían encendidas.

—Yo no.

—Yo no.

—Yo no.

Las voces llegaban desde todas partes de la sala.

La oscuridad era tan absoluta que Napoleon perdió al instante el sentido de la orientación. Levantó las manos por delante de él a ciegas, como había hecho por la mañana.

—¿Eres tú? —Era la voz de Heather. Estaba sentada a su lado. Él notó cómo le agarraba la mano.

—Sí. ¿Dónde está Zoe?

—Estoy aquí, papá. —Su voz venía desde el otro lado de la sala.

—Ninguno de nosotros estaba cerca del interruptor —dijo Tony.

Napoleon notó el rápido latir de su corazón y sintió placer por aquel miedo. Era un respiro tras la sensación gris que le había invadido en el momento en que había despertado esa mañana. Una densa niebla había extendido sus suaves dedos por su cerebro, su corazón, su cuerpo, ahogándolo de tal manera que suponía un esfuerzo hablar, levantar la cabeza, caminar. Estaba tratando de fingir que se encontraba bien. Estaba luchando contra esa niebla con todas sus fuerzas, intentando comportarse con normalidad, engañarse a sí mismo para sentirse mejor. Debía de ser algo temporal. Quizá durara solo ese día. Como una resaca. Al día siguiente, quizá, se despertaría y volvería a sentirse como siempre.

—Puede que Masha nos esté diciendo que ha llegado la hora de dormir. —Fue Frances. Reconocía su voz ligera y seca. Antes de la noche pasada, Napoleon habría dicho que Frances y él tenían personalidades parecidas, en el sentido de que compartían cierto nivel básico de optimismo, pero ya no. Ahora todas las esperanzas de Napoleon se habían diluido, se le habían ido poco a poco, hasta evaporarse como el sudor, dejándole vacío y agotado.

—Yo no estoy cansado —dijo Lars. O quizá Ben.

—Esto es una mierda. —Ese era Ben. O quizá Lars.

—Yo creo que Masha está a punto de hacer algo —dijo Jessica. Napoleon estaba bastante seguro. Su voz sonaba más inteligente cuando no se le veía la cara.

Hubo un momento de silencio. Napoleon esperaba que los ojos se le acostumbraran a la oscuridad, pero no. No apareció ninguna figura. La oscuridad parecía volverse más oscura.

—Es un poco espeluznante —dijo Zoe, con un temblor en la voz, y tanto Napoleon como Heather se movieron por acto reflejo, como si pudieran abrirse paso entre la oscuridad para llegar a ella.

—No es más que la oscuridad. Estamos todos aquí. Estás a salvo. —No había duda de que ese era Sonrisas Hogburn, tranquilizando a Zoe.

Napoleon deseó poder contarle a alguien que casi había jugado al fútbol con Sonrisas Hogburn. Se dio cuenta de que la persona a la que deseaba poder decírselo era a él mismo, un Napoleon que ya no existía.

La oscuridad se impuso.

Sí que era espeluznante.

—Quizá Lars debería cantar —propuso Frances.

—Por fin alguien que sabe apreciar mi talento —respondió Lars.

—Deberíamos cantar todos —dijo Carmel.

—No, gracias —contestó Jessica.

—Tú y yo, Carmel —dijo Lars.

Empezó a cantar *I can see clearly now* y Carmel le siguió. Ella cantaba muy bien. Qué sorpresa oír cómo su voz se elevaba en la oscuridad de esa forma, siguiendo la melodía con tanta elegancia. Cómo podía sorprenderte la gente.

Napoleon había pensado al despertar esa mañana que la sensación que impregnaba su cuerpo debía ser de rabia, porque tenía derecho a hervir de rabia contra su mujer por lo que le había ocultado y lo que por fin había decidido revelar en el más pavoroso de los escenarios, mientras su mente se esforzaba por separar la horrenda ficción de la realidad. Aunque ahora que pensaba que se había liberado de las drogas, no le cabía ninguna duda de lo que había pasado de verdad y lo que no. Había soñado con Zach, pero no había soñado lo que Heather había contado.

No recordaba haberle preguntado por los efectos secundarios de la medicación para el asma y, aun así, podía imaginarse exactamente lo que ella le habría contestado: sin disimular su impaciencia, pues era ella la encargada en la familia de todas las decisiones relativas a la salud. Heather tenía la formación médica, él era el profesor. Él estaba a cargo de los deberes en casa. Ella de las medicinas. Heather se enorgullecía de no cuestionar las decisiones de él en cuanto a la educación, aunque habría estado dispuesto a que ella le cuestionara, pues siempre tenía ganas de entablar un debate, pero ella solo quería tachar puntos de la lista. Le gustaba considerarse como la eficiente y práctica de la relación. La que conseguía que se hicieran las cosas.

«Pues mira lo que conseguiste, Heather».

Ella tenía razón al decir que, si hubiese tenido oportunidad, él habría leído el prospecto que venía con la medicación, y sí, Napoleon habría observado a Zach y se lo habría dicho. Le habría dicho: «Puede que esto afecte a tu ánimo, Zach, debes tener cuidado y hacérmelo saber», y Zach habría puesto los ojos en blanco y habría contestado: «Yo nunca tengo esos efectos secundarios, papá».

Él le podría haber salvado, le habría salvado, le debería haber salvado, quizá le hubiera salvado.

Cada día durante tres años, Napoleon se había despertado por la mañana pensando: «¿Por qué?». Y Heather sabía el porqué o podría haber conjeturado una posibilidad del porqué, pero le había negado deliberadamente el alivio de lo que ella sabía por su sentimiento de culpa. ¿Es que no confiaba en que él la quería? ¿Creía que la habría culpado y la habría dejado?

No solo eso. Tenían la obligación de que eso se supiera, de que las autoridades supieran lo que había pasado. Dios mío, podría haber otros críos muriendo. Tenían que advertir a la comunidad de que esos efectos secundarios debían tomarse en serio. Había sido increíblemente egoísta por parte de Heather haberle ocultado aquello, haberse protegido poniendo en peligro a otros. Llamaría al doctor Chang en cuanto salieran de ahí.

Y Zoe. Su querida Zoe. La única que vio que algo no iba bien porque era la que mejor conocía a Zach. Lo único que habría necesitado decir era: «Papá, algo le pasa a Zach», y Napoleon habría actuado porque sabía lo peligrosos que podían ser los sentimientos de un muchacho.

Él le podría haber salvado, le habría salvado, le debería haber salvado, quizá le hubiera salvado.

Habían tenido *conversaciones* sobre la depresión durante la cena. Napoleon sabía bien todas las conversaciones que había que tener con los hijos y se aseguró de que las tuvieran: no dar tus datos personales por internet, nunca subir a un coche si el conductor ha bebido, llamarnos a cualquier hora de la noche, decirnos lo que sientes, decirnos si estás sufriendo acoso en clase, nosotros podemos arreglarlo, prometemos arreglarlo.

«¿Estoy enfadado?». Se había estado haciendo esa pregunta todo el día, pensando en si la niebla era solo la rabia disfrazada de otra cosa, pero la sensación que se había introducido en todas las células de su cuerpo era algo mucho mayor y mucho menor que la rabia. Era un vacío gris con el peso y la textura del cemento húmedo.

Mientras estaba ahí sentado, perdido en la oscuridad, escuchando a Carmel cantar mientras Lars bajaba la voz y dejaba que ella siguiera con la canción, se le ocurrió una cosa: «Quizá fuera así como se sentía Zach».

Ya fuera porque la medicación del asma lo había provocado o porque las hormonas adolescentes se le habían desbocado, o por una mezcla de las dos cosas, quizá fuera esto lo que sentía: como si su mente, su cuerpo y su alma estuviesen envueltos por una niebla gris. Como si nada tuviese mucho sentido. Como si pudieras actuar y parecer el mismo por fuera pero, por dentro, todo fuera diferente.

«Ay, muchacho, no eras más que un crío y yo soy un hombre, y esto no ha durado siquiera un día y ya estoy deseando que termine».

Vio el rostro de su hijo. La primera barba incipiente, la curva de sus pestañas cuando bajaba la mirada, evitando mirar a los ojos. Nunca podía mirar a su padre a los ojos cuando había hecho algo malo. Odiaba meterse en líos y el pobre muchacho siempre lo hacía. Zoe era más lista. Podía retorcer su versión para que pareciera que había actuado bien.

Parecía como si las chicas estuviesen controladas por sus sentimientos, pero la verdad era la contraria. Las chicas tenían un magnífico control de sus sentimientos. Les daban la vuelta como si fuese un bastón: «¡Ahora lloro! ¡Ahora río! ¡Quién sabe lo que haré después! ¡Tú no!». Las emociones de un chico eran como bates de béisbol que los atacaban por sorpresa.

En aquel momento, aquella mañana, tres años atrás, Zach no había tomado una mala decisión. Había hecho lo que le pareció que era la única opción. ¿Qué otra cosa se puede hacer cuando uno se siente así? Era como pedir a esas personas que estaban en las torres en llamas que no saltaran. ¿Qué otra cosa se puede hacer si te es imposible respirar? Harías lo que fuera por respirar. Lo que fuera. Por supuesto que saltas. Claro que sí.

Vio a su hijo mirándole a los ojos suplicándole comprensión.

Zach era un buen chico. Por supuesto, Napoleon no aceptaba ni aprobaba la decisión del muchacho —era la decisión equivocada, la decisión estúpida, la peor decisión—, pero por primera vez sintió que podía entender cómo había llegado a tomarla.

Se imaginó cogiéndolo en su regazo como había hecho cuando era un niño, abrazándolo, susurrándole al oído:

«No estás metido en ningún lío, Zach. Siento mucho haberte gritado. Ahora lo entiendo, hijo. No estás metido en ningún lío, muchacho.

»No estás metido en ningún lío.

»No estás metido en ningún lío».

—¿Napoleon? —dijo Heather. Él le estaba apretando la mano con demasiada fuerza. Abrió la mano.

Una imagen en blanco y negro parpadeó en la pantalla sobre sus cabezas. Carmel dejó de cantar.

—¿Qué narices pasa? —preguntó Lars.

La voz de Masha retumbó a un volumen que hizo que los oídos de Napoleon le palpitaran. Su rostro inundaba la pantalla. Les sonreía, radiante de amor.

—Buenas noches, mis amorcitos, mis *lapochki.*

—Dios mío —susurró Heather.

62

Frances

Está loca. Está chiflada. Está majareta. Está desquiciada. Antes todo había sido una broma. Lo que Frances había querido decir de verdad era que Masha era rara, diferente, intensa, excesivamente alta y exótica, y distinta a Frances en todos los aspectos. No había cuestionado de verdad el estado mental de Masha. Una parte de ella se había preguntado si Masha era un genio. ¿No parecían todos los genios unos locos ante los simples mortales?

Ni siquiera las drogas le habían preocupado de verdad. Lo cierto era que si Masha le hubiese preguntado: «¿Te gustaría probar este batido mezclado con LSD?», Frances podría haber respondido: «Claro, ¿por qué no?». Le habría impresionado todo el discurso sobre los «estudios», tranquilizado el pasado de Yao como enfermero de emergencias e intrigado la posibilidad de una experiencia trascendental, y se habría mostrado especialmente dispuesta si alguien más hubiese dicho antes que sí. (De adolescente, su madre le había preguntado una vez: «Si todos tus amigos se tiraran por un precipicio, ¿te tirarías tú también?», y Frances había respondido, sin malicia: «Por supuesto»).

Pero ahora, sentada a oscuras, viendo la imagen de Masha en la pantalla, estaba claro: Masha no estaba bien. Sus ojos verdes brillaban con un fervor evangélico que no respondía a ninguna lógica ni sentido común.

—¡Enhorabuena a todos! —exclamó—. Estoy encantada con vuestros avances. ¡Habéis llegado muy lejos desde el primer día! —Juntó las palmas de las manos como si fuese una actriz recogiendo un Oscar—. Vuestro viaje casi ha terminado.

La pantalla iluminaba la habitación con manchas espectrales de luz de tal manera que Frances podía ver las caras de todos mientras miraban a Masha.

—¡Tenéis que dejarnos salir! —gritó Jessica.

—¿Nos puede oír? —preguntó Carmel, insegura.

—No es necesario que grites, Jessica. Hola, Carmel. Os veo y os oigo —dijo Masha—. La magia de la tecnología. ¿No es increíble?

Sus ojos no miraban al centro de la cámara. Eso hacía más fácil no sucumbir a su locura.

—Me he alegrado mucho cuando habéis resuelto el acertijo y habéis encontrado la *matryoshka* —dijo Masha.

—¡Pero si no lo hemos resuelto! —exclamó Frances. Se sintió personalmente ofendida al oír eso—. Seguimos aquí. No había ningún maldito código en la muñeca.

—Exacto —respondió Masha—. Exacto.

—¿Qué? —preguntó Frances.

—Habéis trabajado en equipo, aunque no en la medida en que yo esperaba. Suponía que ibais a hacer una pirámide humana para llegar hasta la muñeca... ¡entre todos! En lugar de jugar al fútbol. —Levantó el labio con gesto desdeñoso al pronunciar la palabra «fútbol». Frances se puso a la defensiva por Tony—. Cuando estaba en el colegio en Serov, hace muchos años, hicimos una pirámide humana bastante impresionante. Nunca lo olvidaré. —Sus ojos miraban al vacío y, después, volvió a centrar la mirada—. En fin, eso no importa. Al final, lo habéis conseguido, habéis encontrado la muñeca y ahora estamos aquí.

—La muñeca no tenía nada —dijo Jessica—. Estaba vacía.

—Así es, Jessica —respondió Masha con paciencia, como si hablara con una niña pequeña que no entiende cómo funciona el mundo.

—Lo que dice no tiene lógica —murmuró Ben.

—Lo que de verdad me parecería realmente transformador ahora mismo sería una larga ducha caliente —dijo Lars. Sonrió a Masha con toda la fuerza de su atractivo rostro. Era como si estuviese blandiendo una espada láser ante la cámara. Frances apostaba a que esa sonrisa le había abierto muchas puertas.

Pero esta no. Masha se limitó a sonreír también. Era una batalla épica de belleza y carisma.

Lars aguantó todo lo que pudo hasta que se rindió. Su sonrisa desapareció.

—Por el amor de Dios, yo solo quiero salir de aquí, Masha.

—Ay, Lars —respondió ella—. Tienes que recordar lo que dijo Buda: «Nada dura eternamente, salvo el cambio».

—Esto ya va pareciendo una eternidad, Masha.

Masha se rio.

—Sé que te gusta tu soledad, Lars. Te cuesta tener que interactuar con desconocidos todo el día, ¿verdad?

—Todos son muy simpáticos —respondió Lars—. Esa no es la cuestión.

—Solo queremos volver a nuestras habitaciones —dijo Heather. Parecía hablar con docilidad y sensatez—. La terapia psicodélica ha sido maravillosa, gracias, pero…

—Sí que ha sido maravillosa, ¿verdad? ¡Entonces, has cambiado de parecer, Heather! —Había cierto tono de agresividad en las palabras de Masha—. Espero que estés hablando desde el corazón. ¡He oído que hablabais de denunciarme a la policía! Debo confesar que eso me ha dolido.

—Estaba enfadada —contestó Heather—. Como sabes, hoy es el aniversario de la muerte de mi hijo. No pensaba con claridad. Ahora lo entiendo. —Miró a la pantalla con lo que parecía absoluta aquiescencia. Resultaba estimulante de ver—. Todos lo entendemos —continuó—. Te estamos muy agradecidos por lo que nos has hecho. Nunca en nuestras vulgares vidas habíamos tenido una oportunidad así. Pero ahora solo queremos volver a nuestras habitaciones para disfrutar del resto del retiro.

Frances trató de ponerse en el lugar de Masha. Se le ocurrió que Masha se consideraba a sí misma una artista y, como cualquier artista, deseaba los elogios. Simplemente quería reconocimiento, respeto, críticas de cinco estrellas, gratitud.

—Creo que hablo en nombre de todos si digo que ha sido una experiencia increíble —empezó a decir.

Pero Tony la interrumpió.

—¿Es Yao quien está detrás de ti? —Estaba de pie, con los ojos en la pantalla—. ¿Se encuentra bien?

—Yao está aquí, sí —contestó Masha.

Se apartó a un lado de la pantalla de su ordenador y le señaló elegantemente como una modelo en un concurso indicando el premio.

El premio era Yao.

Estaba desplomado hacia delante en la silla de Masha, dormido o inconsciente sobre la mesa de Masha, con una mejilla aplastada, sus brazos formando un semicírculo alrededor de su cabeza.

—¿Respira? ¿Qué le pasa? —Heather se puso también de pie y se acercó hasta quedar debajo de la pantalla de televisión. Dejó el tono de falsa aquiescencia—: ¿Qué ha tomado? ¿Qué le has dado?

—¿Está vivo? —preguntó Frances con pánico.

—Solo está echándose una siesta —contestó Masha—. Está muy cansado. ¡Ha estado despierto toda la noche, trabajando duro para vosotros!

Acarició el pelo de Yao y señaló un punto de su cabeza que ellos no podían ver.

—Esta es la marca de nacimiento de Yao. La vi durante mi experiencia cercana a la muerte. —Sonrió a la cámara y Frances sintió un escalofrío—. Fue entonces cuando me enfrenté cara a cara con mi propia mortalidad de la forma más extraordinaria y maravillosa. —Los ojos le brillaban—. Esta noche, vosotros también os vais a enfrentar con vuestra mortalidad. Por desgracia, no os puedo conceder el privilegio de mirar a la muerte directamente a los ojos..., ¡pero sí os puedo proporcionar un vistazo, un destello! Un inolvidable destello que... —Buscó la palabra adecuada y la encontró con evidente satisfacción—. Que *amalgamará* las experiencias que habéis vivido hasta ahora: el silencio, la terapia psicodélica, el acertijo para escapar...

—No parece que esté durmiendo —dijo Heather—. ¿Le has dado algo?

—Ay, Heather —respondió Masha—. Prácticamente eres médico, ¿verdad? ¡Pero te aseguro que Yao solo está echándose una siesta!

—¿Dónde está Delilah? —preguntó Ben.

—Delilah ya no está con nosotros —respondió.

—¿Qué quieres decir con que «ya no está con nosotros»? —preguntó Ben—. ¿Qué significa eso?

—Nos ha dejado —contestó Masha con ligereza.

—¿De forma voluntaria? —preguntó Frances.

Pensó en el resto del personal de Tranquillum House: la encantadora y sonriente chef que sacaba la comida; Jan, con sus milagrosas y sanadoras manos. ¿Dónde se encontraban mientras los huéspedes estaban encerrados y Yao yacía inconsciente sobre el escritorio de Masha?

—Necesito que me escuchéis todos con atención —dijo Masha, sin responder a la pregunta de Frances sobre Delilah. Volvió a colocarse delante de la cámara de manera que el cuerpo de Yao quedara oculto—. ¡Ahora vamos a jugar a algo divertido para romper el hielo!

—Yo creo que el hielo ya está roto del todo, Masha —respondió Lars.

—Buda dijo que debemos «difundir amor sin límites por todo el mundo» y en eso consiste este ejercicio. Va sobre amor. Va sobre pasión. Consiste en conocerse unos a otros —explicó Masha—. ¡Yo lo llamo: «Sentencia de muerte»!

Los miró con expectación, como si esperase un estallido entusiasta de preguntas y comentarios.

Nadie se movió.

—¿Os gusta el nombre? —preguntó Masha a la vez que bajaba la cabeza y levantaba los ojos de una forma que casi podría haberse considerado coqueta.

—A mí no me gusta el nombre —dijo Napoleon.

—Ah, Napoleon. Te aprecio. Eres un hombre sincero. Ahora, dejad que os explique en qué consiste esta actividad —repuso Masha—. Imaginaos esto: ¡Todos estáis condenados a muerte! ¡Estáis en el corredor de la muerte! Quizá ese habría sido un nombre mejor. El corredor de la muerte. —Frunció el ceño—. Yo creo que es mejor. Lo llamaremos «Corredor de la muerte».

Carmel empezó a llorar en silencio. Frances le puso una mano sobre el brazo.

—¿Y cómo es este juego del «Corredor de la muerte»? Dejad que os explique. Si estáis condenados a muerte, ¿qué pasa? Necesitáis que alguien os defienda, ¿verdad? Que pida clemencia, que se suspenda la ejecución. Evidentemente, esa persona es vuestro... —Masha levantó las cejas con un gesto para animarles a responder.

—Abogado —dijo Jessica.

—¡Sí! —exclamó Masha—. ¡El abogado que os defiende! La persona que le dice al juez: «¡No, esta persona no merece morir! ¡Es una buena persona, señoría! ¡Un miembro notable de nuestra comunidad con mucho que ofrecer!». ¿Entendéis lo que quiero decir? Así que todos vosotros vais a ser abogados y cada uno tendréis un cliente. ¿Entendéis?

Nadie habló.

—Os he asignado vuestros clientes. Dejad que os lea en voz alta los nombres.

Levantó una hoja de papel y leyó:

—Frances defiende a Lars. Lars defiende a Ben. —Levantó los ojos hacia ellos—. ¿Me estáis escuchando? Solo voy a decirlo una vez.

—Te escuchamos —contestó Napoleon.

—Heather defiende a Frances, Tony defiende a Carmel, Carmel defiende a Zoe, Zoe defiende a Jessica, Jessica defiende a Heather, Ben defiende a Napoleon y... —Tomó aire de forma exagerada—. ¡Napoleon defiende a Tony! ¡Uf! Ya estáis todos. —Levantó los ojos del papel—. ¿Sabéis todos a quién defendéis?

Nadie respondió. Todos miraban mudos a la pantalla.

—Tony, ¿a quién defiendes tú? —preguntó Masha.

—A Carmel —respondió Tony sin entusiasmo.

—¿Y tú a quién, Zoe?

—Yo defiendo a Jessica. La verdad es que no entiendo qué delito ha cometido.

—El delito no importa. Todos hemos cometido delitos, Zoe —dijo Masha—. Creo que eso ya lo sabes. Nadie es inocente.

—Eres una psicótica...

—¿Y se supone que tú eres la jueza, Masha? —preguntó en voz alta Napoleon por encima de la de su mujer.

—¡Eso es! ¡Yo seré la jueza! —respondió—. Cada uno tendréis cinco minutos para defender a vuestro cliente. No es mucho, pero sí suficiente. ¡No perdáis el tiempo con divagaciones! Aseguraos de que cada palabra tiene un golpe de efecto. —Apretó la mano formando un puño—. Tendréis la noche para prepararos. Las exposiciones se harán al amanecer. Debéis preguntaros: «¿Por qué merece vivir mi cliente?».

—Porque todo el mundo merece vivir —respondió Tony.

—Pero ¿por qué tu cliente en particular? ¡Digamos que solo queda un paracaídas! ¡Solo una plaza en el bote salvavidas! ¿Por qué debería tener vuestro cliente ese paracaídas por encima del resto? —preguntó Masha.

—En ese caso, las mujeres y los niños irán primero —repuso Tony.

—Pero ¿y si todos sois del mismo género? ¿Todos de la misma edad? ¿Quién vive? ¿Quién muere? —preguntó Masha.

—¿El juego se llama ahora «El último paracaídas»? —preguntó Lars con gesto de amarga burla—. ¿Y todos nos vamos a sentar para hablar de dilemas éticos como estudiantes de primer año de filosofía mientras Yao yace ahí comatoso sobre tu escritorio? Maravilloso. Todo esto es de lo más transformador.

—Cuidado —susurró Tony.

—¡Es un *ejercicio* importante! —gritó Masha. Los tendones de su cuello se pusieron rígidos de rabia.

Frances sintió que se mareaba. Iba a perder ese juego. Siempre se le daban mal ese tipo de «actividades» y ahora su «cliente», Lars, ya había dejado a la jueza fuera de juego.

Ben habló con tono conciliador.

—Masha, por favor, ¿nos podrías explicar qué pasa si, según tú, que eres nuestra jueza, no conseguimos defender bien a nuestro cliente?

Masha respiró hondo por las fosas nasales.

—Bueno, es evidente que, por lo general, no ejecutamos a nuestros huéspedes. ¡Eso no sería bueno para el negocio! —Se rio.

—Entonces, esto es solamente... ¿hipotético? —preguntó Ben.

—¡Ya basta de preguntas! —gritó Masha con tanta fuerza que Carmel dio un paso atrás y pisó con fuerza el pie de Frances.

—Esto es completamente absur... —empezó a decir Heather. Napoleon la agarró del brazo.

—Vamos a participar todos en el ejercicio, Masha —dijo en voz alta—. Parece muy... estimulante.

Masha asintió con elegancia.

—Bien. Os va a parecer transformador, Napoleon. De verdad. ¡Ahora, debo daros las luces para este ejercicio tan iluminador! —Extendió la mano y las luces se encendieron, haciendo que todos parpadearan y se miraran unos a otros deslumbrados.

—¿Cuando hayamos defendido a nuestros «clientes» nos dejarás salir? —preguntó Carmel frotándose los ojos y con voz ronca.

—No estás haciendo la pregunta adecuada, Carmel —contestó Masha—. Solo vosotros podréis liberaros. Recuerda que hace unos días te hablé de la impermanencia. Nada dura eternamente. No te aferres a la felicidad ni al sufrimiento.

—Ahora mismo solo quiero irme a casa —dijo Carmel.

Masha chasqueó la lengua con gesto de compasión.

—El despertar del espíritu rara vez es fácil, Carmel.

Frances levantó una mano.

—Yo necesito un bolígrafo. No puedo preparar una exposición si no la puedo escribir. —Se palpó los bolsillos vacíos del pantalón de su chándal—. ¡No tengo con qué escribir!

Masha actuó como si Frances no hubiese dicho nada.

—Ahora, amorcitos míos, os deseo toda la suerte. Volveré al amanecer. Acordaos de concentraros en vuestros pensamientos. Haced las preguntas adecuadas a vuestros clientes y escuchad con el corazón. Convencedme de por qué cada uno de vosotros merece vivir.

Miró con cariño a Yao como si fuese un niño dormido, le acarició la cabeza y, después, volvió a mirar a la pantalla.

—Dejad que os despida con estas palabras: «Apasionadamente, haz hoy lo que debe ser hecho. ¿Quién sabe? Mañana la muerte se aproxima». El Buda. —Juntó las manos a modo de oración y bajó la cabeza—. Namasté.

63

Lars

Los huéspedes de Tranquillum House formaban un grupo apiñado y susurrante en el centro del estudio, con las cabezas agachadas, como un grupo de fumadores en la puerta de sus oficinas en un día de frío. Lars podía oler el sudor punzante y el aliento rancio. Ben y Jessica tenían las manos agarradas. Carmel y Frances se mordían las uñas. Tony se mordía con fuerza el labio inferior, como si pudiera de alguna forma retorcer su boca para dar las respuestas correctas, mientras Zoe se presionaba el vientre y se miraba los pies y sus padres la observaban.

—Estoy segura de que Yao está bien, ¿no creéis? ¿Y Delilah? No creo para nada que Masha pueda hacer daño de verdad a nadie —dijo Frances—. Por nada del mundo. Se considera a sí misma una sanadora.

A Lars no le cabía duda de que Frances trataba de convencerse a sí misma. Cuanto más tiempo pasaban ahí dentro, más natural se mostraba. Su lápiz de labios rojo había desaparecido y su pelo rubio, que había llevado recogido en una abultada coleta más propia de 1995, ahora lo llevaba peinado hacia atrás y pegado a la cabeza. A Lars le gustaba Frances, pero no era la abogada que él habría escogido si le dejasen elegir, en caso de encontrarse en el corredor de la muerte. No sabía a quién habría elegido entre ese grupo tan variado. No estaba seguro de si de verdad importaba mucho. Masha iba a hacer lo que tuviese planeado.

—Solo tenemos que actuar como si le siguiéramos la corriente a esa loca —dijo Lars.

—Estoy de acuerdo —convino Napoleon—. Tenemos que seguirle la corriente y aprovechar la primera oportunidad que veamos para encontrar una forma de salir de aquí.

—Yo creía en ella —dijo Carmel con tristeza—. Creía en esto. —Señaló a su alrededor—. Creía que me estaba transformando.

—Así que te voy a representar yo —le dijo Frances a Lars con nerviosismo—. Tenemos que hablar. Dios, haría lo que fuera por tener un bolígrafo.

—Bueno, al parecer yo te represento a ti, Frances, en este... juego tan grotesco —señaló Heather con un suspiro—. Así que supongo que también tenemos que hablar.

—Vale, sí, sí, pero deja que hable antes con mi cliente —respondió Frances con la respiración acelerada. Se llevó una mano al pecho para intentar calmarse. Lars le sonrió. Frances era de las que juegan a las adivinanzas con entrañable seriedad y poca destreza, como si se tratara de una cuestión de vida o muerte, y, ahora que podía ser de verdad una cuestión de vida o muerte (¡seguro que no!), corría el riesgo de hiperventilar.

—Charlemos, Frances —dijo Lars con voz tranquilizadora—. Y luego podrás ir a convencer a Heather de por qué deberías vivir.

—Esto es lamentable —comentó Heather mientras se separaban por parejas.

—Somos impares —observó Napoleon—. Esperaré mi turno. —Bajó la voz aún más—. Voy a seguir buscando un modo de salir de aquí. —Se apartó, con las manos metidas en los bolsillos de sus bermudas de hombre de mediana edad.

Lars y Frances fueron a sentarse en un rincón.

—Muy bien. —Frances se acomodó con las piernas cruzadas enfrente de Lars. Fruncía el ceño con expresión intensa—. Cuéntame toda tu vida, tus relaciones, tu familia...

—Dile que soy un filántropo, que hago muchas cosas por la comunidad, trabajo voluntario...

—¿Es verdad? —le interrumpió Frances.

—¡Eres escritora de ficción! —contestó Lars—. ¡Vamos a inventárnoslo! La verdad es que no importa lo que digas siempre que parezca que hacemos el ejercicio.

Frances negó con la cabeza.

—Esa mujer está loca, pero puede oler un engaño a un kilómetro de distancia. Yo voy a hacer el ejercicio y lo voy a hacer bien. Cuéntamelo todo, Lars, ahora mismo. No estoy de broma.

Lars soltó un gruñido. Se pasó los dedos por el pelo.

—Ayudo a mujeres —dijo—. Solo represento a mujeres en los casos de divorcio.

—¿En serio? ¿Eso no es discriminación?

—Consigo a mis clientas por el boca a boca —le explicó Lars—. Todas se conocen, son del mismo tipo de mujer, juegan juntas al tenis.

—Entonces, ¿solo representas a mujeres ricas? —preguntó Frances.

—No lo hago por amor al arte. Me gano bien la vida. Solo me aseguro de que cierto tipo de hombre pague un precio justo por sus pecados.

Frances se dio toques con la uña del pulgar sobre los dientes, como si fuese un bolígrafo imaginario.

—¿Tienes pareja?

—Sí —contestó Lars—. Llevamos quince años juntos. Se llama Ray y es probable que prefiera que no me hubiesen «condenado a muerte».

Sintió una súbita nostalgia de Ray y de su casa, de la música y del chisporroteo del ajo, de los domingos por la mañana. Ya estaba harto de balnearios. Cuando saliera de ahí iba a reservar unas vacaciones para Ray y para él, un recorrido gastronómico por Europa. Ese hombre se había quedado muy delgado. Sus ojos parecían enormes en su cara. Esa obsesión con montar en bicicleta. Las piernas girando en un torbellino, subiendo y bajando las colinas de Sídney, cada vez más rápido, tratando de conseguir que las endorfinas le inundaran el cuerpo, intentando olvidar que tenía una relación donde daba más de lo que recibía.

—Es una buena persona —continuó Lars, y le sorprendió verse al borde de las lágrimas, porque se le ocurrió que, si al final moría, alguien cogería a Ray como quien encuentra una ganga en el supermercado, y fácilmente se enamoraría de él y le querría como se merecía.

—Pobre Ray —murmuró Frances, como si supiera lo que él estaba pensando.

—¿Por qué dices eso?

—Es que eres muy guapo. En mi juventud estuve brevemente enamorada de un hombre guapo y fue espantoso, y tú eres... un disparate —dijo señalando hacia él.

—Eso es un poco ofensivo —repuso Lars. Había muchos prejuicios contra las personas que tenían su aspecto. La gente no tenía ni idea.

—Sí, sí, supéralo —dijo Frances—. Entonces..., ¿ningún hijo?

—Ningún hijo. Ray quiere tenerlos. Yo no.

—Yo tampoco he querido hijos nunca —respondió Frances.

Lars pensó en la madre de Ray el día del treinta y cinco cumpleaños de Ray el mes anterior. Como siempre, ella había tomado «una copa de champán de más», lo que quería decir que había tomado dos copas. «¿No puedes dejarle que tenga, al menos, un bebé, Lars? ¿Solo un bebé pequeñito? No tendrías que hacer nada, te lo prometo».

—¿La terapia psicodélica te ha proporcionado alguna revelación sobre tu vida? —preguntó Frances—. Es probable que a Masha le guste si lo menciono.

Lars pensó en la noche anterior. Algunas partes habían sido espectaculares. En un momento, se dio cuenta de que podía ver la música que salía de sus auriculares en forma de olas de colores tornasolados. Él y Masha habían conversado, pero no pensaba que hubiese tenido ninguna revelación en particular. Le había hablado un buen rato del color de la música y creía que quizá la había aburrido, cosa que a él le parecía insultante, porque había estado expresándose con mucha elocuencia y poesía.

No creía haberle contado a Masha lo del niño pequeño que no dejaba de aparecer en sus alucinaciones de la noche anterior. Le habría gustado.

Sabía que aquel niño de pelo oscuro y cara sucia que no dejaba de agarrarse a la mano de Lars estaba allí para recordarle algo significativo y traumático de su infancia, uno de esos recuerdos formativos que a los terapeutas siempre les encantaba desenterrar.

Se había negado a ir con el pequeño Lars. «Estoy ocupado», le decía todo el rato, mientras se tumbaba en una playa para disfrutar de los colores de la música. «Pídeselo a otro».

«No me importa lo que mi subconsciente esté tratando de decirme, gracias de todos modos».

En un momento de la noche, había entablado una conversación con Delilah que no le había parecido terapéutica, sino más bien como si hubiesen estado dándole al pico sin más en la playa. De hecho, estaba seguro de haber sentido la brisa del mar mientras hablaban.

«Tú eres como yo, Lars», le había dicho Delilah. «No te importa una mierda esto, ¿verdad? Te da igual».

«¿A qué te refieres?», le había preguntado Lars con pereza.

«Ya sabes a qué me refiero». —Se había mostrado muy segura de lo que decía, como si conociera a Lars más de lo que él se conocía a sí mismo.

Frances se golpeteaba los pómulos con los nudillos.

—Deja de darte puñetazos —dijo Lars.

Frances dejó caer la mano.

—Nunca antes he representado a nadie en un tribunal.

—Esto no es un tribunal —repuso él—. No es más que un juego estúpido.

Miró hacia Jessica, que supuestamente estaba embarazada.

—Dile a Masha que mi pareja y yo estamos pensando en tener un hijo —dijo con ligereza.

—No podemos mentir —respondió Frances. La pobre estaba claramente exasperada con él.

La expresión de su cara le hizo pensar en Ray cuando Lars hacía algo para molestarle o fastidiarle. Los labios apretados. Los hombros caídos en señal de resignación. La mirada de decepción.

Recordó la cara traviesa del niño de la noche anterior y, sobresaltado, se dio cuenta de que no era una versión más joven de sí mismo. Ese niño tenía ojos de color avellana. Eran los ojos de Ray. Ray, su hermana y su madre tenían los mismos ojos. Unos ojos que hacían que Lars deseara cerrar los suyos ante tanto amor, confianza y lealtad aterradores.

—Dile a Masha que si no vivo se las haré pagar con una demanda por homicidio imprudente contra ella —le dijo a Frances—. Ganaré. Te aseguro que ganaré.

—¿Qué? —Frances frunció el ceño—. ¡Eso ni siquiera tiene sentido!

—¡Nada de esto tiene sentido! —exclamó Lars—. Nada.

Volvió a ver al niño de pelo oscuro y ojos de color avellana, sintió que le tiraba de la mano y oyó su voz insistente: «Tengo que enseñarte una cosa».

64

Jessica

*J*essica y Zoe estaban sentadas una frente a la otra, con las piernas cruzadas, sobre una esterilla de yoga, como si estuviesen a punto de hacer un ejercicio conjunto de Pilates.

Jessica habría dado lo que fuera por estar en ese momento en una clase de Pilates. Incluso en aquella tan chapucera a la que iba antes de que les tocara la lotería, en aquel centro comunitario con corrientes de aire, con todas las madres del barrio.

—¿Crees que esto…, no sé…, que va en serio? —Los ojos de Zoe no dejaban de mirarla a ella y a sus padres. Jessica no pudo evitar fijarse en que tenía unas estupendas cejas naturales.

—Pues sí, más o menos —respondió Jessica—. Creo que Masha es capaz de cualquier cosa. Parece muy inestable. —Trató de controlar su respiración. El miedo no dejaba de aparecer y desaparecer en su estómago, como ataques de náuseas en una atracción de feria.

—No es que vaya a *ejecutar* a nadie de verdad, claro —dijo Zoe, con una vehemente sonrisa, como si estuviese decidida a demostrar que estaba de broma.

—Claro que no —contestó Jessica, pero ¿cómo sabía lo que podía llegar a hacer esa mujer? Les había administrado drogas sin su consentimiento y quién sabía lo que podría haberles hecho a Yao y a Delilah—. Es un ejercicio, sin más, para hacernos pensar. No es más que un estúpido ejercicio.

—Me preocupa que mi madre pueda contrariar a Masha. No se lo está tomando con la suficiente seriedad. —Zoe miró a Heather.

—No te preocupes, haré un buen trabajo defendiéndola —respondió Jessica—. Tu madre es una comadrona. Ayuda a traer nuevas vidas al mundo. Además, estuve en un grupo de debate. Como portavoz. —«Jessica es una estudiante meticulosa». Ese era el comentario que más solía ver en sus calificaciones.

—¡Y yo haré un gran trabajo defendiéndote! —Zoe irguió la espalda, con el semblante de ser también una estudiante meticulosa—. Bueno, a ver, primero he pensado que debería mencionar tu embarazo, evidentemente, ¿de acuerdo? No se puede ejecutar a una mujer embarazada. Eso iría contra alguna convención o algo, ¿no?

—Es verdad —respondió Jessica dubitativa, aunque no estaba segura de por qué dudaba. ¿Era porque su embarazo no estaba confirmado? ¿Porque parecía como si estuviese aprovechándose de algún vacío legal? ¿Solo merecía vivir porque su inocente bebé merecía vivir?

Y si no estuviera embarazada, ¿por qué debería vivir? ¿Solo porque realmente deseaba vivir? ¿Porque sus padres la querían? ¿Porque sabía que su hermana la quería también, aunque ahora estuviesen distanciadas? ¿Porque sus seguidores de Instagram solían decir que ella «les alegraba el día»? ¿Porque sus donaciones de dinero a la beneficencia el año anterior habían superado lo que una vez fueron sus ingresos anuales?

—Cuando nos tocó la lotería nos esforzamos por..., ya sabes, intentar no ser egoístas. Compartirlo, hacer donaciones benéficas. —Se pasó los dedos por el pelo como si fuesen un peine y bajó la voz—. Pero no lo dimos todo.

—Nadie esperaría algo así —repuso Zoe—. El dinero era vuestro.

—Esa es una de las cosas que echo de menos de nuestra antigua vida —confesó Jessica—. Antes de ser ricos no teníamos que pensar nunca en si éramos «buenas» personas, porque no teníamos tiempo para ser buenos. Nos limitábamos a pagar las facturas, apañarnos, vivir nuestra vida. Casi era más fácil. —Hizo una mueca—. Parece que con eso me estoy quejando pero te prometo que no es así.

—He leído de gente a la que le toca la lotería y derrocha el dinero en juergas, acaba con su relación, lo pierden todo y terminan cobrando el subsidio —dijo Zoe.

—¡Lo sé! Cuando ganamos, leí mucho sobre gente a la que le había tocado la lotería. Así que, más o menos, supe que había trampas.

—Yo creo que lo habéis hecho bien —comentó Zoe.

—Gracias —contestó Jessica, agradecida porque, a veces, había deseado que alguien le pusiera buena nota por lo bien que había manejado el dinero del premio.

Se había esforzado mucho por ser una buena ganadora de la lotería. Invertirlo bien, compartirlo como debía, asesorarse sobre los impuestos, asistir a galas benéficas pijas donde gente increíblemente elegante daba sorbos a su champán francés mientras ofrecían cantidades obscenas de dinero por cosas raras: «¡Todo por una buena causa, damas y caballeros!». Pensó en Ben tirándose de su pajarita mientras murmuraba: «¿Quién coño es toda esta gente?».

¿Debería haber gastado más dinero en galas benéficas? ¿Menos? ¿No haber asistido a ninguna? ¿Haber enviado un cheque? ¿Qué le habría convertido en mejor persona, en ser más merecedora de vivir ahora mismo?

Si esto hubiese pasado antes del premio, ¿qué habría dicho Zoe? Jessica se merece vivir porque trabaja duro en su aburridísimo trabajo y ni siquiera ha volado una vez en su vida en clase preferente, menos aún en primera, así que ¿qué tipo de vida es esa?

El dinero era lo que ahora la definía. Ni siquiera sabía quién era antes del dinero.

—Ben no ha querido tomar ninguna decisión aparte de qué coche comprar —le dijo a Zoe—. No quería que cambiara nada... y eso no es posible.

Se tocó los labios y se miró los pechos que, desde un punto de vista objetivo, eran increíbles.

¿Su defensa sería mejor si no tuviese ese aspecto? ¿Si no se hubiese gastado tanto dinero en su cuerpo?

«¿Por qué quieres parecerte a una de esas espantosas Kardashian?», le había preguntado su madre una vez.

Porque Jessica pensaba que esas espantosas Kardashian eran imponentes. Tenía derecho a pensar así. Antes de tener el dinero, Ben babeaba mirando fotos de coches de lujo y Jessica babeaba con fotos de modelos y estrellas de los *reality shows* que quizá habían sido tratadas con Photoshop, pero eso no le importaba. Él se compró su coche, ella su cuerpo. ¿Por qué su cuerpo nuevo era más superficial que el coche nuevo de él?

—Lo siento —dijo mirando de nuevo a Zoe y recordó que el hermano de esa chica se había suicidado. Probablemente, Zoe no había conocido nunca en su vida a nadie tan superficial como Jessica—. Nada de esto sirve para que prepares mi defensa, ¿verdad? ¿Por qué debería vivir esta chica? Ah, porque se esforzó mucho cuando le tocó la lotería.

Zoe no sonrió, sino que lanzó a Jessica una mirada muy seria y concentrada.

—No te preocupes, puedo darle un enfoque positivo a todo esto.

Levantó los ojos hacia la pantalla de televisión donde había aparecido antes la cara de Masha.

—¿Qué crees que va a pasar luego? ¿Después de que juguemos a su estúpido juego?

—No lo sé —respondió Jessica con sinceridad—. Es como si pudiese pasar cualquier cosa.

65

Masha

*M*asha cogió un cojín de la Sala Lavanda. Yao no hizo ningún sonido cuando le levantó la cabeza del escritorio y le deslizó el cojín por debajo de la mejilla. Sus párpados aleteantes no estaban del todo cerrados, y dejaban ver las relucientes ranuras de sus ojos.

Recordó haberle puesto una manta a un pequeño cuerpo dormido. Fue como un recuerdo que perteneciera a otra persona, aunque sabía que era suyo. El recuerdo carecía de textura, de olor y de color. Era como las imágenes de las cámaras de seguridad que rodeaban el edificio.

Eso no era verdad. Podía darle color y textura a ese recuerdo si quería.

La manta era amarilla. El olor era de champú Johnson's para bebés. El sonido era la melodía tintineante de la canción de cuna de Brahms mientras los muñecos que colgaban del móvil daban vueltas en lentos círculos. El tacto era de piel suave y cálida bajo los dedos de ella.

Pero no quería recordar en ese momento.

Apagó la pantalla para no seguir viendo ni oyendo a sus huéspedes. Necesitaba un descanso de ellos. El tono de sus voces era como el chirrido de unas uñas deslizándose por una pizarra.

El sedante que le había dado a Yao era el que habían preparado por si algún huésped tenía una mala reacción a los batidos del día anterior y se ponía tan violento o nervioso que pudiera resultar un peligro para sí mismo o para los demás. Masha sabía que Yao iba a estar durmiendo a pierna suelta durante unas horas y que, después, estaría bien. Había sido el mismo Yao quien había enseñado a Masha y Delilah cómo administrar la inyección en caso de emergencia.

Esto no estaba planeado, pero había visto claramente que la pérdida de confianza de Yao en el protocolo suponía un serio lastre. Tenía que ser temporalmente apartado del proceso de toma de decisiones estratégicas. Masha tenía que actuar con rapidez y así lo había hecho, igual que antiguamente sacrificaba a miembros del personal improductivos o incluso a departamentos enteros. Su capacidad de tomar decisiones rápidas y ejecutar otras ante algún cambio había sido uno de sus fuertes a lo largo de su vida laboral. «Agilidad». Eso era. Ella era ágil tanto en sentido metafórico como literal.

Pero una vez que Yao se había quedado dormido, había tenido una extraña sensación de soledad. Le echaba de menos. Echaba de menos también a Delilah. Sin Yao y Delilah allí, no había nadie a quien tutelar, nadie que observara sus acciones, nadie a quien explicar nada. Resultaba extraño. Había vivido sola durante largos periodos de su vida. Cuando estaba rehabilitando Tranquillum House y creando y perfeccionando el plan de desarrollo personal que había dado lugar a su increíble transformación física y espiritual, había pasado varios meses seguidos sin ver a nadie y no había sentido en absoluto la falta de compañía. Pero su vida era ahora distinta. Rara vez estaba sola. Siempre había gente en su casa: sus trabajadores, sus huéspedes. Esta dependencia de la gente era un punto débil. Tenía que trabajar en ello. Masha era una obra en curso.

«Nada permanece».

Este era un ejercicio hipotético que había preparado para los huéspedes, pero el miedo que sintieran tenía que ser real. No había visto suficiente miedo. Había visto cinismo y duda. Esas personas estaban siendo irrespetuosas. Desagradecidas. Poco inteligentes, la verdad.

Esas drogas no eran baratas. Habían disminuido los márgenes de beneficio. Había estado dispuesta a obtener menos beneficios por el bien de ellos. Su querido Yao había tenido que trabajar mucho para asegurar la dosis adecuada para cada huésped. ¡Habían pasado muchas noches en vela para que esto saliera bien!

El nuevo protocolo tenía que suponer un giro en la carrera de Masha. Estaba preparada para formar parte de nuevo de un mundo más grande. Echaba de menos el reconocimiento público del que había disfrutado durante su etapa empresarial: los perfiles en revistas de negocios, las invitaciones para dar conferencias magistrales. Quería publicar artículos, dar charlas en convenciones y eventos. Ya había hecho correr la voz sobre la posible publicación de un libro. La respuesta había sido positiva. «La transformación personal es un tema de continuo interés», le habían escrito desde una editorial. «Manténganos informados».

A Masha le gustaba la idea de que sus antiguos colegas vieran su reencarnación. Probablemente no la reconocerían al principio y, luego, reaccionarían con asombro y envidia. Había escapado de la lucha competitiva y mira lo que había conseguido. Aparecería en perfiles de revistas y entrevistas de televisión. Tenía pensado contratar a un publicista. Tenía la firme intención de mencionar a Yao en los agradecimientos de su libro e incluso consideraría ascenderle a un puesto más importante en Tranquillum House mientras ella estaba ocupada con su circuito de conferencias.

El resplandeciente y magnífico futuro de Masha le estaba esperando y estos imbéciles desagradecidos se interponían en su camino. Masha había imaginado listas de espera de un año después de que saliera la noticia de su éxito. Los precios tendrían que subir acordes con la demanda. A estas personas se les había ofrecido un programa increíble por un precio de ganga y no tenían por qué quejarse.

¡Creían estar hambrientos! ¿Alguna vez habían sabido de verdad lo que era pasar hambre? ¿Habían hecho cola durante más de cinco minutos para comprar alimentos básicos?

Masha miró la pantalla apagada del ordenador y pensó volver a encenderla, pero no quería verlos en ese momento. Estaba demasiado enfadada con ellos. Esa Heather Marconi había sido de lo más irrespetuosa. A Masha no le gustaba.

Si cualquiera de ellos tuviese un cerebro, podrían estar fuera de esa habitación ahora mismo y camino de una comisaría para denunciar lo mal que los habían tratado, cuando la verdad era que se los había cuidado con cariño.

Masha cogió una llave del cajón de arriba y abrió el armario que tenía bajo su mesa.

Durante un momento se quedó mirando su contenido. La boca se le llenó de saliva. Se lanzó hacia delante y cogió una bolsa de Doritos y un bote de salsa. Notó lo llena y suave que estaba la bolsa y cómo crujía en su mano.

Se acordó de la mujer que llegaba tarde a casa por la noche desde el despacho tras una jornada de trabajo de dieciséis horas y que se sentaba en una habitación oscura delante de la televisión para comerse distraída los Doritos con la salsa. Esa había sido antes la cena de Masha. No le preocupaba su cuerpo.

Su cuerpo no significaba nada. Se limitaba a comprarse ropa de tallas cada vez más grandes cuando lo necesitaba. Lo único que le importaba era el trabajo. Fumaba y no hacía ejercicio. Como había dicho la doctora, tenía asegurado un infarto o un derrame cerebral.

Abrió el paquete y respiró los aromas del falso queso y la sal. Se le hizo la boca agua. Se le retorció el estómago de desprecio a sí misma. Había pasado más de un año desde la última vez que había cedido a este acto depravado y repugnante. Y todo por culpa de sus ingratos huéspedes.

La última vez que había comido Doritos había sido también por culpa de un huésped. Había publicado una crítica de una estrella en TripAdvisor sobre Tranquillum House y había escrito una sarta de mentiras. Dijo que había chinches en las camas. Publicó una foto de las picaduras. No había chinches. Se lo había inventado porque Masha le había dicho el último día que era firme candidato para un infarto o un derrame cerebral a menos que continuara con un cambio de vida cuando volviera a casa. Lo sabía porque le había *reconocido* como la persona que ella había sido antes. Pero ella le había ofendido al usar la palabra «gordo». Estaba gordo. ¿Por qué tanta sorpresa? ¿No era esa la razón por la que había ido allí?

Masha se puso el primer Dorito en la lengua y todo su cuerpo tembló por la reacción química que le provocó. Sabía exactamente cuántas calorías estaba a punto de ingerir y el mucho ejercicio que iba a tener que hacer para quemarlas (o también podría vomitar).

Aplastó el Dorito entre los dientes y abrió el bote de salsa con un fuerte giro de la muñeca. Antes tenía unos brazos débiles e inútiles con los que le habría costado hacerlo. Aquella mujer triste y gorda que se ponía delante de la televisión tenía que maldecir y dar golpes en la tapa con una cuchara para poder soltarla.

En otra vida anterior a esa, hubo un hombre que le abría los botes. Solía pedir ayuda a su marido con brusquedad, como si fuese un criado, y él le abría el bote, sonreía y la acariciaba. Siempre la acariciaba. Cada día, durante muchos años, había sido acariciada.

Pero eso había sido otra persona. Habían pasado décadas sin que la acariciaran con amor.

Pensó brevemente en la mano de Yao tocando la suya esa noche y cogió otro Dorito de la bolsa y lo mojó en la salsa roja y brillante.

Yao hizo un diminuto sonido, como si fuera un niño. Tenía las mejillas encendidas. Parecía un bebé febril.

Masha le colocó el dorso de la mano en la frente y la dejó ahí un momento. No parecía caliente.

Se metió el Dorito en la boca y empezó a comer cada vez más rápido. Migas amarillas caían por todo el escritorio y su vestido, mientras se permitía recordar el último día de aquella vida tanto tiempo atrás.

Era domingo. Su exmarido había salido como cualquier australiano «despreocupado». A los australianos les gustaba considerarse a sí mismos «despreocupados», como si eso fuera algo bueno. Había aceptado una invitación de sus compañeros de trabajo para participar en un juego en el que se disparaban unos a otros con pelotas de pintura. Iba a ser «divertido» y «con muchas risas».

Sí, parecía muy despreocupado: correr de un sitio a otro disparándose entre ellos. Las demás esposas iban a ir pero Masha se quedó en casa con el bebé. No tenía nada en común con aquellas mujeres y vestían tan mal que la hacían sentirse deprimida y nostálgica. Masha era una madre trabajadora. Tenía cosas que hacer. Era diez veces más lista que todos los hombres de la empresa en la que trabajaba, pero tenía que emplearse diez veces más duro para recibir el reconocimiento que merecía.

Era demasiado alta. A veces, sus compañeros fingían no entenderla y, otras, estaba segura de que no la entendían de verdad, aunque hablaba mejor inglés que ellos. No comprendía su sentido del humor —nunca se reía a tiempo— y ellos no captaban el suyo. Cuando hacía una broma, normalmente un chiste muy divertido, sofisticado e inteligente, ellos la miraban con gesto inexpresivo y de confusión.

En su país tenía muchos amigos, pero aquí sentía una especie de extraña timidez. Se enfadaba y amargaba por sentirse así porque, en su tierra nunca la habrían considerado tímida. Se mantenía fría porque no soportaba que se rieran de ella y aquí siempre cabía la posibilidad de que malinterpretara algo o la malinterpretaran a ella. A su marido no le preocupaba cuando eso pasaba. Le parecía gracioso. Se había sumergido sin temor en la vida social antes de conocer las normas y la gente le adoraba. Masha se enorgullecía de él por ello, aunque también le tenía un poco de envidia.

En una ocasión, a Masha y su marido los invitaron a la casa del jefe de ella para lo que Masha supuso que sería una cena formal. Se vistió elegante, muy sensual, con tacones altos y un vestido. Todas las demás mujeres, excepto Masha, fueron con vaqueros.

La invitación decía «Traed vuestra carne». Masha le dijo confiada a su marido: «¡No, no! ¡Es una broma! Una broma australiana. No muy graciosa, pero una broma sin duda». No iban a cometer el bochornoso error de tomárselo en serio.

Pero no era una broma. Las mujeres vestidas con vaqueros llevaban bolsas de plástico cerradas en las manos. Las bolsas contenían paquetes de carne sin cocinar. Lo justo para dos. Dos filetes. Cuatro salchichas. Masha no podía creer lo que estaba viendo.

Su marido actuó con rapidez. Se llevó la mano a la frente.

—¡Ay, no! ¡Nos hemos dejado la carne en casa! —le dijo al anfitrión.

—No hay problema —contestó—. Tenemos de sobra.

Muy generoso por su parte compartir un poco de carne con la gente a la que había invitado a su casa.

En el momento en que atravesaron la puerta, los hombres y las mujeres se dividieron en grupos separados, como si tuvieran prohibido hablar entre sí. Los hombres estuvieron alrededor de una barbacoa donde se cocinaba la carne durante lo que pareció varias horas. La comida era intragable. No había sillas. La gente se sentaba en cualquier sitio. Tres mujeres se sentaron sobre un muro de contención.

Después de aquel día, Masha decidió no preocuparse por hacerse un círculo social en Sídney. ¿Qué sentido tenía? Tenía un bebé de once meses, un trabajo agotador a jornada completa y un marido. Su vida estaba ocupada y resultaba satisfactoria. Ella era feliz de verdad, más de lo que lo había sido en toda su vida. Era gratificante tener un bebé tan evidentemente superior a los demás bebés en cuestión de belleza e inteligencia. Era un hecho objetivo. Su marido estaba de acuerdo. A veces, sentía lástima por otras madres cuando veían a su bebé sentado tan solemne y erguido en su carrito, con su pelo rubio brillando al sol (muchos de los otros bebés eran calvos, como si fuesen ancianos), con su cabecita meciéndose de un lado a otro mientras observaba el mundo con sus ojos grandes y verdes. Cuando algo le parecía divertido, como le ocurría a menudo (eso lo había heredado de su padre), se reía, con una risa que le salía del estómago, sorprendentemente profunda, y todos los que le oían desde cierta distancia tenían que reírse también y, en ese momento, mientras Masha intercambiaba sonrisas con los que la rodeaban, sonrisas de verdad, no forzadas, no se sentía sola en absoluto. Era una habitante más de Sídney, una madre que había salido con su hijo.

Aquel domingo, casi había terminado de trabajar cuando se despertó el bebé. Ya no lloraba al despertarse. En lugar de eso, emitía un «aaaaa» musical, como si estuviese jugando con su voz. Dejaba que el sonido subiera y bajara, subiera y bajara. Era un niño feliz y sin oído musical, como cuando su padre cantaba a la vez que removía una cacerola en la cocina.

En un momento dado, gritó: «¡Ma-má! ¡Ma-má!». Qué listo era. Muchos niños de su edad no tenían una sola palabra en su vocabulario.

—¡Ya voy, mi *lapochka!* —respondió ella. Solo necesitaba cinco minutos más y habría terminado.

Él volvió a quedarse callado. Ella terminó lo que estaba haciendo. Tardó menos de cinco minutos. Quizá cuatro.

—¿Te has cansado de esperarme, conejito? —preguntó al abrir la puerta de su dormitorio. Creía que quizá se había vuelto a quedar dormido.

Ya estaba muerto.

Se había estrangulado jugando con un cordón largo y blanco de la cortina de la ventana. Más tarde supo que no era un accidente poco común. Otras mujeres habían visto lo que ella vio ese día. Sus dedos temblorosos habían desenredado a sus preciosos bebés.

Hoy en día había etiquetas de advertencia en los cordones de las cortinas. Masha siempre las veía al entrar en una habitación, aunque estuviese muy lejos.

Su marido dijo que había sido un accidente y que no había nada que perdonar mientras estaba en el hospital vestido con el mono lleno de manchas de pintura por el juego. Ella recordaba los puntitos azules rociados en su mentón, como si fuese lluvia azul.

Recordaba también un momento raro en que había mirado a los desconocidos que la rodeaban y deseó que estuviese allí su madre, una mujer a la que nunca le había gustado Masha en realidad y, mucho menos, la había querido, y que no iba a proporcionarle ningún consuelo. Pero, por un pequeño momento en medio de su dolor, Masha anheló su presencia.

Rechazó el perdón de su marido. Su hijo la había llamado y ella no había acudido. Era inaceptable.

Dejó marchar a su marido. Insistió en que se buscara otra vida y, al final, lo hizo, aunque tardó muchísimo más tiempo de lo que Masha había deseado. Supuso un gran alivio cuando se marchó, cuando ya no tuvo que seguir sufriendo el dolor de ver el rostro que tanto se parecía al de su precioso hijo.

Aunque se negaba a leer los correos electrónicos que le enviaba y no quería saber nada de él, supo por casualidad muchos años atrás, cuando se encontró en una zona de restaurantes con un hombre que seguía teniendo amistad con su marido, un hombre que había estado el día en que se dispararon las pelotas de pintura, que su marido estaba bien y feliz y que se había casado con una chica australiana y tenía tres hijos.

Masha esperaba que siguiera cantando mientras cocinaba. Pensó que probablemente lo seguiría haciendo. En su investigación, había leído sobre la teoría de la rutina hedonista, que decía que la gente regresaba a un nivel de felicidad preestablecido sin importar lo que les pasara, ya fuera muy bueno o muy malo. Su marido había sido un hombre sencillo y feliz mientras que Masha era una mujer compleja e infeliz.

El hijo de Masha habría cumplido veintiocho años ese agosto. De haber vivido, probablemente hubiese tenido una relación difícil con él. Probablemente habrían discutido como Masha había discutido con su madre. Sin embargo, siempre sería su bebé cantarín y risueño y un joven guapo con una gorra de béisbol que se acercaba a ella atravesando un lago de color.

Se le debería haber permitido permanecer con él.

Masha miró la bolsa vacía de Doritos. Tenía las puntas de los dedos manchadas de amarillo, igual que las de su padre habían estado manchadas de nicotina. Se pasó la parte inferior de las manos por la boca y encendió la pantalla de nuevo para observar a sus huéspedes.

Vio que estaban todos despiertos. Estaban sentados en pequeños grupos, charlando, con esa actitud despreocupada tan australiana. Estaban demasiado relajados. No estaba siendo la noche oscura del alma. Podrían haber estado en una barbacoa. Estas personas no creían de verdad que se estaban enfrentando a condenas a muerte.

Nunca jamás la había desafiado un miembro del personal como esta gente la estaba desafiando.

La pantalla de su monitor latía como si estuviese viva. ¿Había algún tipo de fallo? Le acercó un dedo y notó que temblaba como un pez moribundo.

Tuvo un momento de confusión antes de recordar que había tomado setenta y cinco miligramos de LSD para mejorar su toma de decisiones y mantener la mente despejada. Esto no era más que una alucinación. Tenía que relajarse y dejar que su cerebro hiciera todas las conexiones adecuadas.

Miró por la habitación y vio una aspiradora apoyada en silencio en el rincón de su despacho. No latía. Era bastante real. Pero no la había visto antes. Las limpiadoras debían de haberla dejado allí. Contaban con unas limpiadoras estupendas. Solo contrataba a las mejores. Es importante mantener los estándares de calidad en todos los ámbitos de tu negocio.

Había algo que resultaba muy familiar en la aspiradora.

—¡Eh! —exclamó al ver a su padre coger la aspiradora torpemente, con las dos manos. Era muy voluminosa. Se dirigía hacia la puerta con ella—. ¡No, no, no! —gritó—. *Papochka!* ¡Suéltala! ¡No te vayas!

Pero él la miró con tristeza y sonrió. Y luego se fue, y ningún hombre la amaría nunca como lo había hecho su padre.

No era real. Lo sabía. Era fácil distinguir lo que era real y lo que no. Su mente estaba despierta, lo suficiente como para diferenciarlo.

Cerró los ojos.

La voz de su bebé la llamaba. «No. No es real».

Abrió los ojos y él se arrastraba por el suelo del despacho, balbuceando cosas sin sentido.

Cerró rápidamente los ojos. «No. No es real».

Abrió los ojos. Un cigarro la tranquilizaría.

Abrió el armario secreto una vez más y sacó un paquete de tabaco sin abrir y un mechero. La geometría del paquete la cautivó. Cada uno de sus cuatro ángulos matemáticamente alineados resultaba agradable.

Abrió el paquete, sacó un cigarro e hizo rodar su forma cilíndrica arriba y abajo entre sus dedos. El mechero era naranja, un color de tanta profundidad y belleza que la sorprendió.

Pasó el dedo pulgar por la diminuta rueda de borde rugoso del mechero. Una llama dorada apareció al instante, obediente.

La dejó apagarse y volvió a hacerlo.

El mechero era una fábrica en miniatura que producía llamas perfectas por encargo. Había mucha belleza en la producción eficiente de bienes y servicios.

Un pensamiento de nitidez cristalina: Masha debería olvidarse del sector del bienestar por completo y volver al mundo de la empresa. Olvidarse de dar un giro a su carrera. Debía saltar. Simplemente sería cuestión de reactivar su cuenta de LinkedIn y en muy poco tiempo sería reclutada y estaría respondiendo a ofertas.

El muchacho de la gorra de béisbol estaba sentado al otro lado del escritorio, formando un charco de color tornasolado por todo el suelo.

—¿Qué opinas? —le preguntó ella—. ¿Debería hacerlo?

No habló, pero ella estuvo segura de que pensaba que era una buena idea.

Ya estaba bien de huéspedes engreídos y desagradecidos. Volvería a dirigir múltiples departamentos de una empresa como si fuesen una orquesta: contabilidad, personal, ventas y marketing…, todo iba a volver a ella con la magnífica solidez irrefutable de una estructura jerárquica con su nombre en el nivel superior. Tomaría microdosis diarias para optimizar su productividad. Con suerte, el personal haría lo mismo, aunque la gente de Recursos Humanos pondría todo tipo de objeciones.

Había empezado una nueva vida cuando emigró, cuando su hijo murió y, una vez más, cuando el corazón se le detuvo. Podría volver a hacerlo.

Vender esa casa y comprarse un apartamento en la ciudad.

O…

Se quedó mirando la diminuta y parpadeante llama. La respuesta estaba justo ahí.

66

Ben

ueno, Napoleon, estás en mis manos —dijo Ben acercándose al hombre más mayor mientras este paseaba de un lado a otro del sótano—. Quiero decir, que te voy a defender.

Pensó que tal vez debería haberle llamado señor Marconi o simplemente señor. Tenía esa actitud propia de los profesores. De ese tipo de profesor al que aún quieres impresionar aunque hayas dejado el instituto y te lo encuentras de tiendas y te parece sorprendentemente bajito. No es que pudiera imaginarse que Napoleon alguna vez pareciera bajito.

—Gracias, Ben —contestó Napoleon, como si Ben tuviese otra opción.

—Pues muy bien —dijo Ben. Se frotó la barriga. Nunca en su vida había tenido tanta hambre—. Supongo que es bastante sencillo saber por qué mereces que se suspenda tu ejecución. Tienes mujer e hija y, en fin, espero que te parezca bien que incluya esto en mi discurso…, pero ya han perdido bastante las dos, ¿no es cierto? No podrían perderte también a ti.

—Puedes decirlo si quieres. —Napoleon sonrió con tristeza—. Es la verdad.

—Y eres profesor —añadió Ben—. Así que hay chicos que dependen de ti.

—Sí. Así es. —Napoleon golpeó el enladrillado con los nudillos. Ben le había visto hacer lo mismo cien veces desde que estaban ahí abajo, como si esperara encontrar un ladrillo suelto que les proporcionara una salida. Ben sabía que no podía ser así. No había forma de salir de allí aparte de aquella puerta.

—¿Algo más que deba decir? —preguntó Ben, y la voz se le quebró. Cuando tuvo que hacer el brindis en la boda de Pete creyó que se iba a desmayar. ¿Y ahora estaba encargado de defender *la vida* de este hombre?

Napoleon se giró y miró a Ben.

—No creo que importe lo que digas, muchacho. Yo no me lo tomaría muy en serio. —Le dio una palmada en el hombro—. Creo que es a Masha a la que nos tenemos que tomar en serio, pero no el juego en sí.

—Tú cuentas con un abogado defensor que es un desastre —confesó Ben—. Yo he tenido suerte. Me va a defender Lars y tiene experiencia en los tribunales.

Cuando Lars había tenido su «reunión» con Ben, solo le había hecho dos o tres preguntas rápidas antes de decir: «¿Qué te parece esto?». Y, entonces, se había lanzado a un discurso elocuente, como si fuese algo de la televisión, sobre que Ben era un joven de recta moral en el umbral de la vida adulta, que iba a ser padre, que estaba muy comprometido en su matrimonio, con mucho que aportar a su mujer, a su familia, a su comunidad, etcétera. Y todo le había salido con fluidez, sin un mínimo «eh…» o «ah…».

«¿Crees que va a surtir efecto?», había preguntado al final.

«Claro», había respondido Ben asombrado.

Y, luego, Lars había ido al baño para arreglarse el pelo y prepararse para su «aparición».

—A mí me aterra tanto hablar en público que ni siquiera puedo respirar —le dijo Ben a Napoleon.

—¿Sabes que la única diferencia entre el miedo y la excitación es la exhalación? —preguntó Napoleon—. Cuando tienes miedo, aguantas el aire en la parte superior de los pulmones. Tienes que exhalar. Así. Aaaah. —Se puso la mano en el pecho para mostrar cómo salía el aire en una larga y lenta espiración—. Como ese sonido que hace la gente cuando explotan unos fuegos artificiales. Aaaaah.

Ben repitió con él ese «Aaaaah».

—Eso es —dijo Napoleon—. Te voy a explicar lo que vamos a hacer. Yo iré primero. Voy a defender a Tony, así mataré de aburrimiento a Masha hablándole de su carrera futbolística. Tengo pensado hacer un recorrido por cada partido que jugó. Así aprenderá. —Se detuvo junto a la viga próxima al ladrillo con la inscripción de la pared—. ¿Has visto esto?

—¿El grafiti de los convictos? —Se lo había enseñado Delilah durante el primer recorrido por la casa. Ben y Jessica no habían mostrado gran interés.

Napoleon sonrió.

—Fascinante, ¿verdad? Yo lo había leído en la historia de esta casa antes de que viniéramos. Al final, estos hermanos consiguieron su libertad condicional y se convirtieron en canteros muy respetados y cotizados. Con mucho más éxito que el que habrían tenido si hubiesen vuelto a Inglaterra. Tienen miles de descendientes por esta zona. Cuando los condenaron para ser traídos a Australia apuesto a que estaban destrozados. Probablemente pensaron que era el fin del mundo. Pero resultó ser la clave de su éxito. El punto más bajo de tu vida puede conducirte al más alto. Y a mí eso me parece de lo más... —Por un momento pareció profundamente triste—. Interesante.

Ben no sabía por qué, de repente, sentía que estaba a punto de llorar. Debía de ser por el hambre. Se le ocurrió que cuando volviera a casa le haría una visita a su padre. Solo porque su padre se hubiese rendido con Lucy no quería decir que Ben se tuviera que rendir con él.

Ben colocó los dedos sobre la inscripción. Pensó que todos decían que había sido una suerte fantástica que a él y a Jessica les tocara la lotería pero, a veces, él no sentía lo mismo.

Miró hacia Jessica. ¿De verdad iba a convertirse en padre? ¿Cómo iba a aconsejar a un niño sobre cómo vivir la vida cuando él aún no lo había averiguado?

—Recuerda lo de la exhalación, muchacho —dijo Napoleon—. Expulsa el miedo.

67

Heather

$\mathcal{S}$oy bastante buena amiga —le dijo Frances a Heather—. Puedes mencionar eso. —Se mordió una uña—. Me acuerdo de los cumpleaños.

—A mí se me dan muy mal los cumpleaños —respondió Heather. En realidad, se le daban muy mal las amistades y, después de que Zach muriera, dejó de verles sentido. Las amistades eran un lujo.

Frances hizo una mueca de dolor.

—Este año me olvidé por completo del cumpleaños de una amiga, pero fue porque estaba enfrascada en esa estafa de internet y ese día estaba muy distraída y, luego, llegó la medianoche y pensé: «¡Dios mío, Monica!». Pero ya era demasiado tarde para enviarle un mensaje, así que...

—¿Qué me dices de tu familia? —la interrumpió Heather, antes de tener que oír la vida entera de Monica. Frances le parecía una mujer bastante extravagante—. ¿Tienes familia?

Heather miró por detrás de Frances hacia su propia familia. Zoe estaba sentada con Jessica, con las cabezas agachadas y juntas, como si fuesen dos amigas compartiendo secretos. Napoleon y Ben caminaban mientras charlaban, Ben escuchándole con atención y asintiendo respetuoso como si fuese uno de los mejores alumnos de Napoleon. Heather no sabía qué estaba pasando ahora mismo con su marido. Era como un impostor que estuviese haciendo un magnífico trabajo interpretando el papel de Napoleon. Hablaba y actuaba como tenía que hacerlo y casi conseguía salirse con la suya, pero había algo que no le cuadraba.

—Sí —contestó Frances—. Tengo familia. —Parecía insegura—. Supongo que no estoy muy unida a mis familiares más cercanos. Mi padre murió y mi madre volvió a casarse y se fue al extranjero. Al sur de Francia. Tengo una hermana, pero está demasiado ocupada con sus cosas. El día a día de las dos no sufriría ningún impacto si yo desapareciera.

—Por supuesto que sufriría un impacto —repuso Heather.

—Bueno... —Frances miró a la pantalla apagada con nerviosismo—. Tampoco estoy diciendo que se pusieran a bailar sobre mi tumba.

Heather la miró sorprendida. Parecía asustada de verdad.

—Sabes que no estás de verdad en el corredor de la muerte, ¿no? Esto no es más que un estúpido juego de poder para esa loca.

—Calla —susurró Frances—. Puede estar escuchando.

—No me importa —contestó Heather con imprudencia—. No le tengo miedo.

—Yo creo que deberías. —Frances lanzó otra mirada inquieta a la pantalla.

—No pasa nada. Voy a seguirle la corriente —dijo Heather para tranquilizar a esa pobre mujer—. No creo que deban ejecutarte.

—Muchas gracias —contestó Frances.

—¿Y qué más debería alegar?

—Apela a su ego —respondió Frances—. Empieza diciendo que es verdad que la vida de Frances no tenía mucho valor hasta este momento pero, ahora que ha hecho este retiro, se ha rehabilitado.

—Rehabilitado —repitió Heather.

—Eso es. —Frances estaba más nerviosa que un yonqui—. Asegúrate de usar la palabra «rehabilitado». Creo que le gustará. Deja claro que he visto el error de mi conducta autocomplaciente. Voy a hacer ejercicio. Comer sano. Nada de conservantes. Voy a ponerme objetivos.

—¡Buenos días, mis amorcitos!

La voz de Masha retumbó en la sala mientras su imagen cobraba vida una vez más en la pantalla.

Frances ahogó un grito y maldijo a la vez que se agarraba al brazo de Heather.

—¡Ha llegado el momento! —gritó Masha. Dio una larga y profunda calada a un cigarro y soltó el humo por el lateral de la boca—. Es hora de jugar a Sentencia de muerte. Esperad. No íbamos a llamarlo así, ¿no? Es hora de jugar al Corredor de la muerte. ¡Un nombre mucho mejor! ¿A quién se le ocurrió?

—¡Pero aún no es la hora! —Napoleon miró su reloj.

Heather miraba la pantalla. Masha estaba fumando. No sabía por qué le sorprendía tanto después de todo lo demás que había pasado, pero resultaba impactante y angustioso, como ver a una monja levantarse el hábito y mostrar unos ligueros.

—¡Estás fumando! —la acusó Jessica.

Masha se rio y dio otra profunda calada.

—Sí que estoy fumando. En ocasiones, en momentos de estrés, fumo.

—Estás colocada —dijo Ben con tono cansado, triste, y Heather oyó en su voz los años de resignada decepción que sufre el familiar de un adicto. Ben tenía razón. Masha tenía los ojos vidriosos y su pose era extraña y rígida, como si no tuviese la cabeza pegada al cuerpo y le preocupara que le saliera rodando.

Masha levantó un vaso de batido vacío.

—He dado pasos para llegar a un nivel superior de conciencia.

—¿Yao está bien? —preguntó Heather. Trató de mantener un tono respetuoso, aunque la garganta le quemaba llena de odio—. ¿Podemos ver a Yao, por favor?

La pantalla de la cámara parecía tener un ángulo distinto al de antes. Masha estaba de pie delante de una ventana en lo que parecía su despacho, aunque afuera estaba oscuro, así que era imposible saberlo con seguridad.

—Eso no es asunto vuestro en este momento —respondió Masha—. Ha llegado la hora de que presentéis las alegaciones por vuestros clientes. ¿Van a vivir? ¿Van a morir? A mí este ejercicio me parece estimulante y da mucho que pensar.

—¡Solo son las tres de la madrugada, Masha! —Napoleon se daba toques en la esfera de su reloj—. No ha amanecido. Dijiste que haríamos esto al amanecer.

Masha se lanzó hacia la pantalla y le apuntó con el cigarro.

—¡Los huéspedes no deben llevar relojes durante los retiros!

Napoleon retrocedió. Levantó en el aire su muñeca.

—Lo he llevado puesto todo el tiempo. Nadie me ha dicho que no podía llevar reloj.

—¡Deberías haber entregado el reloj con los demás aparatos! ¡Quién era tu asesor en bienestar?

—Ha sido culpa mía, Masha. Yo asumo la responsabilidad. —Se desabrochó el reloj.

—Era Yao, ¿no? —gritó Masha. Parecía endemoniada. Sus gritos reverberaban en toda la sala. Gotas de saliva rociaron la pantalla.

—Dios mío —dijo Tony en voz baja.

Zoe fue a colocarse al lado de Heather y la agarró de la mano, algo que no había hecho desde que era muy pequeña. Dio la sensación de que nadie respiraba.

Heather apretó la mano de Zoe y, por primera vez desde que habían sido encerrados ahí abajo, sintió verdadero miedo.

Pensó en las veces en que a lo largo de su vida laboral el ambiente en la sala de partos había pasado de la concentración a la superconcentración, porque la vida de una madre o de un bebé estaba en peligro y todos los miembros del personal que estaban en esa sala sabían que la siguiente decisión que tomaran debía ser la correcta. Solo que, en este caso, ella no tenía formación ni experiencia a la que agarrarse. Deseaba *actuar*, pero se sentía impotente y esa abrumadora impotencia le recordó al espeluznante momento en que encontró a Zach, sus dedos buscándole un pulso que ella ya sabía que no iba a encontrar.

—¡Estoy muy decepcionada con Yao! —bramó Masha—. ¡Ese error es inaceptable! ¡Me aseguraré de que lo sepan en Recursos Humanos! Añadiré una nota a su expediente. Va a recibir una carta formal de amonestación.

Napoleon levantó en el aire el reloj sujeto por la correa y se lo enseñó a Masha.

—Me lo quito.

Zoe apretaba la mano de Heather de forma convulsiva.

—Lo siento. Ha sido culpa mía —añadió Napoleon con el tono lento y cauteloso de quien trata de aplacar a un hombre armado enloquecido—. Lo voy a romper. —Tiró el reloj al suelo y puso el pie encima.

Masha cambió de tono.

—No seas tan dramático, Napoleon. ¡Te vas a hacer un corte en el pie! —Movió el cigarro alegremente, como si estuviese manteniendo una animada conversación en una fiesta, con una copa de vino en la otra mano.

Heather oyó que Zoe tomaba una temblorosa bocanada de aire y la idea de que su hija tuviera miedo hizo que deseara golpear a esa loca.

—No soy de las que se vuelve muy obsesiva con las normas burocráticas. ¡Soy flexible! ¡Soy de las que miran las cosas en su conjunto! —Masha dio una larga calada a su cigarro—. ¡En el test de personalidad de Myers-Briggs soy el Comandante! Creo que no os sorprenderá saberlo.

—Esto no va bien. —Lars miraba a la pantalla a través de sus dedos abiertos.

—Se le ha ido la chaveta —murmuró Tony.

—Nada dura eternamente —dijo Masha sin venir al caso—. Recordad eso. Es importante. Y bien, ¿quién va a hablar primero? —Miró a su alrededor, como si buscara algo—. ¿Tenéis todos café? ¿Todavía no? No os preocupéis. Delilah lo tendrá todo bajo control.

Sonrió y extendió los brazos como si estuviese sentada en la cabecera de una mesa de reuniones.

Heather se estremeció con una repentina y abrumadora sensación de miedo. «Está alucinando».

En ese momento, la atención de Masha se vio atraída por el cigarro que tenía entre sus dedos. Pasó un rato y seguía mirando el pitillo.

—¿Qué está haciendo? —susurró Carmel.

—Es el LSD —respondió Lars en voz baja—. No se puede creer que no se haya fijado nunca en la belleza innata del cigarro.

Por fin, Masha levantó los ojos.

—¿Quién va a hablar primero? —preguntó con voz calmada. Sacudió la ceniza del pitillo sobre el alféizar de la ventana.

—Yo —contestó Tony.

—¡Tony! Estupendo —dijo Masha—. ¿A quién defiendes?

—A Carmel —respondió. Señaló hacia ella, que hizo un movimiento extraño e incómodo, como si no supiera si hacer una reverencia o esconderse detrás de Lars.

—Adelante, Tony.

Tony se aclaró la garganta. Se colocó con las manos juntas y miró respetuosamente a la pantalla.

—Hoy represento a Carmel Schneider. Carmel tiene treinta y nueve años, está divorciada, con cuatro hijas pequeñas. Es su principal cuidadora. Además, está muy unida a su hermana mayor, Vanessa, y a sus padres, Mary y Raymond.

Masha parecía aburrida. Se sorbió la nariz.

La voz de Tony temblaba.

—Mary, la madre de Carmel, no está bien de salud y normalmente es Carmel quien la lleva a los médicos. Carmel dice que no es más que una persona corriente que hace lo que puede, pero yo creo que alguien que cría sola a cuatro hijas pequeñas es bastante especial. —Se tiró nervioso del cuello de su camiseta, como si se ajustara una corbata—. Carmel realiza también una labor de voluntariado en la biblioteca de su ciudad dando clases de inglés a refugiados. Lo hace una vez a la semana. Lleva haciéndolo desde los dieciocho años, cosa que me parece admirable. —Juntó las manos delante de él—. Gracias.

Masha bostezó de forma exagerada.

—¿Eso es todo?

Tony perdió la compostura.

—¡Por el amor de Dios, es una madre joven! ¿Qué más quieres saber? Es evidente que no merece morir.

—Pero ¿cuál es su V. D.?

—¿Su V. D.? —preguntó Tony, confuso.

—¡Te has olvidado de la información esencial, Tony! ¿Cuál es su ventaja diferencial? ¿Qué es lo que hace a Carmel única y especial?

—Bueno —empezó a contestar Tony con desesperación—. Es especial porque...

—Me pregunto también por qué no has empezado con un análisis básico de las ventajas, desventajas, oportunidades y amenazas. ¡No es ingeniería aeroespacial, chicos! ¡Y los soportes visuales! ¡No veo ninguno! Un sencillo PowerPoint habría servido para defender tus argumentos.

Heather cruzó la mirada con Napoleon: «¿Qué hacemos?». Vio la confusión y el miedo en la cara de él y eso hizo que su pánico aumentara, porque, si Napoleon no tenía ninguna respuesta, estaban en apuros. Pensó en aquellas veces en las salas de espera de urgencias con Zach cuando veían que tenían que lidiar con una estúpida enfermera de admisiones, cuando intercambiaban miradas por encima de la cabeza de Zach y los dos sabían exactamente qué hacer y decir para actuar como defensores de su hijo. Pero nunca habían tenido que enfrentarse con esta falta de lógica tan desconcertante.

—Lo siento —dijo Tony con humildad—. Evidentemente, un PowerPoint me habría servido para defender mis argumentos, sí.

—¡Sentirlo no lo soluciona! —gruñó Masha.

—¿Puedo ser yo la siguiente? —Una voz fuerte interrumpió inesperadamente la de Masha.

Heather vio sorprendida que era Carmel, con el mentón levantado y mirada impávida.

—Yo he preparado un análisis estratégico en representación de Zoe Marconi y lo que deberíamos hacer..., eh..., para avanzar, y me gustaría obtener tu aprobación, Masha.

El gesto de Masha se suavizó. Levantó una mano.

—Adelante, Carmel.

Carmel avanzó hasta el centro de la sala y se ajustó una chaqueta imaginaria, aunque iba vestida con unas mallas y una camiseta rosa adornada con la palabra «HAWAII» formada con lentejuelas.

—Sé que querías que hiciera un estudio a fondo sobre esto, Masha, y que fuese creativa.

Costaba identificar a esta mujer tan segura con la Carmel que apenas unas horas antes había estado suplicando lastimosa que quería irse a casa. Ahora prácticamente se le podía ver el traje de autoridad. ¿Era una actriz? ¿O se estaba sirviendo del recuerdo de una profesión anterior? Lo que quiera que fuese, impresionaba.

—Por supuesto. —Masha hizo un enérgico movimiento con la mano como si cortara algo—. Esto se parece más. Tenemos que ir un paso más allá. Estoy muy impresionada, Carmel.

Casi podría resultar divertido si no fuese tan aterrador.

—Tal y como yo lo veo, tenemos aquí una oportunidad real de aprovechar las competencias principales de Zoe —dijo Carmel—. Y llegar a... soluciones óptimas.

—Bien hecho —susurró Frances.

—Así es —asintió Masha—. Deberíamos buscar siempre las prácticas óptimas.

Resultaba raro ver lo bien que respondía a ese lenguaje empresarial sin sentido, como un bebé que reacciona al sonido de la voz de su madre.

—La cuestión es la siguiente —dijo Masha con astucia—. ¿Se corresponde con nuestros valores corporativos?

—Exacto —respondió Carmel—. Y una vez que lo tengamos todo ordenado, debemos preguntarnos: ¿es redimensionable?

—¿Lo es? —preguntó Masha.

—Exacto —repuso Carmel—. Así que lo que estamos buscando es... —titubeó.

—Sinergias —murmuró Lars.

—¡Sinergias! —exclamó Carmel, aliviada.

—Sinergias —repitió Masha con tono de ensoñación, como si estuviese diciendo «París en primavera».

—Bien, en resumen, necesitamos una solución sinérgica que encaje...

—Ya he oído todo lo que tenía que oír —dijo Masha con voz enérgica—. Ponlo en acción, Carmel, por favor.

—Sí —respondió Carmel.

Masha apagó su cigarro en el alféizar que tenía detrás. Apoyó la espalda en la ventana.

—Bienvenidos a Tranquillum House.

«Dios mío», pensó Heather. «La hemos vuelto a perder». Masha sonrió. Nadie le devolvió la sonrisa. Heather vio que todos los rostros de la habitación tenían expresión de agotamiento y desesperación, como la de una mujer que ha preparado inocentemente un «plan de parto natural» con una lista de reproducción de canciones y a la que, tras treinta horas de parto, se le dice que le tienen que hacer una cesárea de urgencia.

—Os prometo una cosa: dentro de diez días no seréis la persona que sois ahora.

—Joder —dijo Jessica—. Joder, joder, joder.

—Es por las drogas —murmuró Lars—. No sabe lo que dice.

—Ese no es el problema —replicó Ben—. Lo que no sabe es lo que hace.

Masha bajó la cabeza y se puso los dedos en el escote de su vestido.

—Ahora vamos todos a hacer flexiones —dijo—. Las flexiones son el ejercicio perfecto de resistencia funcional integrada. Es el único ejercicio con el que se trabaja cada músculo del cuerpo. ¡Veinte flexiones! ¡Ya!

Nadie se movió.

—¿Por qué no me hacéis caso? —Masha clavó un dedo en la pantalla—. ¡Flexiones! ¡Ya! ¡O me veré obligada a pasar a la acción!

«¿Qué acción podría tomar?». Pero no esperaron a averiguarlo. Se tiraron al suelo como soldados.

Heather trató de levantar y bajar su cuerpo hambriento y cansado en una línea paralela mientras Masha contaba en voz alta:

—¡Una, dos, tres! ¡Bajad esas caderas! ¡No dobléis el cuerpo!

¿Seguía en un estado de alucinación donde parecía que creía que todos trabajaban para ella? ¿Tenía pensado matarlos a todos? Heather sintió un repentino ataque de pánico. Había llevado a su hija a ese lugar. La vida de Zoe podía estar en las manos de esta mujer loca y drogada.

Miró a su alrededor. Frances hacía flexiones de niña sobre sus rodillas. Jessica lloraba mientras, también, se rendía y se apoyaba en los pies y las rodillas. Tony, el antiguo deportista, sudaba mientras realizaba flexiones perfectas al doble de velocidad que casi todos los demás, a pesar de que acababa de salírsele el hombro. Heather vio que su querido marido seguía el ritmo.

—¡Dieciocho, diecinueve y veinte! ¡Descansad! ¡Estupendo!

Heather se dejó caer boca abajo y levantó los ojos. Masha había acercado tanto la cara a la pantalla que lo único que podían ver era una imagen aumentada de su nariz, su boca y su mentón.

—Me estaba preguntando... —dijo aquella boca sin cuerpo—. ¿Podéis olerlo ya?

Fue Napoleon quien respondió con la voz calmada y dulce que usaría con un bebé.

—¿Oler qué, Masha?

—El humo.

68

Tony

La pantalla se quedó sin señal pero la voz de Masha seguía oyéndose en la sala.

—¡La transformación profunda es posible, pero debéis alejaros de vuestras creencias y supuestos!

—Huele a humo —dijo Zoe, con la cara pálida.

—Así es, Zoe, huele a humo porque esta casa, mi casa, se está reduciendo a cenizas mientras hablamos —respondió Masha—. ¡Las posesiones no significan nada! ¿Resurgiréis de vuestras cenizas? Recordad lo que dice Buda: «Nadie nos salva sino nosotros mismos».

—Mirad —susurró Frances.

Unas volutas de humo negro se deslizaban sinuosas por debajo de la pesada puerta cerrada de roble.

—¡Déjanos salir! —gritó Jessica con voz tan fuerte que se volvió ronca—. ¿Me oyes, Masha? ¡Déjanos salir ahora mismo!

La pantalla se quedó en negro.

La ausencia de Masha era ahora tan aterradora como antes lo había sido su presencia.

—Tenemos que tapar esa entrada —dijo Tony, pero Heather y Napoleon ya se le habían adelantado y volvían de los baños con toallas empapadas que habían enrollado en apretados cilindros, como si ese fuese su trabajo, como si hubieran esperado encontrarse exactamente en esa situación.

Al llegar a la puerta, el volumen de humo aumentó de forma repentina y alarmante, entrando en la habitación como si fuese agua. Todos empezaron a toser. Tony notó que el pecho se le tensaba.

—¡Echaos todos atrás! —gritó Napoleon, mientras él y Heather empujaban las toallas enrolladas entre la puerta y el suelo para sellarla.

El bajo nivel de claustrofobia que Tony había sufrido desde que vio que la puerta estaba bloqueada amenazaba con convertirse en un ataque de pánico absoluto. Sintió que la respiración se le entrecortaba. Dios, iba a perder la cabeza delante de toda esa gente. No tenía nada que hacer. Ni siquiera podía poner las toallas en la puerta porque Heather y Napoleon ya lo estaban haciendo. No podía ayudar. No podía echar la puerta abajo a patadas porque se abría hacia dentro. No podía pelearse con nadie. No podía hacer ni una maldita cosa.

Tosió con tanta fuerza que los ojos se le llenaron de lágrimas.

Frances le agarró de la mano y tiró de él.

—Apártate de la puerta.

Él dejó que le apartara. Frances no le soltaba la mano. Él no soltó la de ella.

Todos se juntaron en el punto de la habitación más lejano a la puerta.

Napoleon y Heather se unieron a ellos, con los ojos ya inyectados en sangre por el humo. Napoleon acercó a Zoe hacia él y ella enterró la cara en su camisa.

—La puerta no estaba caliente —dijo él—. Es buena señal.

—Creo que puedo oírlo —susurró Carmel—. Puedo oír el fuego.

Todos se quedaron callados. Al principio, sonaba como si estuviese cayendo una fuerte lluvia, pero no era lluvia. Era el inconfundible crepitar de las llamas.

Algo pesado y enorme cayó contra el suelo por encima de ellos. ¿Una pared? Oyeron un potente silbido de aire, como el viento de una tormenta, y, después, las llamas se oyeron con más fuerza.

Jessica emitió un sonido.

—¿Vamos a morir todos aquí abajo? —preguntó Zoe. Levantó los ojos hacia su padre con expresión de incredulidad—. ¿De verdad nos va a dejar morir?

—Desde luego que no —respondió Napoleon, con una seguridad tan rotunda y adulta que Tony deseó creer que Napoleon tenía una percepción especial, salvo que Tony era también adulto y sabía que no era así.

—Vamos a ponernos todos toallas mojadas en la cabeza y la cara para protegernos de la inhalación de humo —propuso Heather—. Después, esperaremos a que todo esto acabe.

Parecía tan calmada y segura como su marido. Quizá Tony se estaría comportando igual si uno de sus hijos o sus nietas estuviesen ahí.

Pensó en sus hijos. Llorarían por él. Sí, claro que sus hijos iban a llorar por él. No estaban preparados para perderle, aunque no los viera últimamente con mucha frecuencia. Esa idea llegó a su mente como una sorpresa, como si hubiese pasado los últimos años fingiendo que sus hijos no le querían, cuando él sabía que querían a su padre, por el amor de Dios. Lo sabía. A finales del año pasado, Will se olvidó de la diferencia horaria y llamó en mitad de la noche desde Holanda para contarle que le acababan de ascender en el trabajo. «Perdona», dijo.

«Quería que lo supieras tú el primero». Treinta años y aún quería los elogios de su padre. Según Mimi, James siempre publicaba fotos en internet de la carrera futbolística de Tony. «Presume de ti», dijo Mimi poniendo los ojos en blanco. «Explota tu fama para atraer a las chicas». Luego estaba la misma Mimi, su pequeña, trajinando por su casa, ordenándolo todo. Cada vez que rompía con otro gilipollas, ella se presentaba en su casa para «echarle una mano». No podía perder a su padre ahora mismo, cuando aún seguía saliendo con gilipollas.

No estaba preparado para morir. Cincuenta y seis años no era tiempo suficiente. De repente, su vida le parecía increíblemente rica y llena de posibilidades. Quería volver a pintar la casa, tener otro perro, un cachorro; no sería una traición hacia Banjo buscarse un cachorro. Al final, siempre se hacía con otro cachorro. Quería ir a la playa, tomarse un gran desayuno en la cafetería de su calle mientras leía el periódico, escuchar música..., ¡era como si se hubiese olvidado de que existía la música! Quería viajar a Holanda para ver a su nieta actuar en uno de esos tontos concursos de baile irlandés.

Miró a Carmel, a la que había tachado de intelectual excéntrica por sus gafas. Le había preguntado cómo había terminado dando clases de inglés a refugiados y ella le había explicado que su padre había llegado procedente de Rumanía en los años cincuenta y que una vecina suya se había encargado de enseñarle el idioma. «Mi padre no tenía aptitudes para los idiomas», le había contado Carmel. «Y se pone muy impaciente cuando se siente inseguro. Debió de ser una labor difícil. Así que tanto mi hermana como yo damos ahora clases de inglés para extranjeros. Como homenaje a la tía Pat».

¿A quién coño había homenajeado Tony? ¿A quién coño había ayudado Tony? Ni siquiera le había devuelto nada al deporte que tantas alegrías le había dado. Mimi le había estado diciendo mucho tiempo que entrenara a algún equipo infantil.

«Puede que incluso te guste», le había dicho. ¿Por qué se había mostrado tan reacio a esa idea? Ahora no se le ocurría nada más maravilloso que estar en un campo bajo la luz del sol enseñando a los niños a ver la música y la poesía del fútbol.

Cruzó la mirada con los ojos asustados de la mujer cuya mano seguía teniendo agarrada. Estaba más loca que una cabra, hablaba demasiado, estaba claro que nunca en su vida había visto un partido de la Liga de Fútbol Australiano. Se ganaba la vida escribiendo novelas de amor. Tony no había leído una novela desde el instituto. No tenían nada en común.

No quería morir.

Quería invitarla a tomar una copa.

69

Frances

$\mathcal{L}$os nueve huéspedes se apiñaban en el rincón más apartado del estudio de yoga y meditación, con toallas mojadas cubriéndoles la cabeza y los hombros, mientras Tranquillum House se reducía a cenizas.

Frances escuchaba el sonido de las hambrientas llamas y se preguntó si el golpe que acababan de oír sería de la preciosa escalera. Recordó que Yao le había dicho aquel primer día: «¡Nosotros no nos vamos a hundir, Frances!», y se imaginó olas de fuego devorando aquella bonita madera.

—Padre nuestro, que estás en el cielo, santificado sea tu nombre —murmuraba Jessica de rodillas una y otra vez—. Padre nuestro, que estás en el cielo, santificado sea tu nombre.

Frances no se habría imaginado que Jessica fuese creyente, pero quizá no lo fuera, porque no parecía avanzar más allá del «santificado sea tu nombre».

Frances, que se había criado en una familia anglicana pero que en algún momento de los años ochenta había perdido la fe, pensó que quizá no fuese de buena educación rezar ahora por su liberación cuando llevaba tanto tiempo sin siquiera dar las gracias. Tal vez a Dios le hubiese gustado recibir alguna tarjeta de agradecimiento a lo largo de los años.

«Gracias por ese largo y caluroso verano lleno de sexo en Europa con Sol.

»Gracias por aquel primer año de matrimonio con Henry, que, si te soy sincera, Dios, fue uno de los más felices de mi vida.

»Gracias por una carrera que no me ha dado prácticamente nada más que alegrías y siento haber armado tanto jaleo por la reseña. Estoy segura de que quien la escribió es también hija de Dios.

»Gracias por mi salud, has sido muy generoso a ese respecto, y fue una grosería por mi parte armar tanto jaleo por un mal resfriado.

»Gracias por los amigos que son más bien mi familia.

»Gracias por mi padre, aunque te lo llevaste un poco pronto.

»Gracias por los Bellinis y todos los cócteles de champán.

»Siento haberme quejado por haberme cortado con un papel cuando otros sufren atrocidades. Aunque, para ser sinceros, eso fue lo que hizo que dejase de creer en ti, eso de que algunos sufran un corte con un papel mientras otros sufren atrocidades».

Carmel lloraba sobre su toalla mojada y se sobresaltó al oír otro golpe más.

Frances se imaginó el balcón de su habitación colgando por una esquina y después golpeándose contra el suelo en medio de una llovizna de rescoldos.

Se imaginó nubes de humo negro iluminadas por una luz intensa contra el cielo de la noche de verano.

—El humo de aquí dentro no va a peor —le dijo a Carmel para tranquilizarla—. Napoleon y Heather han hecho un buen trabajo con las toallas.

Aún podía oler el humo y notar su sabor, pero era cierto que no había empeorado.

—Puede que todo salga bien —dijo Frances con tono vacilante.

—Todo va a ir bien —aseguró Napoleon. Estaba sentado entre su mujer y su hija, sujetándoles las manos—. Todo va a salir bien.

Hablaba con tal seguridad que Frances deseó no haberle visto la cara cuando se volvía a colocar la toalla, porque estaba llena de desesperación.

«Viene a por nosotros», pensó. «Viene a por nosotros y no hay sitio donde esconderse».

Recordó que Masha le había dicho: «Me pregunto si crees que alguna vez en tu vida te han puesto de verdad a prueba».

Jessica levantó la cabeza de sus rodillas y habló con voz amortiguada a través de su toalla:

—Ni siquiera ha oído todas nuestras exposiciones.

Resultaba enternecedor que aún quisiera verle la lógica a los actos de Masha. Seguro que de pequeña no soportaba que el profesor se olvidara de hacerles el examen que les había prometido.

—¿Creéis que Yao sigue vivo? —preguntó Zoe.

70

Yao

ao soñó con Finn.

Finn estaba ansioso por que Yao se despertara.

—Despierta —le decía con insistencia. Hizo chocar un par de platillos. Tocó una bocina en el oído de Yao—. Muchacho, tienes que despertarte ya.

Yao recobró la conciencia mientras Finn desaparecía. Sintió algo mullido y áspero contra su mejilla. Levantó la cabeza. Había un cojín sobre el escritorio de Masha. Recordó haber sentido una aguja en el cuello. La sorpresa al sentirla, pues no era una decisión que él aprobara.

Oyó el sonido de algo que se quemaba. Olía a humo.

Levantó la cabeza, se giró y la vio, fumando un cigarro mientras miraba por la ventana.

Ella se dio la vuelta para mirarle y sonrió. Parecía triste y emocionada, pero resignada, como su prometida cuando rompió con él.

—Hola, Yao —dijo Masha.

Yao sabía que había terminado, y sabía que nunca volvería a amar a nadie como había amado a esa mujer tan extraña.

Su voz sonó ronca en su garganta:

—¿Qué has hecho?

71

Frances

Aún seguía. El fuego. Los golpes.

El miedo de Frances llegó a su punto más alto y, después, se estabilizó. El ritmo cardiaco se redujo. Un enorme cansancio la invadió.

Siempre se había preguntado cómo se sentiría si su vida corriese un peligro mortal. ¿Qué haría si su avión empezara a caer en picado hacia el suelo? ¿Si un hombre loco y armado apuntara con el cañón a su cabeza? ¿Si alguna vez se viera de verdad puesta a prueba? Ahora lo sabía: no se lo creería. No dejaría de pensar hasta el último momento que su historia no acabaría nunca, porque no podría haber historia sin ella. Seguirían pasándole cosas. Era imposible creer de verdad que habría una última página.

Otro golpe. Carmel se volvió a sobresaltar.

—Espera un momento —dijo Lars de repente—. Ese sonido… es el mismo sonido de antes. Es exactamente el mismo sonido.

Frances le miró. No entendía nada.

Napoleon irguió la espalda. Se quitó la toalla de la cara.

—Hay un patrón que se repite, ¿no? —preguntó Jessica—. Lo sabía. Crujidos, silbidos, un pequeño estallido, crujidos, crujidos y un enorme y espantoso estallido.

—Lo siento. No lo pillo —dijo Frances.

—Es un bucle —señaló Tony.

—¿Queréis decir que es una grabación? —preguntó Ben—. ¿Estamos escuchando una grabación?

Frances no comprendía.

—¿No hay fuego? —Podía ver el fuego con toda claridad en su cabeza.

—Pero vimos el humo, lo olimos —rebatió Heather—. Donde hay humo, hay fuego.

—Puede que sea un incendio controlado —dijo Zoe—. Quiere que creamos que estamos en peligro.

—Y este es su modo de hacer que miremos a la muerte a la cara —añadió Tony.

—Sabía que no nos iba a dejar morir —dijo Carmel.

Lars lanzó la toalla mojada al suelo y fue a ponerse delante de la pantalla.

—Bien hecho, Masha —gritó—. Has conseguido darnos a todos un susto de muerte y nunca más volveremos a ser los mismos. ¿Podemos volver ya a nuestras habitaciones, por favor?

Nada.

—No puedes dejarnos aquí para siempre, Masha —continuó—. ¿Qué dice ese mantra que siempre repites? Nada dura eternamente. —Sonrió con tristeza y se apartó el pelo mojado de la frente—. Es como si lleváramos aquí toda una eternidad.

«Nada dura eternamente», pensó Frances. Masha había tenido una intención al decir eso tantas veces. «Nada dura eternamente. Nada dura eternamente».

Recordó haberle dicho a Masha que no había ningún código en la muñeca y que Masha había respondido: «Exacto».

—¿Cuándo ha sido la última vez que alguien ha intentado abrir la puerta? —preguntó Frances.

—Sinceramente, creo que hemos probado con todas las combinaciones de códigos posibles —respondió Napoleon.

—No me refiero al código —repuso Frances—. Me refiero al picaporte. ¿Cuándo ha sido la última vez que alguien ha probado a abrir el picaporte de la puerta?

72

Yao

*H*as dormido bien? —preguntó Masha. Dio una calada al cigarro.

Yao la recorrió con una mirada de reconocimiento: pupilas dilatadas, brillo de sudor en la frente, movimientos nerviosos.

—¿Te has tomado un batido? —preguntó. Levantó la bolsa vacía de Doritos de la mesa de Masha, la agitó y vio caer las migajas amarillas. Si había comido Doritos, debía de estar en un estado de alteración. Los Doritos eran más impactantes que el cigarro.

—Sí. —Masha expulsó el humo y le sonrió—. El batido estaba delicioso y he experimentado percepciones extraordinarias.

Nunca la había visto fumar. Hacía que fumar resultara hermoso. Yao nunca había fumado y ahora quería probarlo. Parecía algo natural y sensual, con el humo arremolinándose lánguidamente desde sus dedos.

Recordó la primera vez que la había visto, diez años atrás en aquel despacho grande, y su olor a humo de cigarro.

Yao miró la pantalla del ordenador sobre la mesa. Un vídeo de una casa de dos plantas quemándose. Un alero derrumbado en el suelo.

—Me has sedado —dijo Yao. Se pasó la lengua por la boca seca. Estaba aturdido por la conmoción. No lograba asimilar que Masha le hubiera hecho aquello.

—Sí —respondió Masha—. No tenía otra opción.

El cielo al otro lado de la ventana empezó a iluminarse.

—¿Y los huéspedes? —preguntó Yao—. ¿Siguen ahí abajo?

Masha se encogió de hombros, malhumorada.

—No lo sé. Me tienen harta. Estoy harta de este negocio. —Dio otra calada al cigarro y sonrió—. ¡He tomado una decisión! Vuelvo al sector de los BCI.

—¿BCI?

—Los bienes de consumo inmediato —respondió Masha.

—¿Como la pasta de dientes?

—Exacto. Como la pasta de dientes. ¿Te gustaría venir a trabajar conmigo?

—¿Qué? No. —Se quedó mirándola. Seguía siendo Masha, seguía teniendo ese cuerpo impresionante, seguía llevando esa ropa impresionante y, sin embargo, pudo sentir que su poder sobre él se desvanecía mientras veía cómo se transformaba en la ejecutiva de empresa que había sido antes. ¿Cómo era posible? Se sintió traicionado, como si su amante hubiese confesado una infidelidad. Para él, esto no era solo un trabajo, era su vida, su hogar, prácticamente su religión, ¿y ahora ella quería dejarlo todo para vender pasta de dientes? ¿No formaba parte la pasta de dientes del mundo normal al que habían dado la espalda?

No lo decía en serio. Tenía que ser efecto del batido. Esto no era una muestra de una percepción trascendental. Con su historial médico no debería haberse tomado el batido, pero, ya que lo había hecho, debería estar tumbada, con los auriculares puestos, y así Yao podría *guiarla* en su experiencia psicodélica lejos de la pasta de dientes.

Con todo, había nueve huéspedes de los que había que ocuparse en ese mismo instante.

Apartó la mirada de ella y apagó en el ordenador la grabación de la casa en llamas. Encendió el programa de las cámaras de seguridad que mostraba el estudio de yoga y meditación.

No había nadie. Había toallas tiradas por todo el suelo de la sala vacía.

—Han salido —dijo—. ¿Cómo han escapado?

Masha se sorbió la nariz.

—Por fin lo han averiguado. La puerta lleva varias horas desbloqueada.

73

Carmel

Todos los hombres se empeñaron en ir por delante de las mujeres al subir las escaleras desde el estudio de yoga y meditación, preparados para matar leones o asesores en bienestar que les ofrecieran batidos. Fue un gesto amable y caballeroso y Carmel lo agradeció y se alegró de no ser un hombre, pero parecía que su gentileza había sido innecesaria. La casa estaba en silencio y vacía.

Carmel seguía sin creer que no hubiese ningún incendio. Las imágenes de su cabeza habían sido muy reales. Había creído que no volvería a ver a sus hijas.

—No va a abrirse sin más —había dicho Heather cuando todos fueron a la puerta y Napoleon puso la mano en el picaporte mientras les decía a todos insistentemente: «Quedaos atrás, quedaos atrás, quedaos atrás...».

La puerta se abrió, como si nunca hubiese estado cerrada, y al otro lado apareció un cubo de basura de metal.

Napoleon lo inclinó hacia delante y les mostró el contenido. Había fragmentos quemados de periódico en el fondo y un montón de botellas de agua de plástico deformadas y derretidas encima. Aún había algún rescoldo encendido, pero eso era todo lo que quedaba del imponente infierno que todos se habían imaginado.

Entraron en grupo en el comedor vacío y vieron la larga mesa donde habían compartido sus comidas en silencio. La luz gris de la mañana inundaba la habitación. Las urracas graznaban y una cucaburra soltaba sus líquidas carcajadas. El coro del amanecer jamás había sonado con tanta poesía. La vida parecía de una normalidad exquisita.

—Deberíamos buscar un teléfono —dijo Heather—. Llamar a la policía.

—Deberíamos irnos sin más —repuso Ben—. Buscar los coches y salir de aquí a toda pastilla.

Nadie hizo nada.

Carmel apartó una silla y se sentó, con los codos sobre la mesa. Tenía la misma sensación sorprendente de alivio eufórico que había experimentado justo después de cada parto. Todos esos gritos dando instrucciones. Todo ese miedo. Todo ese jaleo. Había terminado.

—¿Creéis que hay alguien en la casa?

—Oíd. Viene alguien —dijo Lars.

Unas pisadas se acercaban por el pasillo.

—¡Buenos días! —Era Yao. Llevaba una enorme bandeja de frutas tropicales. Parecía cansado pero, por lo demás, en perfecto estado de salud—. Por favor, ocupad vuestros asientos. ¡Os hemos preparado un desayuno delicioso! —Colocó la bandeja en la mesa.

«Vaya», pensó Carmel. «Va a fingir que todo es normal».

Zoe estalló en lágrimas.

—¡Creíamos que estabas muerto!

La sonrisa de Yao vaciló.

—¿Muerto? ¿Por qué ibais a creer que estaba muerto?

—Parecías estar inconsciente, amigo —repuso Lars.

—Tuvimos que jugar a una cosa que se llamaba «Corredor de la muerte» —le dijo Frances desde un sillón junto a la puerta. Parecía una de las hijas de Carmel chivándose de sus hermanas—. Era un juego terrible... —Su voz se fue apagando.

Yao colocó un racimo de uvas púrpuras que se estaba deslizando por un lateral de la bandeja. Frunció el ceño.

Carmel continuó con la explicación:

—Teníamos que fingir que éramos abogados. —Recordó ese momento emocionante en que había tenido que escupir toda esa jerga sin sentido que, pese a todo, era tan coherente para Masha. Había sido aterrador, pero también maravilloso. Como una atracción de feria que la hubiese puesto boca abajo y hubiera empezado a hacerle girar—. Teníamos que presentar argumentos para librarnos de la ejecución. Yo defendía... a Zoe.

Mientras hablaba se dio cuenta de lo absurdas que sonaban sus palabras. Era evidente que todo había sido solo un juego. ¿Por qué se lo habían tomado tan en serio? Si se lo contaban a la policía, seguramente se reirían.

—Y luego ni siquiera nos ha dejado terminar —se quejó Jessica.

—Sí, yo estaba deseando que llegara mi turno —dijo Frances.

—No es cierto —replicó Heather.

Carmel cogió una uva de la bandeja de fruta, aunque no se sentía especialmente hambrienta. Debía de haber traspasado el umbral del hambre. Mordió la uva por el centro. «Dios mío», pensó cuando el zumo explotó en su boca. Sintió una sacudida de gratitud. Fue como si todas las células de su cuerpo reaccionaran ante aquel diminuto sustento. Sintió que estaba al borde de alguna revelación increíblemente compleja pero sobrecoge-doramente sencilla respecto al valor real de la belleza de la comida. La comida no era el enemigo. La comida aportaba vida.

—Sé que algunas de las actividades de anoche han podido parecer... inusuales —dijo Yao. Tenía la voz un poco ronca pero era digno de admiración. Seguía tocando su violín mien-tras el *Titanic* se hundía bajo el mar—. Pero todo lo que ha pasado estaba diseñado para vuestro crecimiento personal.

—Deja esa mierda, Yao —respondió Lars—. Entiende que ya ha terminado todo. No podemos permitir que nadie más pase por lo que pasamos nosotros anoche.

—Tenemos que clausurar esto, muchacho —dijo Tony.

—Esa jefa tuya tiene que ir directa a un hospital psiquiá-trico de máxima seguridad —añadió Heather.

—No voy a ir a ningún hospital —dijo Masha.

A Carmel casi se le salió el corazón del pecho.

Masha estaba en la puerta del comedor vestida con un traje pantalón rojo al estilo de Hillary Clinton hacía diez años pasado de moda y que le quedaba tres tallas grande.

—Vuelvo a trabajar.

—Sigue colocada hasta las cejas —observó Ben.

—Masha —dijo Yao con desesperación—. Creía que es-tabas descansando.

—¡Qué buen aspecto tenéis todos! —Masha observaba al grupo con atención—. Mucho más delgados. Mucho más sanos. Estoy segura de que todos estaréis contentos con los resultados.

Heather hizo un sonido de burla.

—Estamos encantados, Masha. Estamos encantadísimos con los resultados. Esto ha sido de lo más relajante.

Las fosas nasales de Masha se dilataron.

—¡No uses ese tono sarcástico conmigo! Eres mi subor-dinada. Tengo autoridad para...

—Otra vez no —dijo Heather—. Eres mi jefa, ¿no? ¿Todos trabajamos para ti? Tenemos que hacer todos una presentación en PowerPoint o... ¿qué? ¿Nos *ejecutarás?* —Imitó el acento de Masha.

—Eso no nos ayuda, mi amor —dijo Napoleon.

—Lo sé todo sobre ti, Heather —repuso Masha hablando despacio—. Estuve ahí anoche. Oí tus secretos. Me lo contaste todo. Me dices que le he dado drogas a tu hija, que soy una persona horrible por haber hecho algo así, aunque lo he hecho por ayudarte a ti y a tu familia. Pues dime una cosa: ¿qué drogas permitiste que tomara tu hijo?

Masha apretó los puños. Sostenía con fuerza algo en la mano derecha. Carmel no podía ver qué era.

—¿Qué clase de madre eres? —le preguntó Masha a Heather. Había una extraña y potente animosidad entre esas dos mujeres que Carmel no comprendía.

—Ya es suficiente —intervino Napoleon.

Yao atravesó la habitación en dirección a Masha mientras Heather respondía a su comentario con una carcajada desdeñosa.

—Yo soy mejor madre de lo que tú habrías sido nunca —dijo.

Masha rugió como un animal. Se abalanzó sobre Heather con un puñal de plata en alto, dispuesta a clavárselo en el cuello.

Napoleon saltó por delante de su esposa y Yao hizo lo mismo delante de Masha en el momento justo en que Frances se levantaba de su silla, cogía un candelabro del aparador y lo batía con fuerza sobre la cabeza de Masha.

Masha cayó al instante. Quedó a los pies de Frances sin moverse.

—Dios mío —dijo Frances. El candelabro colgaba de su mano. Levantó la vista hacia todos con una expresión de horror en la cara—. ¿La he matado?

74

Frances

*D*espués de aquello, Frances trató de determinar cuál había sido el proceso de la toma de su decisión, pero le resultó imposible. Era como si su cerebro hubiese sufrido un cortocircuito.

Vio el abrecartas de doscientos años en la mano de Masha.

«Cuidado. Ese abrecartas está afilado como una navaja. Podrías asesinar a cualquiera con eso, Frances».

Vio cómo Masha se lanzaba hacia Heather.

Notó el inesperado peso del candelabro en su mano.

Y lo siguiente que recordaba era que Masha estaba en el suelo junto a sus pies y que ella tenía las manos levantadas como una criminal porque un policía robusto la estaba apuntando con una pistola y le decía: «¡No se mueva, por favor!».

El educado policía era Gus, el novio de Jan, la masajista, y era tan encantador como Frances se había imaginado, sobre todo una vez que apartó el arma. Gus no acusó a Frances del asesinato de Masha porque Masha no estaba muerta. Después de apenas unos momentos aterradores, se sentó en el suelo, con una mano en la parte posterior de la cabeza, y le dijo a Frances que estaba despedida, de manera fulminante.

Jan, con un vestido de verano, estaba con Gus, sonrojada y excitada ante los hechos que habían acontecido en su lugar de trabajo. Al parecer, ella y Gus habían estado hablando (en mitad de la noche; por sus miradas, Frances dedujo que había sido una conversación poscoital) y Gus había mencionado que al terminar su turno había hecho parar a una chica que conducía un Lamborghini amarillo por exceso de velocidad. Por la descripción de Gus, Jan tuvo claro de inmediato que esa chica solo podía ser Delilah y, como parecía poco probable que pudiera haber dos Lamborghinis amarillos en la zona y que, por tanto, era posible que Delilah pudiera haber robado el coche de un huésped, y como a Jan le había parecido sospechoso el hecho de que a casi todo el personal de Tranquillum House se le pidiera que se marchara en mitad de un retiro (cosa que, según le dijo la chef, nunca había ocurrido antes), había convencido a Gus de que fuese con ella a la casa para ver qué pasaba.

—Probablemente tenga una conmoción cerebral —dijo Yao tras examinar a su jefa—. O puede que aún siga drogada.

Gus dijo que no iba a presentar cargos contra Frances por haberla atacado porque había muchos testigos que confirmaban que su rápida reacción probablemente le había salvado la vida a Heather, aunque Frances sabía que quizá fuera Heather el objetivo de Masha pero que los únicos que habían corrido peligro eran Napoleon, que había apartado a Heather con un empujón, y Yao, que se había colocado justo delante de Masha.

—Gracias, Frances —dijo Heather. Se puso una mano en el lado del cuello y se quedó mirando el posible arma del crimen—. Podría haber pasado algo bastante feo.

Heather se negó a mirar a Masha en ningún momento hasta que llegó la ambulancia y se la llevó al hospital de la ciudad.

—¡Gracias por vuestra visita! ¡Por favor, acordaos de calificar vuestra estancia con nosotros en TripAdvisor! —gritó alegremente mientras los dos enfermeros de emergencias con uniformes azules se la llevaban.

Aparecieron más policías y, después, una vez que Gus y sus amigos encontraron las grandes cantidades de drogas ilegales en las instalaciones, llegó un segundo grupo, estos con miradas más duras y zapatos más brillantes, que no se mostraron tan interesados como Gus en los detalles más superfluos.

A Yao se lo llevaron en un coche de policía para que prestara declaración.

Antes de marcharse, los miró a todos.

—Lo siento mucho —dijo sin más.

Parecía triste, derrotado y avergonzado, como un adolescente que había celebrado una fiesta que se le había descontrolado mientras sus padres estaban fuera.

Encontraron el Lamborghini de Ben en el aparcamiento del aeropuerto regional que estaba a dos horas de camino. Supuestamente, no había sufrido ningún daño, aunque Ben ya se encargaría de revisarlo. A Delilah aún no la habían localizado.

Hubo mucho papeleo tedioso. Todos tuvieron que prestar largas declaraciones por separado ante la policía sobre lo que había sucedido durante la última semana.

A veces, resultaba difícil hacer un relato lógico de lo que había pasado. Frances podía notar el escepticismo de los agentes.

—Entonces, ¿creían que estaban encerrados?

—Lo estábamos.

—Pero, luego, ¿abrieron la puerta sin más y salieron?

—Bueno, verá, es que habíamos dejado de probar a abrir el picaporte —contestó Frances—. Creo que era eso lo que Masha trataba de demostrar, que a veces la respuesta está delante de uno mismo.

—Entiendo —dijo el agente de policía. Por su expresión, estaba claro que no entendía nada y que estaba completamente seguro de que a él no le habrían dejado encerrado en aquella habitación—. Y creyeron que había un incendio.

—Había humo —respondió Frances, con la boca llena de mango, su carne amarilla fresca y dulce como una mañana de verano—. Y los sonidos de un incendio.

—Que en realidad era un vídeo de YouTube de una casa ardiendo que se reproducía por un interfono —dijo el policía sin ninguna entonación.

—Era muy convincente —añadió Frances sin convicción alguna.

—Estoy seguro de que lo era —respondió el policía. Se notaba que estaba esforzándose por no poner los ojos en blanco—. Tiene usted un… —Apuntó a la cara de ella.

Frances se limpió el mentón pegajoso.

—Gracias. ¿No le encanta la fruta de verano?

—No soy muy aficionado.

—¿No es aficionado a la fruta?

Lars, el único miembro del grupo con conocimientos legales, había tratado de asegurarse de que todos se ceñían al mismo guion.

«Nos engañaron. No teníamos ni idea de que había drogas en las instalaciones», había dicho con voz suficientemente alta para que todos le oyeran mientras lo llevaban para tomarle declaración. «No nos dijeron qué contenían esos batidos».

—Yo no tenía ni idea de que hubiese drogas en la casa —repitió Frances—. Me engañaron. No me dijeron qué contenían esos batidos.

—Sí, ya lo sé —dijo el policía. Dejó de esforzarse y puso los ojos en blanco—. Ninguno de ustedes lo sabía. —Cerró su cuaderno—. La dejo con su mango.

Uno de los policías locales reconoció a Tony, volvió a su casa a por una camiseta del Carlton para que se la firmara, y se emocionó.

Por fin, cuando el largo día llegaba a su término y ya se habían llevado las drogas como prueba, les dijeron a todos que tenían libertad para marcharse, siempre que estuviesen disponibles para cualquier futuro interrogatorio.

—Tenemos libertad para irnos, pero ¿nos podemos quedar? —le había preguntado Frances a Gus, el último agente de policía que quedaba. Era demasiado tarde para conducir seis horas de vuelta a casa.

Gus dijo que no veía inconveniente, pues ya no se trataba del escenario de ningún delito. Nadie había muerto, se habían llevado las drogas y, en teoría, seguían siendo huéspedes que habían pagado por su estancia. Pareció considerar en su mente los aspectos legales y se reafirmó en su decisión. Jan dio a todos un pequeño masaje de diez minutos para que liberaran la tensión. Les dijo que quizá les convendría que les revisaran en el hospital, pero nadie se mostró dispuesto, sobre todo sabiendo que era allí adonde habían llevado a Masha. Tony dijo que tenía el hombro perfectamente bien.

—¿Es a esto a lo que te referías cuando dijiste que no hiciera nada con lo que no me sintiese cómoda? —le preguntó Frances a Jan cuando llegó su turno para el masaje.

La pobre Jan estaba espantada.

—¡Yo me refería a que no hiciera *burpees* ni zancadas con salto! —respondió, mientras sus experimentados dedos realizaban su magia sobre los hombros de Frances—. Los *burpees* son terribles para cualquiera que sufra problemas de espalda y hay que tener unas rodillas muy firmes para hacer las zancadas con salto. —Negó con la cabeza—. Si llego a sospechar algo como esto habría informado de inmediato a la policía. —Miró a Gus con ojos de adoración—. Se lo habría dicho a Gus.

—¿Le gusta silbar? —preguntó Frances, siguiendo su mirada.

Al parecer, ni silbaba ni hacía tallas de madera, pero seguía siendo perfecto.

En cuanto Gus y Jan se fueron, los nueve entraron en la cocina para prepararse algo para cenar. Estaban eufóricos de libertad mientras abrían armarios y hubo un momento de sobrecogido silencio cuando se colocaron delante del enorme frigorífico de acero inoxidable y vieron la cantidad de comida que contenía: carne, pollo, pescado, verduras, huevos...

—Hoy es mi veintiún cumpleaños —anunció Zoe.

Todos se giraron para mirarla.

—También es el cumpleaños de Zach. —Tomó una profunda y temblorosa bocanada de aire—. Hoy es *nuestro* cumpleaños.

Sus padres se acercaron a ella y la flanquearon.

—Yo creo que vamos a necesitar una pequeña copa de vino con la cena —dijo Frances.

—Necesitamos música —añadió Ben.

—Necesitamos una tarta —afirmó Carmel. Se remangó—. Yo soy una experta en tartas de cumpleaños.

—Yo puedo preparar pizza —se ofreció Tony—. Si hay harina puedo hacer masa para pizza.

—¿De verdad? —preguntó Frances.

—De verdad —respondió él con una sonrisa.

Zoe fue a su dormitorio a por la botella de vino que había traído de contrabando y Frances registró la casa hasta encontrar una mina de productos de contrabando traídos por anteriores huéspedes y que supuestamente no habían recogido, incluidas seis botellas de vino, algunas de las cuales parecían bastante buenas, en una pequeña habitación detrás del mostrador de recepción. Ben encontró sus teléfonos móviles y se conectaron de nuevo al mundo para ver que no habían pasado grandes cosas durante la última semana: un escándalo deportivo que solo Tony y Napoleon encontraron escandaloso, la ruptura del matrimonio de una de las Kardashian que solo Jessica y Zoe encontraron relevante y un desastre natural en el que las únicas bajas eran de personas que habían decidido incumplir flagrantemente las advertencias, y ya se sabe lo que pasa. Ben usó su teléfono para poner música y asumió la obligación de ejercer de DJ, aceptando peticiones de todas las generaciones y géneros.

Todos se emborracharon con el vino y la comida. Jessica preparó unos perfectos filetes al punto. Tony retorció la masa de la pizza. Frances hizo de pinche con quienquiera que la necesitara. Carmel preparó una tarta increíble y se sonrojó deliciosamente ante todos los elogios que le brindaron. Un sorprendente número de personas bailó y un sorprendente número de personas lloró.

Lars no sabía bailar. Nada de nada. Resultaba encantador verlo.

—¿Lo haces aposta? —preguntó Frances.

—¿Por qué la gente me pregunta siempre lo mismo? —repuso Lars.

Tony sí sabía bailar. Muy bien. Les contó que, en su época, él y algunos otros jugadores habían asistido a clases de ballet como parte de su entrenamiento.

—Me servía para fortalecer los tendones de la corva —explicó mientras Frances y Carmel se agarraban del brazo y se reían sin parar al imaginarse a Tony con un tutú. Él respondió ejecutando una pirueta perfecta.

Frances no había tenido nunca una relación con un hombre que supiera hacer piruetas ni masa para pizzas. Pensó en ello solo como un dato interesante y no un motivo para dejar que Tony la besara. Sabía que él quería hacerlo. La sensación de estar en una fiesta con un hombre que deseaba besarla pero que aún no lo había hecho era igual de buena que la primera vez que lo experimentó, a los quince años, en la fiesta del dieciséis cumpleaños de Natalie. Hacía que todo pareciera más intenso. Exactamente igual que una droga alucinógena.

Brindaron por Zoe y Zach.

—Yo no quería gemelos —dijo Heather levantando su copa de vino tinto—. Cuando el médico me dijo que eran dos, no os voy a mentir, respondí con una palabra de cinco letras.

—Bueno, ese es un gran comienzo, mamá —dijo Zoe.

—Soy comadrona —continuó Heather sin hacerle caso—. Conocía los riesgos de un embarazo de mellizos. Pero resultó que el embarazo no me dio ningún problema en absoluto. Tuve un parto natural. ¡Pero, claro, sí que me causaron muchos problemas una vez que estuvieron en el mundo!

Miró a Napoleon. Él le agarró la mano.

—Aquellos primeros meses fueron duros pero luego, no sé, creo que les inculcamos una rutina cuando tuvieron unos seis meses y recuerdo que, cuando por fin pude dormir toda la noche, me desperté, los miré y pensé: «Vaya, sois unos niños bastante especiales».

»Siempre se turnaban para hacer las cosas primero. Zach nació el primero pero Zoe fue la primera en andar. —La voz se le apagó un poco. Fue a dar un sorbo de vino y, entonces, recordó que aún no había terminado con su brindis—. Zoe fue la primera en sacarse el permiso de conducir, cosa que, como podéis imaginar, hizo que Zach se volviera loco.

Volvió a hacer una pausa.

—¡Las peleas! ¡No os imagináis qué peleas tenían! Querían matarse el uno al otro y yo los ponía en habitaciones separadas pero, a los cinco minutos, volvían a estar juntos, jugando y riendo.

Frances se dio cuenta de que Heather estaba dando exactamente el discurso que le habría gustado dar si Zach no hubiese

NUEVE PERFECTOS DESCONOCIDOS

muerto: una madre normal y orgullosa en el jardín de su casa, con las generaciones más jóvenes poniendo los ojos en blanco mientras los mayores se secaban las lágrimas.

Levantó su copa.

—Por Zoe y Zach: los hijos más listos, más divertidos y más guapos del mundo. Vuestro padre y yo os queremos.

Todos alzaron sus copas y repitieron:

—Por Zoe y Zach.

Napoleon y Zoe no pronunciaron ningún brindis.

En lugar de ello, Napoleon encendió las velas de la tarta de Carmel y todos cantaron el cumpleaños feliz. Zoe sopló las velas pero nadie le dijo que pidiera un deseo, porque cada uno de los que estaban en esa habitación deseaban lo mismo. Frances podía verle con claridad, el muchacho que debía haber estado allí, sentado junto a Zoe, empujándola para soplar él las velas, con toda la vida por delante.

Después de repartir los platos con la (deliciosa) tarta, Zoe pidió que Ben pusiera una canción que Frances no reconocía, y Ben la puso y él, Jessica y Zoe bailaron juntos.

Se hicieron promesas de mantener el contacto. Se pidieron amistad y empezaron a seguirse en las redes. Jessica creó un grupo de WhatsApp y todos se unieron.

Carmel fue la primera en sucumbir al agotamiento y en despedirse. Todos iban a dejar la casa a la mañana siguiente. Los que tenían que tomar un avión habían cambiado sus vuelos y trasbordos al día siguiente: un día antes de lo programado. Carmel era de Adelaida y la familia Marconi y Tony eran de Melbourne. Tony era el único huésped de otro estado que había alquilado un coche e iba a llevar a Ben y Jessica a recoger el suyo de donde lo había abandonado Delilah. Lars y Frances eran los únicos huéspedes de Sídney y habían declarado su intención de dormir hasta tarde y desayunar tranquilamente antes de marcharse.

De algún modo, Frances ya sabía que todo iba a ser diferente por la mañana.

Todos sentirían el deseo de volver a sus antiguas vidas. Ella ya había disfrutado de paquetes de vacaciones en grupo y cruceros. Sabía cuál era el proceso. Cuanto más se alejaran de Tranquillum House, más pensarían: «Eh, ¿qué ha sido todo eso? ¡Yo no tengo nada que ver con esa gente!». Todo empezaría a parecer como un sueño. «¿De verdad hice un baile hawaiano junto a la piscina?». «¿De verdad traté de imitar posturas del Kama Sutra para que mi equipo ganara?». «¿De verdad tomé drogas ilegales y estuve encerrada con unos desconocidos?».

Al final, solo quedaron Frances y Tony, solos en la larga mesa, bebiéndose una última copa de vino.

Tony levantó la botella.

—¿Te la relleno?

Frances miró su copa, pensativa.

—No, gracias.

Él iba a rellenarse la suya, pero cambió de opinión y volvió a dejar la botella en la mesa.

—Debo de haberme transformado —dijo Frances—. Normalmente, habría dicho que sí.

—Yo también —contestó Tony.

Él adoptó esa expresión resuelta y concentrada de «Voy a lanzarme» que los hombres ponían cuando decidían que había llegado el momento de dar el beso.

Frances pensó en aquel primer beso en la fiesta del dieciséis cumpleaños de Natalie, lo increíble y maravilloso que había sido, y que aquel había sido el chico que había terminado diciéndole que prefería los pechos más pequeños. Pensó en Gillian diciéndole que dejara de actuar como la heroína de alguna de sus novelas. Tony vivía en Melbourne y, sin duda alguna, estaría muy acomodado en su vida de allí. Frances pensó en la frecuencia con que ella había cambiado de ciudad por un hombre, en que había estado dispuesta a hacer las maletas para mudarse a Estados Unidos por un hombre que ni siquiera existía.

Pensó en cuando Masha le preguntó: «¿Quieres ser una persona distinta cuando salgas de aquí?».

—Normalmente, yo diría que sí —le dijo a Tony.

75

Una semana después

ues no estoy embarazada —dijo Jessica—. Nunca he estado embarazada. Estaba todo dentro de mi cabeza.

Ben levantó los ojos desde el sofá. Cogió el mando a distancia y apagó el programa de coches.

—Vale —contestó.

Ella se acercó y se sentó a su lado, le puso una mano en la rodilla y, por un momento, se quedaron en silencio sin decir una palabra pero, de algún modo, los dos sabían lo que eso quería decir.

Si hubiese estado embarazada, habrían seguido juntos. Les quedaba suficiente amor para seguir juntos por el bebé.

Pero no estaba embarazada y no les quedaba suficiente amor para volver a intentarlo ni para nada más, salvo el inevitable divorcio amistoso.

Dos semanas después

La casa olía a galletas de jengibre, caramelo y mantequilla. Carmel había preparado las comidas preferidas de todas sus hijas para darles la bienvenida.

Oyó el sonido de un coche que se detenía en el camino de acceso y fue a la entrada.

Las puertas del coche se abrieron y salieron rápidamente sus cuatro hijas. La hicieron caer de rodillas con sus abrazos. Ella enterró la nariz en sus cabezas, en la parte interior de sus codos. Las niñas la abrazaban y, en un instante, empezaron a pelearse por ella como si fuese su muñeco de peluche favorito.

Lizzie recibió en el ojo un codazo de una de sus hermanas y empezó a gemir. Lulu le gritaba a Allie: «¡Ahora me toca a mí abrazar a mamá! ¡La estás teniendo para ti sola!». Sadie se agarró del pelo de Carmel y tiró, haciendo que se le saltaran las lágrimas por el dolor.

—¡Dejad que vuestra madre se levante! —ladró Joel. Nunca llevaba bien los vuelos de larga distancia—. ¡Por el amor de Dios!

Carmel consiguió levantarse a duras penas.

—Nunca más volveré a dejarte, mami —gritó Lulu.

—¡Lulu! No seas tan desagradecida —volvió a ladrar Joel—. Acabas de tener las mejores vacaciones de tu vida.

—No hace falta que te enfades con ella —dijo Sonia—. Estamos todos cansados.

Ver cómo la nueva novia de su exmarido le criticaba hizo que Carmel recordara la euforia que había sentido tras beberse el batido mezclado con la droga.

—Id dentro, niñas —dijo Carmel—. Os espera una sorpresa.

Las niñas salieron corriendo.

—Tienes un aspecto estupendo —dijo Sonia, que estaba pálida y parecía cansada por el desfase horario.

—Gracias —respondió Carmel—. He disfrutado de un agradable descanso.

—¿Has perdido peso? —preguntó Sonia.

—No lo sé —respondió. Era verdad que no lo sabía. Ya no le parecía importante.

—Bueno, no sé lo que es, pero pareces transformada, en serio —dijo Sonia con tono agradable—. Tienes la piel estupenda, el pelo..., todo.

Carmel pensó: «Maldita sea, ahora vamos a ser amigas, ¿verdad?».

Se dio cuenta de que Joel no había notado siquiera ninguna diferencia en ella. Nunca cambias tu aspecto para los hombres, lo cambias para otras mujeres, porque son ellas las que comparan atentamente el peso de las otras y el tono de piel con el suyo. Son ellas las que están atrapadas contigo en ese tiovivo de absurda obsesión por la apariencia del que no pueden o no quieren bajar. Aunque hubiese sido una yonqui de gimnasio perfectamente tonificada y con manicura cuidada, Joel la habría dejado de todos modos. Su «falta de atracción» no tenía nada que ver con ella. No la dejaba por algo mejor, sino por algo nuevo.

—Íbamos sentados justo al lado de los baños en el vuelo de vuelta —dijo Joel—. La puerta no ha parado con el pum, pum, pum en toda la noche. No he podido dormir nada.

—Inaceptable —contestó Carmel.

—Ya lo sé —convino Joel—. He intentado que nos dieran asientos mejores por los puntos, pero no ha habido suerte.

Carmel notó que Sonia levantaba los ojos al cielo. Sí, definitivamente, amigas.

—Bueno, he pensado que podría estar bien que este año me ayudaras a llevar a las niñas a las actividades extraescolares

—le dijo Carmel a Joel—. El año pasado terminé agotada tratando de hacerlo todo yo sola y quiero mantener esta nueva rutina de ejercicio que he empezado.

—Claro —contestó Sonia—. ¡También somos los padres!

—Me siento la boca asquerosa —murmuró Joel—. Creo que es por la deshidratación.

—Envíame sus horarios —dijo Sonia—. Lo solucionaremos. O, si quieres, podríamos tomar un café juntas y lo hablamos. —Parecía nerviosa, como si se hubiese sobrepasado.

—Me parece bien —respondió Carmel.

—Yo me organizo mi propio horario, así que tengo mucha flexibilidad —dijo Sonia. Su voz rebosaba entusiasmo—. Me encantaría ayudarlas con su ballet, cuando sea. Siempre he soñado con tener una niña y recogerle el pelo para el ballet y, bueno, como ya sabes, no puedo tener hijos propios, así que nunca...

—¿No puedes tener hijos? —la interrumpió Carmel.

—Perdona, creía que lo sabías —respondió Sonia mirando de reojo a Joel, que estaba ocupado pasándose el dedo por el interior de la boca.

—No lo sabía —dijo Carmel—. Lo siento.

—Bueno, no es problema. Ya lo tengo asumido —respondió Sonia mirando de nuevo a Joel de tal forma que Carmel supo que sí suponía un problema para Sonia pero que para Joel resultaba estupendo—. Por eso me encantaría ayudar con el ballet. A menos que de eso quieras encargarte tú, claro.

—Me parece estupendo que las lleves a ballet —dijo Carmel, que no era una de esas mamás a las que les encanta el ballet y nunca conseguía hacer esos elegantes moños a satisfacción de sus hijas ni de la profesora, la señorita Amber.

—¿De verdad? —Sonia juntó las manos, como si le hubiesen hecho el mejor de los regalos, y la feliz gratitud de su mirada hizo que Carmel sintiese deseos de llorar también de agradecimiento. Las niñas no iban a tener que sentirse confundidas por la llegada de un medio hermano y Carmel iba a librarse de todo lo del ballet. A la señorita Amber le iba a encantar Sonia. Esta se ofrecería a echarle una mano con el pelo y el maquillaje en los conciertos. Carmel se había librado de forma permanente.

Más tarde, Carmel le diría a Lulu que nunca jamás corrigiera a alguien que comentara lo mucho que se parecía a su mamá cuando saliera con Sonia.

—Voy a buscar las mejores aplicaciones de calendarios compartidos. —Sonia sacó su teléfono del bolso y se escribió una nota.

Carmel sintió otro estallido de euforia. Puede que hubiese perdido un marido, pero había conseguido una *esposa*. Una esposa joven, llena de energía y eficaz. Menudo chollo. Menuda mejora.

Ella estaría junto a la pobre Sonia cuando, dentro de unos diez años, Joel decidiera que estaba listo para *su* siguiente mejora.

—¿Podemos hablar del ballet en otro momento? —preguntó Joel—. Porque ahora mismo necesito de verdad llegar a casa y darme una ducha. —Se dispuso a alejarse hacia el coche.

—¡Tenemos que despedirnos de las niñas! —exclamó Sonia.

—Claro —respondió Joel con un suspiro. Parecía como si hubiesen sido unas vacaciones muy largas.

—¿Has hecho paleo? —le susurró Sonia a Carmel mientras entraban en la casa—. ¿Ayuno intermitente de cinco-dos o dieciocho-seis?

—Balneario —respondió Carmel—. Un subidón de sitio. Me ha cambiado la vida.

Tres semanas después

—Estás jadeando —le dijo Jo a Frances.

—He estado haciendo flexiones —contestó Frances, boca abajo en el suelo de su sala de estar, con el teléfono en la oreja—. Con las flexiones se trabajan todos los músculos del cuerpo.

—No has estado haciendo flexiones —se mofó Jo—. Dios mío, ¿te he interrumpido *in flagrante delicto?*

Solo la antigua editora de Frances podía pronunciar y escribir bien *«in flagrante delicto».*

—Supongo que debería sentirme halagada por que creas que es más probable que esté disfrutando del sexo a las once de la mañana que haciendo flexiones. —Frances se sentó con las piernas cruzadas.

Había perdido tres kilos en Tranquillum House y volvió a recuperarlos nada más llegar a casa, pero estaba tratando de incluir un poco más de ejercicio, un poco menos de chocolate, un poco más de respiración consciente y un poco menos de vino en su vida. Se estaba sintiendo bastante bien. El blanco de sus ojos estaba definitivamente mucho más blanco, según su amiga Ellen, que se había quedado pasmada al enterarse de la experiencia de Frances.

«¡Cuando dije que su planteamiento era poco convencional, me refería a las comidas personalizadas!», había exclamado. «¡No me refería al LSD!». Se había quedado pensando y, a continuación, había dicho con tristeza: «Me habría encantado probar el LSD».

—¿Qué tal llevas la jubilación?

—Voy a volver a trabajar —respondió Jo—. Trabajar es más fácil. Todo el mundo piensa que no tengo nada que hacer en todo el día. Mis hermanos creen que debería encargarme yo de nuestros ancianos padres. Mis hijos creen que debería encargarme de cuidar de sus hijos. Quiero a mis nietos, pero las guarderías se inventaron por algo.

—Sabía que eras demasiado joven para jubilarte —dijo Frances mientras probaba a tocarse la rodilla con la nariz. Los estiramientos eran muy importantes.

—Voy a poner en marcha mi propia editorial —continuó Jo.

—¿De verdad? —Frances irguió la espalda. Una diminuta ráfaga de esperanza—. Enhorabuena.

—Por supuesto, he leído tu nueva novela. Y, por supuesto, me ha encantado —dijo Jo—. Antes de pensar en hacerte una oferta, me preguntaba qué te parecería incluir un poco de sangre. Incluso un posible asesinato. Solo uno.

—¡Un asesinato! —exclamó Frances—. No sé si sabría hacerlo.

—Ay, Frances. Tienes muchos impulsos asesinos escondidos en ese viejo y romántico corazón.

—¿En serio? —Entrecerró los ojos. Quizá fuera verdad.

Cuatro semanas después

Lars no sabía que iba a decirlo hasta que lo dijo.

Desde que había vuelto a casa, el niño de la cara sucia y el pelo negro con los ojos avellana seguía apareciéndose cada vez que empezaba a quedarse dormido y, de repente, fastidiosamente, se despertaba con el mismo pensamiento en la cabeza, como si se tratara cada vez de una nueva revelación: ese niño no quería enseñarle algo terrible de su pasado. Quería enseñarle algo maravilloso de su futuro.

Menudo disparate, se decía siempre. No soy una persona distinta. Solo ha sido cosa de las drogas. Ya he tomado drogas antes. Fue una alucinación, no una maldita epifanía.

Pero ahora Ray estaba en la despensa, guardando las verduras y todos esos batidos de proteínas y Lars oyó cómo las palabras salían de su propia boca:

—He estado pensando en esa idea del bebé.

Vio que la mano de Ray se quedaba inmóvil. Una lata de tomates se quedó levantada en el aire. No dijo nada. No se movió ni se giró.

—Quizá podríamos intentarlo —dijo Lars—. Quizá.

—Sintió un mareo. Si Ray se giraba en ese momento, si se lanzaba sobre él con los brazos abiertos, si le miraba con todo ese amor, felicidad y deseo en sus ojos, Lars se pondría a vomitar, no le cabía duda de que lo haría.

Pero Ray le conocía demasiado bien.

No se giró. Despacio, colocó la lata de los tomates.

—Vale —dijo, como si no le diera importancia.

—Luego lo hablamos —añadió Lars, con un golpe de los nudillos sobre el banco de granito, cosa que casi le dolió.

—Bueno —respondió Ray.

Un poco después, cuando Lars volvió a entrar en la casa a por sus gafas de sol tras decir que iba a ir de compras, oyó el inconfundible sonido de un hombre de un metro ochenta de altura dando saltos mientras gritaba por teléfono a alguien que seguramente sería su hermana:

—¡Ay, Dios mío, ay, Dios mío, no te vas a creer lo que acaba de pasar!

Lars se detuvo un momento, con las gafas de sol en la mano, y sonrió antes de volver a salir bajo la luz del sol.

Cinco semanas después

Había un documental sobre la historia del fútbol australiano en la televisión. Frances lo vio entero. Realmente le pareció fascinante.

Llamó a Tony.

—¡Acabo de ver un programa entero de una hora en televisión dedicado a tu deporte!

—¿Frances? —Parecía estar jadeando—. He estado haciendo flexiones.

—Yo ahora puedo hacer diez seguidas —dijo Frances—. ¿Cuántas puedes hacer tú?

—Cien —respondió Tony.

—Arrogante.

Seis semanas después

Napoleon estaba sentado en la sala de espera de un psiquiatra al que le había enviado su médico de cabecera. Había tardado seis semanas en conseguir la primera cita disponible. «Estamos en plena crisis de salud mental», pensó.

Desde su regreso de Tranquillum House, había estado sobreviviendo: dando clases, cocinando, hablando con su mujer y su hija, dirigiendo su grupo de apoyo... Le sorprendía que todos le trataran como si fuese el mismo de siempre. Le recordaba a esa sensación de tener los oídos taponados después de un vuelo, solo que le parecía como si todos sus sentidos, no solo el del oído, estuviesen atenuados. Su voz parecía resonarle en los oídos. El cielo estaba falto de color. No hacía nada que no estuviese obligado a hacer porque el esfuerzo de existir le dejaba agotado. Dormía siempre que podía. Levantarse cada mañana era como mover los miembros entre un denso barro.

«¿Va todo bien?», le preguntaba a veces Heather.

«Todo bien», contestaba Napoleon.

Heather estaba distinta tras su estancia en Tranquillum House. No exactamente más contenta, pero sí más tranquila. Había empezado a ir a una clase de taichí en el parque que había calle abajo. Era la única por debajo de los setenta años. Heather no había sido nunca del tipo de mujer que tuviese amigas, pero, por algún motivo, había encajado dentro de ese círculo de personas mayores.

«Me hacen reír», comentó. «Y no me exigen nada».

«¿Qué estás diciendo?», preguntó Zoe. «¡Te exigen mucho!». Era verdad que Heather parecía pasar mucho tiempo llevando en coche a sus nuevos amigos ancianos a sus citas con el médico y yendo a recoger los medicamentos que les recetaban.

Zoe tenía un trabajo nuevo de media jornada. Parecía ocupada y distraída con su curso de la universidad. Napoleon seguía vigilándola, pero ella estaba bien, le iba bien. Una mañana, como una semana después de volver del retiro, pasó por delante del cuarto de baño de Zoe y oyó un precioso sonido que llevaba tres años sin oír: su hija estaba desafinando en la ducha.

—¿Señor Marconi? —dijo una mujer rubia y bajita que le recordaba un poco a Frances Welty—. Soy Allison.

Le hizo entrar en su consulta y le señaló una silla que estaba al otro lado de una mesita de centro con un libro sobre jardines ingleses y una caja de pañuelos de papel con aroma a aloe vera.

Napoleon no esperó a las formalidades. No tenía tiempo que perder.

Le habló de Zach. Le habló de las drogas que le habían dado en Tranquillum House y de que, desde entonces, había estado luchando contra lo que él creía que era una depresión. Le dijo que su médico de cabecera le había ofrecido antidepresivos y que probablemente sí necesitara antidepresivos, pero sabía que, a veces, era complicado saber la dosis adecuada, que no era una ciencia exacta, que lo entendía, que había investigado, que se conocía todas las marcas, todos los efectos secundarios, que había preparado su propia hoja de cálculo por si a ella le interesaba echarle un vistazo, y que sabía que, a veces, durante el periodo inicial, los pacientes no mejoraban, que empeoraban, que sufrían pensamientos suicidas, y que sabía esto porque conocía a gente que había perdido a miembros de su familia de esa forma, y que también sabía que reaccionaba de manera desproporcionada a los medicamentos, que sabía que le pasaba eso y que, quizá, su hijo era igual de sensible, no lo sabía, y que estaba seguro de que esas personas del balneario tenían buenas intenciones y que quizá esa depresión iba a llegar de todos modos, pero que pensaba que posiblemente fuera él la única persona de aquella sala a la que jamás deberían haberle dado aquel batido.

Y entonces, agotado, dijo:

—Allison, me aterra que yo vaya a...

No le pidió que acabara la frase.

Allison extendió la mano por encima de la mesita y la colocó sobre su brazo.

—Ahora somos un equipo, Napoleon. Tú y yo somos un equipo y vamos a buscar una estrategia para acabar con esto, ¿de acuerdo?

Le miró con toda la pasión e intensidad de su antiguo entrenador de fútbol.

—Vamos a acabar con esto. Vamos a ganar.

Dos meses después

Frances y Tony estaban dando un paseo, separados por novecientos kilómetros de distancia, en diferentes estados.

Habían tomado la costumbre de hacerse compañía mientras salían a pasear por sus respectivos barrios.

Al principio, caminaban con los móviles pegados a sus orejas, pero después Mimi, la hija de Tony, había dicho que deberían usar auriculares y ahora ya no les dolían las orejas cuando terminaban y podían caminar aún más.

—¿Has llegado ya a la pendiente? —preguntó Tony.

—Sí —respondió Frances—. ¡Pero escucha mi respiración! No estoy jadeando nada.

—Eres una deportista de élite —dijo Tony—. ¿Has asesinado ya a alguien?

—Sí. Lo hice ayer. He asesinado a mi primer personaje. Se lo merecía, sin duda.

—¿Te ha gustado? Hola, Oso.

Oso era un labrador de color chocolate con el que Tony solía cruzarse en sus paseos. Tony no conocía el nombre de su dueño, pero siempre saludaba a Oso.

Tony le habló a Frances de su próximo viaje a Holanda para ver a su hijo y sus nietas.

—Nunca he estado en Holanda —dijo ella.

—¿No? Yo solo he ido una vez. Espero que no haga tanto frío como la última vez que fui.

—Nunca he estado en Holanda —volvió a decir Frances.

Hubo una larga pausa. Frances se detuvo a un lado de la calle y sonrió a una señora que llevaba un sombrero de paja y que estaba regando en su jardín.

—¿Te gustaría venir conmigo a Holanda, Frances?

—Sí —respondió ella—. Sí que me gustaría.

Se dieron su primer beso mientras esperaban su vuelo de Qantas.

Tres meses después

Heather estaba sentada en los pies de la cama dándose crema en sus piernas secas mientras Napoleon ponía la alarma de su teléfono para el día siguiente.

Había estado viendo a una psiquiatra y parecía que le estaba sentando bien, pero no hablaba mucho de lo que pasaba durante esas sesiones.

Ella le miró mientras él colocaba el teléfono en la mesita de noche.

—Creo que necesitas gritarme —dijo.

—¿Qué? —Levantó la vista hacia ella, sorprendido—. No, no necesito hacer eso.

—Después del retiro no hemos vuelto a hablar como es debido de… la medicación para el asma.

—Escribí todas esas cartas. Ha quedado constancia. —Por supuesto, Napoleon había hecho lo que debía. Había encontrado los contactos adecuados a través del doctor Chang. Lo había documentado todo. No había manifestado ninguna intención de poner una demanda, pero necesitaba asegurarse de que lo que había pasado fuese de dominio público. Había escrito a las autoridades y a la empresa farmacéutica: «Mi hijo, Zachary Marconi, se quitó la vida después de que le recetaran…».

—Lo sé —contestó Heather—. Pero nunca has dicho nada de… lo que hice yo.

—Tú no eres la culpable del suicidio de Zach.

—No quiero que me culpes —dijo Heather—. Pero creo que tienes derecho a estar enfadado conmigo. Tienes derecho a estar enfadado con Zoe también, pero no vas a gritarle a Zoe…

—No, no quiero gritarle a Zoe. —Parecía espantado solo con pensarlo.

—Pero puedes gritarme a mí. Si quieres. —Levantó los ojos hacia él, que estaba de pie junto a la cama, con el ceño fruncido con gesto de dolor, como si acabara de clavarse algo en un dedo del pie.

—Desde luego que no —contestó, con su voz ampulosa de profesor de instituto—. Eso es ridículo. No se consigue nada con eso. Perdiste a tu hijo.

—Quizá necesite que te enfades conmigo.

—No. Eso es... enfermizo. —Apartó la mirada de ella—. Déjalo ya.

—Por favor. —Se puso de rodillas sobre la cama para poder mirarle a los ojos—. Napoleon.

Pensó en la casa en la que se había criado, una casa en la que nadie gritaba, ni reía, ni lloraba, ni chillaba, ni expresaba un solo sentimiento, salvo el leve deseo de una taza de té.

—Por favor.

—Deja ya esta tontería —dijo él con los dientes apretados—. Déjalo ya.

—Grítame.

—No —respondió él—. No voy a hacerlo. ¿Qué será lo siguiente? ¿Debería pegarte también?

—Tú nunca me pegarías, ni en un millón de años. Pero soy tu mujer, Napoleon, puedes enfadarte conmigo.

Vio como si la rabia le atravesara, desde los pies hasta la cabeza. Le inundó la cara. Hizo que le temblara todo el cuerpo.

—¡Deberías haber leído los putos efectos secundarios, Heather! ¿Es eso lo que quieres oír? —Su voz se elevó cada vez más hasta que gritó como nunca le había oído gritar, aún más alto que cuando Zach, a los nueve años, edad suficiente para saber lo que hacía, casi se lanzó corriendo delante de un coche persiguiendo un balón, un balón que le habían dicho que tenía que dejar en casa, y Napoleon le gritó: «¡QUIETO!», con tanta fuerza que todas las personas que estaban en aquel aparcamiento se quedaron quietas.

El corazón de Heather empezó a latir a toda velocidad cuando Napoleon levantó las manos a ambos lados de sus hombros y las agitó bruscamente, como si la estuviese sacudiendo con la fuerza suficiente como para hacer que los dientes le castañetearan, solo que no la tocó.

—¿Estás contenta ahora? ¿Es eso lo que querías oír? ¡Sí, estoy furioso porque cuando te pregunté por los efectos secundarios de un medicamento que le estabas dando a mi hijo, *deberías haberlos leído!*

—Sí, debí leerlos —dijo ella en voz baja.

Él cogió el teléfono de la mesita de noche.

—¡Y yo no debí pulsar el botón de repetición de la alarma de este puto teléfono de mierda!

Lo lanzó contra la pared.

Heather vio cómo salían volando trozos diminutos de cristal.

Durante un buen rato, ninguno de los dos dijo nada. Ella vio cómo el pecho de él se inflaba y desinflaba. Vio cómo la rabia salía de él.

Napoleon se dejó caer en la cama, sin mirarla, ocultó la cara entre las manos y habló con una voz ronca y desconsolada en la que solo quedaba dolor y remordimiento, tan suave que apenas era más que un susurro:

—Y nuestra hija debería habernos dicho que le pasaba algo a su hermano.

—Debería habérnoslo dicho —repitió Heather y apoyó la mejilla sobre la espalda de él y esperó a que los corazones de los dos retomaran el ritmo habitual.

Napoleon dijo algo más, pero ella no lo oyó.

—¿Qué?

Él volvió a repetirlo.

—Y eso es todo lo que llegaremos a saber.

—Sí —respondió Heather.

—Y nunca, jamás será suficiente.

—No —dijo ella—. Nunca lo será.

Esa noche, Heather durmió profundamente y sin pesadillas durante siete horas seguidas, algo que no había hecho desde que Zach había muerto, y, cuando despertó, se descubrió salvando la distancia invisible e infranqueable que los había separado a Napoleon y a ella durante los últimos tres años, como si nunca hubiese existido. Había tomado varias decisiones malas en su vida, pero decir que sí a la cordial invitación de un chico empollón y estrafalariamente alto para ver una película que tenía buenas críticas y que se llamaba *Bailando con lobos* no había sido una de ellas.

Se supone que no debes pensar en tus hijos cuando haces el amor. La sexualidad entre los padres es algo que pasa con la puerta cerrada. Y, sin embargo, esa mañana, mientras Napoleon la tomaba en sus brazos con tanta ternura, ella pensó en su familia de cuatro miembros, en sus dos hijos, en el niño que nunca llegaría a ser hombre y en la niña que ahora era una mujer, y en la poderosa corriente de amor que siempre habría entre ellos: marido y mujer, padre e hijo, madre e hijo, padre e hija, madre e hija, hermano y hermana. Tanto amor que había surgido porque ella había aceptado una invitación al cine.

Y, luego, no pensó en nada más, porque ese chico empollón aún sabía cómo moverse.

Un año después

Ben y su madre se lo habían imaginado tantas veces que él creía que seguramente estarían preparados cuando por fin ocurriera, pero no lo estaban.

Lucy murió por sobredosis durante uno de sus periodos buenos, como suele pasar, justo cuando todos creían que quizá esta vez iba a conseguir salir adelante. Lucy había empezado un curso de diseño de interiores. Estaba llevando a sus niños al colegio. Había asistido a una reunión con el profesor de su hijo mayor, cosa inaudita. Tenía la mirada puesta en el futuro.

La madre de Ben la encontró. Dijo que parecía curiosamente tranquila, como una niña pequeña que estuviese durmiendo la siesta o una mujer de treinta años que había dejado de luchar contra el monstruo que se negaba a dejarla en paz.

Ben pensó primero en llamar a Jessica. Tenían buena relación, aunque él aún se retorcía de vergüenza cuando pensaba en la publicación que había puesto ella en Instagram «anunciando» su separación, como si fuesen una pareja de famosos que debieran hacer saber a su público la verdad antes de que los medios de comunicación empezaran a acosarlos. Había escrito: «Siempre seremos grandes amigos, pero hemos decidido que ha llegado la hora de separarnos con todo el cariño».

Justo entonces, Jessica estaba presentándose a unas pruebas para entrar en la siguiente temporada de *The Bachelor*, el programa de televisión para buscar pareja. Decía que no era tanto porque deseara encontrar el amor, que dudaba que eso ocurriera, sino porque sería estupendo para su «perfil» y que así se aseguraría de conseguir muchos miles de seguidores más en Instagram. Él no pudo reírse mucho porque ella era «embajadora» de múltiples organizaciones benéficas y su cuenta de Instagram estaba llena de fotos de glamurosos almuerzos, bailes y desayunos que ella y un nuevo grupo de amigos de la alta sociedad estaban muy «honrados» de organizar.

Ben había vuelto a trabajar con Pete. Al principio, los chicos se burlaban de él —«¿Andas corto de dinero, amigo?»—, pero, al final, lo dejaron y se olvidaron de que era rico. Ben seguía teniendo el coche y una casa bonita, pero había destinado mucho dinero a una fundación dirigida por su madre para ayudar a familiares de drogadictos.

Lars les ayudó a dividir sus bienes sin hostilidad y sin tener que acudir a los tribunales. Esa había sido una de las cosas que habían conseguido de su retiro en Tranquillum House: conocer a un estupendo abogado de familia.

Ben no llamó a Jessica enseguida para contarle lo de Lucy. No habría podido soportar oír la falta de sorpresa en su voz. En su lugar, marcó el teléfono de Zoe. Habían conservado la amistad por internet y se mandaban algún que otro mensaje después del retiro, pero nunca habían hablado de verdad por teléfono.

—Hola, Ben —dijo ella con voz alegre—. ¿Cómo estás?

—Te llamo... —Se dio cuenta de que no podía hablar. Probó a acordarse de expulsar el aire.

El tono de ella cambió.

—¿Es tu hermana? —preguntó—. ¿Es Lucy?

Zoe fue al funeral. Él no paraba de buscarla con la mirada.

76

Cinco años después

Yao no habría encendido normalmente la televisión de día, pero acababa de volver a casa después de pasar un rato estresante en la guardería donde su hija de dos años había clavado los dientes en el brazo de otro niño y, después, había echado hacia atrás la cabeza riéndose como un vampiro. Había sido tan bochornoso como aterrador.

—Ah, sí, tú también mordías —le dijo su madre al teléfono—. Ha salido a ti. —Añadió esto con cierta satisfacción, como si la tendencia a morder fuese un maravilloso rasgo para pasárselo a los hijos.

Yao acostó a su hija para que durmiera una siesta y la apuntó con un dedo amenazante:

—No vuelvas a hacer eso nunca.

Ella le respondió con un dedo más amenazante:

—No vuelvas a hacer eso nunca.

A continuación, se tumbó, se metió el pulgar en la boca y cerró los ojos. Él podía verle todavía los hoyuelos, lo cual quería decir que estaba haciéndose la dormida, casi incapaz de contener la risa.

Se quedó allí un momento, maravillado al verle los hoyuelos y la redondez de sus mejillas de bebé, maravillado como solía pasarle por el hecho de haber caído en paracaídas dentro de otra vida, una vida nueva como padre y amo de casa en un barrio residencial.

El juez había dictaminado la suspensión de su condena de catorce meses de prisión tras declararse culpable por su participación en los sucesos de Tranquillum House. Masha le había insistido a la policía que ella debía ser considerada la única responsable del nuevo protocolo que habían tratado de introducir y que sus empleados no habían sido más que unos tontos obedientes ajenos a lo que pasaba. Dijo que había sido ella la que preparaba los batidos, cosa que era verdad, pero Yao había estado con ella, comprobando una y otra vez las dosis. La madre de Yao decía que, de haber sido ella la jueza, le habría mandado a la cárcel. Sus padres se habían enfadado mucho. No podían entender lo que había hecho. La mayoría de los días, el mismo Yao tampoco lo entendía. En su momento, todo había parecido de lo más lógico. ¡Los prestigiosos investigadores! ¡Las publicaciones!

—Esa mujer te tenía hipnotizado —dijo su madre.

Su madre negaba con vehemencia que el incidente que él había recordado durante su terapia psicodélica hubiese pasado de verdad.

—Nunca —dijo—. Yo nunca te habría dejado solo en una cocina con algo hirviendo en el fuego. ¿Crees que soy tonta? ¿Tú le harías eso a tu hija? ¡Más te vale que no!

Le dijo que el miedo de Yao a los errores no venía de nadie más que de sí mismo.

—¡Naciste así! Nosotros nos esforzamos mucho por hacerte entender que los errores no importaban. Te decíamos una y otra vez que no debías desvivirte tanto por ser perfecto, que no importaba si cometías algún error. A veces, cometíamos errores a propósito para que vieras que le pasaba a todo el mundo. Tu padre dejaba caer cosas al suelo de forma deliberada y se chocaba contra las paredes. Yo le decía: «Te estás pasando». Pero a él parecía gustarle.

Yao se preguntó entonces si había estado toda la vida malinterpretando a sus padres. Cuando hablaban de mantener bajas las expectativas para evitar quedar decepcionados, no era porque no creyeran en los sueños. Era porque estaban tratando de protegerle. Además, su padre no era tan torpe como había creído.

Delilah no se enfrentó a los tribunales porque nadie pudo localizarla nunca. Yao se quedaba a veces pensando en ella y se preguntaba dónde estaría; si estaba en una isla lejana restaurando una barca, como el prisionero huido de su película preferida, *Cadena perpetua*. («Es la película preferida de todo hombre soltero en el mundo», le había dicho una vez una de las madres de la guardería. Lo sabía porque había probado a tener citas a través de internet). Pero Yao sospechaba que era más probable que Delilah hubiese desaparecido en un entorno urbano y que estuviera trabajando de nuevo como asistente personal. A veces, aún pensaba en aquella falda que llevaba, mil años atrás, cuando trabajaba para Masha.

Yao quedó inhabilitado para trabajar como enfermero de emergencias o en cualquier otra cosa relacionada con el sector sanitario. Tras salir de Tranquillum House y quedar establecidos los cargos, se había mudado a un apartamento de un dormitorio en un lugar prácticamente equidistante a la ubicación de las casas de sus padres y terminó consiguiendo un trabajo como traductor de documentos legales chinos.

Se trataba de un empleo aburrido y laborioso, pero servía para pagar las facturas.

Un día, recibió una llamada. Más tarde se preguntó si una llamada de teléfono que te va a cambiar la vida tiene un timbre portentoso, porque cuando oyó aquel tono, sentado a solas, comiendo su triste cena para uno, experimentó un enorme escalofrío de presentimiento por todo el cuerpo.

Era Bernadette, su exprometida, que le llamaba para saludarle. Había estado pensando en él. Había estado pensando mucho en él.

A veces, la vida te cambia de una forma tan lenta e imperceptible que no lo notas, hasta que un día te despiertas y piensas: «¿Cómo he llegado hasta aquí?». Pero, otras veces, la vida cambia en un instante, con un golpe de buena o mala suerte, con consecuencias maravillosas o trágicas. Te toca la lotería. Cruzas un paso de cebra en el momento equivocado. Recibes una llamada de un amor perdido exactamente en el momento preciso. Y, de repente, tu vida hace un giro brusco hacia una dirección completamente nueva.

Se casaron ese mismo año y su mujer se quedó embarazada de inmediato. Lo más lógico era que ella volviera al trabajo y Yao se quedara en casa con el bebé mientras seguía con su trabajo de traductor, que ahora le parecía interesante y estimulante.

En cuanto se cercioró de que su hija ya no fingía estar dormida, entró en la sala de estar, se dejó caer en el sofá y encendió la televisión. Se concedería veinte minutos de televisión basura para tranquilizarse del estrés del incidente del mordisco y, después, trabajaría una hora antes de ponerse a pensar en la cena.

El mando a distancia se le cayó de la mano.

—Masha —susurró.

—Masha —dijo un hombre al otro lado de la misma ciudad, con una llave inglesa en la mano. Normalmente, tampoco veía la televisión de día, pero se había acercado a casa de su nuera para hacer algunos arreglos, pues a su hijo se le daban bien los números, pero poco más.

—¿La conoces? —Su nuera levantó a la bebé a la que había estado dando de mamar mientras ella veía la televisión, la colocó sobre su hombro y le dio golpecitos en la espalda.

—Se parece a alguien que conocía —contestó el hombre, con cuidado de no mirar a su nuera, pues no quería verle los pechos y, además, porque no podía apartar los ojos de su exmujer.

Masha estaba muy guapa. Tenía el pelo castaño oscuro con mechones rubios, a la altura del hombro, y llevaba un vestido con todas las distintas tonalidades del verde que hacía que sus ojos parecieran esmeraldas.

El hombre se sentó en el sofá junto a su nuera y ella le miró con curiosidad, pero no dijo nada más. Vieron juntos la entrevista.

Masha había escrito un libro. Era sobre un programa de desarrollo personal de diez días que incluía drogas psicodélicas, encerrarse en una habitación con desconocidos y someterse a una terapia innovadora que implicaba enfrentarse a miedos y resolver enigmas.

—La gente no puede caer en estas cosas —murmuró su nuera.

—Pero seguramente esas drogas que menciona son ilegales —dijo el entrevistador.

—Por desgracia, sí —respondió Masha—. Pero eso no va a ser así siempre.

—Y tengo entendido que pasó un tiempo en la cárcel por suministrar drogas al tratar de poner a prueba su programa.

El hombre apretó la llave inglesa que seguía teniendo en su regazo. «¿Cárcel?».

—Así es —contestó Masha—. Pero nunca lamentaré esa vivencia. Para mí fue muy importante. —Levantó el mentón—. El tiempo que pasé entre rejas supuso una *experiencia transformadora*. Aprendí mucho y cuento todo el proceso en este libro, que ya está a la venta en las mejores librerías. —Cogió el libro y se lo puso delante de la cara.

El entrevistador se aclaró la garganta.

—Masha, ¿qué me dice de los rumores de que ha habido gente que ha asistido a estos cursos que ofrece, que se celebran en lugares secretos por todo el país, y de que usted les suministra, de hecho, LSD y otras drogas alucinógenas a los asistentes?

—Eso es del todo incierto —respondió Masha—. Lo niego rotundamente.

—Entonces, ¿no está dirigiendo estos programas en paraderos secretos?

—Estoy dirigiendo programas de desarrollo personal increíblemente efectivos, hechos a medida y únicos con grupos de personas pequeños y selectos, pero no hay nada ilegal en ello, eso se lo puedo asegurar.

—He oído que hay listas de espera —dijo el entrevistador—. Y que la gente paga tarifas bastante considerables por asistir.

—Sí que hay lista de espera —respondió ella—. La gente debería visitar mi página web si quiere apuntarse o también llamar al número gratuito que creo que aparece en la pantalla ahora mismo. Hay una oferta especial para los que llamen en las siguientes veinticuatro horas.

—Si no hay nada ilegal, me pregunto por qué se hace en lugares secretos que suelen cambiar con regularidad —dijo el entrevistador. Miró a Masha con expectación.

—¿Es eso una pregunta? —dijo Masha, mirando con una sonrisa seductora directamente a la cámara.

—Menuda chiflada —dijo la nuera del hombre—. Apuesto a que está forrándose. —Se puso de pie y le pasó la bebé a su suegro—. ¿La puedes coger? Voy a preparar un té.

El hombre se quitó la llave inglesa del regazo y cogió a su nieta. Su nuera salió de la habitación.

Masha estaba hablando de una cosa que se llamaba «respiración holotrópica», que decía que era una «terapia psicodélica sin sustancias psicodélicas».

—Es eso de respirar rápido para colocarse, ¿verdad? —dijo el entrevistador con tono bastante grosero y escéptico.

—Es un proceso mucho más complejo y sofisticado que eso —contestó.

Apareció una imagen de Masha en la pantalla en una especie de centro de conferencias, moviéndose por un escenario con un micrófono diminuto sujeto a la oreja, mientras un auditorio abarrotado de gente la miraba embelesado.

El hombre levantó a la bebé y le habló al oído en su lengua materna.

—Esa loca es tu abuela.

Recordó el día en que nació su segundo hijo, solo tres meses después de perder al primero de una forma tan trágica.

—Es tuyo. —Masha se había negado a mirar al bebé. Su cara apartada, el pelo empapado pegado a la frente, podrían haber estado esculpidos en mármol—. No es mío.

—Ya volverá mamá —dijo una enfermera del hospital. Probablemente estaba en estado de shock. Era una experiencia terrible perder a un hijo cuando se está embarazada de seis meses del segundo. Esa enfermera no conocía la fuerza de su mujer. No conocía a Masha.

Masha se dio de alta del hospital. Dijo que iba a volver directamente al trabajo, ese mismo día, y que enviaría dinero.

Ganaría suficiente dinero en su trabajo para que su marido pudiera cuidar del recién nacido, pero no quería tener nada que ver con él.

Hablaba con mucha calma, como si se tratara de un acuerdo de negocios, y solo perdió la compostura una vez, cuando el hombre cayó de rodillas, se agarró a ella y le suplicó que volvieran a ser una familia. Masha le gritó a la cara, una y otra vez: «¡No soy madre! ¡Es que no lo entiendes? ¡No soy madre!».

Así que la dejó marchar. ¿Qué más podía hacer? Ella cumplió exactamente con lo prometido y envió el dinero, cada año más, a medida que triunfaba en su carrera.

Él le enviaba fotos. Ella nunca acusó el recibo. Él se preguntaba si las miraba siquiera y pensó que quizá no lo hiciera. Era una mujer con suficiente fuerza como para mover montañas. Era una mujer tan débil como un niño.

Él volvió a casarse dos años después. Su hijo llamaba «mamá» a su esposa australiana y hablaba con acento australiano, y tuvieron dos hijos más y llevaron una vida australiana en ese afortunado país. Jugaban al críquet en la playa el día de Navidad. Tenían una piscina en el jardín trasero y sus hijos tomaban el autobús para volver a casa y, los días calurosos de verano, atravesaban corriendo la planta baja de la vivienda mientras se quitaban la ropa para saltar directos a la piscina en ropa interior. Tenían un amplio círculo de amistades, algunas de las cuales pasaban por su casa sin avisar antes. Su segunda esposa se había criado en un pequeño pueblo del interior y tenía acento de campo, marcado, fuerte y lento. Su expresión favorita era «no es para tanto» y él la amaba, pero, a lo largo de los años, hubo ocasiones en las que, estando en la barbacoa de su jardín, dando la vuelta a unos filetes, cerveza en mano, entre el ruido de las cigarras, la risa de la cucaburra, los chapoteos del agua, el olor a insecticida, con el sol del atardecer aún caliente en su cuello, sin previo aviso el rostro de Masha aparecía en su mente, con las fosas nasales dilatadas y sus preciosos ojos verdes iluminados de superioridad y desprecio pero también de confusión infantil: «¡Esta gente es muy rara!».

Durante muchos años dejó de comunicarse con Masha. No se molestó en enviarle fotos de la boda de su hijo pero, hacía cinco años, cuando nació su primer nieto y se vio inundado por el intenso y devorador amor de un abuelo reciente, le había vuelto a enviar un correo electrónico al que adjuntó fotografías del bebé, con el asunto: «Ábrelo, por favor, Masha». Le escribió que no pasaba nada si prefería no ser madre, que lo entendía, pero que ahora, si quería, podía ser abuela. ¿No le parecía maravilloso? No hubo respuesta.

Miraba ahora a su nieta. Pensó que podía ver algo de Masha en la forma de sus ojos. Sostuvo a la bebé con un brazo y sacó el teléfono del bolsillo con la otra para tomar una foto de su preciosa carita dormida.

No se iba a rendir. Algún día, Masha respondería. Algún día se ablandaría o encontraría la fuerza, y respondería.

La conocía mejor que nadie.

Algún día lo haría.

77

Lector, ella no se casó con él, pero él se mudó a Sídney por ella y vivieron juntos, y Tony estuvo a su lado durante el resurgir de su carrera, cuando la primera incursión de Frances en el «suspense romántico» resultó ser un sorprendente éxito. (Una sorpresa para todos menos para Jo, que la había llamado al día siguiente de que le entregara el manuscrito revisado y le había dicho, con un tono nada propio de una abuela: «Joder, lo has clavado»).

Frances tuvo también un éxito sorprendente con las nietas de Tony en Holanda, que la llamaban «abuela Frances», y Tony atribuyó a Frances la decisión de la familia de volver a mudarse a Sídney, cosa que no tenía justificación alguna, pues a su hijo Will le habían trasladado y ella no había tenido nada que ver. Pero Frances se enamoró perdidamente de las nietas de Tony —ahora *sus* nietas— y todas sus amigas comentaron que era muy propio de Frances saltarse las partes difíciles y pasar directamente a la parte buena, en la que tienes que quererlas, mimarlas y, después, devolverlas a sus padres.

Pero la perdonaban.

78

Por supuesto, no todos tienen un final feliz, o ni siquiera la oportunidad de tenerlo. La vida no es así. Un ejemplo: Helen Ihnat, que escribió la reseña de la novela de Frances *Lo que el corazón desea*, perdió los ahorros de toda su vida en una humillante y mediática estafa de criptomonedas y vivió en un estado de profunda infelicidad durante el resto de sus días.

Pero, como ella despreciaba los finales felices bien atados, no lo encajó mal.

79

Ah, lector, claro que ella se casó con él al final. Ya la conoces. Esperó a su sesenta cumpleaños. Fue vestida de turquesa. Tuvo once damas de honor, ninguna por debajo de los cuarenta y cinco años, trece damitas portando flores y un paje, un niño pequeño que apenas estaba aprendiendo a andar y que llevaba un cochecito de Matchbox en cada uno de sus diminutos puños. Se llamaba Zach.

Cada silla del banquete tenía un lazo gigante de satén blanco en el respaldo.

Fue la boda más hermosa y absurda jamás vista.

AGRADECIMIENTOS

Como siempre, hay muchas personas a las que dar las gracias por su apoyo para este libro. Gracias a mis talentosas editoras que han trabajado tanto para que *Nueve perfectos desconocidos* sea mucho mejor en tantos aspectos importantes: Georgia Douglas, Cate Paterson, Amy Einhorn, Maxine Hitchcock, Ali Lavau y Hilary Reynolds.

Gracias a Elina Reddy por dedicar tan generosamente su tiempo a ayudarme a desarrollar el personaje de Masha. Elina no es solo una artista maravillosa, sino que tiene además la capacidad de pintar imágenes muy vívidas con sus palabras. Maria (Masha) Dmitrichenko fue la mejor postora en una gala benéfica de la Starlight Children's Foundation para conseguir que un personaje en uno de mis libros llevara su nombre y le doy las gracias por dejarme utilizarlo.

Gracias a la doctora Nikki Stamp por responder a mis preguntas. Es una de las pocas mujeres cirujanas cardiovasculares de Australia y el diálogo que he escrito de la cirujana cardiovascular de Masha ha salido directamente de su fascinante libro *¿Se puede morir por un corazón roto?*

Gracias a Kat Lukash y Praveen Naidoo por su ayuda con el ruso y con el fútbol australiano, a Lucie Johnson por contarme sus anécdotas en balnearios y a mi cuñado Rob Ostric por la expresión de su cara cuando le pregunté qué le parecería conducir un Lamborghini por una carretera sin asfaltar. Gracias a mi hermana Fiona por responder rápidamente a mis mensajes pidiéndole información. Gracias a los encantadores huéspedes que compartieron conmigo estancia en el balneario Golden Door durante una semana maravillosa en la que vi salir el sol, lo cual fue muy placentero, aunque no tengo especial necesidad de volverlo a ver.

Gracias a mis agentes: Fiona Inglis y Ben Stevenson en Sídney, Faye Bender en Nueva York, Jonathan Lloyd y Kate Cooper en Londres y Jerry Kalajian en Los Ángeles. Gracias a mis publicistas por vuestra paciencia y por todo lo que hacéis: Tracey Cheetham en Sídney, Gaby Young en Londres y Marlena Bittner en Nueva York. Gracias también a Conor Mintzer, Nancy Trypuc y Katie Bowden.

Gracias a Adam por ayudarme a crear Tranquillum House, por pararse a responder a mis aleatorias y extrañas preguntas a lo largo del día, por despertarme con café y por estar siempre a mi lado. Gracias a George y Anna por ser tan guapos y por ayudarme a puntualizar las palabrotas cada vez que veíais mi manuscrito abierto en la pantalla. Gracias a mi madre, Diane Moriarty, por ayudarme en las correcciones y por ser el tipo de madre que, por suerte, nunca se mudaría al sur de Francia.

La escritura puede ser una tarea solitaria, así que me gustaría dar las gracias a algunas de mis «colegas» en esta industria. Gracias a mis hermanas y compañeras escritoras Jaclyn Moriarty y Nicola Moriarty, y gracias a mis amigas y compañeras escritoras Dianne Blacklock, Ber Carroll, Jojo Moyes y Marian Keyes. Gracias a la talentosa Caroline Lee por tu maravillosa narración en mis audiolibros.

Gracias a Nicole Kidman, Per Saari y Bruna Papandrea por su extraordinaria fe en este libro antes de leer una sola palabra.

Gracias a mis lectores. Al igual que Frances, cuento con los más maravillosos lectores del mundo y cada día os doy las gracias.

He dedicado este libro a mi hermana Kati y a mi padre, Bernie Moriarty, porque siempre se han mostrado muy fuertes, valientes y divertidos ante la adversidad y porque sospecho que incluso en sus días malos podrían hacer más flexiones que Masha.

Los siguientes libros me han servido de ayuda en mi investigación: *No time to say goodbye: Surviving the suicide of a loved one*, de Carla Fine; *Acid test: LSD, ecstasy and the power to heal*, de Tom Shroder; *Therapy with substance: Psycholytic Psychotherapy in the Twenty First Century*, de la doctora Friederike Meckel Fischer; y *Las puertas de la percepción*, de Aldous Huxley.